KB104318

내 것이 아닌 잘못

OREDEWA NAI ENJOU

First published in Japan in 2022 by Futabasha Publishers Ltd., Tokyo.
Korean translation rights arranged with Futabasha Publishers Ltd.
through JM Contents Agency Co.

이 책은 JMCA를 통해 일본의 Futabasha Publishers Ltd.과 독점 계약하여
한국어판 출판권이 블루홀식스에 있습니다.

아사쿠라 아키나리

장편소설

문지원 옮김

블루홀6

■◈■ 차례

일러두기

본문의 각주는 전부 독자의 이해를 돕기 위한 옮긴이 주입니다.

스미요시 쇼마

이것은 진짜다.

확신하기까지 30분은 족히 걸렸다. 십자가 모양으로 칼집을 내 정성스럽게 구워낸 아침 토스트도, 페이퍼 드립으로 내린 커피도 이미 완전히 식은 뒤였다. 2교시 수업에 출석하려면 곧 집을 나서야 한다는 생각도 어느새 사라져 버렸다.

화면을 연신 탭하고 스크롤하는 사이에 쇼마의 예감은 점차 확신으로 굳어졌다.

인터넷 사용법, 가짜 뉴스에 속지 않는 법, 허위와 진실을 구분하는 법. 누구에게 배운 적은 없지만 컴퓨터와 스마트폰에 점점 익숙해지며 자연스럽게 익히게 된 기술이다. 오로지 글자만 나오는 유튜브 영상, 불과 며칠 만에 몇 킬로그램을 감량했다는 마법의 상품, 퍼나르기만 해도 돈을 벌 수 있다는 꿈같은 광고. 그런 것들이 수상하다는 것을 어떻게 아느냐 물어도 쇼마도 정확하게 말로 표현하지 못

한다. 아무튼 어딘가 의심스러우니까 수상하다고 느낀다. 탈취제에 방향제까지 뿌려도 감출 수 없는, 배설물의 그것과도 닮은 소름 끼치도록 고약하고 꺼림칙한 악취가 희미하게 코를 찌른다.

그러나 이것은…….

쇼마의 시선이 휴대폰에 못 박힌 듯 고정됐다. 동아리 친구가 트위터에 '이거 진짜 같지 않아?'라고 댓글로 인용한 그것은 아직 스물여섯 명밖에 리트윗하지 않은 게시글이었다. 현재로서는 빈말로도 화제가 됐다고도, 혹은 조금 더 속된 말로 난리 났다고도 할 수 없는 수치였다. 그러나 해당 계정의 팔로워 수가 겨우 열한 명인 점을 감안하면 리트윗 추세가 평범하지 않다고 표현할 만했다.

피바다 지옥. 역시 생선 따위와는 다르다. 냄새가 너무 역하다. 밤맛 떨어져. 당분간 밥 먹기는 글렀군.

12월 15일, 오후 10시 8분. 어젯밤 업로드된 문제의 게시물에는 사진 한 장이 첨부되어 있었다.

한밤중 공원일까.

전체적으로 어두워서 상황을 파악하기 힘들었지만 사진 속 저편에 가로등과 공중화장실 같은 물체가 희미하게 찍힌 모습을 보고 쇼마는 추측했다. 사진 하단에는 한 여자가 땅에 누워 있었다. 얼굴 일부는 찍히지 않았지만 치마가 짧다는 점, 젊은 사람이 입을 법한 연한 하늘색 체스터필드 코트를 입고 있다는 점에서 10대에서 20대 여성 같았다. 벌어진 코트 앞섶 사이로 하얀색 니트가 드러났는데 복부에 커다란 얼룩이 보였다. 거무스름한 먹물처럼 보이기도 했지만 화면 밝기를 최대한 높이고서야 붉은색 얼룩이라는 사실을 깨달았다.

피였다.

흘러내린 피는 웅덩이를 만들며 땅까지 적셨다. 흉기는 꽂혀 있지 않았다. 복부를 조심스럽게 확대해도 해상도 탓에 확인하는 데 한계가 있었다. 그러나 모자이크 아트처럼 모호한 붉은색과 검은색 네모 모양을 쳐다보는 사이에 어렴풋이 보이던 찔린 상처의 형상이 점점 생생하게 머릿속에 연상됐다.

욱.

무언가가 쇼마의 목구멍까지 치솟았다. 시선을 돌리자 그 끝에는 불그스름한 딸기잼이 식은 토스트 위에서 윤기 있게 빛나고 있었다. 영상이 절로 떠오를 것 같아 다시 시선을 돌렸다. 쇼마는 잔학한 것을 즐기는 취향이 아니어서 그로테스크한 영상이나 사진에 면역이 없었다. 피가 튀는 잔인한 영화는 물론 소년 만화 수준의 잔인한 묘사조차도 웬만하면 보고 싶지 않았다. 사진 그 자체에는 전혀 관심 없다. 관심은커녕 최대한 보고 싶지 않다.

그러나 지금은 화면 속으로 빨려 들어갈 기세로 휴대폰을 쳐다봤다. 어쩌면 대형 사건의 일부를 살짝 엿보고 있는지도 모른다. 게다가 아직 리트윗 수가 겨우 스물여섯밖에 되지 않는다. 처음 중에서도 처음, 말하자면 불씨를 발견했는지도 모른다. 길가에서 모르는 사람끼리 주먹다짐을 시작하는 장면을 목격했을 때처럼, 엄청난 속도로 달려온 구급차가 눈앞에 멈춰 섰을 때처럼 불온한 고양감과 현장감에 온몸의 피가 순식간에 빠르게 돌았다.

문제의 게시물에 이어 또다시 글이 업로드됐다.

비누로 손을 씻었는데 냄새가 전혀 아직도 나. 인간은 대단해.

가장 최근 게시물에는 생기가 전혀 느껴지지 않는 창백한 손끝 사진이 첨부되어 있었다.

글자대로 쓰레기 청소 완료. 첫 번째 때도 사진을 제대로 찍어 둘걸. '서부유물먹지'로 가져갈지 말지는 아직 고민 중.

일부 의미를 알 수 없는 말도 있지만 해당 계정에 게시된 글들을 본 쇼마는 마침내 거짓-이른바 '낚시'-의 기운을 느낄 수 없었다.

계정 이름은 '다이스케@taisuke0701'로, 프로필 사진은 잔디 위에 놓인 골프공이었다. 프로필에는 '골프 친구가 필요한 요즘'이라는 간단한 자기소개만 적혀 있을 뿐 인터넷에서 흔히 볼 수 있는 관심받고자 하는 저속한 자기 현시욕은 전혀 느껴지지 않았다. 개설한

지 얼마 되지 않은 계정이라면 자극적인 게시물만 잔뜩 올리고서 곧바로 모든 게시글을 삭제해 버리는 일종의 테러 계정이라고 판단하겠지만 '다이스케@taisuke0701'는 10년 전에 개설된 계정이었다. 일시적으로 화제 몰이를 즐기기 위해 만든 일회성 계정이 아니었다.

과거에도 드문드문 업로드한 적이 있어서 게시글 수는 적지만 생활감이 짙게 느껴졌다. 개설 후 얼마 지나지 않은 무렵, 즉 10년 전에는 취미인 골프 관련 용품을 소개하거나 함께 라운드할 친구를 사귀고 싶다는 내용 등을 간헐적으로 올렸다. 그로부터 1,2년 후에는 사적인 내용이 담긴 게시물은 점점 줄어들었고 가끔 생각났다는 듯 '리트윗 해주신 분 가운데 추첨해서 선물을 드립니다' 같은 기업 홍보 게시물만 리트윗했다.

이 무렵에도 처음에는 그야말로 열심히 게시물을 올렸지만 SNS가 성향에 맞지 않는지 서서히 목적이 뚜렷한 게시물만 올려서 지극히 자연스럽고 사람 냄새가 났다. 잠잠하던 계정에 오랜만에 게시물이 올라온 시기는 석 달 전. 내용은 몹시 간단했다.

요즘 짜증 난다. 너무 짜증 나.

짧은 문장이라 오히려 묘하게 현실감이 느껴졌다.

현실의 삶을 견디는 데 한계에 다다라 결국 불만이 폭발했겠지. 그래서 오랜만에 SNS에 게시물을 업로드 했으리라는 추측이 선명하게 떠올랐다.

물론 요즘 사진 가공 기술이 무시무시할 정도로 발달했다는 사실은 쇼마도 잘 안다. 사진이 아무리 리얼하더라도 가공된 결과물일 가능성을 무시할 수 없다. 그러나 일부러 수고스럽게 그로테스크한 사진을 만들어 게시하기에 이 계정은 인지도가 지나치게 낮았다. 팔로워는 고작 열한 명. 파급력이 너무 낮아서 화제조차 되지 못할 가능성이 컸다. 첨부된 사진의 구도가 어설프다는 점도 마음에 걸렸다. 쉽게 말해 사진의 완성도가 떨어졌다. 세간을 떠들썩하게 속이려는 패기도, 조금이라도 더 자극적이고 충격적인 사진을 만들려고 궁리한 흔적도 보이지 않았다. 분명히 잔인하고 위험한 사진이지만 그 속에서는 어떠한 의욕도 느낄 수 없었다.

모든 가능성을 고려했지만 역시 쇼마가 도출할 수 있는 결론은 하나였다.

짜증을 참지 못한 사람이 어떠한 이유로 정말로 사람을 살해하고 정말로 시신을 촬영해서 그 사진을 SNS에 업로드했다.

팔로워 수가 적어서 방심했는지, 아니면 도리어 비난이 쏟아져도 개의치 않겠다고 각오했는지는 모른다. 아무튼 이 사진은 진짜다. 동아리 친구도 같은 결론에 도달했기에 게시글을 공유해야겠다고 마음먹었으리라.

'이거 진짜 같지 않아?'라는 문장은 실로 가볍지만, 그렇다고 확실하지 않은 정보를 경솔하게 퍼뜨리는 생각이 짧은 친구는 아니었다.

인터넷에서 벌인 사소한 행동이 자신의 인생에 얼마나 지대한 영향을 미칠 수 있는지 충분히 인지하고 있다. 진위가 불분명한 정보에 놀아나며 마녀사냥에 일조한다면 낭패를 보는 사람은 자신이다.

쇼마의 손가락이 서서히 리트윗 버튼으로 움직였다.

사건의 존재를 온 세상에 알려야 한다는 기특한 정의감보다는 어쩌면 세기의 사건이 일어난 순간을 목격하고 있는지도 모른다는 기대 심리와 그것을 누가 봐도 알 수 있도록 증거로 남겨두고 싶다는 허영심이었다. 리트윗 수는 여전히 스물여섯 건이었다. 만약 만 건 정도 리트윗되었다면 아무 일 아니라는 듯 무시할 수 있다. 정보의 유통기한이 지난 시점이기 때문이다. 이미 떠난 버스를 미련하게 뒤쫓아가는 것만큼 창피한 일은 없다. 그러나 지금은 다르다. 지금이라면 스물일곱 번째에 자신의 이름을 새길 수 있다. 앞으로 천, 2천, 혹은 1만, 2만 번 공유될 정보를 스물일곱 번째로 리트윗하는 일은 새 원소를 발견하는 것 못지않은 가치가 있다.

쇼마의 팔로워는 약 천 명으로 그중에는 또래 여성도 있고 유명하고 대단한 IT계 블로거도 있다. 애써 자신을 팔로우한 사람들에게 비상식적인 사람이라는 인상을 심어주고 싶지 않았다. 자극적인 사진을 그대로 리트윗하는 것은 자신에게 도움이 되지 않는다고 판단해서 친구가 그랬던 것처럼 의견을 덧붙이기로 했다.

<주의>이건 진짜 주작 아닌 것 같다. 경찰에 신고하는 게 좋지 않을까.

업로드 후 재빨리 네 번쯤 다시 읽고 나서야 제법 나쁘지 않은 리트윗 방식이라고 확신했다. 흙으로 가득 찬 부대에 하나둘 구멍을 뚫듯 눈 깜짝할 사이에 차례로 좋아요와 리트윗 수가 늘어났다. 마치 자신이 개업한 가게 앞에 인파가 늘어선 듯한 뿌듯한 감정에 가슴이 떨렸다. 역시 리트윗을 해야겠다는 판단은 틀리지 않았다.

큰일을 마쳤다는 만족감에 휴대폰 화면에서 시선을 떼고 고개를 들었을 때 시곗바늘은 예상치 못한 시각을 가리키고 있었다. 차갑게 식은 토스트와 커피를 허겁지겁 위 속으로 집어넣은 뒤 가방을 드는데 순간 머리 손질을 다 끝내지 않았다는 사실이 떠올랐다. 투 블럭인 머리를 왁스로 스타일링하고 주차장에 주차해 둔 황녹색 혼다 피트 하이브리드로 달려갔다. 원래는 전철로 통학했지만 외진 시골이라서 전철 한 대를 놓치면 다음 전철을 타기까지 오래 기다려야 했다.

그 동네에서 혼자 살려면 차가 필요할 테지?

할아버지가 사주마.

중고지만 적당한 자동차를 선물해 준 할아버지께 감사하며 시동을 걸었다. 수업이 시작한 지 20분 지난 시간에 슬그머니 강당으로 들어가 출석표*를 내는 데 성공했다. 그리고 캠퍼스 내 편의점에서 점심을 사서 동아리방의 문을 열 때까지만 해도 아침에 본 트위터

---

* 일본 대학의 출석 체크 방식 중 하나로 수업 중에 나누어 준 출석표에 이름을 써서 제출한다.

게시글은 머릿속에서 완전히 사라진 상태였다.

"쇼마, 그거 위험한 거 아니야? 엄청 가깝잖아."

"그거라니, 뭐가?"

"야마가타 다이스케 말이야."

"……누구?"

"엥? 그 뒤로 계속 뒤쫓은 거 아니었어? 쇼마가 리트윗한 살인자 놈 말이야."

친구의 말에 트위터를 열자 일시 정지를 해제한 것처럼 흥분이 되살아났다. 그런데 몇 시간 만에 사태가 믿기지 않을 정도로 커졌다. 쇼마의 계정에도 수많은 좋아요와 리트윗 알림이 들어와 있었다.

너무나 급격한 전개에 머리가 정보를 따라가지 못했다. 쇼마는 참다못해 사건 경위를 정리해 소개하는 사이트로 바로 접속했다.

'피바다 지옥' 게시글은 결국 11만 5천 리트윗을 기록했다. 경이롭다고 해도 좋을 기록이었다. 이제 누구도 의심할 여지가 없었다. 분명한 '화젯거리'가 되어 들끓었다. 그 말인즉슨 그만큼 많은 사람이 해당 게시글을 진짜라고 간주한다는 뜻이기도 했다. 이것은 장난이나 노이즈 마케팅을 노린 몰래카메라가 아니다. 진짜 살인사건일지도 모른다.

이렇게나 소란스러워지면 당연히 네티즌 수사대가 움직이기 시작한다. 과연 이 계정의 주인은, 이런 무도한 짓을 저지른 빌어먹을 자식은 어디 사는 누구인가. 만에 하나 모든 것이 교묘한 몰래카메라라고 해도 질이 나쁘다. 인터넷에 극약을 살포한 어리석은 자는 누구인가. 단편적인 정보에 의지해 세상 모든 사람이 '다이스케@taisuke0701'의 정체를 파헤치는 데 혈안이 됐다.

가장 먼저 밝혀진 사실은 사진이 찍힌 장소였다.

전혀 선명하지 않은 사진이지만 공원에서 찍은 사진이라는 것은 쇼마도 알 수 있었다. 그러나 찍힌 사물은 가로등과 공중화장실 정도였고 여성이 쓰러져 있는 지면에도 이렇다 할 단서는 없었다. 역시 어느 공원인지 특정할 수 없겠다고 생각했다.

이 공원 같네. 각도는 다르지만 화장실 외벽이나 가로등 위치와 구도가 완전히 일치해.

전국 방방곡곡 공원을 이 잡듯이 조사해서 찾아냈다고 생각하기에는 너무나도 비현실적이었다. 누군가가 우연히 자신이 알던 공원과 사건 현장의 공통점을 발견했겠지. 아무튼 매우 사소한 정보로 어느 공원인지까지 완벽하게 밝혀냈다. 해당 글의 게시자는 구글 스트리트 뷰를 캡처한 사진까지 첨부하며 두 사진이 같은 장소라는 사실을 증명했다. 쇼마가 봐도 게시자가 주장하는 공원과 사건 장소가 일치한다고 단언할 수 있을 것 같았다. 그런데 그 장소를 알자마자 또 다른 놀라움에 휩싸였다.

"만요초……라니, 바로 이 근처잖아."

“그래서 내가 말했잖아. 엄청 가깝다고.”

도보로 가기에는 먼 공원이었다. 그래도 학교에서 걸어서 4, 50분이면 갈 수 있는 거리였다. 지방 도시라 고급주택가 수준은 아니지만 만요초는 현에서 손꼽히는 주택가였다. 위풍당당한 대문에 넓은 마당, 고급승용차가 즐비한 광경이 금세 떠올랐다.

인터넷 세상 어딘가, 머나먼 세상 어딘가에서 일어난 살인사건이 돌연 익숙한 윤곽을 그리며 다가오자 몸이 떨렸다. 입술을 꽉 깨물자 온몸이 차갑게 식었다. 일단 휴대폰 화면과 거리를 두고 동아리방의 난방이 제대로 작동하는지 확인했다.

네티즌 수사대는 이어서 ‘다이스케@taisuke0701’의 직장을 밝혀냈다.

증거는 ‘내 자랑거리 골프백’이라는 글과 함께 게시된 10년 전 사진이었다. 골프백에 달린 키홀더에 ‘다이테이 하우스: 50주년 기념 경기 대회’라고 새겨진 작은 문구를 누군가가 재빠르게 포착했다. 50주년 기념 경기 대회 키홀더를 가지고 있는 것으로 보아 외부인이라고 생각하기 어렵다. 계정 주인은 다이테이 하우스 직원이 아닐까. 아니면 적어도 다이테이 하우스의 거래처에서 근무하는 인물일 가능성이 크다.

상황이 이렇게 되니 반쯤 당연한 수순처럼 네티즌은 사건 현장인 만요초 공원과 가장 가까운 다이테이 하우스 지사를 조사하기 시작했다. 그 결과 공원에서 불과 몇 킬로미터 떨어진 곳에 다이테이 하우스의 다이젠 지사가 있다는 사실이 곧 알려졌고, 홈페이지에 게시된 정보로 다이젠 지사 영업부장의 이름이 '다이스케'라는 사실이 순식간에 밝혀졌다.

영업부장, 야마가타 다이스케.

홈페이지에 이름과 얼굴 사진, 간단한 인사말이 적혀 있었다.

저희 목표는 지역 주민 친화적인 집을 짓는 것입니다. 의식주 중에서도 주거는 특히 중요합니다. 여러분의 꿈을 이루어 드리는 것이 다이테이 하우스의 사명입니다. 무엇이든 상담해 드리겠습니다.

진부하지만 인간미가 느껴지는 말을 늘어놓은 야마가타 다이스케는 다음 말로 마무리했다.

저도 다이젠시 만요초에 살고 있습니다. 취미인 골프를 편히 즐길 수도 있어 진심으로 사랑하는 동네입니다. 당신이 꿈꾸는 집, 함께 만들어 드리겠습니다.

일단 이번 소동을 배제하고 편견 없는 눈으로 보면 야마가타 다이스케는 실로 잘생긴 남자였다. 이름만 대면 누구나 아는 대기업 주택 건설사의 영업맨답게 짧게 다듬은 머리는 깔끔했다. 이목구비도 단정했다. 이상적인 갸름한 얼굴형에 왕년의 유명 배우를 떠올리게 하는 눈빛에는 힘이 있었다. 입고 있는 양복도 핏이 깔끔하게 딱 떨어지며 넥타이 무늬도 품위가 느껴졌다. 기재된 입사 연도로 추측건대 50대 중반일 텐데 사진으로는 실로 젊어 보였고 몸매 관리도 게을리하지 않은 티가 났다. 미소 짓는 얼굴은 성실해 보이면서도 전해야 할 것은 분명하게 전할 것 같은 강단이 느껴졌다. 만약 집을 짓겠다고 결정했다면 이 사람에게 맡겨도 좋겠다는 분위기를 풍겼다.

다이테이 하우스, 다이젠시 만요초, 골프, 그리고 '다이스케'라는 이름.

계정 주인과 다이젠 지사의 영업부장인 나이스케가 동일 인물일 가능성이 농후해졌지만 아직 확신할 단계는 아니지 않은가. 그렇게 말하던 신중파도 '다이스케@taisuke0701'가 과거에 **정원에 꽃이 피었습니다.**라는 글과 함께 올린 사진에 찍힌 마당과 만요초 스트리트뷰에서 발견한 '야마가타'라는 문패가 걸린 집의 정원이 일치한다는 사실이 알려지자마자 확신할 수밖에 없었다.

문제의 '다이스케@taisuke0701'는 분명 야마가타 다이스케의 계정이다.

안녕하세요, 야마가타 다이스케 씨. 체포 확정이네요! 야마가타 다이스케 씨, 인생 끝난 기념으로 댓글 달러 왔습니다. 무슨 깡으로 살인을 자랑해도 들키지 않을 거라고 생각했지? 꼭 사형당하세요.

'다이스케@taisuke0701' 계정에는 수많은 댓글이 달렸지만 아무런 반응도 없이 그대로 도망치듯 계정이 삭제되었다. 트위터 본사의 규제 탓에 강제 삭제된 것이 아니라 스스로 계정을 삭제한 것 아니냐는 의견이 대세였는데, 개인정보가 유출되면서 불안해져 도주를 시도한 점이 사건의 신빙성을 한 단계 더 끌어올렸다. 물론 계정을 삭제한다고 정보가 허깨비처럼 사라지지는 않는다. 주도면밀한 누군가가 이미 캡처했고 계정 정보는 하나도 빠짐없이 저장됐다. 이제 그 누구도 '다이스케@taisuke0701'를 잊지 않는다. 분명하게, 영원히.

그렇다면 만요초 공원은 어떤 상황인가. 가장 중요한 시신은 지금 어디에 있는가. 아니면 시신은 가짜일까.

그것을 조사하러 만요초에 가기로 한 한가하고도 행동력 있는 유튜버가 여러 팀 있다는 사실과 이미 몇몇 일반인이 문제의 계정을 경찰에 신고했다는 사실이 속속 인터넷에 올라왔다. 또한 게시글에 적혀 있던 '서부유물먹지'라는 의문의 말이 무슨 뜻인지 파헤치려는 움직임이 펼쳐졌다. 이상이 현재까지 인터넷을 뜨겁게 달구는 소동의 진행 상황이었다.

쇼마는 뒤처졌던 몇 시간을 따라잡은 뒤 사 들고 온 파스타 샐러드 봉투를 뜯는 것도 잊은 채 잠시 멍해졌다. 자기 현시욕과 호기심으로 '피바다 지옥'을 리트윗했지만 손에 쥐고 있던 일련의 사건이 자극적인 화젯거리가 아니라 실재하는 비극이라는 사실을 이제야 겨우 실감했다. 그 사진은 합성이 아닌 듯하다. 그렇다면 당연히 실제로 어딘가에 살해당한 여성이 있다는 뜻이다. 불온한 흥분은 마침내 야마가타 다이스케라는 사람을 향한 불쾌감으로 변했다.

"아직 체포 안 됐겠지?"

쇼마가 혼잣말처럼 중얼거렸다.

"곧 체포되겠지. 증거가 이렇게나 차고 넘치는데."

친구가 대답했다.

"……이건 좀, 너무 심하네."

"심하지."

동아리방의 문이 열리고 '피바다 지옥' 게시물을 쇼마보다 먼저, 스물여섯 번째로 리트윗한 친구가 들어왔다. 대충 인사를 나누자마자 친구에게 그 게시물을 어떻게 발견했냐고 물었다. 친구는 추워서 곱은 손을 온풍기에 녹이며 대답했다.

"팔로잉한 잡학봇이 리트윗했더라고. 팔로워는 진짜 적은데 무조건 맞팔해 주는 계정이거든. 어쩌다가 위험한 트윗*을 발견하고 직접 리트윗한 거 아닐까. 잘은 모르지만."

"그렇구나."

상황을 이해했을 때 동아리방에 부원 여섯 명이 모두 모였다는 사실을 깨달았다. 런치 세션이라고 부르는 점심 회의를 시작할 수 있었지만 예정된 주제였던 '젊은이를 경시하는 선거제도의 문제점'에 대한 토론은 다음 기회로 넘겨야 하지 않겠느냐는 생각이 쇼마의 머릿속을 스쳤다.

"흠……. 이참에 오늘은 다른 주제로 토론하지 않을래?"

리더인 쇼마의 제안에 반기를 드는 부원은 한 명도 없었다.

---

* 트위터에 글을 올리는 행위나 그 게시물을 뜻하는 용어.

고령화되는 인터넷 범죄 및 잔학행위에 대하여.

화이트보드에 주제를 적는 동안 땅바닥에 쓰러져 있던 여성의 모습이 떠올랐다. 그 여성이 생전에 어떤 사람이었는지, 어떻게 생겼는지 현재로서는 조사할 길이 없고 어렴풋이 상상하기조차 어렵다. 그러나 그 사진이 야마가타 다이스케의 창작물이 아니라 진짜라면 한 젊은 여성이 목숨을 빼앗겼다는 것은 틀림없는 사실이었다. 아무런 인연도 없는 생면부지의 타인이지만 분명하고 묵직한 상실감을 느꼈다. 여성의 창백한 손가락 끝이 플래시백 됐다. 손가락은 무언가를 잡으려다 잡지 못한 듯 어중간한 형태로 굳어 있었다. 여성이 흙으로 더러워진 손가락으로 잡으려던 것은 무엇이었을까. 미래에 대한 가능성이었을까, 희망이었을까, 분노였을까, 생명이었을까. 생각에 잠긴 사이 쇼마의 가슴속에 있던 분노에 불길이 확 치솟았다.

적어도 벌은 제대로 받았으면 좋겠다.

확실하게 죗값을 치렀으면 좋겠다.

시계를 보니 낮 12시 22분.

오늘은 금요일이니 많은 직장인이 한창 근무할 시간이었다. 야마가타 다이스케는 지금 어떤 얼굴로 일하고 있을까. 새 보금자리를 구하는 고객들을 웃는 얼굴로 상대하고 있을까. 자신의 트윗이 예상보다 훨씬 더 많이 퍼져서 당황했을까. 아니면 이미 경찰에 연행됐을까.

쇼마는 휴대폰으로 야마가타 다이스케의 얼굴을 다시 한번 확인했다.

성실해 보이는 가면 뒤에 숨긴 흉포하고 기이하고 잔학한 얼굴이 서서히 드러나 보이는 듯했다.

실시간 트렌드: 검색어 '야마가타 다이스케'

12월 16일 12시 23분 지난 6시간 7,112건 트윗

• [리트윗 요청] 살인을 암시한 계정이 있습니다. 신원도 이미 밝혀졌으니 곧 체포되겠지만 근처 사는 분들은 조심하세요. 링크를 클릭하면 얼굴을 확인할 수 있으니 발견하는 사람은 신고 바랍니다.

인용: [속보] 시신 사진 올린 사람 신상 털림! 본명 야마가타 다이스케, 다이테이 하우스 근무, 다이젠시 거주

미유키맘☆육아분투중@miyumiyu_mom0615

• 안 들킬 줄 알았나……. 인터넷을 너무 얕잡아 봤다가 쫄았군. 트위터는 멍청한 젊은이들을 걸러내는 곳이라고 생각했는데, 요즘은 오히려 나이 좀 먹은 사람이 바보짓을 하는 시대가 된 걸까.

인용: [속보] 시신 사진 올린 사람 신상 털림! 본명 야마가타 다이스케, 다이테이 하우스 근무, 다이젠시 거주

할아범3세@jch_333

• 이번에는 좀 진짜 같지만 똑똑한 놈이라면 일단 지켜보자. 신상 정리글을 인용하긴 하지만 이런 문제는 깊이 관여하지 않는 게 현명하지.
인용: [속보] 시신 사진 올린 사람 신상 털림! 본명 야마가타 다이스케, 다이테이 하우스 근무, 다이젠시 거주

데지@dejiiiin96

• 온종일 인터넷에 사는 잉여들 "살인사건입니다! 현장은 만요초 제2공원! 범인은 야마가타 다이스케! 다이테이 하우스 직원! 체포해 주세요!"
경찰 "……음, 저기, 그러니까 지금부터 조사해 보겠습니다."←무능

쓰와미짱찐사랑@alalala_tsuwami

야마가타 다이스케

“모처럼 바닷가에 지은 쇼룸이니 리조트 콘셉트로 만들었습니다.”

확실히 여름철이었다면 리조트 분위기가 났을지도 모른다. 하지만 12월의 바닷바람 앞에서는 모든 연출이 추위에 날아가 버렸다. 언덕 형태로 생긴 해안선 기슭에 위치한 탓에 바람이 더욱 거센 듯했다. 바람이 불 때마다 다이스케의 귀와 콧등이 고통을 호소했다. 다음 달인 1월 오픈 예정이니 여름풍 인테리어를 조금 자제했으면 좋았으련만. 식물 분위기부터 우드데크풍 통로까지 인테리어는 온통 남국 정취를 풍겼다. 다이스케는 코트를 차에 두고 내린 것을 후회하며 마침내 주식회사 시켄 리브가 만반의 준비로 투입하는 컨테이너 하우스 중 한 곳에 발을 들여놓았다.

“다이테이 하우스 분들은 이쪽으로 오세요.”

안내에 따라 본사에서 나온 연구 개발 담당자와 다이스케, 다이스케의 부하직원인 노이 세 사람은 나란히 소파에 걸터앉았다. 벽이

얇아서 단열성이 의심스러웠는데 다행히 실내는 훈훈했다. 소리가 나지 않도록 코를 조심스럽게 훌쩍였다.

"여기, 자료입니다."

시켄의 영업 담당인 아오에가 평소처럼 무표정한 얼굴로 세 사람 앞에 팸플릿을 늘어놓았다.

"지난번에 보내드린 것에서 확실하게 개선했습니다. 확인 부탁드립니다. 로고도 전부 다이테이 하우스의 것으로 넣었습니다."

별장이나 세컨드 하우스의 수요에 유연하게 대처할 만한 물건은 없을까. 그러한 상층부의 의견에 연구개발부에서 개발한 것이 바로 이 컨테이너 하우스였다. 목조 주택보다 튼튼할 뿐 아니라 공사 기간이 짧고 비용도 절감할 수 있다. 상시 주거 공간으로는 다소 불안한 측면도 있지만 별장으로는 나름 괜찮았다. 오히려 곰곰이 생각해 보면 다소 불편한 점이 일상에서 벗어난 분위기를 연출하는 매력이 된다.

원래 수송용 해상 컨테이너 제조사인 주식회사 시켄의 자회사 시켄 리브와 손잡고 다이테이 하우스가 대리점이 되어 컨테이너 하우스를 판매하게 됐다. 컨테이너 하우스를 전국에 공개하기 전에 지방 도시 중 수요가 있을 법한 다이젠시의 지사에서 우선 판매를 시작했으면 좋겠다는 본사의 계획에 따라 다이스케는 시켄의 아오에와 여러 차례 만나 협의했다. 하지만 쇼룸을 직접 본 것은 이번이 처음이었다.

신발 뒤축으로 조금 세게 바닥을 두드려봤다. 내구성에 문제는 없어 보였지만 예상보다 더 둔탁한 소리가 실내 전체를 울렸다. 부하인 노이가 놀란 듯 천장을 올려다봤고, 본사 연구 개발 담당자도 다소 불안한 듯 인상을 썼다. 실제로 판매할 때는 고객에게 소리 문제를 설명할 필요가 있겠다고 생각하는데, 시켄의 아오에가 비난 실린 눈총을 보냈다. 살살 다루라고. 그런 무언의 메시지를 느끼자 다이스케는 죄송하다고 말하며 사과의 뜻을 담아 미소 지었다.

"잠시 발소리를 확인하고 싶었습니다. 역시 조금 울리네요."

"컨테이너니까요. 어쩔 수 없죠."

다이스케는 조금도 친절하지 않은 아오에가 마음에 들지 않았다. 시선이 마주칠 때마다 눈을 찡그리는 점도 정체 모를 불쾌감을 표현하는 듯 느껴져 언짢았다. 대리점 판매를 자처한 다이테이 하우스 측이 갑일 텐데 그 사실을 이해하는 사람 같지도 않았다.

부엌에서 따뜻한 커피를 내려 왔지만 종이컵을 내미는 손짓에도 환대하는 마음은 느껴지지 않았다. 커피 크림이나 설탕이 없어 블랙커피로 마시며 시간을 떼우듯 실내를 둘러봤다.

노골적으로 말하면 옛 컨테이너 일부를 잘라내 문과 창문만 단 공간이지만 예상보다 부실하지는 않았다. 소리가 울리는 점이 다소 거슬렸지만 별장으로 사용한다면 그렇게까지 예민하게 굴 문제도 아니었다. 플로어링과 벽만 정돈하면 훌륭한 집이다. 이렇게 남자 넷이 들어와 있어도 답답하지 않았다. 여름철에는 유리창을 활짝 열어 바깔공기로 한껏 환기하면 시원하고 개방감 있는 바닷가의 아지트, 혹은 프라이빗한 바닷가 집처럼 느껴지겠지. 나쁘지 않았다. 나쁘지는 않지만 그래도 이 가격은…….

새삼 가격표를 확인하고는 한숨이 새어 나올 뻔했다. 확실히 일반 시공보다는 약간 저렴하지만 이 정도 가격 차이에 만족하는 고객이 있을지 의문이었다.

"컨테이너 하우스에서 아무런 불편함 없이 일상생활을 할 수 있다는 점을 어필하기 위해 이곳 쇼룸의 부엌과 화장실을 전부 실제로 사용할 수 있도록 설계했습니다. 내진성도 높아서 3층 정도라면 건물 형태를 지그재그 모양으로 약간 틀어서 조립할 수도 있습니다. 영업하실 때 그 점도 안내해 주시기 바랍니다. 이 집은 리조트 콘셉트이지만 팸플릿에는 투박한 느낌이 나는 차고나 아이 놀이방, 개인 사무실 모델도 실려 있으니 참고 부탁드립니다."

아오에의 재촉에 팸플릿을 넘겼다.

사진은 나쁘지 않았다. 그러나 세 번째 페이지에 적힌 내용을 보자마자 눈을 의심하며 질려 버렸다. 혐오스러워하는 티가 나지 않도록 애써 미소를 지어 보였지만 마음속 깊은 곳에서 어처구니없다는 생각이 강렬하게 솟구쳐 눈가가 경직됐다.

"저기, 아오에 씨……. 여기 이 부분, 수정이 안 됐는데요. '지금까지 별장은 문턱이 높다고 생각했던 당신에게'라고 적힌 문장이요."

아오에가 눈을 가늘게 뜨고 다이스케가 가리키는 부분을 아니꼽

게 쳐다봤다.

"'문턱이 높다*'는 고급스럽고 다가가기 어려워 보이는 느낌을 주는 표현이 아니라는 건 지난번에 설명했죠? 실제 팸플릿에는 수정하기로 했고요. 여기 적힌 '당신만의 세계관을 표현하다'의 '세계관' 부분도 엄밀하게는 뉘앙스가 다르긴 하지만 그럭저럭 넘어갈 만합니다. 그런데 '문턱이 높다'는 표현은 좀 그렇군요."

아오에는 사과도 변명도 하지 않고 무표정하게 잠시 팸플릿을 바라보더니 긴 침묵 끝에 "네"라는 한마디만 꺼냈다.

못 해 먹겠군.

"이 정도 표현은 그대로 가도 괜찮지 않겠습니까."

거드는 연구 개발 담당자를 저지하며 다이스케는 사소한 표현도 소홀해서는 안 된다고 재차 설명했다. 시시콜콜 따진다고 생각할지 모르지만 팸플릿이 다이테이 하우스 이름으로 나가는 이상 한치도 소홀할 수 없다. 일생일대의 쇼핑을 하려는 고객은 집에 돌아가서도 팸플릿을 여러 번 읽는다. 신경 쓰지 않는 사람도 많겠지만 다이스케처럼 일본어 오용을 깐깐하게 따지는 사람에게는 작은 실수도 계속 거슬릴 터다. 그것은 회사와 담당자, 나아가 상품 자체에 대한 불신으로도 이어진다. 이 표현이 이상하다며 고객에게 추궁당하는 사람은 영업직원이다. 팸플릿을 다시 인쇄하려면 비용과 수고가 든다

---

* 도리에 어긋나는 짓을 저질러 그 집에 찾아가기 어렵다는 뜻의 일본어 관용구.

는 사실은 알지만 지금 수정하지 않으면 나중에는 훨씬 더 난감해진다.

"며칠 전에 아내와 딸에게 시켄의 컨테이너 하우스 이야기를 했더니 매우 멋지다고 눈을 반짝이더군요. 귀사의 컨테이너 하우스는 확실히 좋은 상품입니다."

다이스케가 아오에의 눈을 똑바로 바라보며 자신감 넘치는 미소로 말을 이었다.

"고객들이 한 채라도 더 기분 좋게 살 수 있도록 팸플릿을 수정해 주시기 바랍니다, 아오에 씨."

아오에는 또다시 얼마간 눈을 가느다랗게 뜨며 입을 다물다가 다이스케의 뜻을 이해했다기보다 무관심한 이야기에 맞장구를 치는 듯한 말투로 "네"하고 시큰둥하게 대꾸했다.

"저기, 시켄의 아오에 씨는 몇 살이나 먹은 것 같아?"

"나이 말입니까?"

다이스케가 고개를 끄덕이자 부하 노이는 생각에 잠기듯 팔짱을 꼈다.

"서른은 넘었을걸요? 저보다 열두 살은 어린 것 같던데 서른 두셋쯤 아닐까요?"

다이스케도 비슷하게 생각했다. 조금 더 젊을지도 모르지만 어쨌든 그다지 호감이 가지 않는 인물이다. 식후 커피에 커피 크림을 따르며 불쾌한 감정이 녹아내리기를 기다렸다.

다이스케와 노이는 미팅 후 곧바로 본사로 돌아가겠다는 연구 개발 담당자를 도나이역에 내려주고 근처 패밀리 레스토랑에서 점심을 먹기로 했다.

현재 시각 12시 51분.

허기졌지만 파스타를 조금만 먹었을 뿐인데도 배가 찼다. 컨테이너 하우스에서 있었던 문제로 입맛을 살짝 잃은 탓이었다.

"그 건은 힘겨운 싸움이 될 것 같아."

"컨테이너 하우스요?"

"가격이 그렇게까지 싸지 않아. 게다가……."

커피를 휘저은 스푼을 찻잔 받침에 내려놓고서 말을 이었다.

"지사에서 연간 스물네 채 판매를 목표로 한다더군."

"스, 스물네 채요?"

"본사가 주선한 일이니까."

노이는 눈을 질끈 감고 얼굴을 찡그렸다. 다이젠 지사의 영업 부문을 총괄하는 사람은 부장인 다이스케지만 실제로 현장에서 컨테이너 하우스를 영업하는 사람은 단독주택을 담당하는 부서 직원들이고, 해당 부서의 수장은 과장인 노이였다. 당연히 머리가 아플 만도 했다.

"우리 쪽 연구 개발도 연구 개발이지만, 참, 그쪽이 더 문제야, 아오에 씨 말이야……."

더 말하지 않아도 알지 않느냐는 뉘앙스에 노이가 쓴웃음을 지었다.

쓴웃음은 다이스케에게도 옮았다.

"그것참 왜 그럴까."

"그러게나 말입니다."

"세대 차이일까?"

이렇게는 가능할까요? 조금만 더 양보해 주실 수는 없겠습니까? 이 부분을 조금만 바꿔 주시면 판매할 때 상당히 수월해지는데요.

다이테이 하우스의 요청에 시켄의 아오에는 고민하는 기색도 없이 안 된다는 말만 거듭했다.

"그런 요청을 하는 것 자체가 터부시되어 가는 게 문제라고. 왜 요즘 젊은 사람은 '한번 해보겠습니다'라고 안 하는 걸까."

"그러니까 말입니다. 서른다섯 아래쯤부터죠? 그 나이대부터 그런 경향이 있죠."

"교육 방식 때문인지는 모르지만 아무렇지도 않게 안 된다, 무리다, 못 한다고 대답하잖아. 조금만 어려운 주문을 하면 곧바로 어떻게 해야 하냐고 묻고. 효율적으로 스마트하게 살고 싶어 하는 마음은 이해하고 그 마인드를 훌륭하게 실천하는 삶도 인정해. 가끔은 이 녀석들 제법이구나, 엄청 대단하네, 감탄할 때도 있고. 하지만 그, 뭐냐. 뭐든 인터넷에 검색만 하면 척척 답을 얻는 시대에 자란 탓인지 '기초 체력'이 없단 말이야. 역시 사회생활을 하려면 잠을 줄이면서 최선을 다해야 하는 날도 있고, 백날 고객의 곁으로 가보지 않으면 볼 수 없는 것도 있어. 하지만 그런 착실하고 꾸준한 작업은 전부 뒷전이고 약삭빠르게 요령만 부리고—"

쿵

크게 울린 소리에 식당 안이 순간 정적에 휩싸였다.

무슨 일인가 싶어 소리가 난 쪽을 쳐다보니 조금 떨어진 자리에 한데 모여 앉은 젊은이 네 명이 보였다. 남녀가 각각 두 명. 대학생일까. 왜인지 당황한 기색으로 대화 내용을 들키지 않으려고 속닥거리는 모습이 오히려 더 시선을 끌었다. 휴대폰을 테이블 위에 떨어뜨려서 난 소리였는지 넷 중 한 명이 초조하게 다급히 휴대폰을 주워 들었다. 특별한 광경도 아니었기에 금방 흥미를 잃고 조금 전 나누던 대화를 이어가려는데 위화감이 뒷덜미를 잡아챘다.

기분 탓인 줄 알았는데 아무래도 아닌 모양이다.

그들이 지켜보는 사람은 다이스케였다.

자의식 과잉이라고 자조하면서도 네 사람 모두와 연달아 눈이 마주치자 역시 확신할 수밖에 없었다. 틀림없다. 그들이 쳐다보는 사람은 다이스케다.

넥타이가 비뚤어졌나?

재킷에 낙엽이라도 붙었나?

다이스케는 가슴팍을 확인했지만 언뜻 보기에 이상한 점은 전혀 없었다.

"부장님, 왜 그러세요?"

"……나, 뭐 이상해 보이는 거 없지?"

"그런 것 같은데요, 무슨 일 있으세요?"

"아니, 저기 앉은 사람들이……."

젊은이들의 모습을 확인하려고 몸을 살짝 돌렸을 때 이번에도 조금 전과 같이 쿵 소리가 울렸다. 휴대폰을 테이블에 떨어뜨릴 때 나는 소리라는 것을 이번에는 금세 알았지만 그와 동시에 떨어뜨린 이유를 알고는 할 말을 잃었다.

다이스케의 얼굴을 찍으려던 것이다.

그들이 앉은 자리에서는 다이스케의 얼굴을 제대로 찍을 수 없었던 듯하다. 동영상을 찍으려고 했는지 사진을 찍으려고 했는지는 모르지만 어떻게든 다이스케의 얼굴을 찍으려고 팔을 쭉 뻗다가 휴대폰을 놓쳐 테이블로 떨어졌다.

자초지종을 목격한 이상 역시 잠자코 있을 수 없었다.

의미 없는 여흥인지, 그들 사이에 유행하는 장난인지는 모르지만 무례한 행위에는 그에 상응하는 항의를 해야 한다. 자리에서 일어나 젊은이들 쪽으로 따지러 가려던 순간, 네 사람이 곧바로 자리에서 일어나 급한 걸음으로 계산대로 향했다.

"이봐요."

다이스케가 말을 걸어도 걸음을 멈추지 않았다. 절대로 눈을 마주치지 않으려 하며 서둘러 식당을 나가야 할 이유가 닥친 사람처럼 허둥지둥 자리를 떠나려고 했다.

계산하는 동안 시간이 걸리는 바람에 쫓아가서 말을 걸 수 있었지만 결국 포기하고 보내주기로 했다. 불쾌하지만 근무시간에 문제를 일으킬 만한 일은 최대한 피하고 싶었다. 달아나는 사람을 쫓아갈 만한 일은 아니었다고 스스로 달래며 천천히 소파에 다시 앉았다.

"……부장님을 보고 있었군요."

"그렇지?"

노이의 말에 대꾸하며 다시 출구로 시선을 돌렸을 때 네 사람은 이미 식당 밖으로 사라진 뒤였다. 불쾌감을 쫓아내려는 듯 숨을 크게 내쉬었지만 가슴에 소용돌이친 섬뜩한 기분은 쉽게 지워지지 않았다.

"부장님이 남자답게 잘생기셔서 반했나 봐요."

노이의 아부에 웃으며 겨우 마음을 추슬렀다.

다이스케는 노이가 볼일을 보러 간 사이에 두 사람 몫을 계산하고 주차장으로 향했다. 운전에 미숙한 노이 대신 운전대를 잡고 큰 국도로 나갔을 때 다이스케의 전화가 울렸다. 여간한 일로는 전화를 걸지 않는 지사장의 이름이 화면에 뜨자 운전 중이라는 이유로 무시할 수 없었다. 휴대폰을 조수석에 앉은 노이에게 건네 대신 용건을 물어 달라고 부탁했다.

재치 있게 현재 상황을 설명하던 노이가 점점 침묵하는 시간이 길어지기 시작했다. "네" 하는 맞장구, 그리고 그다음 "네"에 이르기까지의 간격이 기묘할 정도로 점점 길어졌다. 지사장이 무슨 말을 하기에. 의아해서 노이의 얼굴을 곁눈질로 확인했지만 노이 역시 곤혹스러운 듯 한껏 난감한 표정이었다.

"알겠습니다, 지사장님. 이만 끊겠습니다."

이윽고 전화를 끊었지만 노이는 여전히 갈피를 잡을 수 없는 얼굴로 고개를 갸웃했다.

"무슨 일이야?"

"……아뇨, 좀 경황이 없으신 것 같아서 무슨 상황인지 모르겠습니다."

"문제 생겼어?"

기억을 더듬듯 고개를 다시 갸웃거렸다.

"아무튼 당장 돌아오라고 하셨고, 돌아올 때는 반드시 뒷문으로 들어오라고 하셨어요."

"뒷문?"

그런 지시는 처음이었다.

입구의 자동문이 고장이라도 났나. 의도를 짐작할 수 없어 노이에게 더 자세히 설명해 달라고 했는데 아무래도 정말로 지사장의 말을 거의 이해하지 못한 듯했다.

"흥분한 상태셔서 알아듣기도 어려운데 되물을 분위기도 아니어서요."

노이가 변명하기에 그만 됐다며 말을 끊었다. 지사장을 직접 만나 이야기를 듣는 수밖에 없겠다는 생각으로 포기했다. 애초에 말주변이 없는 데다 피가 거꾸로 솟는 상황에서는 논리적으로 설명하지 못하는 사람이 지사장이었고, 지나치게 타인의 눈치를 보는 탓에 해야 할 말, 물어야 할 말을 입에 담지 못하는 사람이 노이였다. 어쨌든 서둘러야 한다는 생각에 액셀을 조금 세게 밟았다.

"왠지……."

노이가 주저하며 입을 열었다.

"부장님께 화가 나신 것 같더라고요."

"나한테?"

"네……. 뭔지 모르겠지만 부장님의 트위터가 어쨌다는 둥 하시던데."

"트위터?"

"트위터 하세요?"

"설마."

트위터가 무엇인지 아느냐고 물으면 '트윗'을 올리는 SNS라고 대답할 수 있는 정도의 지식은 있다. 그러나 실제로 사용한 적이나 들여다본 적은 없다. '트윗'이라는 용어가 실제로 어떤 행위를 뜻하는지도 감이 오지 않았다. 다이테이 하우스의 공식 계정도 있다는 말을 회사에서 몇 번 들은 적 있지만 역시 그것이 무엇인지 정확히는 이해하지 못했다. 한번 해보고 싶다고 생각한 적도, 공부 겸 가볍게 해볼까 생각한 적도 없다.

다이스케에게 인터넷은 사내 시스템을 이용할 때, 비행기나 신칸

센을 예약할 때나 이용하는 수단에 불과했다. 굳이 그 세계에 적극적으로 들어가 보고 싶다는 생각은 들지 않았다. 그래서 불편을 느낀 적도 없다. 오히려 인터넷 시스템을 활용할 때의 절차가 더 번거롭다고 느낄 때가 많았다.

트위터와 관련된 무슨 실수를 저지른 적이 있나?

곰곰이 생각해 봐도 당연히 짚이는 구석은 없었다.

도나이역 근처 패밀리 레스토랑에서 다이젠 지사로 복귀해 주차장에 주차한 순간 뒷문으로 들어오라던 지시가 떠올랐다. 사원증을 리더기에 대고 잠금을 해제한 뒤 무거운 철제문을 열었다. 사옥은 5층 건물로 다이테이 하우스가 빌딩 전체를 사용하고 있다. 자신의 사무실이 있는 2층으로 향하려고 계단을 오르려던 다이스케는 청소 담당 여직원과 마주쳤다. 이름은 몰라도 자주 마주치는 직원이었다. 어떤 업무를 하는 직원이든 절대로 인사를 빠뜨리지 말 것. 다이스케는 스스로 정한 규칙을 지키려고 고개를 살짝 숙였다.

"수고하십니다."

평소에도 다이스케의 인사에 제대로 대답하지 않는 사람이기는 했지만 그래도 고개를 살짝 끄덕여 주기는 했었다. 그런데 지금은 마치 다이스케의 존재를 알아채지 못한 사람처럼 그를 완전히 무시했다. 그러고는 걸음을 조금 재촉해 통로 안쪽으로 사라져 버렸다. 티끌만큼 불쾌감을 느꼈지만 평소에도 그런 태도였겠지 하며 2층 문을 열었다.

"복귀했습니다."

상대가 누구든 사무실로 돌아온 동료에게는 반드시 수고했다고 인사하기.

다이스케가 다이젠 지사의 영업부장으로 취임한 날부터 철저하게 지켜온 규칙이었다. 쇼룸이나 거래처, 혹은 1층 응접 공간에 나가 있는지 자리를 비운 직원도 몇 명 있었다. 그래도 2층에는 언뜻 봐도 스무 명 넘는 직원이 있었다. 그러나 거의 모든 직원이 다이스케의 인사를 무시했다. 간혹 인사하는 시늉은 한다는 듯 어중간하게 고개를 까딱이는 직원도 몇 명 있기는 했지만 수고했다고 말하는 사람은 한 명도 없었다.

역시 이상하다.

하지만 설마 이런 반응이 자신을 향한 적개심과 혐오 때문이리라고는 전혀 생각하지 못했다. 전화 응대를 하는 직원도 많았다. 정말로 문제가, 그야말로 지사장이 가벼운 패닉에 빠질 정도의 문제가 발생했나보다 해석했다. 예삿일이 아니었다. 왜인지 모르게 사무실 전체에 탁한 분위기가 낮게 깔려 있었다. 오늘 아침과는 분명히 다른 공간이었다.

"노이, 스즈시타 쪽의 시공 계획도 좀 준비해 줘. 지사장님이 시공 진척 상황을 궁금해하셨으니 이야기하러 가는 김에 보고하게."

"네, 알겠습니다."

노이는 스즈시타를 담당하는 부하 직원에게 자료 준비를 지시했다. 다이스케에 대해 무언가 생각하는 듯했지만 상사의 지시를 거역하지는 못했다. 노이의 부하는 어지러운 자신의 책상을 뒤적이기 시작했다. 그러나 자료는 어디서도 나오지 않았다. 다소 야무지지 못하다는 소문이 있는 직원이지만 아무리 그래도 중요한 자료를 잃어버릴 리 없다. 당사자와 그의 상사인 노이를 믿고 기다리는데 이내 노이의 부하가 새파랗게 질린 얼굴로 고개를 들었다.

"죄송합니다……. 저기."

"잃어버렸어?"

노이가 아연해 물었다.

"아뇨, 분명히 책상 위 여기에, 상자에 넣어 보관했는데…… 말입니다."

다이스케는 간신히 혀를 차지는 않았지만 한숨은 참을 수 없었다.

노이가 다시 한번 제대로 찾아보라고 지시하자 부하 직원이 또다시 부스럭부스럭 종이 더미를 뒤적이기 시작했다. 하지만 자신감 없는 손놀림을 보건대 자료를 찾을 확률은 희박했다. 정말이지 이런 실수는 간과할 수 없었다.

잃어버린 자료를 어떻게 보충해야 할지, 그리고 어떤 말을 해야 이 직원이 반성할지 속으로 머리를 싸매는데 열려 있던 문 쪽에서 큰 소리가 울렸다.

"야마가타 부장!"

시뻘게진 얼굴로 뛰쳐 들어온 사람은 지사장이었다.

아, 지사장님. 방금 막 복귀해서 이제 찾아뵈려던 참입니다. 스즈시타에 대해서도 잠깐 보고드릴 건이 있는데 자료를 분실한 듯해서…….

순간 머릿속에 나열한 대사는 끝내 한마디도 입에 담지 못했다.

"당장 따라와."

다짜고짜 5층에 있는 지사장실로 끌려갔다. 지사장은 지금까지 본 적 없을 정도로 시뻘겋게 달아오른 얼굴로 벌써 쉰 건 넘게 문의가 들어왔다고만 말하며 소파에 털썩 앉아 테이블 위에 있던 태블릿 PC 화면을 연신 터치했다.

"……이게 당최 무슨 일이야?"

다이스케야말로 묻고 싶었다.

도대체 무슨 문의가 쉰 건 이상 들어왔다는 말인지 전혀 이해할 수 없었다. 화면을 보기 전부터 무슨 일이냐고 물어봤자 대답할 수 있을 리 만무했다.

정말이지 생각이 그대로 행동으로 나오는 사람 같아 어이없었지만 더 이상 지사장을 언짢게 해봤자 성가신 일만 늘어날 뿐이다. 마지못해 태블릿 PC를 집어 들었다. 영업사원은 태블릿 PC를 사용해 고객 상담을 하기 때문에 태블릿 PC의 기본 사용법은 파악하고 있다. 하지만 고객과 직접 만날 기회가 적은 부장직은 태블릿 PC를 만질 기회가 좀처럼 없다. 어떻게 사용해야 하는지 고민하며 화면을 들여다보는데 무엇을 터치하기도 전에 눈에 들어온 제목에 숨이 멎었다.

[속보] 시신 사진 올린 사람 신상 털림! 본명 야마가타 다이스케, 다이테이 하우스 근무, 다이젠시 거주

공기가 얼어붙었다.

이게 뭐지?

화면에는 '타비오 속보'라는 통속적인 마토메 사이트*가 떠 있었는데 인터넷 세계에 익숙하지 않은 다이스케는 어떤 기관이 운영하는 사이트인지, 얼마나 영향력이 있는 사이트인지 몰랐다. 뉴스 사이트 같은 곳이겠거니 추측은 해도 그 이상은 알지 못했다.

왈칵 겁이 나서 주춤주춤 화면을 스크롤했다. 그러자 다이스케 본인의 얼굴, 회사 홈페이지에 게시된 사진이 눈앞에 나타났다. 관례대로 지사 영업부장의 인사말을 게재하느라 스튜디오에서 촬영한 사진이었는데 어째서 이 사진이 사이트에 올라왔는지 역시 이해할 수 없었다. 상황을 파악하지 못한 채 다시 화면을 스크롤하니 복부에 피를 흘리며 쓰러진 여성 사진이 이어졌다. 분명 충격적인 사진이었지만 앞서 덮친 혼란 때문에 그 괴기함이 머리에 들어오지 않았다.

'이게 뭐지?'

---

* 어떤 주제에 대해 정리한 게시물을 사람들이 자유롭게 올릴 수 있는 웹 사이트.

그 생각만 머릿속에 맴돌았다. 문맥도 파악하지 못한 상태에서 만요초 제2공원이라는 글자가 눈에 들어왔다. 사진에 찍힌 곳은 확실히 다이스케도 즐겨 이용하는 집 근처 공원이었다.

'그래서 이게 뭐 어쨌다는 말이지? 도대체 이게 다 뭐지?'

다이스케, 골프 친구가 필요한 요즘, 짜증 난다, 현재는 계정 삭제 완료.

모든 정보가 놀라웠지만 그저 놀랍기만 할 뿐 상황을 파악하는 데 별다른 도움이 되지는 않았다. 아아, 그렇게 된 일이구나 하고 이해할 수 있으면 좋으련만 도무지 전모를 파악할 수 없었다.

"야마가타 부장…… 도대체 무슨 생각이야?"

지사장의 물음에 아무런 대답도 할 수 없다.

"자네 트위터잖아."

기묘하게 느껴지는 말이었지만 그 순간 이 사이트에서 거론되는 '다이스케@taisuke0701'가 트위터 계정이라는 사실을 간신히 이해했다. 그렇구나, 회사로 돌아오던 길에 노이가 말한 트위터가 바로 이 이야기였구나. '다이스케@taisuke0701'가 문제성 게시글—아마도 살인을 암시하는—을 업로드했는데 이름이 같은 탓에 다이스케가 바로 그 인물이라는 오해를 받고 있다. 그래서 인터넷에서 사소한 소동으로 번진 것이다.

사건의 윤곽이 어렴풋이 잡히니 반론의 실마리도 보이기 시작했다.

"당연히 저 아닙니다."

뭐야, 그랬군. 역시 그렇지, 믿었다니까.

눈치 보지 않고 본인 마음대로 행동하는 성미지만 말뜻을 이해하지 못하는 사람은 아니다. 시뻘건 얼굴에 맺힌 땀을 손수건으로 닦으며 그럴 줄 알았다고, 화내서 미안하다고 할 줄 알았는데 지사장의 충혈된 눈은 여전히 다이스케를 잡아먹을 듯 노려봤다.

"그런 변명이…… 통할 줄 알아?"

"……변명이요?"

"이 사태를 어쩔 거야…… 이 멍청한 자식!"

지사장이 왜 이렇게까지 완고하게 트위터 계정의 주인이 다이스케라고 맹신하는지 이해할 수 없었다. 분명 골프를 좋아하기는 했다. 이제는 다이스케의 인생에서 떼어놓을 수 없다고 표현해도 좋았다. 중학교 때는 단거리 달리기, 고등학교 때는 럭비, 대학 시절에는 트라이애슬론. 학창 시절부터 꾸준히 다양한 스포츠에 도전했지만 회사원이 되고부터는 오로지 골프뿐이었다. 적어도 한 달에 세 번은 라운드를 나갔다. 만요초 제2공원 근처에 사는 것도 맞고, 계정 끝에 붙어 있는 숫자와 다이스케의 생일인 7월 1일이 일치하는 것도 사실이라면 사실이었다.

하지만 그렇다고 해서 왜 살인범으로 오해받아야 하는가.

"일단 오늘은 퇴근해."

"……네?"

"집에서 대기하라고."

지사장은 더 이상 소통을 거부하듯 소파에서 벌떡 일어나 등을 돌렸다.

"구경꾼 몇 팀이 계속 정면 입구로 드나들고 있어. 야마가타 다이스케는 건강상 이유로 퇴근했다고 설명할 테니 좌우간 지금 당장 돌아가도록 해. 여기나 본사나 자네 사건 때문에 전화통에 불이 났다고."

"……제가 왜 퇴근해야 합니까?"

상황이 이렇다 보니 초조함을 감출 수 없었지만 감정적으로 대응하지 않도록 스스로를 다스리며 냉정하게 말을 이어갔다.

"저는 아무것도 잘못한 게 없으니 결백하다고 설명하면 될 일입니다. 눈속임하려는 행동이 오히려 사람들의 의심을 더 부추길 겁니다. 여기는 확실하게—"

바로 그 순간 지사장실 전화가 울렸다.

그러나 사무실 주인인 지사장은 전화가 있는 쪽은 돌아보지도 않았다.

네가 전화 가까이에 있으니 네가 받으라는 의미인가.

다이스케는 작게 헛기침하며 목을 가다듬고 왼손을 뻗었다. 전화는 받지 않아도 된다는 지사장의 목소리가 울린 것은 다이스케가 수화기를 귀에 댄 후였다.

"전화 받았습니다. 다이테이 하우스 다이젠 지사입니다."

3초 남짓한 정적.

지지직거리는 소음이 들리니 전화는 끊어지지 않은 듯한데 아무런 목소리도 들리지 않았다.

"여보세요?"

다이스케가 말하는 순간 남자가 내뱉은 한마디가 울렸다.

—살인자.

반박하려는데 전화는 이미 끊어졌다.

장난 전화다.

형언할 수 없는 분노가 머릿속에서 탁탁 튀었다.

뺑소니, 혹은 길을 걸어가다 영문도 모른 채 날달걀을 맞은 기분이었다. 보이지 않는 통화 상대의 얼굴이 보이는 듯해 잠시 수화기를 노려봤다. 아무 생산성 없는 전화다. 하다못해 야마가타 다이스케를 내놓아라, 제대로 설명하라, 회사에서 공식 발표를 해라 같은 요구를 한다면 이해한다. 그와 동시에 다이스케 쪽도 반론할 수 있는 여지가 생긴다. 그런데 이 유치한 괴롭힘은 무엇이란 말인가.

"집에서 대기해."

지사장이 같은 말을 반복했다.

"자세한 내용은 조사 중이다. 당사자는 컨디션이 나빠 오늘은 퇴근했다. 이걸로 밀고 가지. 오늘은 이만 돌아가. 말도 안 되는 물의나 일으키고 말이야."

당연히 납득하지 못했고 짓씹듯 내뱉은 말에 되받아치고도 싶었다. 도대체 내가 무슨 잘못을 했다는 말인가. 무슨 말도 안 되는 물의를 일으켰다는 말인가. 하지만 지사장이 생각을 바꿀 것 같지 않았고 본사 상부에 항의한다고 해서 결과가 달라질 것 같지도 않았다.

다이스케가 체념하며 2층으로 돌아오자 사무실 전체에 긴장의 끈이 팽팽해졌다. 자신들의 상사가 혐의를 받는 현실을 억울해한다기보다 가까이에 살인마가 있다는 사실을 알게 되어 공포에 떠는 표정이었다. 단독주택 부문, 공동 주택 부문, 점포 부문, 에너지 인프라 부문. 사무실 끝에서 끝까지 시선을 돌리며 훑었지만 하나같이 저주에 걸릴까 봐 두려운 사람들처럼 고개를 숙이고 입을 꾹 다물었다.

어째서 사람들은 그동안 함께 지내 온 사람의 됨됨이보다 근거가 불분명한 유언비어를 더 믿을까. 다이스케는 잘못된 정보라는 독에 매우 쉽게 중독된 부하들의 어리석음에 아연하면서도 할 말은 해야겠다고 판단해 큰 소리로 말했다.

"이상한 인터넷 기사가 올라왔다더군요."

직원들의 움직임이 약간 느릿해졌지만 아무도 다이스케와 눈을 마주치려고 하지 않았다.

"물론 다들 그렇게 생각하겠지만 전부 사실무근에 엉터리 정보입니다. 오늘은 일단 퇴근하지만 토요일, 그러니까 내일도 평소처럼 출근합니다. 장난 전화에 대응하느라 수고스럽겠지만 평소처럼 업무를 보시기 바랍니다. 내가 확인해야 할 건이 있으면 언제든 휴대폰으로 연락 주고."

다행히 노이는 아직 상황을 파악하지 못한 모습이었다.

무슨 일이냐고 묻는 노이에게 다이스케는 자신의 휴대폰으로도 트위터를 검색할 수 있는지 물었다. 그러자 다이스케보다는 그나마 디지털 분야에 밝은 노이는 이미 설치되어 있는 다른 애플리케이션으로 실시간 검색을 하면 어떻겠냐고 제안했다. 트위터 계정이 없으면 공식 애플리케이션으로 게시글을 보기 번거롭다는 이유에서였다. 검색창에 찾고 싶은 단어를 입력하고 실시간 버튼을 누르면 트위터 게시글을 쉽게 확인할 수 있다는 것이다.

다이스케는 노이의 설명에 따라 자신의 이름을 입력하고 실시간 버튼을 눌렀다. 그 순간 얼굴에 핏기가 가셨다.

실시간 검색: 검색어 '야마가타 다이스케'

12월 16일 13시 44분 지난 6시간 12,652건 트윗

문의가 쉰 건 넘게 들어왔다는 지사장의 말을 들었을 때는 막연하게 백에서 2백 명 정도 떠드는 이야기이겠거니 짐작했다. 그러나 트윗이라는 단어의 뜻을 정확하게 모르는 다이스케도 이것이 매우 많은 수치라는 것만은 직감했다. 1만 2천 건 이상 리트윗이라는 표시에 목이 졸리는 기분이었다.

노이가 자신도 모르게 헉 소리를 냈다.

"이거 큰일 난 거야?"

노이는 다이스케의 질문에는 대답하지 않은 채 물었다.

"……저기, 부장님, 무슨 일 있으셨어요?"

직원들을 위해서라도, 그리고 자신을 위해서도 사무실에 더 머물러서는 안 된다.

퍼뜩 깨달은 다이스케는 서둘러 퇴근 준비를 시작했다. 다행히도 오늘은 시켄 외에 다른 약속은 없었다. 집에서 작업할 월말 회의 자료를 클리어 파일에 끼워 넣고 AC 어댑터를 콘센트에서 뽑아 노트북 가방에 챙겼다. 다이스케 앞으로 배달된 우편물도 가방에 담는데 우편물 사이에 낯선 편지 봉투가 섞여 있었다.

장형 3호* 갈색 봉투.

보내는 사람의 이름은 없었다.

아마도 무분별하게 발송하는 무익한 광고이리라 생각하면서도 집에서 확인하고 버리면 된다는 생각에 함께 챙겼다. 현재 유일하게 제대로 소통할 수 있는 직원인 노이에게 다른 과의 업무까지 포함해 진행 중인 안건들의 방침을 최대한 떠오르는 대로 전달했다. 어떤 상황에서든 자신의 직무를 어중간한 형태로 내팽개치는 것을 다이스케는 용납할 수 없었다. 얼추 괜찮으리라는 판단이 선 뒤에도 수첩에 적힌 업무 체크리스트를 확인하고 책상 위를 완벽하게 정돈하고 나서야 사무실을 떠났다.

정면 입구를 피해 뒷문으로 나가는 순간 휘몰아친 겨울바람에 몸이 움츠러들었다. 날씨가 언제 이렇게 쌀쌀해졌을까. 코트 앞섶을 단

---

* 120mm×235mm로, A4 용지를 가로로 세 번 접어 넣을 수 있는 크기.

단히 여미며 늘 이용하는 버스 정류장으로 걸어갔다.

지방 도시지만 나름대로 번화한 다이젠역 앞과 달리, 조금 떨어진 곳에 있는 지사 주변은 한적한 주택가였다(그 때문에 주택 건설사인 다이테이 하우스의 지사를 이곳에 세웠다). 정오를 지난 시간이기도 해서 아무도 마주치지 않고 버스 정류장에 도착했을 때 비로소 패밀리 레스토랑에서 벌어졌던 소동과 조금 전 알게 된 인터넷 소동이 머릿속에서 하나로 연결됐다.

그때 젊은이들은 다짜고짜 다이스케를 염탐했을 뿐 아니라 사진까지 찍으려 들었다. 전부 그 트위터 때문에 벌어진 일이었다. 상황을 이해하자 더욱 소름 끼쳤다. 요컨대 우연히 같은 패밀리 레스토랑에 있던 젊은이들도 자신을 알아볼 정도로 잘못된 정보가 널리 퍼져 있다는 뜻이다.

때마침 버스가 도착했다.

다이젠역 방향에서 달려온 버스는 예상보다 더 많은 사람으로 붐볐다. 아무 생각 없이 버스에 타려고 오른발을 올렸는데 눈앞에 보이는 좌석에서 젊은 사람이 휴대폰을 만지는 모습이 시야에 들어오자 멈칫했다. 나쁜 예감이 머릿속을 채우며 왼발을 마저 올리기 망설여졌다.

"어서 타세요오."

스피커에서 맥아리 없는 운전기사의 목소리가 울리자 의아하게 여긴 젊은이가 고개를 들어 다이스케 쪽을 쳐다봤다.

"죄송합니다. 잊은 물건이…… 생각나서요."

올려놓은 발을 뒤로 물렸다. 곡선으로 휘어진 도로를 달리는 버스의 뒷모습을 한숨을 쉬며 바라봤다.

겁먹지는 않았지만 만에 하나라도 버스에서 소란을 일으키는 사태는 피하고 싶었다. 버스를 타면 집까지 5분, 걸어가도 30분 정도면 도착한다. 구태여 위험을 떠안을 필요는 없다.

하얀 입김을 내뿜으며 걷는 동안 세 사람 정도 스쳐지나갔지만 누구도 이렇다 할 반응을 보이지 않았다. 그런데 큰길을 돌아 드디어 집에 도착했다고 생각할 때 자신도 모르게 숨이 멎었다. 다이스케는 황급히 걸음을 멈추고 담장 뒤로 몸을 숨겼다.

집 앞에 구경꾼들이 있었다.

10대 후반에서 20대 초반은 되었을까. 젊은이 약 다섯 명이 다이스케의 집을 손가락질하며 화제의 관광지를 발견한 사람들처럼 떠들었다. 개중에는 카메라로 영상을 찍는 사람도 있고, TV 방송의 리포터인 양 카메라를 향해 무언가 말하는 사람도 있었다. 직장과 얼굴이 인터넷에 노출됐다는 것은 알았지만 집 주소까지 알려졌으리라고는 상상도 못 했다.

당연하게도 다이테이 하우스 다이젠 지사 영업부장의 집은 다이테이 하우스가 시공했다. 내년이면 지은 지 꼭 20년이 된다. 새 건물은 아니지만 전문가가 오랜 시간 쌓아온 지식과 경험의 정수를 쏟아부어 지은 집이 초라할 리 없었다. 널찍한 정원에는 골프 연습용 그

물망이 설치되어 있고 주차 공간에는 구매한 지 얼마 되지 않은 벤츠 GLE가 듬직하게 자리를 잡고 있다. 영문은 모르겠지만 아무래도 그 모든 존재가 구경꾼들을 흥분시키는 듯했다.

구경꾼들은 초인종을 연신 거칠게 누르고 급기야 우편함에 장난질하려 했다. 무엇이 그리 재미있는지 이해할 수 없지만 구경꾼 한 명이 대파 한 개를 꺼내더니 우편함에 억지로 욱여넣었다. 그러고서 인생에서 가장 재미있는 광경을 목격했다는 듯 큰 소리로 웃기 시작했다.

사태는 최악이었지만 아내와 딸이 집에 없는 시간대라는 점은 불행 중 다행이었다. 아내는 파트타임 직장으로 출근했고 딸은 학교에 갔다.

그래, 가족에게도 연락해야지.

그야말로 마른하늘에 날벼락이라고 할 수밖에 없는 기괴한 상황을 어떻게 설명해야 할까.

골치 아픈 와중에 당장 해결해야 할 문제는 성가신 구경꾼들이었다.

어떻게 처리해야 할지 고민하다가 이내 경찰에 신고하자는 간단한 해결책에 도달했다.

다이스케는 휴대폰을 꺼내 110*을 입력했다. 그러나 발신 버튼을 누르려는 순간 잠시 주춤했다. 만약 인터넷 세상 속 어리석은 사람

---

* 우리나라의 112에 해당

들처럼 경찰도 다이스케를 어떤 사건의 범인이라고 착각한다면 어떻게 되겠는가. 다이스케는 구름 낀 하늘을 무기력하게 올려다보다가 금세 사념을 떨쳐 버렸다. 일본 경찰이 그 정도로 멍청할 리 없다.

약 5분 후에 경찰 두 명이 모습을 드러냈다. 그들이 책장의 먼지를 털어내는 것보다 더 쉽게 구경꾼들을 해산시켰다기보다 제복을 입은 경찰을 본 구경꾼들이 먼저 도망쳤다.

경찰은 담장 뒤에 있던 다이스케를 발견하고는 빠른 걸음으로 다가와 입을 열었다.

"야마가타 다이스케 씨 맞으시죠?"

아무리 많이 잡아도 서른 살이 넘지 않은 듯 보이는 젊은 경찰관의 다소 고압적인 태도가 마음에 걸렸다. 준비했던 감사의 인사가 목구멍에 걸렸다가 사라져 버렸다.

"네."

짧게 대답하자 젊은 경찰관이 틈을 주지 않고 다그쳤다.

"인터넷에서 난리 난 그거, 알죠? 야마가타 씨의 계정."

"……네?"

"잠깐 집 안을 좀 봤으면 하는데 혹시 모르니 문 좀 열어 주시죠. 야마가타 씨의 트위터 계정 건으로 신고가 많이 들어와서요."

악몽을 꾸는 듯했다.

강렬한 실망감이 다이스케의 속마음과는 다르게 점점 힘없는 미소로 바뀌었다.

젊은 경찰관의 일방적인 행동인가 싶었다. 하지만 뒤에서 버티고 서서 지켜보는 나이 많은 경찰관도 마찬가지로 다이스케를 의심의 눈초리로 주시했다. 경찰 조직이 자신을 의심하는 것이다. 헛소문을 검증 없이 그대로 받아들이는 경찰에 분노가 일었지만 흥분하면 상황만 더 나빠질 뿐이다. 다이스케는 애써 마음을 가라앉히고서 사람 좋아 보이는 미소를 지어 보였다.

"아휴 참, 왜 그러십니까. 그건 제 계정이 아닙니다. 저는 억울합니다, 피해자라고요."

두 경찰관은 순간 상의하듯 시선을 주고받았다.

"그래서 뭡니까. 문을 안 열겠다는 말입니까?"

상대를 전혀 존중하지 않는 말투에 혈압이 오르기 시작했다.

"당연히 못 열죠. 그보다 인터넷에 떠도는 기사나 삭제하고 헛소문이나 바로잡아 주시죠. 집까지 찾아와서 저런 장난을 치니 곤란합니다. 피해자를 지키는 게 당신네들 임무 아닙니까."

"야마가타 씨. 기사 삭제는 말이죠……."

그때까지 입을 다물고 있던 나이 많은 경찰관이 마치 안마 시술소에서 성행위를 강요하는 진상 손님을 타이르는 듯한 어조로 말했다.

"우리가 하는 일이 아니에요."

말이 통하지 않았다.

다이스케는 부글부글 끓어오르기 시작한 분노를 간신히 억누르며 조용히 고개를 가로저었다. 외계인과 대화하는 기분에 진저리가 나서 원래 왔던 길을 되돌아가기로 했다.

"이봐요, 야마가타 씨. 어디 갑니까?"

"……일하러 갑니다. 역 앞 카페로."

"집에 안 가고요?"

"……이상한 패거리가 또 들이닥칠지 모르는데 집에 어떻게 갑니까. 이상한 사람이 접근하지 않도록 감시라도 해줄 겁니까?"

대답을 기다리지 않고 돌아서는데 이웃 주민들이 삼삼오오 모여 다이스케와 경찰관의 대화를 지켜보고 있다는 사실을 깨달았다. 역시 웃는 얼굴로 사정을 차근차근 설명할 여유가 없어서 분노와 굴욕감을 가슴에 묻고 땅바닥을 쳐다보면서 걷기 시작했다. 얼마쯤 걷다가 뒤돌아보니 두 경찰관은 팔짱을 끼고 여전히 다이스케의 행선을 주시하고 있었다. 당장이라도 되돌아가서 아무리 그래도 너무 무례한 거 아니냐며 따져 묻고 싶었지만 꾹 참으며 다이테이 하우스로 돌아가는 길을 재촉했다.

순간적으로 역 앞 카페에 간다고 말했지만 실제로 그곳에 갈 생각은 없었다. 이곳에서는 거리가 있다. 그리고 되도록 많은 사람의 눈에 띌 만한 장소는 피하고 싶었다. 어떻게 할까 고민하는데 역에서 조금 떨어진 곳에 있는 비즈니스호텔이 떠올랐다. 지역 주민이기에 묵은 적은 없지만 그리 멀지도 않다.

일단 그곳에 몸을 숨기자.

목적지를 찾으니 발걸음이 가벼워졌다.

402호 방문을 여는 순간 다이스케는 마침내 인권을 되찾은 기분이었다. 코트를 옷걸이에 걸고 굳이 모습이 드러나도록 커튼을 활짝 열어젖혔다. 이 각도에서 바라보는 동네 풍경은 처음이지만 이곳은 분명히 다이스케의 홈그라운드였다. 폭이 넓은 도로가 울창한 삼림으로 끝없이 이어졌다. 빈말로도 도시라고 할 수 없는 곳이었다. 그래도 모든 건물이 깔끔하게 관리되어 있고 어딘가 품위가 느껴졌다. 차가, 사람이, 평소와 같은 속도로 평소와 같은 길을 흘러갔다.

일상이었다.

다이젠시는 다이스케의 고향이 아니라 아내인 후유코의 고향이었다. 두 사람은 다이테이 하우스 마치다 지점에서 만났다. 사무원이던 후유코와 사내 연애 끝에 결실을 맺었다. 직장을 그만두고 전업주부가 된 후유코는 당장은 아니더라도 언젠가는 도쿄를 떠나 사랑하는 다이젠시에서 살고 싶어 했다. 외동딸이기에 부모님이 걱정된 까닭도 있었다.

다이젠 지사로 근무지 이동을 신청하는 데 거부감은 없었다. 마음만 먹으면 도쿄까지 한두 시간 안에 갈 수 있다는 장점 때문이기도 했지만, 무엇보다 다이젠 지사 소속으로 근무하는 것이 사내에서 비교적 명예로운 일이기 때문이었다. 다이젠 지사는 시내뿐 아니라 실질적으로 현 내 모든 안건을 총괄 관리한다. 도쿄 내 변두리 지점에서 시시하게 직장생활을 하다가 끝내기보다 개발 잠재력이 있는 다이젠 지사에서 활약하는 편이 훨씬 출세할 가능성이 컸다. 실제로 다이스케는 몹시 순조로운 페이스로 부장직까지 올랐다.

그런 내가 어째서.

다이스케는 세면대 앞에서 꼼꼼하게 세수했다. 그러고 나서 얼굴에 묻은 물방울을 역시 공들여 닦은 뒤 침대 옆에 놓인 의자에 몸을 파묻고 앉아 긴 한숨을 내쉬었다. 당장 노트북을 꺼내 일할 엄두가 나지 않아 TV를 켰다. 오후 와이드 쇼 방송이 흘러나왔다. 난폭 운전으로 체포된 남자가 돌연 뻔뻔하게 적반하장으로 나온다는 기분 나쁜 뉴스를 보도하고 있었다. 다이스케는 물론 다이젠시나 만요초라는 단어가 튀어나올 기미는 전혀 보이지 않았다. 채널을 이리저리 돌려도 결과는 같았다.

역시. 어차피 뜬소문은 인터넷에서나 떠들 뿐이다.

판단이 서자 자그마한 안도감에 찾아왔다.

생각해 보면 경찰관도 신고가 들어왔으니 집 안을 보여 달라고만 했지 다이스케를 체포하려 하지는 않았다. 게다가 강제력도 없어 보였고 신고가 몇 건 들어왔으니 이왕 출동한 김에 확인이나 하자는 정도의 태도였다. 소문이 그저 소문일 뿐이라는 더할 나위 없는 증거였다. 사건은 존재하지 않는다. 시신 따위 아무 데도 없으니까 체포하지 못하는 것이다. 다이스케는 사실을 하나하나 곱씹으며 마음을 가라앉혔다.

시간이 얼마나 걸릴지 모르지만 근거 없는 소문이 영원히 입방아에 오르내릴 리는 없다.

몇 시간 후, 혹은 며칠 뒤.

오염물질이 어느 순간 정화되듯 분명 올바른 정보가 루머를 없앨 것이다.

아무 생각 없이 틀어놓은 채널에서는 밤의 유흥가를 경계하는 경찰을 밀착 취재하는 다큐멘터리를 방송했다. 경찰이 네온사인이 빛나는 거리에서 두 눈을 번뜩였다. 그리고 의심스럽다 싶은 젊은이에게 말을 걸자 마치 짜놓은 각본처럼 가방에서 불법 약물이 발견됐다. 그 남자를 왜 수상하게 여겼냐고 제작진이 묻자 경찰은 당연하다는 얼굴로 "거동이 수상해 금방 눈치챘습니다"라고 대답했다.

흔한 TV 프로그램이지만 현재 다이스케에게는 지극히 마땅한 교훈이었다. 역시 세상에 만연한 악이 적발되는 계기는 사실 왜인지 수상해 보여서라는, 이른바 개인이 느끼는 인상의 영역에 불과하다. 마음이 켕기는 사람은 쭈뼛쭈뼛 주위를 경계하기 때문에 경찰의 의심을 사고, 선량하고 떳떳한 사람은 당당하기에 의심을 받지 않는다.

다이스케는 의자에 앉은 채 등을 곧게 폈다. 그렇지, 그렇고말고.

나는 떳떳하니까 당당하면 된다. 가슴을 펴고 행동하면 분명 빠르게 오해가 풀리리라.

호텔 방이라는 안전한 공간에 있다는 안도감까지 더해 다이스케의 사고는 점점 긍정적인 방향으로 기울었다. 오해는 금방 풀린다. 아니, 어쩌면 이미 풀렸을지도 모른다. 아직 완전히 해결되지는 않았어도 인터넷 소동은 거의 진화 단계에 접어들었을 것이다. 다이스케는 휴대폰을 꺼내 노이에게 배운 방법으로 다시 자신의 이름을 검색했다.

실시간 검색: 검색어 '야마가타 다이스케'

12월 16일 14시 56분 지난 6시간 20,120건 트윗

자그마한 낙관은 보기 좋게 산산조각이 났고 심장은 더욱 저려 왔다. 한 시간 전에 본 숫자를 정확하게는 기억 못 하지만 그 수가 늘어났다는 사실만은 틀림없었다.

[사형 가자], [눈빛 봐라. 흉악범 관상 오진다], [너무 바보 같아. 에바다. 부들부들 떨림]

아무래도 인터넷에는 바른 말을 사용하는 사람이 한 명도 없는 듯하다. 관계없는 부분에까지 신경이 곤두선 상태로 화면을 스크롤하다가 많은 계정이 인용한 '시신 사진 올린 범인, 야마가타 다이스케 정보 모음'이라는 링크가 눈에 들어왔다. 링크에 접속하니 지사장이 보여 준 것과 같은 마토메 사이트로 이동했다.

분명 사소한 우연이 몇 가지 일치했을 뿐이겠지.

고작 이만한 정보로 범인 취급하는 거야? 억지도 정도껏 부려야지, 라며 코웃음 칠 줄 알았는데 게시글을 차근차근 읽어나갈수록

소름이 돋았다.

내용은 지사장실에서 본 마토메 사이트의 게시물과 거의 비슷했지만 그때는 혼란스러운 상황에서 정보 일부를 단편적으로 주워 모아 사태의 전모를 막연하게 이미지화했을 뿐이었다. 그러나 게시글의 처음부터 차례로 경위를 따라가니 인터넷상에 퍼진 '다이스케@taisuke0701'='야마가타 다이스케'라는 도식이 얼마나 타당한 논리를 따른 것인지 다이스케 본인도 인정할 수밖에 없었다. '다이스케@taisuke0701'의 트위터 게시물을 캡처한 여러 그림파일을 훑어볼 때마다 다이스케의 마음은 커다란 숟가락으로 도려내는 것처럼 서서히, 그리고 거세게 파였다.

[내 자랑거리 골프백]

몇 년 전에 새 가방을 사면서 바꾸기는 했지만 틀림없이 다이스케가 한동안 사용하던 골프백이었다. 다이테이 하우스 50주년 기념 경기 대회 키홀더도 기억한다. 골프백은 평소에 차 트렁크에 넣어 두는데 사진 배경은 아무래도 다이스케의 집 외벽 같았다. 짐을 싣고 내릴 때 몇 시간 정도 골프백을 정원에 놓아두곤 하는데 분명히 그 몇 시간 사이에 찍은 사진일 터다.

[정원에 꽃이 피었습니다.]

아무리 봐도 다이스케의 집 정원이었다.

[드라이버를 샀습니다. 이걸 쓸 생각에 벌써 기대됩니다.]

예전에 다이스케가 신중에 신중을 기해 구매한 추억의 캘러웨이

드라이버다. 이것도 정원에 놓아둔 골프백에서 튀어나온 모습을 찍은 사진이었다.

[골프는 고독한 스포츠지만 그래서 오히려 보람을 느낀다고 믿습니다.]

다름 아닌 다이스케의 말버릇이다.

어떻게 봐도 야마가타 다이스케가 운영하는 계정이었다.

다이스케에 대해 잘 몰라서 속는 것이 아니었다. 다이스케를 잘 아는 사람일수록 그의 계정이라고 믿을 법했다. 다이스케 본인조차 착각할 것 같았다. 정말 자신의 계정이 아닐까. 너무나도 교묘하고 자연스러워서 오히려 기묘하고 뒤틀린 계정이었다.

지금 상황은 우연의 일치로 벌어진 일이나 느닷없이 닥친 불행한 사고 따위가 아니다.

누군가 10년 동안 꾸준히 다이스케인 척 연기했다.

'도대체 너는 누구냐.'

그 순간 휴대폰이 진동해서 자신도 모르게 떨어뜨릴 뻔했다.

아내 후유코였다. 가족에게 연락하려다가 잊었다는 생각이 떠올라 황급히 통화버튼을 눌렀더니 몹시 이성을 잃은 후유코의 목소리가 들려왔다. 흐느끼는 울음소리 사이로 더듬더듬 말을 끼워 넣었지만 의미 전달이 되는 문장으로 완성되지는 않았다.

"파트타임 하는데 다카하시 씨가, 글쎄 다카하시 씨가, 있잖아 저기…… 인터넷에서, 그러니까 아까."

알아. 괜찮아. 나도 알고 있어.

다이스케는 후유코를 진정시키려고 무뚝뚝한 말투로 연달아 말했다. 후유코는 화장품 통신판매 콜센터에서 파트타임으로 근무한다. 아마도 다카하시라는 동료에게 인터넷에서 난리가 났다는 소식을 듣고 전화를 걸었으리라.

"전부 헛소문이야. 하나도 믿을 필요 없고 분명 오해도 금방 풀릴 테니 안심해."

거의 소망 일색인 말에 후유코는 알았다는 대답도, 그렇지? 라고 맞장구도 치지 않고 한없이 흐느껴 울기만 했다. 위험한 구경꾼이 있을지 모르니 절대 집 근처는 가지 말고 오늘은 딸 나쓰미와 친정에 가서 머물라며 당부했다. 후유코의 친정도 만요초에 있다. 10년도 더 전에 다이스케의 집에서 걸어서 10분 정도 걸리는 거리에 다이테이 하우스 시공으로 단독주택을 지었다. 별 탈 없이 머물 수 있을 터다.

"나쓰미와 연락할 수 있겠어?"

희미하게 "응" 소리가 들렸다.

"아마 아무 문제도 없겠지만 나는 결백해. 나쓰미도 학교에서 당당하게 행동하라고 해. 절대 조퇴 같은 건 하지 말라고 하고. 인터넷에 떠도는 이야기들 완전 다 헛소리야."

수화기 너머로 들리는 소리가 코를 훌쩍이는 소리인지, 알겠다는 의미의 대답인지 거의 판단할 수 없어서 알겠지? 당신만 믿을게, 할 수 있지? 라는 말만 연신 반복했다. 마침내 알겠다는 대답이 선명하게 들리자 다이스케는 전화를 끊었다. 이런 상황을 만들어서 미안하다는 말은 일부러 하지 않았다. 아무리 생각해도 자신에게는 아무 잘못이 없다. 회사에도, 사회에도, 물론 아내에게도 사과할 필요는 눈곱만큼도 없었다.

실행 중이던 애플리케이션을 다시 열어 사이트를 훑어보니 가장 아랫부분에 댓글을 입력하는 칸이 있었다. 이 사이트를 누가 이용하는지, 어느 정도 영향력이 있는지는 모른다. 그래도 왠지 모르게 자신의 생각을, 자신만이 아는 진실을 어딘가에 새겨 둘 필요가 있었다.

[야마가타 다이스케는 범인이 아니다. 아무 잘못도 하지 않았다. 자꾸 헛소문 내지 마라.]

입력 버튼을 누르고 애플리케이션을 닫았다.

다이스케는 몹시 혼란스러웠지만 마음속 깊은 곳에서는 언젠가 해피엔딩이 찾아오리라 믿었다. 다이스케 행세를 하는 계정에 문제가 있는 게시물이 올라온 것은 사실이지만 실제로 시신은 발견되지 않았다. 다이스케를 함정에 빠뜨리려고 하는 사람이 있다는 현실은 인정해야 한다. 그러나 살인 혐의를 뒤집어씌우려고 한들 정작 가장 중요한 사건이 존재하지 않는다면 사태가 더 나빠지지 않을 터다.

시간이 얼마나 걸릴지 짐작도 되지 않지만 틀림없이 오해는 풀릴 것이다.

그런데 도대체 범인은 누구일까.

제대로 일을 할 수 있는 정신상태는 아니었지만 손을 계속 움직여야 쓸데없는 생각에 사로잡히지 않을 것 같았다. 부정적인 생각을 떨쳐 버리듯 가방에서 노트북을 꺼내는데 사무실에서 챙겨 온 우편물 속 편지 봉투가 눈에 띄었다.

기껏해야 신입직원 교육용 세미나 교재 광고겠지.

내용만 슬쩍 확인하고 버릴 생각으로 봉투 속 A4 용지를 꺼냈다. 그런데 내용물을 읽기 시작한 지 얼마 지나지 않아 시간이 멈춘 듯 손가락 하나 까딱할 수 없었다.

야마가타 다이스케 님

사태는 당신이 상상하는 것보다 훨씬 더 심각합니다.

누구도 믿어서는 안 됩니다. 아무도 당신 편이 아닙니다.

당신을 구할 유일한 방법, 선택해야 할 길은 하나뿐.

도망치고, 또 도망치는 것. 그뿐입니다.

나는 당신이 끝까지 도망치기를 바랍니다.

도저히 견딜 수 없는 때가 오면 '36.361947, 140.465187'

세자키 하루야

편지를 다 읽고 고개를 들자 계속 켜둔 TV 소리가 귓가에 닿았다.

경찰 밀착 다큐멘터리는 진작 끝났고 지금은 여성 아나운서가 방송 스튜디오에서 뉴스를 보도하고 있었다. 곧 화면에 나타난 장면은 눈에 익은 만요초 제2공원의 공중화장실이었다.

여성 시신이 발견됐다.

실시간 트렌드: 검색어 '시신/발견'

12월 16일 16시 20분 지난 6시간 1,521건 트윗

• 시신이 나왔으니 이제 발뺌할 수도 없겠네. 다이테이 하우스에 항의 전화를 했는데 앵무새처럼 컨디션이 나빠 퇴근했다는 말만. 애초에 컨디션이 나쁘다는 게 범인이라는 증거고, 회사에서 경찰에 바로 넘기지 않는 점도 의문이야. 정상적인 회사가 아니라니까. 우리 회사였으면 그 자리에서 끝이야.

인용: [신호신문웹] 다이젠시 만요초에서 여성 시신 발견

마키타고고로@이데아스진대표@kogorou_makita

• 다이젠시 사건. 시신을 처음 발견한 사람이 경찰이 아니라 유튜버인 게 문제다. 범인은 당연히 사형이지만 경찰도 똑바로 일해야지. 인터넷에서는 어제부터 난리가 났는데 완전 직무태만이야. 내가 낸 세금으로 월급도둑 짓이나 하다니.

에르고@ergo_nakamura

- 다이테이 하우스 평균 연봉: 922.5만 엔

사람 죽이고서 유기하고 멍청하게 트위터에 스스로 까발려도 끄떡없네. 역시 천룡인답다.

인용: [니치덴신보 온라인] 다이젠시에서 유튜버가 시신 발견 '인터넷 소동을 보고'

판타롱@구직중@BiPUSbMj556TOS

- 경찰이 얼마나 도움이 안 되는지 다들 잘 알았겠죠. 내가 스토킹 당할 때도 똑같았어요. 아무리 애걸복걸해도 꿈쩍도 안 하더라고요. 이번에도 피해 여성이 SOS를 보냈을지 몰라요. 살해되고 나서는, 시신이 되고 나서는 정말로 늦어요. 용서가 안 돼요, 정말.

인용: [신호신문웹] 다이젠시 만요초에서 여성 시신 발견

리주@Love_Rose_Life

야마가타 나쓰미

나쓰미는 아버지가 일으킨 소동을 전해 듣고 가위에 눌린 사람처럼 교무실 파이프 의자에 앉은 채로 꼼짝도 할 수 없었다.

"이 소식을 알려 줘야 할지 말아야 할지 고민했는데 말이다."

나쓰미는 3교시 사회 수업이 끝나자마자 교무실로 불려갔다. 교무실에는 학년 주임 교사와 담임 교사가 기다리고 있었다. 그들은 자극적인 화제를 나쓰미가 받아들이기 쉽도록 최대한 완곡하게 설명했다.

"……아빠가, 정말로 그런 일을……."

흔들리는 눈빛으로 묻는 나쓰미에게 학년 주임은 괴로운 듯 고개를 끄덕였다.

"교감 선생님이 오늘 학교에 안 나오신 건 그것과는 관계없지만, 하지만 어쨌든, 그래……."

내가 모르는 사이에 그런 일이 일어나다니.

아빠가 그런 짓을 할 리 없다는 기도 비슷한 심정이면서도 어떻게 단언할 수 있을까 불안해졌다. 아무튼 소동 이야기를 들어봤자 초등학교 5학년인 나쓰미가 할 수 있는 일은 아무것도 없었다. 진상이 무엇인지, 정보가 어떻게 퍼졌는지, 확인할 방법도 소문을 막을 방법도 없다. 그저 머릿속을 휘젓는 온갖 생각에 혼란스러울 뿐이었다.

"……나쓰미, 일단 교실로 돌아가렴."

학부모들에게 사무적이고 가식적이라는 평가를 받는 담임 교사는 나쓰미를 어떻게 대해야 할지 고민하는 눈치였다. 근거도 없이 무조건 괜찮다고 격려하기에는 망설여졌고, 깨지기 쉬운 물건처럼 과보호하는 것도 적절하지 않다고 생각하는 듯했다. 무엇보다 이 아이가 정말로 지킬 가치가 있는 사람일까 계산하는 마음에 눈빛이 혼탁했다.

어른의 그런 망설임이 나쓰미에게도 가슴 아플 정도로 느껴졌다.

교실 문을 열고 자신은 어떻게 행동해야 옳을까? 아빠는, 엄마는, 나는 앞으로 어떻게 해야 하고 어떻게 되는 것일까.

나쓰미의 호흡이 점점 밭아졌다.

'설마, 그럴 리는, 없겠지.'

필사적으로 낙관적으로 생각하려고 했지만 현실은 잔인하게도 나쓰미의 기대를 배신했다. 4교시 수업 시간 중에 낌새를 느끼기 시작했고 급식 시간에는 확신했다.

교실 분위기가 분명하게 변했다.

나쓰미가 교실로 돌아오고 나서부터, 아니 눈치채지 못했을 뿐 어쩌면 이미 그전부터 달라졌을지도 모른다. 누가 어디에서 어떤 식으로 아빠의 소문을 들었는지 모르겠다. 교무실에서 선생님과 주고받던 대화를 엿들었을까? 아니면 상상도 할 수 없는 어떠한 경로로 정보가 새어 나갔을까? 추측해도 답은 알 수 없고, 또 친구에게 묻고 싶지도 않았다. 친구의 입으로 "그래 나쓰미, 너희 아빠 일 들었어"라는 대답은 듣기 싫었다.

그러나 분명히, 의심할 여지 없이 나쓰미를 둘러싼 세계는 서서히 어긋나고 변해갔다.

물론 느닷없이 때리거나 걷어차거나 욕설을 퍼붓는 등 누구라도 알 만하게 괴롭히지는 않았다. 그러나 그야말로 모든 상식과 소통이 전혀 통하지 않는 다른 문화권에서 온 전학생이 된 기분이었다. 누구든 나쓰미와 눈이라도 마주치면 서로 짜기라도 한 듯 봐서는 안 될 것을 본 것처럼 시선을 피했다.

한 사람, 또 한 사람.

나쓰미의 시선이 닿지 않는 곳에서 교실 전체에 야금야금 소문이 퍼졌다. 나쓰미를 상대하지 않는 친구가 하나둘 늘어났다. 주변 사람과의 거리가 소리 없이 수 킬로미터씩 점점 멀어졌다.

아니, 기분 탓인지도 모른다.

애써 스스로 달랬지만 앞자리에서 뒤로 넘긴 인쇄물을 뒷자리 친구에게 건네려는 순간 확신할 수밖에 없었다. 인쇄물을 받는 친구의 손끝이 경련하듯 미세하게 떨렸다. 시선을 마주치지 않으려고 책상 위로 떨어뜨린 눈, 그 눈가에는 단단히 힘이 들어가 있었다. 틈을 보이지 않으려고 방어 태세로 경계했다.

나쓰미와 그녀의 아버지를 두려워하는 모습이었다.

그 사실을 눈치채고는 마음이 벼랑 끝으로 내몰렸다.

야, 나쓰미네 아빠 이야기 들었어?

응응, 들었어. 만약 진짜라면 아무래도 좀 위험하겠지?

누군가는 속닥속닥, 분명 어딘가에서 몰래 소곤거리고 있을 터다. 본능적으로 그런 생각이 들자 사소한 소리가 들릴 때마다, 누가 조심스러운 소리를 낼 때마다 무의식적으로 몸이 움찔했다. 변명하고 싶다. 하지만 적절한 말을 찾을 수 없었다. 소문이 어떤 내용으로 퍼지고 있는지 나쓰미는 자세히 알지 못했다.

격렬한 억울함과 창피함에 눈시울이 뜨거워졌다. 울 것 같다는 생각이 들자마자 눈물이 더욱 샘솟았다.

참자. 참아야 해.

간신히 버티면서 5교시 영어 수업을 맞았다.

영어 강사는 외부 지도를 나온 일본인 여성이었다. 그녀는 쾌활한 서양인을 연기해야 한다는 사명감에 사로잡힌 사람처럼 과장된 손짓과 몸짓을 하며 절대로 미소를 잃지 않았다. 나쓰미에게 일어난 여러 문제에 대해 모르는 사람인 탓에 불온한 분위기가 감도는 교실에서 어느 때보다 이질적인 존재였다.

영어로 미안하다고 말하기.

강사가 칠판에 적은 수업 주제를 본 순간 나쓰미는 고개를 숙이고 어금니를 악물었다.

"여러분, 다양한 상황에서 미안하다고 말하죠? 미안해, 내가 잘못했어, 처럼요. 오늘은 영어로 미안하다는 말을 어떻게 하는지 배워 볼 거예요."

어른에게 초등학생은 모두 같은 어린아이일 테지만 1학년과 5학년은 성숙도 차이가 뚜렷하다. 초등학교 고학년이 되면 많은 남학생은 전대물* 히어로에 대한 동경이 사라지고 많은 여학생은 인형 놀이보다 스스로 어떻게 꾸밀지에 흥미를 보이기 시작한다. 초등학생은 이런 식으로 가르치자고 정해 놓고 학년 구분 없이 무조건 유아용 프로그램의 진행자처럼 수업하는 강사가 5학년 아이들에게 환영받을 리 없었다.

나쓰미도 이 영어 강사가 싫었다. 혀를 굴리라고 강요하는 점도, 목소리가 작으면 몇 번이나 다시 말하게 하는 점도 못마땅했다. 그리고 오늘은 인간미를 느낄 수 없는 바보 같은 쾌활함에 어느 때보다 마음이 짓눌리는 기분이었다.

"'Sorry. It's my fault'. 미안해, 내 실수, 즉 내 책임이야, 라는 말이에요. 자, 다 같이 따라 해 봐요."

---

* 여러 히어로가 한 팀을 이루어 악당을 물리치는 일본의 특수 촬영물.

두 번까지는 따라 말할 수 있었다.

그런데 이후부터 눈물만 흘러넘쳤다.

강사가 나쓰미의 눈물을 재빨리 알아차린 점은 다행이었다. 하지만 강사가 마치 전쟁터 한가운데에서 갓난아기를 발견한 사람처럼 호들갑을 떨자 더욱 비참해졌다. 강사는 나쓰미의 등을 쓸어내리며 우는 이유를 연신 물었다. 대답할 수 없었다. 아무것도 모르는 사람에게는 아무것도 알려 주고 싶지 않았다. 내가 야마가타 나쓰미라는 사실, 아버지를 둘러싼 소동, 아직 모른다면 계속 몰랐으면 좋겠다.

수업을 잠시 중단할게요.

강사는 나쓰미에게 양호실까지 데려다주겠다고 했지만 나쓰미는 혼자 있고 싶었다. 혼자서도 걸어갈 수 있어요, 괜찮아요. 몇 번이나 말하려고 입을 벙긋벙긋했지만 원래 생각을 표현하는 데 서툰 나쓰미는 결국 강사와 함께 양호실에 갔다.

"나쓰미, 엄마께서 전화하셨어."

양호실 침대에서 10분쯤 몸을 웅크리고 있는데 담임 교사가 양호실에 나타났다.

빨개진 눈을 비비며 선생님을 따라가 교무실 전화기를 집어 들었다. 엄마 목소리를 들으니 안도감에 또다시 눈물이 방울방울 맺혔다.

괜찮아? 아빠 일 때문에 미안해. 무슨 일 당하지는 않았고? 학교에서 친구들이 괴롭히지 않았어?

불안을 억누르고 강해지자고 다짐했지만 초등학교 5학년 아이에게 감정을 조절하는 일이란 어려웠다.

"아빠는 안 된다고 했지만 정말 힘들면 조퇴해도 돼. 할머니 집에 혼자 갈 수 있겠어?"

곧 5교시 수업이 끝난다. 조금만 더 견디면 하교 시간이다. 그때까지 견딜 수 있을까 생각하며 교무실 벽에 걸린 시계를 올려다봤다. 그 순간 교실로 돌아갈 용기가 없다고 깨달았다. 평상시에도 한 번 빠져나온 교실로 돌아갈 때 나름대로 용기가 필요한데 하물며 지금은 무리였다. 더는 교실로 돌아갈 수 없었다.

"……집에 가고 싶어."

소리 내어 말하는 순간 옆에서 눈치를 살피던 담임의 얼굴에 희미하게 표정이 떠올랐다.

그렇군, 조퇴하나 보네.

뜻밖이라는 표정을 지어 보였지만 안도감을 숨기기 위해 지어낸 표정이라는 것쯤은 나쓰미도 알았다.

짐을 챙겨서 가져다준 담임의 선심에 교무실에서 가방을 건네받았다. 학교 정문을 나와 엄마가 시킨 대로 할머니 댁으로 향했다.

집이 서로 가깝기도 해서 평소 할머니를 자주 뵈러 간다. 할머니를 싫어하지는 않지만 자신을 마치 갓 태어난 아기 다루듯이 대해서 아주 조금 불만이다. 나쓰미에게는 다정하면서도 할아버지나 엄마에게는 거리낌 없는 말투로 불만을 표출하는 모습을 볼 때도 소외감과 무서움을 느꼈다.

미약한 우울감이 마음의 틈새로 불어 들어온 순간 다시 눈가에 눈물이 맺혔다.

한참을 걷다가 길가에 쪼그리고 앉아 가드레일에 등을 기대고 눈물을 흘렸다.

이 분노를, 슬픔을, 억울함을 과연 누구에게 쏟아내야 할까. 역시 내 잘못일까. 나만 비난받아야 하나.

아니, 분명히 그것은 아니다.

"……아빠."

한마디 중얼거리고는 소매로 눈가를 훔쳤지만 눈물을 다 닦아내지는 못했다.

야마가타 다이스케

금연룸을 확인한 다이스케는 담배 두 대를 연달아 피웠다.

일부러 천천히 연기를 뿜으며 현재 상황을 냉철하게 분석하려고 고심했다.

만요초 제2공원 공중화장실에서 여성 시신이 발견됐다. 즉 인터넷에서 주장하던 살인사건은 지어낸 이야기가 아니라 실제로 발생한 사건이라는 뜻이다. 이렇게 되면 당연하게도 범인 찾기가 시작된다. 경찰이 어떻게 범인 후보를 추려내는지 자세히 모르지만 아마 현장에 남겨진 유류품과 지문, 알리바이, 동기 등 몇 가지 정보를 나름의 절차에 따라 판단하리라. 분위기나 개인의 심증처럼 애매한 지표가 개입할 여지는 아마도 없을 것이다.

절대로 인터넷에서 떠드는 이야기만을 단서로 범인을 특정하지 않을 터다.

그러나 머리로는 이해해도 조금 전 TV에서 본 다큐멘터리가 뇌리에 어른거렸다. 방송에 나온 경찰은 거동이 의심스럽다는 이유만으로 수상한 사람을 식별해냈다. 체포까지는 아니더라도 용의자를 걸러내는 데 틀림없이 중요한 판단 기준으로 삼을 것이다.

최근 몇 년 동안 담배를 의식적으로 줄여왔는데 정신을 차리고 보니 세 개비째 손을 뻗고 있었다.

당장 체포되지 않을지도 모른다.

그러나 경찰이 다이스케에게서 완전히 관심을 접을 것 같지도 않다. 문제 되는 계정의 주인이 누구인지는 전혀 모르지만 다이스케 본인도 자신의 계정이라고 착각할 정도로 위장은 거의 완벽했다. 트위터에 올라온 게시물대로 해당 장소에서 시신이 발견됐으니 다이스케는 첫 번째 용의자, 혹은 가장 먼저 접촉해야 할 중요 인물로 거론될 것이 분명했다.

그런데 경찰은 왜 호텔로 찾아오지 않을까.

다이스케는 눈을 감고 팔짱을 꼈다. 체크인할 때 주소와 나이를 포함한 주요 개인정보를 모두 프런트에 제출했다. 마음만 먹으면 다이스케가 있는 곳을 쉽게 찾아낼 수 있을 듯한데, 설마 이미 수사가 순조롭게 진행되어 진범이 밝혀졌나?

자신에게 유리한 가설을 세울 뻔하자 머리를 흔들며 낮에 두 경찰관에게 했던 말을 떠올렸다.

—일하러 갑니다. 역 앞 카페로.

경찰이 역 앞 카페를 수색하느라 다이스케가 호텔에 있을 가능성을 미처 예상하지 못했을 뿐 아닐까. 생각을 거듭할수록 점점 정신을 좀먹었다.

차라리 스스로 경찰에 신고하면 어떨까.

휴대폰에 손이 갔다. 나 여기 있습니다, 도망치지도 숨지도 않을 테니 보호해 주세요. 경찰이 성의껏 보호해 줄지는 의문이지만 그 자리에서 살인범이라고 단정 짓지는 않을 것 같았다. 수사에 적극적으로 협조하는 태도를 보이면 그만큼 혐의를 풀기 쉬울지도 모른다.

실제로 다이스케는 사람을 죽이지 않았으니까.

그래, 전화를…….

그 순간 손가락이 멈춘 곳은 조금 전 확인한 익명의 편지였다.

야마가타 다이스케 님

사태는 당신이 상상하는 것보다 훨씬 더 심각합니다.

누구도 믿어서는 안 됩니다. 아무도 당신 편이 아닙니다.

당신을 구할 유일한 방법, 선택해야 할 길은 하나뿐.

도망치고, 또 도망치는 것. 그뿐입니다.

나는 당신이 끝까지 도망치기를 바랍니다.

도저히 견딜 수 없는 때가 오면 '36.361947, 140.465187'

세자키 하루야

숫자의 의미는 전혀 모르겠고 보낸 사람인 세자키 하루야라는 인물이 누구인지도 짐작이 가지 않았다. 회사 직원은 물론 단 한 번밖에 만나지 않은 거래처 사람까지도 이름을 정확히 기억하는 것이 다이스케의 예의이자 업무 방식이었다. 그러나 세자키 하루야라는 이름은 너무 생소했다. 학창 시절 친구나 친척까지 떠올려봐도 마찬가지였다. 처음 듣는 이름 같다.

다만 이 편지를 보낸 사람이 다이스케가 궁지에 몰릴 것을 예상했다는 점은 확실했다. 아군이냐 적이냐를 판단한다면 아군이라고 믿고 싶은 심정이었다. 발신자는 이렇게도 썼다.

누구도 믿어서는 안 됩니다. 아무도 당신 편이 아닙니다.

이것은 경찰까지 포함한 말일까?

어처구니없는 소리라며 코웃음 치고 싶지만 믿기지 않는 일들이 연달아 발생하는 이상 어떠한 가능성도 배제할 수 없다. 갈등이 거듭되는 상황에 허기도 잊은 채 오후 5시, 6시, 7시까지 시간이 흐르면서 수사의 손길이 미치지 않는다는 사실에서 안도감을 느끼면서도 호텔 방 벨이 언제 울릴까 하는 두려움에 정신이 오락가락하며 점점 피폐해졌다.

수중에 있던 담배를 모두 피운 저녁 9시 전, TV에서 속보가 흘러나왔다. 화면에는 정장 차림 경찰관들이 줄지어 서 있는 회견장이 나타났다. 책상에 늘어선 무수한 마이크 앞에서 수사본부의 대표로 보이는 사람이 수사 상황을 발표했다.

소지품으로 추측건대 시신으로 발견된 여성은 현 내에 거주하는 여대생으로 밝혀졌다. 공중화장실 칸에 숨겨져 있던 시신에 성폭행 흔적은 없고 금품에도 손을 대지 않은 것으로 보아 원한에 의한 범행으로 추정된다. 사망 추정 시간은 어젯밤인 12월 15일 오후 8시부터 밤 12시 사이. 직접 사인은 복부의 상처가 아니라 질식. 즉 교살로 밝혀졌다. 시신이 발견되면서 현경은 수사본부를 설치하고 해당 사건명을 '다이젠시 여대생 살인사건'이라고 정했다. 신속한 사건 해결을 위해 전력을 다해 끝까지 수사할 것이다.

질의응답으로 넘어가자 기자는 즉시 다이스케가 가장 궁금해하는 사항을 물었다.

"현재 인터넷을 뜨겁게 달군 특정 계정과의 연관성은 어떻게 보십니까?"

예상한 질문이었으리라.

질문 중간부터 대수롭지 않다는 듯 고개를 끄덕이던 경찰 대표가 마이크를 천천히 얼굴에 갖다 댔다.

"무시할 수 없는 정보라는 점은 인지하고 있습니다만 현재 모든 가능성을 포함해 수사 중입니다."

무난한 대답이었다.

그러나 어딘가 부족하다고 생각하는데 다음 질문이 핵심을 찔렀다.

"인터넷에서 용의자로 지목되어 이미 이름까지 떠도는데 그 점에 대해서는 어떻게 생각하십니까?”

이것도 예상한 질문이다.

그렇게 말하듯 경찰 대표는 시선을 한번 바닥으로 떨어뜨리고 나서 대답했다.

“네. 현재 모든 가능성을 고려해 수사하고 있습니다. 여러분께서 부디 불확실한 정보가 유포되는 데 힘을 보태지 말아 주시기 바랍니다. 경찰은 사건을 해결하기 위해 최선을 다하고 있습니다.”

이어서 사인이 복부의 상처가 아니라 교살이라고 판단한 이유를 물었지만 경찰이 대답하기도 전에 중계가 끊기고 말았다. 채널을 돌렸지만 기자회견을 중계하는 방송국은 한 군데도 없었다. 방금까지 본 채널은 지방 방송국이었다. 중앙 방송국에서는 수사본부 발표까지는 중계하지 않는 모양이었다.

한숨을 쉬고 침대 모서리에 앉아 밝혀진 정보를 정리했다. 좋은 소식인지 나쁜 소식인지 판단하기 어려웠다. 당연하지만 경찰은 다이스케를 유력한 용의자로 생각하는지 명확하게 밝히지 않았다. 그러나 계정을 무시할 수 없다는 대답으로 짐작건대 역시 감시망을 풀지 않을 것이다.

사망 추정 시간이 판명됐으니 결백을 입증할 수 있지 않을까.

그러나 자신이 어젯밤 8시부터 12시 사이에 무엇을 했는지 떠올리다가 금세 절망했다. 9시 전후는 날마다 규칙적으로 러닝을 뛰는 시간대였고, 운이 나쁘게도 하필이면 만요초 제2공원도 들렀다.

범인이 지근거리에 있었을지도 모른다.

만요초 제2공원은 좁지 않다. 야구장까지 갖춘 넓은 공원으로 공중화장실도 두 군데에 있다. 같은 공원 안에서도 끝에서 끝까지는 어느 정도 거리가 있다. 그렇다고는 해도 사망 추정 시간 안에 현장 근처에 있던 것은 사실이었다. 또다시 한 걸음, 사태가 나쁜 방향으로 다가간 듯한 느낌에 초조해졌다.

유일하게 고마웠던 점은 불확실한 정보가 유포되는 데 힘을 보태지 말라고 단호하게 말해 준 것이었다. 이 발언으로 인터넷에서의 마녀사냥도 다소 진정되지 않을까. 당장 효과가 나타날 것 같지는 않지만 조금 후에 자신의 이름을 검색해 볼까 생각이 들었다.

실시간 검색: 검색어 '야마가타 다이스케'

12월 16일 21시 01분 지난 6시간 24,989건 트윗

일간 트렌드 검색어: 6위

트렌드 검색어라는 단어는 처음 보지만 뜻은 유추할 수 있었다. 기자 회견이 TV에 중계되면서 인터넷에는 범인의 이름을 확인할 수 있으리라는 생각이 퍼졌고 경찰의 의도와는 정반대로 여론에 불길이 붙는 속도가 빨라졌다.

아무리 봐도 범인이니까 당장 잡아서 처벌하라고], [뭘 더 조사한다는 건

지 의문인 단계에서 다들 범인 얼굴 한번 보고 가자], [범인의 용안]

스크롤을 내리자 다이스케의 얼굴 사진이 몇 장이나 주르륵 지나갔다. 다이스케의 얼굴을 합성해서 조롱하는 계정도 여기저기 보였다.

역시 내일 아침에 평소처럼 출근하지 못하겠다는 예감이 들었다. 여론은 잠잠해지기는커녕 정점을 찍을 기미조차 보이지 않았다. 인정하기는 싫지만 진범이 체포되지 않는 한 사태는 끝나지 않는다. 인터넷에 퍼진 다이스케의 신상 정보도 전부 쉽게 삭제되지 않을 터다.

장기전을 각오해야 할지도 모른다.

당분간 호텔 생활을 해야 한다면 최소한의 생필품은 마련해 두고 싶었다. 위생용품은 호텔 어메니티로 때운다고 해도 갈아입을 옷은 꼭 필요했다.

커튼을 살짝 들쳐 밤이 찾아온 만요초를 내려다봤다. 역에서 조금 떨어진 주택가에 야경이라고 할 만한 불빛은 없었다. 가뜩이나 오가는 사람이 적은 거리인데 시간이 시간이니만큼 인적은 거의 끊기다시피 했다. 쭉 지켜보니 겨우 차 한 대 지나갈 뿐이고 걸어가는 사람은 끝내 한 명도 보이지 않았다.

지금이라면 집에 잠깐 다녀올 수 있지 않을까.

체크인했을 때만 해도 이 공간이 편안하다고 느꼈지만 몇 시간 갇혀 있으니 폐소 공포증 환자처럼 숨이 막혔다. 허기도 점점 무시할 수 없었다. 다이스케는 자신이 인내심이 강한 사람이라고 자부했지만 바깥 공기를 마시고 싶은 마음에 거의 무의식적으로 자기합리화를 거듭했다. 구경꾼도 그렇게까지 야행성은 아니겠지. 우선 집 상황을 살피고 무사히 안으로 들어갈 수 있을 듯하면 짐을 챙기러 들어가자. 만에 하나 구경꾼들이 모여 있으면 곧바로 호텔로 되돌아오면 그만이다.

노트북만 방에 두고 다른 짐은 코트 주머니와 가방에 넣었다. 다이스케는 그렇게 호텔을 빠져나와 한기가 스미는 어둠 속으로 뛰어들었다.

괘씸하게도 우편함에 여전히 대파가 꽂혀 있었지만 구경꾼은 없었다.

담장 뒤에서 고개를 한 번 끄덕이고는 만약을 대비해 뒷문으로 들어가기로 했다. 여간해서는 사용하지 않는 집 뒤쪽으로 돌아가 오랜만에 손잡이를 돌렸다. 녹슬어서 소음이 울릴까 걱정했지만 기우였다. 발소리가 나지 않도록 살금살금 골프 연습용 그물망 옆을 지나 정원을 거쳐 현관문으로 다가갔다.

인체 감지 센서가 작동해서 불빛이 반짝 들어온 순간에는 간담이 서늘해졌지만 겨우 문을 열고 집 안으로 숨어들었다. 들어가자마자 스위치로 손을 뻗어 외부 조명을 껐다.

신발을 벗기 전에 지금껏 살면서 가장 깊은 한숨이 새어 나왔다.

이제 안전하다.

익숙하고 편안한 집 냄새를 맡자 마음이 서서히 안정되고 여유가 찾아왔다. 일단 갈아입을 옷과 휴대폰 충전기를 챙겨야지. 담배도 모아둔 상자째 들고 가고 싶다. 식량은 얼마나 필요할까. 읽다 만 이케이도 준의 소설을 챙겨도 괜찮을까. 잠깐, 그전에 친정에 가 있는 아내와 딸에게도 필요한 물품을 전해 줘야지.

머릿속으로 동선을 그리며 석간을 꺼내려고 신문함으로 손을 뻗었다. 당장 읽지는 못해도 신문을 그대로 방치하고 싶지 않았다. 스테인리스 뚜껑을 열고 석간을 꺼내자마자 기묘한 금속음이 울렸다.

무슨 소리지?

신문함 바닥을 확인했더니 작은 열쇠가 숨겨져 있었다. 열쇠를 집어 들어 뚫어지게 쳐다봐도 당장은 무슨 열쇠인지 알 수 없었다. 본 적은 있는 듯한데 정작 무슨 열쇠인지 모르겠다. 불현듯 정원에 있는 창고 열쇠라는 사실이 떠올랐다. 몇 년에 한 번 내릴까 말까 한 폭설에 대비한 삽, 먼 옛날에 한 번 사용하고 봉인한 아웃도어 용품, 그리고 또 무엇을 넣어 놨지? 어쨌든 사용할 일이 적은 창고였다. 언제 마지막으로 문을 열었을까. 그 생각을 하는 순간 쓰라린 기억이 되살아났다.

생각해 보니 그랬다.

그 일도 인터넷이 얽힌 문제였다.

인생의 절반을 되돌아보니 다이스케는 살면서 타인의 뒤치다꺼리만 해왔다는 생각이 들었다. 실패를 싫어해서 줄곧 주도면밀하게 준비하고 행동하면서 실수하지 않도록 주의를 기울였지만 사방에서 문제가 찾아왔다. 도대체 무슨 업보일까. 속으로 투덜대면서도 어째서 이곳에 창고 열쇠가 들어 있는지 궁금해졌다. 아내도 딸도 창고를 거의 이용하지 않는다. 문이 묵직한 탓에 여닫는 것만으로도 힘에 부쳤기 때문이다.

다이스케는 가설을 찾듯 주위를 둘러보다가 이내 열쇠를 넣어 둔 사람은 가족이 아니라 외부인일 수도 있겠다는 생각에 도달했다. 현재 대파가 꽂혀 있는 대문 우편함과 집 현관문에 설치한 신문함은 별개였다. 다이스케의 요청으로 따로 설치했다. 현관문에서 대문까지 10미터도 되지 않지만 매일 아침 대문까지 나갈 수고를 생각하면 신문은 현관에서 받고 싶었기 때문이다. 배달원에게도 신문은 반드시 대문 우편함이 아니라 현관문 신문함에 넣어달라고 당부했다.

그런데 여기에, 누가 열쇠를 넣었다.

불안감에 숨이 막혔다. 누군가 정원 창고를 드나들었다는 의미였다. 조심성이 없는 줄 알면서도 창고 옆 사각지대 아래에 열쇠를 숨겨뒀다. 사실 열쇠가 어디 있는지만 알아내면 집 안까지 침입하지 않고도 누구나 창고 문을 열 수 있었다.

뭐야, 당했구나.

직감한 순간 확인하지 않고는 견딜 수 없었다.

가방을 그 자리에 내려놓고 살며시 현관문을 열어 어둠 속에 인영이 보이는지 확인했다. 그러고서 천천히 창고로 걸어가 조심스럽게 열쇠를 꽂고 돌렸다. 딸각, 문이 열리는 소리에 이웃 주민들이 깨지 않을까 하는 긴장감에 사로잡혀 숨을 죽였다. 열쇠를 빼낸 뒤 육중한 미닫이문을 밀었더니 차츰 느릿하게 열렸다.

코를 간질이는 먼지 냄새 사이로 언뜻 정체 모를 썩은 내가 풍겼다.

오랜만에 들어오는 창고 내부는 다이스케가 막연히 머릿속에 그리던 그림과 그리 다르지 않았다. 하지만 한 가지, 문과 가장 가까운 곳에 놓여 있는 거대한 검은 비닐봉지만은 기억 어디에도 없었던 물체였다.

음식물 쓰레기다.

매듭을 풀기 전부터 직감했다. 썩은 내의 정체는 바로 이것이다. 일부러 집에서 음식물 쓰레기를 가져와 인터넷 화제의 인물네 집 창고에 억지로 밀어 넣고 갔겠지. 노력에 상응하는 쾌감을 얻었는지는 알 수 없다. 어쨌든 몹시 한가한 인간의 심상치 않은 불쾌한 장난이었다.

내버려 둬도 상관없지만 창고 안에 냄새가 배는 것은 싫었다. 봉지를 움켜쥐고 밖으로 끌고 나가려는 순간 상상도 못 한 무게에 허리를 삐끗할 뻔했다. 황급히 봉지에서 손을 뗐다. 10킬로그램이나 20킬로그램 정도가 아니었다.

음식물 쓰레기가, 아닌가?

꽁꽁 묶인 매듭을 풀자 구역질 나는 썩은 내가 진동했다.

지금까지 맡은 냄새는 새 발의 피였다는 사실을 깨닫고 자신도 모르게 봉지를 손에서 놓았다. 바깥 공기가 마시고 싶어져 창고 밖으로 얼굴을 내밀고 심호흡을 한 번 한 뒤 다시 쓰레기 봉지를 쳐다보고는 눈을 의심했다.

봉지 입구로 슬쩍 보이는 것은…… 머리카락이었다.

어둠과 불안이 빚어낸 허깨비가 틀림없다.

정원의 조명을 꺼 버린 지금, 불빛이라고는 등 뒤에서 비추는 미덥지 않은 가로등이 유일했다. 정신을 차리고 제대로 보면 틀림없이 착각이었다는 사실에 웃어넘길 것이다. 다이스케는 왼손으로 코를 쥐고 오른손을 뻗어 살짝 열린 봉지 입구를 아래로 잡아당겼다.

어둠 속에서 하얀 꽃처럼 피어난 그것은 귀였다.

여자의 머리다.

비명을 지른 사람은 다이스케가 아니었다.

퍼뜩 놀라 뒤돌아보니 담장 밖에서 정원을 엿보는 사람이 있었다. 고등학생쯤 되어 보이는 젊은이였다. 구경꾼이 있던 것이다. 요란한 사이렌처럼 시끄럽게 외쳐대는 소리에 다이스케도 순식간에 이성을 잃고 그만해, 아니야, 조용히 해, 라며 그만 목소리를 높이고 말았다. 해명하려고 황급히 달려갔지만 젊은이는 도망치듯 뛰어갔다. 사라지는 옆모습을 보니 이웃 청년 같았다.

쫓아가서 소란을 막아야 할까, 이대로 달아나야 할까.

혼란 속에서 최선책을 찾는데 무슨 일인지 젊은이가 가던 길을 되돌아 다시 다이스케의 집으로 다가왔다. 손에 휴대폰을 들고 있었다. 다이스케를, 혹은 시신을 촬영하려는 의도다. 심경에 변화가 있었는지 뭐라도 반격에 나서야 한다는 생각이 퍼뜩 떠오른 듯하다. 성큼성큼 거리를 좁혀오는 젊은이를 앞에 두고 온몸에서 땀이 비 오듯 쏟아졌다.

도망칠 수밖에 없다.

다이스케는 주차장에 주차된 차로 달려갔다. 차 열쇠는 코트 주머니에 들어 있었다. 허겁지겁 운전석에 올라타 차를 출발시켰다. 난폭하게 튀어 나갔을 때 젊은이를 칠 뻔했으나 간발의 차로 피해 도로로 나갔다.

시속 40킬로미터로 제한된 길을 70킬로미터로 달리자 젊은이의 모습은 순식간에 백미러에서 사라졌다.

그대로 달리고, 달리고, 또 달렸다.

돌아가지도 않는 머리로 어디로 가야 할지 궁리했지만 묘안은 떠오르지 않았다. 그저 끝없이 펼쳐진 길을 정처 없이 쉬지 않고 달렸다. 호텔은 오래전에 지나쳤다. 이제 집으로는 돌아갈 수 없다. 가족의 안전을 생각하면 처가에 신세를 질 수 없고, 회사로 찾아간들 숨겨 줄 것 같지도 않았다. 다른 호텔을 찾을 것인가, 아니면 이대로 달릴 수 있을 때까지 끝까지 달릴 것인가.

20분 정도 차를 몰다가 한적한 국도 갓길에 세웠다.

이곳은 어디일까 둘러봤지만 소재지를 파악할 수 있는 간판이나 건물은 없었다. 드넓은 논에 높이가 낮은 민가. 시선 끝에 주유소가 보이지만 이미 불은 꺼져 있었다. 내비게이션을 확인하고 나서야 비로소 다이젠시의 동쪽 끝인 마레도 마을까지 왔다는 사실을 알았다.

정신을 차리고 비상등을 켠 뒤 헤드레스트에 머리를 기댔다.

사태를 정리하려고 머리를 굴렸지만 당연히 논리적으로 생각할 수 없었다. 다이스케가 아는 사실은 현재 자신이 상당히 절망적인 상황에 내몰렸다는 것과 세상 어딘가에 악의를 품고 자신을 모함하려는 자가 있다는 것뿐이었다.

창고의 시신은 도대체 언제부터 그 자리에 있었을까?

부패한 냄새는 났지만 형태는 그대로였다. 사람이 사망하면 며칠 만에 어느 정도 부패하는지 자세히는 모르지만 적어도 사망한 지 한 달을 넘기지는 않은 듯했다.

며칠, 길어야 일주일일까.

열쇠가 있는 곳을 아는 사람이라면 언제든지 창고 문을 열 수 있다. 식구들이 잠든 밤에 숨어들었다면 눈치챌 재간이 없다.

누가, 도대체 무슨 목적으로 이런 짓을 벌였을까.

다이스케가 짐작하는 범위에 용의자 후보는 한 명도 없었다. 타인에게 미움받기보다 호감을 사는 일이 훨씬 많았다. 제 입으로 말하자니 쑥스럽기도 하지만 인망이 있는 편이었다. 부하 직원에게 한잔하러 가자고 하면 다들 흔쾌히 응했고, 골프 시합을 열면 꼭 초대해 달라고 젊은이들이 우르르 모여들었다. 상사에게도 신뢰받는 직원이었다. 그래서 출세할 수 있었다. 맡은 일에 실수란 없었다. 가족에게도 소홀하지 않았다. 가족을 배곯게 한 적은 한 번도 없었고 가족이 원하는 것은 대부분 사줄 수 있었다. 그 정도는 되는 수입은 벌었다.

학창 시절까지 되돌아봤지만 마찬가지였다. 마음이 맞지 않는 사람은 있었지만 이런 일까지 당할 이유는 없었다. 맹세코 도둑질 따위 단 한 번도 하지 않았다. 중학생이 된 이후에는 서서 소변조차 누지 않은 것 같다. 원한을 살 만한 일은 하나도 하지 않았다.

악몽치고는 너무 길고 몰래카메라를 찍는다기에는 다이스케는 유명인이 아니다. 순식간에 모든 오해가 풀리고 온갖 문제가 환상이었던 것처럼 사라져 주지 않을까.

실시간 검색: 검색어 '야마가타 다이스케'

12월 16일 22시 35분 지난 6시간 37,129건 트윗

일간 트렌드 검색어: 5위

수치가 떨어지지 않는다면 트위터 수도, 일간 트렌드 검색어 순위도 다이스케에게는 특별히 의미가 없었다. 사태가 수습될 기미가 없었다. 수그러들기는커녕 스크롤 하자마자 믿을 수 없는 제목이 눈에 들어왔다.

[속보] 야마가타 다이스케, 범인&사형 확정. 집에서 두 번째 시신 발견

[자랑스러운 벤츠로 도주 중]

링크를 클릭하자 밤거리를 내달리는 벤츠를 뒤에서 찍은 사진이 실려 있었다. 조금 전 담장 안을 들여다보던 젊은이가 찍은 사진을 업로드한 모양이다. 사진이 흔들리기는 했지만 은색 차량이라는 사실은 물론 차체에 새겨진 클래스 이름과 숫자, 심지어 번호판까지 또렷하게 보였다.

어느새 초조나 분노보다는 실망과 비슷한 피로감이 앞섰다.

[사진을 찍을 정도였으면 잡을 수도 있었잖아], [근처에 사는 사람은 진심으로 조심할 것. 두들겨 패서라도 잡으라고], [이제는 경찰도 움직이겠지만 그 지역 섬인 남자 등은 체포에 협조하면 좋겠음]

다이스케가 보는 사이트는 개인이 운영하는 마토메 사이트였다. 광고 제휴로 수익을 노리는 블로그로 자극적인 제목으로 조회수를 올리는 것이 주목적인 사이트다. 빈말로도 뉴스 사이트나 보도 기관이라고 부를 만한 곳이 아니었다.

그래도 인터넷의 시시콜콜한 사정을 모르는 다이스케에게는 인터넷 신문사 같아 보이는 사이트에 올라오는 말이 묵직하게 다가왔다. 중앙 일간지만큼의 신뢰도는 아니어도 스포츠 신문 수준의 정확도는 갖추고 있지 않을까.

평소였다면 이토록 짧은 시간에 이렇게나 단정적으로 발표를 할 수는 없다고 판단했을 것이다. 하지만 현재 다이스케는 완전히 녹초가 된 상태였다.

'다이스케@taisuke0701'는 아무리 봐도 다이스케의 계정인데 그 계정에 올라온 사진 속 공원에서 실제로 시신이 발견됐다. 게다가 다이스케 본인은 사망 추정 시간에 공원을 방문하기까지 했다. 지금 와서 생각해 보면 **[첫 번째 때도 사진을 제대로 찍어 둘걸]**이라는 트윗으로 시신이 한 구가 아님을 암시했다. 두 번째 시신은 다이스케의 집 창고에서 나왔다. 어쩔 수 없었지만 시신이 들어 있던 쓰레기 봉지에는 지문까지 묻어 버렸다.

형법은 잘 모른다. 그러나 사람을 두 명 이상 살해하면 사형 판결을 받을 수 있지 않나.

이대로 체포되고 말 것인가.

경찰에 보호를 요청한다는 선택지는 이제 거의 현실성을 잃었다. 이번 일로 험한 일을 당하셨다며 따뜻한 코코아라도 내어주며 정중하게 대접해주기는커녕 취조실에서 고문에 가까운 방법으로 살해를 자백받는 이미지가 떠오르는 것이 현실이었다.

어떻게 하지? 어떻게 해야 할까.

생각에 잠겼는데 전방에서 젊은이 한 명이 걸어왔다. 왼손에는 편의점 비닐봉지를 들고 오른손으로는 휴대폰을 만지며 걷고 있었다. 다이스케는 자신의 존재감을 최대한 지우려고 차의 비상등과 전조등을 꺼 버렸다. 눈부신 조명이 갑자기 확 꺼지니 당연히 부자연스러웠다. 젊은이가 고개를 들더니 다이스케의 차를 슬쩍 쳐다봤다.

전조등은 끄지 말았어야 했다.

후회하기에는 이미 늦었다. 젊은이는 의심스러운 듯 다이스케의 차를 주목하기 시작했다.

얼굴을 들키면 안 된다.

다이스케는 운전석 밑으로 고개를 숙였지만 자동차 정보가 이미 인터넷에 퍼졌다는 사실이 떠올랐다. 은색 벤츠 GLE에 차 번호까지 알려졌다. 젊은이가 방금까지 들고 있던 휴대폰으로 다이스케의 정보를 보고 있었다면……. 생각이 한번 떠오르자 그럴 확률이 그리 높지 않다는 것을 머리로는 알아도 의심은 쉽게 지워지지 않았다. 심장이 마구 날뛰었다.

차 안에서는 바깥 기척 따위 알 수 없는데도 젊은이의 숨소리까지 느껴졌다.

제발 지나가라, 아무 일 없이 지나가길.

간절히 기도하는데 갑자기 바지 주머니에 넣어 뒀던 휴대폰이 진동했다. 숨이 멎었다. 진동의 길이로 보아 틀림없이 전화다. 누구일까. 빛이 차 밖으로 새어 나가지 않도록 슬며시 화면을 확인하자 지역번호로 시작하는 낯선 전화번호가 표시되어 있었다.

다이스케는 지인의 연락처는 주소록에 저장해 놓는다. 처가는 물론 회사 관련 사람까지 모두 저장했다. 도대체 누구의 번호일까. 그러다 갑자기 10년도 더 전에 알게 된 지식이 머릿속을 강타했다.

경찰 관련 전화번호는 끝자리가 모두 '0110'이야.

누가 말해 줬는지, 이후에 그 정보의 사실 여부를 확인했는지 전혀 기억나지 않는, 먼지가 잔뜩 쌓인 모호한 지식이었다. 하지만 분명히 들어본 적 있는 정보였다. 휴대폰 화면에 뜬 번호의 끝자리는 바로 '0110'이었다.

경찰이다. 마침내 수사의 손길이 뻗쳤구나.

오른손에 땀이 배어났다. 전화를 받으면 어떻게 될까? 보호받을 수 있을까? 임의동행하게 될까? 아니면 그 자리에서 체포될까?

문득 '역탐지'라는 단어가 머리에 떠올랐다. 전화를 받는 순간 자신의 자세한 위치 정보를 경찰이 알게 되는 장면이 그려졌다.

냉정해야 해.

야마가타 다이스케 씨, 괜찮으십니까. 저희는 선생님이 범인이 아니라고 확신하지만 혹시 모르니 보호해 드릴까요?

그런 친절한 전화를 경찰이 먼저 해올 리 없다. 그렇다면 이것은 분명 '소환' 전화일 터다.

위액이 식도를 역류했다. 그 순간 의문의 편지에 적혀 있던 글이 되살아났다.

당신을 구할 유일한 방법, 선택해야 할 길은 하나뿐.

도망치고, 또 도망치는 것. 그뿐입니다.

목이 졸리는 기분에 고개를 들자 조수석 쪽에서 차 안을 들여다보는 젊은이와 눈이 마주쳤다.

다이스케는 시트에 몸이 파묻힐 정도로 빠른 속도로 국도를 내달렸다. 입을 한일자로 꾹 다물고 밤중의 시골길을 달렸다. 다이스케가 예상할 수 있는 자신의 앞날은 세 가지였다.

첫 번째는 경찰에 체포된다.

두 번째는 일반인에게 잡힌다.

어느 쪽이 됐든 그다지 달갑지 않은 결말만 기다릴 것이다. 경찰은 다이스케를 가장 유력한 용의자로 생각할 테고 결백을 증명할 수 있는 증거는 어디에도 없다. 만일 억울하게 누명을 쓰고 기소된다면 조금 전 뉴스 사이트에서 본 제목이 현실이 될 가능성도 충분했다. 최악의 경우, 사형이다.

두 번째 상황은 더욱 골치 아팠다. 상식이 있는 사람에게 잡히면 그나마 낫겠지만 그렇지 않다면 어떻게 될까.

[두들겨 패서라도 잡으라고], [그 지역 섬인 남자 들은 체포에 협조하면 좋겠음].

댓글로는 써도 행동으로 옮기지는 못할 것이다. 그래도 만에 하나 머리에 나사가 두어 개 빠진 무리와 마주친다면 사지 멀쩡하게 살아남으리라는 보장은 없다.

결국 선택할 수 있는 선택지는 자연히 세 번째였다.

편지를 보낸 사람의 말을 따르는 것.

도망칠 수밖에 없다.

불과 몇 시간 만에 갑자기 변해 버린 자신의 처지에 분노를 터뜨리고 싶었지만 도망치기로 마음을 먹으니 1분 1초가 귀중했다.

애지중지하는 자동차이지만 번호판까지 까발려진 이상 차 안에 오래 머물 수는 없었다. 마침 적막한 낚시용품점 주차장이 눈에 띄어 그곳으로 들어갔다. 가게는 이미 문을 닫았고 열 대 정도를 주차할 수 있는 공간에 사람은 없었다. 재빨리 차의 트렁크를 열었다. 트렁크에는 골프용품 몇 가지를 넣어둔 골프백이 있었다. 활용할 만한 물건은 없을까. 짐을 뒤적거리는데 또다시 끝자리가 '0110'인 번호로 전화가 왔다. 전화를 받아 결백을 주장해 볼까 하는 생각이 또 머리를 스쳤지만 역시 역탐지를 당할까 봐 무서웠다. 그런데 그때 서야 요즘 휴대폰 위치 정보는 역탐지가 아니라 GPS로 추적한다는 사실이 떠올랐다.

그렇다면 휴대폰을 가지고 있는 것만으로도 위험하다.

그 사실을 인지하자마자 다이너마이트를 끌어안고 있는 기분이었다. 휴대폰을 아스팔트에 힘껏 내동댕이치려던 순간 딱히 부술 필요가 없겠다는 생각이 들었다. 전원을 끄고 차 안에 두기만 해도 된다.

'안 돼. 이성적으로 생각해.'

스스로를 타일렀다. 낮에 본 TV 프로그램의 대사가 머릿속에 메아리처럼 울렸다.

—거동이 수상해 금방 눈치챘습니다.

무고한 사람이 사악한 의도를 지닌 누군가에게 모함당하는 일은 없어야 한다. 반드시 아무에게도 잡히지 않고 이 궁지에서 살아 돌아가야 한다. 그것이 세상 이치다.

왜? 나는 아무 짓도 하지 않았으니까.

실시간 트렌드: 검색어 '유튜버/수색'

12월 16일 22시 51분 지난 6시간 915건 트윗

• 시신을 발견한 그 유튜버가 신이 나서 범인을 찾겠다고 나대던데. 범인은 잡혔으면 좋겠지만 살인사건으로 조회수 빨아먹는 건 완전 역겨워. 그런 걸 어떻게 보겠어.

인용: [페기 채널 라이브] 시신 발견 다음은 야마○○ 다이스케 잡기!? 최강 멤버가 뭉쳤다!!

가나데모리 오키@ohki_kanademori

• 무명 유튜버 놈들이 너도나도 범인을 때려잡고 이름을 알리려는 구도가 완전히 전국시대 판박이라 웃기네.

인용: [니치덴신보 온라인] 다이젠 시 사건: 개인의 잇따른 범인 수색 작업에 경찰이 자제 요청

오모리 오카피로@okapi898

• 이 유튜버는 아무렇지도 않게 알루미늄 배트 같은 걸 들고 있는데 괜찮은 건가? 선을 넘으면 안 된다는 걸 생각하라고. 유튜버는 역시 쓰레기 같은 놈들밖에 없네.

인용: [동도키TV] 동도키 다이젠시 상륙&범인 수색 시작! 벌써 단서 발견!?

고하쿠@딸 멘탈프렌드 모집 중@shirokuro_21

• 범인을 찾는다는 유튜버나 그런 동영상을 보고 즐기는 사람이나 모두 피해자를 까맣게 잊고 있어. 젊은 여자가 두 명이나 살해당했다고. 근처에 사는 여자들은 아마 밤에 잠도 제대로 못 잘 거야. 우리 가족도 비슷한 경험 있어서 알아. 진짜 진짜 무섭거든. 즐기는 사람들도 다 가해자야.

kii@0122_kii

호리 다케히코

"뭐, 제일 역적은 바보 같은 파출소 놈들이지."

조수석의 무쓰우라는 대답하지는 않았지만 호리의 말에 동의하듯 희미하게 미소 지었다.

"'공중화장실은 관계없는 것 같다'고 했던가요?"

"말 같은 소리를 해야지, 원. 그것 때문에 늑장 대응이 되어 버렸잖아."

기가 찬 듯 비웃는 호리는 단단히 화가 났다. 시신이 나온 것은 어쩔 수 없다. 시신이 발견되면 당연히 수사본부가 설치되기 마련이고 수사본부에 속하면 매우 귀찮아진다. 그래도 자신의 업무이니만큼 당연하게 납득할 수 있다. 그러나 초동수사 때 파출소 경찰이 제 역할을 했다면 적어도 이런 시간에 현경 소속 사람과 사건관계자 주변 조사를 하러 갈 필요는 없었다. 게다가 사건이 과거 탐정 소설 같은 추격전으로 번지지도 않았으리라.

호리는 원래 운전이 거친 사람이었지만 오늘은 전방 차량의 느릿한 속도가 그 어느 때보다 짜증 났다. 그래서 마음을 가다듬으려고 무난한 화제를 찾았다.

"무쓰우라 씨는 이 동네 지리를 좀 안다고 했나?"

"일단 그렇습니다."

경찰관이라기보다는 시청 직원 같은 분위기를 풍기는 무쓰우라는 하얀 얼굴에 조심스러운 미소를 지으며 말을 이었다.

"가쿠엔대학 출신이라서 그럭저럭 압니다."

"아, 그랬군. 수재잖아."

"아뇨, 이과지만 경쟁률이 낮은 학부였습니다. 별로 대단하지 않습니다."

수사본부가 세워지면 수사 인력은 기본적으로 콤비를 이루어 움직인다. 호리처럼 관할서 소속은 같은 관할서 직원과 범인의 행적을 수사하거나 현경에서 나온 수사1과 수사관과 사건관계자의 주변을 수사하러 다니는 것이 정석이었다. 전자는 로드 롤러처럼 여기저기 발로 뛰며 정보를 수집하는 탐문 작업이고, 후자는 피해자나 가해자와 관계있는 인물을 중심으로 정보를 찾아내는 작업을 뜻한다. 어느 쪽도 쉽지 않다. 그러나 사건관계자의 주변 수사가 사건 해결과 직접 연결되는 케이스가 많아서 책임이 중대한 임무라는 의견이 수사본부 내의 공통된 인식이었다.

무쓰우라와 파트너가 되어 호리에게는 행운이었다. 현경과 관할서를 비교하면 명백히 전자가 더 힘이 세고, 관할서 사람에게 과도한 엘리트 의식을 드러내는 현경 사람도 적지 않다. 그런 상황에서 무쓰우라는 호리와 안면이 있는 몇 안 되는 사람이었다. 소속 과도 달랐고 불과 1년 정도뿐이었지만 같은 경찰서에서 근무한 경험이 있다. 경칭만 붙이면 그 이상은 신경 쓰지 않아도 된다. 덧붙여서 두 사람 모두 순경 계급이었다.

"무쓰우라 씨가 지금 몇 살이지?"

"딱 서른입니다."

"벌써 서른이구나."

"동안이라 그런지 아무리 나이를 먹어도 어리게들 보시더라고요."

수사1과에 소속되었으니 보통 우수한 인재가 아니겠지만 호리에게 무쓰우라는 아직도 순수한 청년 같은 인상이었다. 듬직하지는 않지만 적어도 함께 있을 때 괴로운 유형은 아니었다.

앞을 향해 달리던 차를 오른쪽으로 꺾자 시야를 가리던 존재들이 사라졌다. 호리는 가속페달을 확 밟았다. 두 사람을 태운 은색 토요타 알리온이 속도를 높여 야마가타 후유코의 친정으로 향했다.

"몇 시간이나 됐을까?"

"도주범 말입니까?"

호리는 긍정하는 대신 얼굴을 살짝 찡그렸다.

"야마가타 다이스케도 제법이야…… 완전히 도주할 수 없을 텐데."

초동수사에서 실수를 저지른 파출소 인간이 최대 역적이라는 의견에 거짓은 없지만, 호리도 당사자의 심정을 조금은 이해했다. 인터넷 정보를 근거로 한 신고는 사실 대부분 거짓 정보이기 때문이다.

수상한 게시글을 올리는 사람이 있으니 조사해 주세요.

이런 신고는 수도 없이 들어오지만 실제로 사건이라고 할 만한 건은 극히 적었다. 정의감에서 비롯된 선의의 신고도 있지만 개중에는 그저 쓸데없이 일을 키워 게시자를 곤란하게 하고 싶다는 의도로 신고하는 사람도 많았다. "신고했습니다"라는 한마디를 들이밀어서 게시자를 당황하게 만들려는 속셈이었다.

그러나 아무리 동기가 불순해도 신고가 들어오면 조직은 움직일 수밖에 없다. 일단 네가 가서 확인하고 와. 그렇게 지시받은 사람이 열심히 수사할 리 없었다.

만요초 제2공원으로 추정되는 장소에서 찍은 시신 사진을 올린 계정이 있습니다.

신고는 모두 스물여섯 건이었다. 단일 사안 신고로는 이례적으로 많은 수였다. 대부분은 인터넷에서 사건을 발견해도 그것이 화제가 될수록 굳이 자신이 신고자가 되려고 하지 않는다. 직접 신고하지 않더라도 분명 누군가가 이미 신고했을 테니까. 어떤 의미에서 그렇게 겸양의 미덕을 발휘하지 않은 사람들이 전화를 거는 탓에 신고자들의 목소리는 하나같이 진상 고객처럼 느껴졌다.

"만요초 제2공원을 수색했지만 시신은 못 찾았습니다."

"트위터에 올라온 사진과 대조하며 근처 수풀까지 확인했습니다."

파출소 담당자는 그렇게 말했다. 아직 낮 12시에 있었던 일이다. 공중화장실을 꼼꼼하게 확인하지 않은 그는 나중에 "공중화장실은 관계없을 것 같았습니다"라며 변명했다. 그 마음은 호리도 이해한다. 그러나 시신이 발견된 이상 업무 태만이라고 비난받아도 어쩔 수 없는 실수였다.

오후 3시에 야마가타 다이스케에게서 전화가 왔다. 자택 주변에 몰려든 구경꾼들을 정리해 줬으면 한다는 요청이었다. 이 시점에는 아직 시신도 발견되지 않았고 사건도 존재하지 않았다. 경찰에게 야마가타 다이스케는 인터넷 화제의 중심에 있는 수상한 인물이기는 했지만 그렇다고 즉시 체포해야 할 대상은 아니었다. 강제할 수는 없지만 만약을 위해 집 안을 확인하고 싶다고 야마가타 다이스케에게 요청했다. 이러한 현장 인력의 대처에 잘못은 없었다. 상대가 거절하면 더는 손쓸 수 없다는 점 또한 법으로 정해져 있다. 현장에 출동해 대응한 경찰은 시신을 발견하지 못한 경찰과는 다른 사람이었지만 대체로 흠 없는 대응이었다고 평가할 만했다.

다만 야마가타 다이스케가 말한 '역 앞 카페에 간다'는 정보를 곧이곧대로 믿고 더 이상 추적하지 않은 점은 지금에 와서 보면 애석한 일이었다. 야마가타 다이스케는 이 시점 이후로 홀연히 자취를 감췄다.

오후 5시, 만요초 제2공원 공중화장실에 시신이 있다는 신고가 들어왔다.

누구든 시신을 먼저 발견하지 못한 파출소 경찰에게 비난을 퍼붓고 싶은 심정이었지만 욕을 퍼부을 여유는 없었다. 곧바로 수사본부를 세우기 시작했고 호리도 담당 사건을 전부 보류했다. 규모가 작은 사건들뿐이라 심각한 타격은 없었다. 현재 처리해야 할 건은 유흥업소에서 손님끼리 옥신각신하다가 다친 사소한 사건과 매일같이 등유를 사러 오는 수상한 남자가 있다는, 그 정도는 마음껏 사게 해주라는 말밖에 나오지 않는 밀고뿐이었다.

시신이 발견되었으니 범인은 야마가타 다이스케가 분명하다고 떠들어대는 무책임한 네티즌들과는 다르게 경찰은 당연히 진위 확인 작업을 해야 한다. 확실히 간과할 수 없는 존재이기는 하지만 야마가타 다이스케가 범인이라는 확증은 어디에도 없다.

냉정한 판단하에 야마가타 다이스케 범인설을 덥석 물지는 않았다. 하지만 한편으로는 무능하다고 경찰을 비방한 세상에 반항하는 마음과 경찰 조직의 자존심이 어느 정도 영향을 미쳤다는 사실은 호리도 부정하지 않았다. 현경 감식과장에게 수사 부본부장 자리를 맡긴 점도 역효과를 낳았다. 현장 검증과 유류품 특정을 우선시하면서 야마가타 다이스케가 달아날 시간을 벌어주는 빌미가 됐다.

시신 조사를 시작하자 소지한 신분증명서와 휴대폰으로 피해자의 이름이 시노다 미사라는 사실이 순식간에 밝혀졌다. 스물한 살 대학생이었다. 현에 여러 대학이 있지만 안타깝게도 무쓰우라가 졸업한 가쿠엔대학 외에는 일류 대학이라고 할 만한 학교는 없었다. 재학생들은 무의미하게 졸업을 유예하고, 학교는 대학 졸업 간판을 얻기 위한 의미 없는 자격 센터에 불과했다. 시노다 미사 역시 그러한 삼류 대학 학생이었다.

소지한 휴대폰에는 매칭 앱이 설치되어 있었다. 그 분야의 문외한인 호리는 잘 모르지만, 건전한 교제 상대보다 원조 교제를 할 중년 남성을 찾는 매칭 앱이었다. 연락을 주고받던 상대의 이름은 '다이스케'였고 이력을 확인해 미사가 다이스케와 만나기로 약속했다는 사실을 금방 알아냈다. 약속 시간은 바로 어젯밤 8시. 사망 추정 시간은 8시부터 12시 사이고, '피바다 지옥' 게시글을 올린 시각이 밤 10시 8분. 모든 것이 깔끔하게 연결됐다.

매칭 앱은 특성상 이용할 때 반드시 신분증명서를 제시해야 한다. 곧바로 애플리케이션 운영사에 다이스케의 프로필 공개를 요청했더니 즉시 답이 왔다.

다이젠시 만요초 거주, 야마가타 다이스케, 54세.

기혼자가 젊은 여자를 만나려고 애플리케이션에 정보를 등록했고, 그렇게 만난 여자와 어떠한 다툼이 발생해 칼부림 사태로 번졌다. 아니면 [글자대로 쓰레기 청소 완료]라고 적은 트위터 게시글을 액면대로 받아들인다면 부도덕한 짓을 저지르는 젊은 여자에게 비뚤어진 정의의 철퇴를 내리고 싶었는지도 모른다.

결과적으로 자존심과 신중함이 실패를 불러왔다.

인터넷에서 소동이 벌어진 지 몇 시간이나 지나 경찰이 야마가타 다이스케를 쫓을 필요가 있다고 확신한 순간, 거의 동시에 두 번째 시신이 발견됐다. 야마가타 다이스케의 자택에서 발견된 두 번째 시신은 현재 감식원이 조사하고 있다. 어찌 됐든 이렇게까지 조건이 갖추어지니 서로 생각을 확인할 필요도 없이 수사본부 내 의견이 일치했다.

야마가타 다이스케는 틀림없이 범인이다.

"멋진 집이네요."

"천하의 다이테이 하우스에서 만들었을까?"

갓길에 차를 세우고 초인종을 눌렀다.

미리 연락해 두었다. 현관에 나온 사람은 후유코의 어머니로 두 사람을 보자마자 주저 없이 깊이 고개를 숙였다. 사위의 범행을 벌써 인정하는 모습이었다. 절대 그럴 사람이 아니라고, 결백하다고 주장하는 쪽보다 훨씬 일하기 수월했다.

"다이젠시 형사과 호리라고 합니다. 이쪽은……."

"현경 수사1과 무쓰우라입니다."

어머니는 신의 심판을 받아들이는 사람처럼 신묘한 얼굴로 고개를 끄덕였다.

"딸은 거실에 있습니다."

후유코는 주택전시장을 그대로 옮겨 놓은 듯한 세련된 거실 소파에 앉아 울고 있었다. 식탁에 앉아 있던 아버지가 호리와 무쓰우라를 흘긋 쳐다보고는 험악한 표정으로 고개를 숙였다. 어떤 태도를 보여야 할지 망설이는 눈치였다.

두 사람은 떠밀리듯 후유코 맞은편 소파에 걸터앉았다. 호리가 첫마디를 고르기도 전에 후유코가 먼저 고개를 들었다.

"……남편이 그랬을까요?"

사전에 자료에서 확인한 바로는 후유코는 호리보다 열두 살 많은 여성으로 쉰 살은 넘었을 텐데 어딘지 모르게 감도는 박복한 분위기가 묘하게 고혹적인 미인이었다. 눈물 때문에 붉어진 눈이 새하얀 피부와 조화를 이루어 덧없는 보석처럼 빛났다. 호리의 얼굴에 어색한 미소가 절로 떠올랐다.

"그걸 조사하려고 우선은 남편분을 '보호'할 겁니다."

당신 남편은 결백하다는 확실한 답변을 들을 수 있지 않을까 내심 기대했겠지.

호리의 말에 후유코는 다시 고개를 숙이고 고급스러운 연보랏빛 손수건으로 눈가를 훔쳤다. 호리는 자신답지 않게 후유코를 위로할 말을 찾으려다가 정신을 차리고 잡념을 떨쳐냈다.

"현재 일부 시민이 아주 조금 과격하게 행동한다는 건 알고 계시죠?"

후유코는 떨리는 몸으로 고개를 살짝 끄덕였다.

"저희는 남편분의 안전을 위해서라도 하루빨리 위치를 파악하고 싶습니다. 그러려면 반드시 아내분의 협조가 필요합니다. 이해하시죠?"

다시 고개를 끄덕이는 모습을 확인하자 호리는 현의 지도를 꺼내

테이블 위에 펼쳤다.

도주범과의 싸움은 곧 시간과의 싸움이다. 한 시간 지날 때마다 추적 난이도는 배로 늘어난다. 절대로 장기전으로 끌고 가서는 안 된다. 생각 같아서는 두들겨 패서라도, 목을 졸라서라도 1초라도 빨리 정보를 뽑아내고 싶지만 초조해한다는 사실을 들키면 좋지 않다. 자신이 조급해하면 상대방도 이성적인 판단력을 순식간에 잃는다. 중요한 사람일수록 냉정을 유지해야 한다.

호리는 빨간 펜을 꺼내 다이스케의 집이 있는 만요초 중 한 곳에 동그라미를 그렸다.

"남편분이 집에 나타난 시간이 밤 10시경. 여기서 차를 타고 이동하기 시작합니다."

그러고는 다이스케가 이동한 궤적을 빨간 펜으로 따라갔다.

"동쪽으로 계속 달리다가 여기서 N에……, 아아, N이라는 건 그러니까 도로에 설치된 CCTV 같은 거라고 생각하시면 됩니다. 여기서 남편분의 차가 찍힙니다. 그리고 동쪽으로 더 가다가 이 근처."

낚시용품점에 동그라미를 크게 쳤다.

"여기서 남편분의 차량이 버려진 채 발견됐습니다. 영업시간이 끝난 낚시용품점 주차장입니다. 위치는 마레도 마을이고요. 아마 여기서부터 도보로 이동한 것 같습니다. 이 근처에 남편분이 몸을 숨길 만한 시설이나 도움을 요청할 인물 중 짚이는 것이 있습니까?"

후유코는 지도를 제대로 보기도 전부터 괴로운 듯 고개를 저었다.

"잘 보세요."

호리가 후유코의 눈을 응시하며 말을 이었다.

"사소한 거라도 괜찮습니다. 근처에 사는 친구나 친척, 아니면 딱 한 번 갔던 공원이라도 좋아요."

"……아뇨, 정말로, 정말로 모르겠어요."

아무것도 생각나지 않는다고 믿는 사람에게는 무슨 말을 해도 정보를 끌어낼 수 없다. 호리는 일단 위치를 특정하는 작업을 그만두고 휴대폰을 꺼냈다. 그리고 화면에 다이스케가 버리고 간 자동차 트렁크 속 사진을 띄웠다.

"남편분이 차에 두고 간 짐입니다."

후유코가 붉어진 눈으로 화면을 바라봤다. 후유코의 어머니도 소파 뒤에서 사진을 주시했다.

"우선 휴대폰을 두고 갔습니다. 가지고 있으면 여러모로 귀찮아진다고 판단한 듯합니다. 버리기 직전에 다이젠 경찰서에서 전화도 왔기 때문에 조금, 뭐랄까요. 패닉에 빠진 게 아닐까 싶습니다. 다만 이 휴대폰 GPS를 추적한 덕분에 낚시용품점에 주차된 차량 위치를 파악할 수 있었습니다. 그밖에는 코트와 이것입니다."

호리가 화면을 손가락으로 가리켰다.

"양복 한 벌을 벗어놓고 갔습니다. 옷을 갈아입었습니다, 남편분이."

현실을 받아들이듯 후유코는 입술을 깨물었다.

"현재 기온은 한 자릿수입니다. 당연히 벌거벗은 채 도망 다닐 리 없죠. 아마도 차에 갈아입을 옷이 있었을 겁니다. 그 옷으로 갈아입었겠죠. 차 안에 어떤 옷이 있었는지 짐작 안 가십니까? 옷은 중요한 단서입니다."

"차 안에…… 옷이라고요."

후유코는 몇 번이나 되뇌면서 답을 찾으려고 안간힘을 다해 궁리하며 눈을 굴렸다. 이윽고 기억하지 못하는 스스로를 몰아붙이듯 머리를 싸매고 혼잣말처럼 중얼거렸다.

"무슨 옷이…… 있었을까."

"기억 안 나십니까?"

후유코는 부끄러운 듯 고개를 숙였다.

"죄송합니다. 그건 남편 차고 저는 작은 푸조만 몰아서 차 내부를 본 적이 거의……."

남편을 감싸려고 입을 다무는 분위기는 아니었다. 혼란스러운 탓에 제대로 생각을 못 하는 듯했다. 정말로 차 안은 파악하지 못했으리라. 그러면 다음은 어떤 식으로 정보를 끌어내야 할까. 호리가 다음 수를 고민하는데 무쓰우라의 휴대폰이 울렸다.

자리를 벗어나 통화를 마친 무쓰우라는 호리를 복도로 불러내 방금 본부에서 들어온 정보를 공유했다. 소식을 들은 호리는 무심코 혀를 차며 머리를 긁적였고 무쓰우라와 같이 불쾌한 표정을 지었다. 내키지 않는 이야기였지만 정보가 돌았다면 후유코와 가족에게 확인해야만 했다.

거실로 돌아가려는데 불이 꺼진 복도 끝에서 무언가 움직이는 기척이 났다.

사람이 있었다. 다이스케와 후유코의 딸이었다. 이름이 아마 나쓰미였지. 나쓰미는 첫 번째 계단에 주저앉아 있었다.

자신들의 대화를 들었을까?

확인도 할 겸 호리는 고개를 숙였다.

"미안, 아저씨가 방해되지?"

나쓰미는 인사도 하지 않은 채 안쪽 방으로 사라져 버렸다. 문을 닫는 소리와 동시에 훌쩍이는 소리가 들렸다. 울고 있나 보다. 당연했다. 아버지가 이 정도 문제를 일으키면 마음 정리도 쉽지 않을 것이다. 나쓰미의 처지를 안타까워하면서 무쓰우라와 함께 거실로 돌아갔다.

마음의 준비를 하고 들으시라며 말을 꺼냈다. 긴장한 채 불안해하는 세 사람에게 호리는 이를 악물고 알렸다.

"방금 낚시용품점에서 남쪽으로 몇 킬로미터 떨어진 곳에서 상해 사건이 발생했습니다."

되도록 신중하게 이야기를 꺼냈다.

"범인은 이미 체포했는데 말입니다, 가해자에게 왜 공격했냐고 물으니 '인터넷에서 화제가 된 도주범을 발견해서 잡으려고 했다'더군요. 잡으려고 말을 거는 순간 저항해서, 이렇게, 세게 때렸다고."

후유코의 눈에서 눈물이 주르륵 흘러내렸다.

"현재 피해자는 의식이 없습니다. 소지품다운 소지품도 없어서 신원을 알 수 없지만 현장에 출동한 수사관 말로는 키나 외모가 남편분과 많이 닮았다고 합니다. 다만 자극적인 이야기라 송구하지만 현재는 외상이 심해서 얼굴만으로는 남편분이 맞는지 확인할 수 없습니다."

후유코는 과호흡이 일어날 것만 같았다. 어머니는 입을 꽉 다물었고, 조금 떨어진 곳에 있는 아버지의 표정도 더욱 험악해졌다.

"저희가 사진 데이터를 받았습니다. 일단 얼굴은 가리고 목 아래만 보여드릴 테니 복장 등을 보고 남편분이 맞는지 확인해 주시겠습니까?"

알겠다고 대답할 리 만무했다. 한동안 오열 소리만 울렸다. 그런 후유코의 모습에 누구보다 애가 탄 어머니는 자신이 확인하겠다며 손을 들었다.

"아아, 전혀 아니에요."

어머니의 말에 평정을 되찾은 후유코가 사진을 다시 확인하고서 사진 속 인물이 다이스케가 아니라고 인정했다. 확신이 아니라 기도에 가까운 답변이면 곤란하다. 다짐을 받듯 틀림없는지 거듭 물었다.

"그이 옷 중에 이런 건 없기도 하고, 분위기나, 손가락 굵기 같은 게, 뭐, 전혀……."

범인을 두 눈 빤히 뜨고 놓쳤는데 일반인이 먼저 발견한 데다 제재까지 가했다면 조직의 체면이 말이 아니게 된다. 일단 경찰에게는 좋은 소식이었다. 이로써 술래잡기는 끝인가. 그런 예감에 약간 느슨해진 마음을 다잡고 이마에 맺힌 진땀을 닦았다.

긴장이 한계에 다다랐는지 후유코의 어머니가 이제 지긋지긋하다는 기세로 숨을 후우 내뱉었다.

"나는 말이에요, 내심 언젠가 이런 날이 올 줄 알았어요."

갑자기 끼어든 어머니의 말에 후유코가 눈물로 젖은 얼굴을 들었다.

"형사님, 애초에 나는 이 결혼 반대했어요. 사위는 마음속에 시커먼 구석이 있어요. 뭐든지 자기만 중요한 사람이라서 다른 사람의 마음을 이해하지 못한다니까요. 난 처음 봤을 때부터 계속 참 이상해, 어딘가 이상하다니까……라고 생각했어요."

"……그만 해요, 엄마."

"보통 이런 상황에 전화하잖아? 그러면 일단 걱정하게 해서 미안하다고, 가족들은 괜찮냐는 말부터 한다고. 그런데 그런 말은 안 하고 다 혼자서 자기 멋대로 하겠다는 사람이잖아. 나쓰미도 제 아비에게 얼마나 당하고 살았는지. 그런데 마지막의 마지막까지 이런 끔찍한 사건이나 일으켜서 가족들 인생이나 망치고 말이야."

"엄마."

후유코가 더욱 목소리를 키워 어머니의 말을 끊자 어머니는 언짢은 듯 미간을 찌푸렸다.

"너도 참 너다. 남편이 차에 뭐를 싣고 다니는지도 모른다니, 그게 아내가 할 소리야? 보통은 다 안다고. 나는 네 아버지 차에 뭐가 있는지 다 알아. 아버지 친구가 누구인지, 어디를 다니는지 평범한 가족이라면 누구나 아는 걸, 도대체 너란 아이는—"

"그래서 지금 내 잘못이라는 말이에요!?"

"진정들 하세요."

후유코가 되받아친 순간 그때까지 침묵을 지키던 무쓰우라가 상황을 수습했다.

"다이스케 씨는 아직 무사하고, 범인이라고 확정된 것도 아닙니다."

마지막 말은 필요 없어 보였지만 무쓰우라가 자아낸 부드러운 분위기가 예민해진 후유코와 어머니를 달랬다. 집안싸움을 할 여유가 없다. 호리는 다시 빨간 펜으로 지도에 표시했다.

"체력 좋은 마라토너나 서바이벌 지식이 풍부한 자위대원이라면 상황이 다르겠지만 일반인이 한밤중에 맨몸으로 이동할 수 있는 거리는 얼마 안 됩니다."

범인이 가족과 공모해서 주도면밀하게 도주 계획을 세웠을 가능성이 있다면 말하지 않았을 테지만 그러한 기미는 보이지 않았다. 새 정보를 얻으려면 가족들의 협조가 필요하다. 수사 상황 공개도 불가피하다고 판단했다.

"남편분이 이동을 시작한 지 딱 한 시간 지난 걸로 추측하는데, 웬만하면 한 시간에 10킬로미터 이상 이동하기 어렵습니다. 그렇다면 낚시용품점에서 반경 10킬로미터, 빨간 펜으로 표시한 선 안에 남편분이 있다는 말입니다. 그리고 사람의 기본 심리상 원래 왔던 길을 되돌아가지 않습니다. 애써 자동차로 이동한 길을 굳이 되돌아가기 싫다는 본능이 있거든요. 그러므로 마례도 마을의 서쪽도 무시해도 됩니다. 그렇다면 남편분은 이 부근에 있겠군요."

호리가 표시한 범위가 매우 작다는 사실에 후유코와 어머니는 왜인지 안도한 표정을 지었다.

"그리고 여기, 여기, 여기, 여기. 총 네 군데에 검문을 깔았습니다. 남편분이 지나가려고 하면 바로 알게 될 겁니다. 그리고 이 범위 안에 기동수사대가 그물을 치고 열심히 수색하고 있습니다. 사람을 찾는 전문가들입니다. 분명 남편분을 금방 찾을 수 있을 테지만, 조금 전 사건을 포함해서 현재 일부 시민이 상당히 공격적입니다. 되도록 신속하게 남편분의 안전을 확보하려고 합니다."

거실에 불어닥친 거센 바람이 잠잠해졌다. 눈물이 멎고 호흡이 가라앉은 후유코에게 호리가 다시 물었다.

"천천히 생각하셔도 됩니다. 남편분이 갈 것 같은 장소. 짐작 가는 곳은 없습니까?"

후유코가 지도의 붉은 원 안으로 불안한 시선을 떨어뜨리자 호리는 생각을 방해하지 않으려고 소파에 등을 기댔다.

"죄송하지만 한 가지만 여쭙겠습니다."

무쓰우라가 갑자기 비집고 들었다.

"어제저녁 9시경, 다이스케 씨로 추정되는 인물이 만요초 제2공원에서 목격됐습니다. 이 시간에 가족분들은 무엇을 하셨습니까?"

"어제 9시쯤…… 말인가요?"

"네."

호리는 완전히 의미 없는 질문이라고 생각했다. 의도를 읽을 수 없어 초조한 가운데 후유코는 이미 어제저녁 9시의 기억을 더듬고 있었다.

"목요일은 매주 야간 근무를 하는 날이라서 직장에 있었어요. 딸은 학원에 있을 시간이고요. 남편이 그 시간에 집에서 뭘 했는지는 잘……."

"감사합니다."

후유코가 다시 지도에 집중하기 시작하자 무쓰우라가 다시 호리를 복도로 불러냈다. 딸 나쓰미가 복도에 나오지 않았다는 사실을 확인하고서 실은 조금 신경 쓰이는 점이 있다고 소리 죽여 말했다.

"아까 상해 사건과 함께 들어온 정보인데요."

"정보가 또 들어왔다고?"

"매칭 앱에 제출한 야마가타 다이스케의 신분증명서가 마이넘버카드*였다고 합니다."

"……그게 왜?"

"보통 운전면허증을 제출하지 않습니까?"

---

* 국민 개개인에게 부여된 고유 번호가 새겨진 신분증으로 한국의 주민등록증과 비슷한 개념이다.

예를 들어 자신의 방에서 매칭 앱 등록 작업을 하다가 면허증을 거실에 놓아 둔 사실이 떠올랐다고 하자. 그런데 마이넘버카드라면 바로 눈앞에 보이는 수납장에 넣어 둔다. 저속한 일탈을 한다는 떳떳하지 못한 마음에 되도록 가족이 있는 거실에는 모습을 드러내고 싶지 않다는 마음이 점점 강해진다. 우선 눈앞에 있는 마이넘버카드로 등록해 버리자. 얼마든지 추측할 수 있는 스토리였다. 호리는 자신의 파트너가 의외로 무능한 사람일지도 모른다는 생각에 어이없으면서도 일단 그래서? 라고 되물었다.

"그리고 그것보다 이쪽이 더 이상한데요."

서론을 꺼낸 무쓰우라가 말을 이었다.

"문제의 트위터 계정, '다이스케'라는 이름이 들어간 계정 말입니다. 조금 전에 IP 주소를 알아냈습니다. 그러니까 트위터 게시글을 어디서 올렸는지 위치를 밝혀냈다는 말인데, 전부 야마가타 다이스케의 자택 와이파이 공유기로 업로드됐다고 합니다."

무엇이 이상하다는 말이지? 야마가타 다이스케가 범인 확정이라는 증거 아닌가.

그러나 무쓰우라는 호리와는 전혀 다른 결론을 말했다.

"트위터 게시물을 일부러 집 공유기를 통해 업로드하는 사람이 어디 있겠습니까?"

"잠깐, 난 아저씨라 무슨 소리인지 이해가 안 되는데 하고 싶은 말이 뭐야?"

"예컨대 아름다운 경치를 보고 그 사진을 글과 함께 트위터에 올린다고 할 때, 보통은 그 자리에서 바로 올리지 않습니까. 그런데 '다이스케' 계정은 과거 게시글 모두 일부러 귀가한 뒤 집 공유기를 통해 업로드했어요. 보통 다른 사람들은 안 그럽니다. 이 점이 너무 이상해서 아까 인터넷에 기록된 단말기 이름과 야마가타 다이스케가 차에 두고 간 휴대폰 기종이 일치하는지 조사를 의뢰했습니다만……."

"저기, 무쓰우라 씨."

호리가 익살맞게 웃어 보였다.

"아저씨들은 원래 이해할 수 없는 짓을 하는 족속이라고."

의견을 일축하는 어투에 무쓰우라가 조용히 의기소침해졌다는 사실을 호리도 알았다. 집안싸움만큼 성가신 일도 없다. 만약 사건이 해결된 후에 호리의 태도에 문제가 있다고 현경에 엉뚱한 소문이라도 돌면 시시한 문제에라도 휘말릴지 모른다. 호리는 친근한 척을 하며 무쓰우라의 어깨를 주물렀다.

"몇 년 전이었지……? 내가 마이클을 좋아하거든. 아아, 당연히 그 마이클 잭슨 말이야. 그중에서도 'Bad' 뮤직비디오를 좋아해서 가끔 컴퓨터로 봤어. 마틴 스콜세지가 연출해서 그런가, 이유는 모르겠지만 참 좋았다고. 그래서 갑자기 보고 싶을 때마다 먼저 컴퓨터를 부팅하고 부라우저를 연 뒤 일일이 유튜브를 검색해 들어가서 나온 영상 중에서 골라. 참나, 동료가 알려주기 전까지만 해도 내가 바보같이 귀찮은 일을 여러 번 하고 있다는 사실을 전혀 몰랐어. 즐겨찾기에 저장해 두면 한 번만 클릭해도 바로 영상을 볼 수 있었는데."

호리의 말뜻을 이해한 무쓰우라는 스스로를 납득시키려는 듯 고개를 살짝 끄덕였다.

가장 처음 발견된 여자의 사인은 자살刺殺이 아니라 교살이었다. 범인의 지문은 검출되지 않았지만 목에는 밧줄 자국과 밧줄을 풀려고 손톱으로 긁은 상처가 발견됐다. 감식과는 시신 상황으로 보아 벤치에 앉아 있다가 등 뒤에서 갑자기 목이 졸렸으리라 판단했다. 복부에 난 상처는 사망 후에 생긴 것으로 밝혀지자 범인이 왜 사후에 칼로 찔러야 했을까 의문이 솟았는데, 감식과의 젊은 여성이 답을 추리했다.

"연출 때문 아닐까요?"

교살 시신은 사진으로 찍었을 때 자극적이지 않다. 그래서 복부를 찌른 것 아닐까.

어쨌든 진상은 범인에게 물어야 한다.

여자를 죽일 때 사용한 밧줄, 복부를 찌른 식칼은 전부 야마가타 다이스케의 집 창고에서 나왔다. 마이넘버카드가 사용된 점도 그렇고 자택 공유기로 트위터에 게시물을 올린 정황까지, 쉽게 혐의를 벗을 수 있는 상황은 아니었다.

범인은 야마가타 다이스케가 분명했다.

그리고 그를 한시라도 빨리 체포하려면 아내인 후유코의 증언이 필요하다.

거실을 힐끗 엿보자 후유코가 진지한 얼굴로 지도 여기저기를 바라보고 있었다. 후유코도 다이스케의 결백을 진심으로 믿을까? 아니면 배우자의 죄를 모두 이해하면서 조금이나마 속죄하고 싶다는 마음으로 필사적으로 기억을 더듬고 있을까?

야마가타 다이스케는 반드시 발견된다.

호리의 유일한 걱정은 경찰이 찾기 전에 혈기 넘치는 일반 시민의 먹이가 되지 않을까 하는 우려뿐이었다.

"……뭐라도 떠올려 주면 좋을 텐데."

"그렇……죠."

두 사람의 바람과는 달리 다이스케는 전혀 발견되지 않았다.

다이스케는 이미 경찰이 그린 붉은 동그라미 바깥쪽에 있었기 때문이다.

실시간 트렌드: 검색어 '노숙자/습격'

12월 16일 23시 56분 지난 6시간 656건 트윗

• 인터넷에 사진이 이렇게 많이 돌아다니니까 얼굴을 제대로 확인하고 붙잡을 줄 알았는데, 안면이 함몰될 정도로 두들겨 팬 거 보면 그냥 누구 하나 작살내고 싶었던 거 아니야? 아무튼 도망 다니는 범인이 모든 일의

원흉이라니까.

인용: [게이산신문 디지털] 다이젠시에서 노숙자 습격 '인터넷 화제의 살인범으로 착각'

우편맨타로@postpostpost_post

• 노숙자로 착각 당하는 엘리트 회사원이 제일 불쌍해 ㅋㅋㅋ

인용: [게이산신문 디지털] 다이젠시에서 노숙자 습격 '인터넷 화제의 살인범으로 착각'

미요키치@kichi9_miyo2

• [리트윗 요청] 이번 노숙자 습격 사건의 범인은 동도키TV가 아니에요. 범인이 유튜버라는 정보도 전혀 안 나왔고요. 오해하는 사람이 너무 많네요. 뉴스 보고 사실 파악 제대로 하세요. 사이버 모욕죄로 고소당해요.

하루@kiyoshi_hayato_3150

• 노숙자를 습격하다니 제정신이야? 하지만 다들 힘을 합치면 분명 야마가타 다이스케를 잡을 수 있을 거야. 그 지역에 사는 사람들은 최대한 힘내 주세요. 홋카이도에서 응원합니다. 틀림없이 궁지로 몰아넣을 수 있을 거야. 모두 함께라면 반드시 해낼 수 있어!

미쓰이 아키라@akira_mitsui1107

야마가타 다이스케

달린다. 그저 그 사실만으로도 좋았다.

다이스케는 평소 의식적으로 지키는 올바른 자세, 보폭, 호흡법을 무너뜨리지 않으며 쉬지 않고 밤길을 달렸다. 다이스케가 내뱉는 숨이 하얀 공 모양이 되어 밤길에 하나둘 흔적을 남겼다.

평소에 꾸준히 러닝을 합니다.

그렇게 말하면 사람들은 대개 "멋지네요, 조깅하면 기분이 상쾌해지죠"라며 웃는 얼굴로 대답한다. 상대가 착각했다는 것을 눈치채도 굳이 정정하지 않는다. 마라톤과 트라이애슬론 대회에 출전할 생각은 없다. 그래도 학창 시절부터 최일선에서 싸우기 위해 꾸준히 단련한 육체가 나이가 들면서 점점 녹스는 현실은 참을 수가 없었다. 사람은 곧 육체고 육체야말로 사람의 전부다. 육체가 부패하는 것은 사람으로서 부패하는 것이나 마찬가지다.

매주 월요일과 목요일 저녁에 한 시간 동안 10킬로미터 남짓 달린다. 그리고 마지막으로 도착한 공원에서 스트레칭한 후 30분 더 가벼운 조깅을 하며 집으로 돌아간다. 특정 스포츠 때문도, 건강 때문도, 체면 때문도 아니다. 그저 자신을 죽이지 않으려고 스스로 만든 습관이었다.

자, 지금부터 어떻게 도망쳐야 할까.

차 트렁크에서 머리를 싸매고 궁리하던 다이스케는 문득 골프 가방 속에 넣어 둔 옷이 떠올랐다. 규모가 있는 골프장에는 당연히 정장 재킷을 차려입고 가지만 드물게 규칙이 엄하지 않은 쇼트홀을 돌 때는 골프복 차림으로 나갔다. 라운드를 마치면 샤워를 하고 편안한 복장으로 갈아입는다. 따라서 골프백 속에 기모 운동복과 라운드 할 때도 입을 수 있는 스윙톱 재킷이 들어 있었다. 넣어 뒀다는 사실을 까맣게 잊고 있었는데 그야말로 뜻밖의 행운이었다.

이 옷으로 갈아입자.

밤길을 정장 차림으로 달린다면 분명 이상해 보이겠지만 운동복 차림이라면 문제없다.

대형 SUV 트렁크여서 공간이 넓은데도 그 안에서 옷을 갈아입으려니 답답했다. 몸을 웅크려 옷을 갈아입은 뒤 가죽구두도 운동화로 갈아신었다. 모자도 썼다. 모자챙에 붙어 있던 자석식 볼 마커는 아무래도 골프용 분위기가 나서 빼내서 숄더백 속에 욱여넣었다. 가방은 자택 현관에 두고 와 버렸지만 다행히 귀중품은 몸에 지니고 있었다. 지갑도 가방 속에 넣고 봉투에 들어 있던 세자키 하루야의 경고문 같은 편지까지 챙겼다. 또 챙겨야 할 물건이 있는지 잠시 고민했지만 한시라도 빨리 이곳을 벗어나야 한다는 생각이 강했다. 달릴 때 방해가 되지 않도록 숄더백을 크로스로 가슴팍에 단단히 메고 차 밖으로 뛰어나갔다.

싸늘한 냉기에 순간 몸이 움츠러들었다. 하지만 달리기 시작하면 몸이 금방 따뜻해질 것이다.

'아아, 정말로 도망치는구나.'

해안선이 보이는 동쪽으로 출발한 지 몇 걸음 만에 문득 깨달았다. 앞이 보이지 않는 어둠 속에 몸을 던졌다는 공포가 찰나 목덜미를 섬뜩하게 감쌌다.

그러나 돌아가는 것도, 포기하는 것도 더는 선택지에 없었다.

평소에 아무리 꾸준하게 러닝을 한다고 해도 달리는 행위 자체가 쉬운 일은 아니었다. 어느 정도 속도를 유지하려면 아무래도 상당한 피로와 고통이 따른다. 숨이 차고, 목이 마르고, 괴롭고, 쉬고 싶다는 생각에 사로잡힌다.

그러나 그러한 현상이 지금은 오히려 달가웠다. 이제 어떻게 해야 할까, 앞으로 어떻게 될까. 이렇게 앞날을 걱정하는 생각이 파고들 여유가 없으니 그저 당당하게 가슴을 펴고 달리기에만 집중할 수 있었다. 처음에는 사람과 스쳐 지나갈 때마다 심장이 터질 것처럼 긴장됐지만 점점 평소처럼 러닝 코스를 돌고 있다는 착각이 들었다.

도망치는 것이 아니라 그저 달리는 것이다.

오로지 달리기만 하면 된다.

마레도 마을을 빠져나와 시냇가를 따라 북쪽으로 향했다. 머리를 비우고 쉬지 않고 오직 달리기만 하다가 더는 몸을 속일 수 없다며 걸음을 멈춘 곳은 히카리야마시 외곽, 낚시용품점에서 17.6킬로미터 떨어진 지점이었다.

날짜가 바뀐 밤 1시.

한낮에도 활기찬 분위기는 느껴질 리 없는 셔터 내린 상점가는 캄캄한 밤이 집어삼켜 완전히 숨이 끊어진 모습이었다. 인적도 불빛도 없었다. 지리를 모르는 동네다. 이곳에 다다라서야 너무 무작정 달렸다며 후회했지만 계획을 세우고 도망칠 수 있는 상황은 아니었다고 스스로 위안했다. 어쨌든 인적이 없어 다이스케에게 유리했다. 가장 무서운 존재는 다이스케를 적극적으로 찾아내려는 야만인들이었다. 그들에게 쫓기면 목숨도 보장할 수 없었다.

흐트러진 호흡을 가다듬고 주위를 경계하며 시야에 들어온 자동판매기에서 스포츠음료 버튼을 눌렀다. 음료가 나오자 몸을 숨기다시피 좁은 골목으로 들어가 단숨에 들이켰다. 열기가 식으며 공기가 상쾌하다고 느낀 지 겨우 몇십 초, 땀이 식자 겨울밤 바람이 거칠고 사납게 체온을 빼앗기 시작했다. 생각해 보면 마지막 식사는 낮에 먹은 패밀리 레스토랑의 파스타였고, 이후 대략 한나절 넘게 제대로 된 음식을 먹지 못했다. 허기와 피로, 게다가 형언할 수 없는 고독과 절망까지. 그 위로 추위가 몰아치자 다이스케는 땅바닥에 주저앉아 돌멩이처럼 웅크릴 수밖에 없었다.

편의점에 들를까?

코트는 팔지 않겠지만 따뜻한 음식은 구할 수 있다. 지갑에 현금이 5만 엔 넘게 들어 있다. 필요한 것은 뭐든지 살 수 있다. 가장 가까운 편의점이 어디인지는 모르지만 아무리 외진 마을이라도 간판을 따라 역 쪽으로 가면 하나쯤은 나오겠지.

그러나 CCTV가 두려웠다. 애써 이곳까지 달려왔는데 CCTV에 찍히면 전부 물거품으로 돌아가 버리지는 않을까. 작은 염려가 다이스케의 몸을 더욱 강하게 짓눌렀다.

어떻게 하지, 어떻게 해야 좋을까. 얼어붙는 공기 속에서 체력이 회복될 기미는 없었다. 눈을 붙이고 싶은데 잠도 자지 못할 것 같았다.

모든 선택지가 가차 없이 사라지는 와중에 거의 소리를 지르고 싶은 심정을 억누르며 타개책을 궁리했다.

"어머나, 쫓겨났어?"

아차 싶었을 때는 도망칠 타이밍을 놓친 뒤였다.

예순은 넘었음 직한 마른 여자가 길 잃은 아이라도 발견했다는 표정으로 다가왔다. 손에는 긴 금속 막대기를 들고 있었다. 무기인가? 멍청한 착각에 방어 태세를 취하려다가 이내 그 막대기가 셔터를 내리는 도구라는 사실을 깨달았다. 주변을 살피니 근처 가게 창문에서 불빛이 어슴푸레 새어 나왔다. '시즈쿠'라는 가게 이름이 적힌 간판이 나와 있지만 무슨 가게인지는 알 수 없었다. 아직 영업하는 가게가 있었던 듯하다.

어쨌든 누군가에게 들켜 버렸다. 이제 어떻게 해야 하나. 이 곤경에서 어떻게 벗어나야 할까.

"무슨 짓을 했길래 그래?"

쫓겨났냐는 말도 무슨 짓을 했냐는 물음도 제대로 이해하지 못했다.

'당신은 터무니없는 죄를 지었으니 다이젠시에서 쫓겨났군요'라는 의미일까? 신의 계시 같은 악담인가 하고 돌아가지 않는 머리로 이상하게 해석하며 최악의 경우 여자를 밀치고서라도 달아나야 할지 모른다는 생각에 침을 삼켰다. 그러나 파김치가 된 하체는 평소처럼 힘이 들어가지 않았다. 과연 지금 당장 일어나 뛴다면 어디까지 도망칠 수 있을까. 터빈이 돌기 시작한 것처럼 순식간에 초조해져 견딜 수 없었다.

"들어올 거야, 말 거야? 빨리 정해."

여자는 안달이 난 듯 왼 손바닥을 막대기로 조금씩 두드렸다.

아무래도 습격할 마음은 없는 듯했다. 습격은커녕 어쩌면 숨겨 주려는 것 아닐까. 그런데 온 세상에 흉악범으로 알려진 사람을 어떻게 지켜 줄 수 있지?

거기까지 생각했을 때 비로소 이 사람은 야마가타 다이스케를 모른다는 결론에 도달했다. 인터넷에 어두운 세대 아닐까.

"무슨 짓을 저질렀는지 모르지만 어차피 집에 못 들어가잖아. 안 들어올 거면 문 닫을 거야. 들어올 생각이면 빨리 들어와."

아무래도 아내에게 쫓겨난 불쌍한 남편으로 오해하는 듯하다고 천천히 이해했다. 그렇다면 이 기회를 놓칠 수 없지.

"저 좀 숨겨 주시겠습니까?"

말을 잘못 고르지는 않았는지 가슴이 철렁 내려앉았지만 상대의 착각이 착각이니만큼 비교적 자연스러운 표현이었던 모양이다.

"내가 그런 남자들한테서 뜯어낸 돈으로 먹고사는 사람이거든."

시즈쿠는 스낵바*였다.

벽면에는 술병이 죽 늘어서 있고, 지역 FM 라디오가 작게 지지직거리며 흘러나왔다. 여섯 명 정도 앉을 수 있는 카운터 석에 4인용 테이블이 두 개. 테이블 석 중 한 군데에 짙은 남색 블루종이 걸려 있었다. 먼저 온 손님이 있나 싶어 눈앞이 아찔해졌는데 다이스케의 시선을 알아차린 여자가 웃는 얼굴로 말했다.

"그건 분실물. 계속 찾으러 안 오는데 딱히 보관할 데도 없어서 그대로 뒀어."

특정 가게에 머무르는 바람에 도주를 강제로 끝내고 싶지는 않았다. 하지만 구원의 손길을 뿌리치면서까지 계속 달아날 체력도, 끝까지 도망칠 만한 계획도 없었다. 과하게 느껴지기도 하는 난방 속에

---

* 주인이 술을 따라주고 말 상대가 되어 주는 바 형태 술집으로, 음식과 가라오케를 함께 즐길 수 있다. 이용자 연령대가 비교적 높은 편이다.

서 떨리던 몸이 서서히 잦아드는 것을 느끼며, 자신의 판단은 틀리지 않았다고 억지로 자기합리화하는 기분이었다.

"여자 만들었지?"

여자는 카운터 석에 등을 둥글게 말고 주저앉은 다이스케 앞에 캐슈너트를 내밀며 삼라만상을 꿰뚫어 보듯 눈을 가늘게 떴다. 그리 건강해 보이지 않게 여윈 사람이었다. 못생기지는 않았지만 젊은 시절 밤과 술을 직업 삼아 살아온 사람 특유의 피로감이 감돌았다. 한 올도 남기지 않고 뽑은 듯한 눈썹 자리에 어색하게 산처럼 뾰족하게 그린 눈썹이 유난히 눈길을 끌었다.

"당신은 그런 짓을 할 타입이야, 잘생겼잖아."

평소라면 무슨 근거로 그런 실례되는 말을 하느냐는 비난이 표정으로 드러났을 텐데 지금은 세심한 의사소통에 신경을 쓸 여유가 없었다.

과연 이곳이 안전하다고 확신할 수 있을까? 적당히 머물다가 가게를 떠날까?

잔뜩 경계하면서 캐슈너트를 한입 가득 넣고 우물거리자 여자가 대답을 재촉하듯 카운터 위로 몸을 숙였다.

"맞지?"

다이스케는 일단 기분 좋게 대접받기로 마음먹었다.

"어떻게 알았습니까?"

"내가 말이야, 옛날부터 그런 촉이 좋았다니까. 그냥 딱 보면 알아.

알고 싶지 않아도."

"……인터넷은 안 봅니까?"

"응?"

문득 여자가 지금 벌어진 소동을 모른다는 확증을 얻고 싶어져서 뜬금없는 질문을 하고 말았다. 역시 이상한 행동이었다며 반성했지만 여자는 다이스케의 처지를 저 좋을 대로 해석한 듯했다.

"인터넷 때문이야?"

"아, 뭐."

"난 안 봐. 귀찮은 설정이나 신청을 해야 할 때는 전부 아들한테 부탁해. 우리 가게도 음식점 평가 사이트 같은 데서 이러쿵저러쿵한다던데, 글쎄. 난 본 적 없어."

"아아, 그렇군요."

일단은 자신이 누구인지 눈치채지 못 하리라. 가슴을 쓸어내리며 적당히 대화를 이어갔다.

"아드님은?"

"속만 썩이는 못난 놈이라니까. 벌써 서른인데 당최 일이나 하러 다니는지 마는지……. 오늘도 어디를 그렇게 싸돌아다니나 몰라."

"오늘이요?"

"아직 여기 살거든, 요 위층에. 으휴, 글러 먹었어. 그놈의 자식, 완전히 제 아비를 닮았다니까. 옛날부터 불길한 예감이 들긴 했는데 말을 어찌나 안 듣고 맨날 그렇게 빈둥대는지. 뭐 마실래?"

"……그럼 위스키로. 아드님은 금방 돌아옵니까?"

"돌아오겠습니까? 어떻게 마실래?"

"……스트레이트."

서른 살인 사람과는 마주치고 싶지 않았다. 어투를 듣고 정말 돌아오지 않겠다며 안심하고 건네받은 물수건으로 얼굴을 닦았다.

아무래도 카운터 건너편에 부엌문이 있는 듯했다. 밖으로 나갈 수 있을 것 같다. 여차하면 저 문으로 도망을……. 머릿속으로 시뮬레이션을 반복하는데 힘들어 죽겠다고, 오늘은 더는 못 해 먹겠다며 여자가 입구 셔터를 중간까지 내리자 긴장이 세 단계쯤 풀렸다. 적어도 한동안은 가게에 아무도 들어오지 않겠지.

"요깃거리가 좀 있을까요? 배를 채울 만한 음식 말입니다."

"마치코 야키소바는 해줄 수 있는데 맛은 기대하지 마."

"마치코?"

"내 이름."

그 말대로 대단한 야키소바는 아니었지만 지금 다이스케에게는 눈물이 날 정도로 맛있었다. 정신없이 흡입하는 다이스케의 모습에 기분이 좋아진 마치코는 어머, 그렇게나 맛있어? 사실 좀 자신 있긴 했는데, 좀 더 간판 메뉴로 밀어도 되겠어, 라며 싫지 않은 듯 미소 지었다.

부른 배로 위스키를 홀짝이니 은은한 취기가 다이스케의 마음에 감성과 여유를 불러왔다. 곤드레만드레 취할 수는 없으니 양은 조절했지만 위장 깊숙한 곳에서부터 따뜻한 활력이 샘솟는 기분이었다.

손님은 오지 않는다. 가게 주인과는 초면에 아무런 인연도 없다. 누구도 다이스케가 이곳에 있다고 생각하지 않으리라. 이대로 이곳에 머물면 아무도 자신을 찾지 못할 것이다.

가족이 어떤 상황인지 궁금했고 자신의 이야기를 전하고 싶기도 했다. 하지만 우선 비바람을 피할 수 있는 은신처를 구했다고 생각해도 되지 않을까. 냉동 건조되었던 마음에 물이 흘러내리듯 정신이 조금씩 정상적으로 돌아왔다.

마음이 편하다고 해도 영원히 머물 수는 없다.

체력이 어느 정도 회복되면 떠나야 한다고 생각하면서도 졸음이 눈꺼풀을 무겁게 짓누르기 시작했다. 졸음 때문에 어디로 도주해야 할지 떠오르지 않았고 이성을 되찾으면서도 나른한 혼란과 망설임이 이어졌다.

아무 생각 없이 가게를 빙 둘러보다가 안쪽에 장식된 화려한 호랑이 무늬 스카잔 점퍼*가 눈에 띄었다. 취향이 심히 지독한 옷이지만 장식해 둘 정도면 아끼는 물건일까 싶어 물었다.

"저건……."

"실은 옛날에 오나미 겐이치가 온 적 있거든. 그때 받았어."

---

* 실크, 레이온, 폴리에스터 소재로 만든 야구 점퍼에 화려한 동양풍 자수를 새긴 옷.

생소한 이름이었다. 마치코의 설명으로는 우자키 류도*와 혈연관계는 아니지만 그의 동생 같은 이미지로 데뷔해 한때 나름 이름을 알렸던 가수라고 했다. 그러고 보니 들어본 적 있는 이름 같기도, 완전히 처음 듣는 이름 같기도 했다. 다이스케는 거의 흥미를 잃었지만 마치코는 추억을 회상하듯 스카잔을 향수 어린 눈으로 바라봤다.

"그 시절에는 활기찼어."

"……누가요?"

"전부 말이야, 전부."

마치코는 한숨을 쉬며 잔을 기울였다.

"이 동네도 좀 더 붐볐고, 술에 취한 손님도 있었지. 지금은 봐, 젊은 애들이 술을 안 마시잖아. 뭐랄까, 1980년대 후반부터 남자들이 점점 맥아리 없어지는 것 같았는데 이제는 정말로 틀렸어. 의욕이 없다니까. 요즘 젊은 애들은 열심히 하지 않아도 되는 이유만 귀신같이 찾아내잖아. 정말이지 정신상태부터 글러 먹었어."

동의 못 할 이야기는 아니었지만 세상사에 열중할 수 있는 상태는 아니었다. 다른 고민을 하면서 상대의 기분이 상하지 않도록 여러 형태로 맞장구를 치며 귀 기울이는 척했다. 그러자 마치코는 자신의 이야기를 잘 들어준다고 생각했는지 라디오에서 흘러나오는 자장가 같은 재즈 음악에 맞춰 자신의 반평생을 늘어놓기 시작했다.

---

* 일본의 가수, 작곡가, 배우. 우리나라 가수 나미의 '슬픈 인연' 작곡가로도 유명하다.

요릿집을 차리고 싶다는 꿈을 안고 고등학교를 졸업하자마자 상경했지만 일을 배워보지 않겠냐고 권유한 음식점이 사실은 카바레였다. 불행의 시작이었다. 변변치 못한 남자에게 걸려 빚을 대신 갚게 되고 가게를 그만두기는커녕 일을 더 떠맡는 신세로 전락했다. 정신없이 일하고 죽을 것 같은 심정으로 남자와의 관계를 청산한 뒤 이번에는 다른 남자의 인맥으로 바에서 일하게 됐다. 드디어 요릿집 수업다운 수업을 받을 수 있겠다는 기쁨도 잠시, 일하기 시작한 지 세 달 만에 가게 주인이 급여도 주지 않은 채 야반도주한다. 직접 원인은 아니지만 그 무렵 사귀던 남자와의 관계도 나빠졌고 상습 폭행에 시달리게 된다. 이렇게 살다가는 죽을 것 같아 남자에게서 벗어나기로 결심한다. 그렇게 도망치듯 흘러간 요코하마에서 일자리를 구해 마침내 멀쩡해 보이는 남자와 결혼한다. 남편의 고향인 히카리야마시에서 스낵바 '시즈쿠'를 개업하고 같은 시기에 아이도 낳았다. 순풍에 돛을 단 듯 꿈 같은 시기였다. 자, 이루지 못한 꿈을 이제라도 되찾자, 이제야 인생이 옳은 방향으로 흘러가는구나, 하고 온몸으로 희망을 만끽하던 중에 애지중지 모은 20만 엔을 남편이 들고 사라져 버린다.

이제 두 번 다시 남자를 믿지 않겠다. 그렇게 맹세하며 그나마 수중에 남은 스낵바를 죽을 둥 살 둥 꾸려가면서 육아에도 매진했다. 적어도 아이는 제대로 가르쳐서 번듯한 사람으로 키우고 싶었지만 마치코의 소망이 허무하게도 아들의 최종학력은 고등학교 중퇴였다. 그리고 지금까지 부랑배 생활을 전전하고 있다.

"열심히 하면 할수록 주변에서 발목을 잡고 늘어지면서 방해했어. 늘 그런 인생이었다고. 이제 다른 사람에게 기대하지 않겠다고 결심했는데 이제는 동네가 쇠퇴하고 술 마시는 젊은이들이 줄어들면서 보다시피 가게는 이 모양 이 꼴이야. 요즘 아이들은 아무도 열심히 일하지 않아. 섹스도 안 하고, 아이도 안 낳고, 더 잘 살려는 의지도 없고, 술도 안 마셔. 정말이지…… 암만 생각해도 우리 세대가 제일 손해 보고 있다니까. 내 말이 틀려?"

다이스케는 모든 이야기를 집중해서 듣지는 않았다. 남자 보는 눈이 없는 것은 본인 책임이라고, 학습 능력이 부족한 마치코 탓이라고 속으로 혀를 찼다. 중간중간 어법에 맞지 않는 표현도 많아서 불쾌감을 참기 힘들었다. 지금이 비상 상황이 아니었다면 반드시 지적했을 터다. 그러나 여러 문제를 제쳐두고 '자신은 잘못이 없는데 다른 사람의 잘못으로 피해만 본다'는 주장에 초점을 맞추면 몹시 공감이 갔다.

그야말로 지금 상황을 표현하는 말이었고 돌이켜보면 자신이야말로 살면서 온갖 상황에서 피해를 봤다.

취기가 조금 돌기도 하고 굳었던 혀도 서서히 풀렸다. 누명을 뒤집어쓰고 도망치는 몸이라는 말은 할 수 없지만 작은 불만 정도는 표출해도 용서받을 수 있겠지 싶었다. 그에 더해 스낵바라는 공간에서 주고받는 대화라는 사실에 힘을 얻어 잔에 담긴 위스키를 바라보며 입을 열었다.

무능한 상사에 멍청한 부하. 의욕 없는 외주업체에 터무니없는 요구를 하는 고객. 에피소드가 하나하나 흘러나올 때마다 마치코가 맞장구를 쳤다. 어머, 어떻게 그래, 힘들었겠다, 당신 잘못이 아니잖아, 당신 대단하다. 고집이 센 사람인 줄 알았는데 역시 손님 장사를 하는 사람다웠다. 듣기 좋았다. 몇 시간 전에도 머리를 스쳐 지나간 어떤 기억이 다이스케 안에서 되살아나 평소 어지간하면 입 밖으로 꺼내지 않는 집안 문제까지 말했다.

"아까 아드님 이야기를 했는데 우리 딸도 예전에 말썽을 부린 적이 있습니다."

"어머 어머."

"묘하게 조숙한 면이 있는 아이거든요. 그런 걸 뭐라고 하더라. 만남 사이트라고 하나요? 초등학생인데 인터넷에서 20대 후반 정도 되는 남자와 연락을 주고받고 약속을 잡았더라고요. 뭐, 뻔하지만 그런 짓을 꾸미는 남자는 역시 답 없는 인간이겠죠. 그런 걸 뭐라더라……."

"롤리타 콤플렉스."

고개를 살짝 끄덕였다.

"어떻게든 만남 자체는 막았는데 범죄자더라고요. 피해를 당한 여자아이가 이미 몇 명이나 있었습니다."

"어머나, 웬일이야. 무사히 잡았어?"

다이스케가 다시 고개를 살짝 끄덕였다. 그러자 마치코는 몸을 뒤로 젖히며 이야, 딸이 무사해서 다행이야, 아이가 조숙하니까 그런 일도 생기나 보네. 요즘은 그런 나쁜 놈들이 인터넷에서 못된 짓을 하는 소름끼치는 세상이라니까. 딸을 잘 지켜서 다행이야, 라며 기분 좋은 말을 쉬지 않고 늘어놓았다.

'다이스케@taisuke0701' 계정 때문에 사태가 벌어지고 나서 누군가에게 공감과 동조를 받은 적은 처음이었다. 당신은 잘못 없다, 잘했다, 세상이 이상하다. 오랫동안 듣지 못한 따뜻한 말에 다이스케는 태어나 처음으로 부모님께 칭찬받은 소년이라도 된 기분이었다. 너무하다, 힘들었겠네, 당신은 조금도 잘못하지 않았는데. 실제로는 하지 않은 말까지도 다이스케의 현 상황을 위로하듯 귓가에 울렸다.

그래, 이건 악질 음모다. 나는 하나도 잘못하지 않았다. 완전히 피해자다.

한번 그런 생각이 들기 시작하자 마치코가 쏟아내는 수많은 푸념이 전부 자신에게 힘을 주는 극약처럼 가슴 한가운데를 뜨겁게 달궜다.

그리고 마침내 다이스케를 한 생각으로 이끌었다. 어째서 지금까지 그런 생각을 해내지 못했을까 신기하기까지 했다.

왜 계속 도망만 쳤을까. 왜 꼴사납게 뛰어다니며 몸을 숨길 방법만 궁리했을까.

진범을 내 손으로 직접 잡자.

범인이 누구인지 지금으로서는 전혀 짐작 가지 않는다.

그러나 그렇게까지 철저하게 자신을 조사할 수 있던 인간이니 전혀 안면이 없는 인물은 아니리라. 차근차근 조사하면 분명 꼬리 정도는 잡을 수 있을 터다. 극악무도한 범인이 선량한 사람을 모함하고 득의양양하게 미소 짓는다니, 있어서는 안 될 이야기다. 다이스케가 설령 경찰에 잡힌다고 해도 범인 후보만이라도 추려 놓으면 억울한 죄를 증명할 기회도 찾아오리라.

다시 아들을 한탄하는 마치코의 이야기를 한쪽 귀로 흘려보내며 남몰래 결의를 다졌다. 오늘은 이 스낵바에서 밤을 지새우게 될지도 모른다. 그러나 내일 아침이 오면 곧바로 범인을 잡을 단서를 찾으러 가자. 그러려면 다시 한번 문제의 인터넷 게시물을 확인하고……. 졸음이 잠식한 머리로 멍하니 구체적인 계획을 세우는데 라디오에서 흘러나오던 기상정보가 심야 뉴스로 바뀌었다.

그때까지만 해도 라디오에는 전혀 주의를 기울이지 않았던 다이스케는 다이젠시 여대생 살인사건이라는 단어가 들리자마자 바짝 긴장했다. 다행히 마치코는 수다에 정신이 팔려 뉴스를 듣는 것 같지는 않았다. 그래도 다이스케가 라디오에 귀를 기울인다는 사실을 알아차리면 뭔가 눈치챌지도 모른다. 마치코를 바라보며 고개를 끄덕이면서 그 외 온몸의 모든 기관을 총동원해 라디오에 집중했다.

사건 개요에 이어서 공원 화장실에서 발견된 피해자의 이름이 공개됐다. 시노다 미사. 역시 모르는 여성이다. 다이스케의 집에서 발견된 여성 시신도 언급했지만 아직 신원은 밝혀지지 않았다.

아나운서는 차분한 목소리로 "경찰은 사정을 알 것으로 추측되는 집주인을 찾고 있습니다"라는 심장이 철렁 내려앉는 한마디를 덧붙이며, "현재 행방이 묘연한 집주인의 차가 마레도 마을의 낚시용품점에서 버려진 채 발견됐습니다. 입고 있던 것으로 추정되는 정장 한 벌이 차에서 발견되면서 현재는 운동복 등으로 갈아입었으리라 추측하며 뒤를 쫓고 있습니다"라고 틈을 주지 않고 몰아붙였다.

운동복이라는 단어에 마치코가 반응하지 않을까 싶어 순간 등골이 오싹해졌는데 그녀는 아들을 타락의 길로 꼬드긴 나쁜 친구를 욕하느라 바빴다.

제발 이대로 이야기에 열중하기를.

마치코의 수다가 끊기지 않도록 고개를 크게 끄덕이면서 굳은 표정을 풀고 다소 요란하게 공감의 몸짓을 보였다.

제발 그만. 뉴스야 빨리 끝나라. 아니, 조금 더 정보를 줘.

양가감정에 휘둘리며 "다음 뉴스입니다"라는 아나운서의 한마디에 한숨을 내뱉었다. 끝내 줬다. 아니, 끝났다. 그러나 한숨 놓은 것도 잠시, 이어지는 뉴스에 다이스케의 마음이 다시 크게 요동쳤다.

"16일 밤, 마레도 마을 4번가에서 상해 사건이 발생했습니다. 30대 남성이 노숙자로 추정되는 50대 남성을 길거리에서 폭행했습니다. 중태에 빠진 피해자는 의식불명 상태로 인근 응급의료센터에서 치료받고 있습니다. 체포된 남성은 '인터넷에서 화제가 된 도주범인

줄 알았다. 잡으려고 하니 저항해서 폭행했다. 도가 지나쳤다고 생각한다'며 혐의를 인정했습니다."

잔을 쥔 손에 힘이 들어갔다.

지금까지 인터넷에서만 으스대는 줄 알았던 대중이 현실 세계로 나와 위해를 가할 수 있다는 사실에 형언할 수 없는 두려움을 느꼈다. 물론 습격에 대비해 마음의 준비도 했고, 최악의 사태도 생각해 뒀다. 그러나 실제로 사건이 발생하니 무게가 달라졌다. 정말 폭행을 당할지도 모른다. 그것도 의식불명 상태가 될 정도로 심하게. 주량을 조절할 수 없었다. 위스키를 쭉 들이켜고 한숨을 크게 토한 뒤 다시 한 모금 마셨다.

라디오 뉴스로 소식을 접했으니 TV나 인터넷에도 당연히 보도되었으리라. 다이스케가 운동복을 입고 도망 다닌다는 사실을 모든 언론에서 보도했겠지. 이제는 지금 차림으로 밖을 돌아다니다가는 위험할지도 모른다는 판단이 섰다.

다른 옷으로 갈아입어야 한다.

그때 벽을 장식한 기념품이 눈에 들어왔다.

"……정말 멋진 스카잔이네요."

"응? 그래, 맞아. 그런데 뜬금없이 무슨 소리야?"

"아니…… 나한테 넘길 생각 없나 해서."

"농담이 심하다. 가보를 아무렇지 않게 넘길 사람이 어디 있겠어."

어떻게 하면 스카잔을 자연스럽게 넘겨받을 수 있을까 머리를 굴렸지만 안타깝게도 취기가 돌기 시작한 상태로는 제대로 생각할 수 없었다. 반드시 진범을 잡겠다는 결의에 습격당한 노숙자, 온 세상에 공개된 복장. 온갖 정보가 머릿속에서 복잡하게 뒤얽히자 생각하기 귀찮아져서 술을 들이켰다. 마치코도 점점 하품을 자주 하는구나, 생각하는데 이마에 둔탁한 충격이 느껴졌다. 꾸벅꾸벅 머리 방아를 찧다가 잔에 부딪친 것이다. 머리를 크게 한 번 흔들며 잠을 물리치려고 했지만 그리 쉽게 달아날 졸음이 아니었다. 아침 6시 30분에 일어나서 점심시간 이후에 소동에 휘말린 뒤 심야에 17.6킬로미터를 달린 육체는 당연히 한계에 다다랐다.

체감상 15분 정도 눈을 감고 있었던 것 같았다. 아차 싶어 황급히 카운터에서 고개를 들었을 때 눈앞에 마치코가 없다는 사실을 깨달았다. 가게 입구를 봤다. 반쯤 올라가 있던 셔터가 완전히 올라가 있었고 유리문 너머가 희부옇게 밝았다.

날이 밝아오고 있었다. 손목시계를 확인하니 오전 7시 5분. 그렇게나 오래 잤나. 불편한 자세로 잠들었지만 다행히 머리는 맑았다. 서둘러 상황을 파악하려고 애쓰는데 밖에서 수군거리는 목소리가 들렸다. 그 순간 다이스케는 자신이 자연스럽게 깬 것이 아님을 깨달았다.

아무리 생각해도 목소리 주인 중 한 명은 마치코였고, 다른 한 사람은 젊은 남자였다. 무슨 이야기를 나누는지 들리지 않지만 왠인지 남자가 일부러 목소리를 낮추는 기색이 느껴졌다. 뚫어지게 응시하니 불투명 유리 너머로 희미하게 검은 실루엣이 보였다.

"그래서 뭐야? 내가 잘못했다는 말이야? 내가 그런 걸 어떻게 알아!"

목소리가 커진 마치코를 말리듯 남자의 목소리가 약간 높아지면서 마침내 다이스케의 귀에 선명하게 들어왔다.

"목소리 낮춰. 깨면 어쩌려고 그래."

머리에 드리웠던 뿌연 안개가 완전히 걷혔다. 다이스케는 자리에서 천천히 일어났다. 마치코의 대화 상대는 아마도 난봉꾼 아들일 터다. 말투로 짐작건대 아무래도 잠든 다이스케를 본 듯하다. 그리고 그는 인터넷에서 벌어진 소동을 알고 있다. 그래서 다이스케가 깨지 않도록 마치코를 가게 밖으로 불러낸 것이다.

상황을 파악한 이상 도망칠 수밖에 없다.

그러나 아무리 비상 상황이라도 무전취식은 하고 싶지 않았다. 다이스케는 폐를 끼친 비용까지 고려해 넉넉하게 1만 엔을 카운터에 올려두었다. 그러다 이내 가보에 손을 댈 생각으로 2만 엔을 놓았다. 오나미 겐이치의 호랑이 무늬 스카잔 점퍼를 옷걸이에서 조심스럽게 벗겨내 팔을 꿰었다. 가게를 떠나면 또 한동안 아무것도 입에 대지 못할 듯해서 찬물을 한 잔 들이켠 뒤 숄더백을 크로스로 멨다. 부엌문으로 나가기 직전에 물건을 다시 점검하고 숄더백을 한 번 풀었다가 다시 멨다.

밖으로 나가니 좁은 골목이 나타났다. 맥주 상자 옆을 지나 상점가 메인 거리로 빠져나왔다. 인파가 많으면 어쩌나 하는 일말의 우려를 날려 버리듯 아침 상점가도 한산했다. 늘어선 가게마다 셔터가 내려가 있었다. 누구와도 마주치지 않고 상점가를 빠져나와 국도와 현도*가 만나는 넓은 교차로에 다다랐다. 스윙톱 재킷 위에 옷을 한 벌 더 입었지만 겨울 냉기를 완전히 막기에는 역부족이었다. 몸이 움츠러들었다.

어제처럼 다시 도주 여행이 시작되었다. 눈앞의 현실은 거짓 없는 사실이었다. 그러나 다이스케의 심경은 극적이라고 해도 좋을 정도로 바뀌었다.

도망치는 것이 아니라 쫓는 것이다.

물론 위험한 일반인들이 있고 경찰이 자신을 용의자로 간주해 쫓고 있을 가능성이 커서 어떻게든 몸을 숨기고 도주에 가까운 형태로 움직여야 한다는 점은 의심할 여지가 없었다. 그러나 적은 뒤가 아니라 앞에 있다고 바꿔 생각하게 됐다.

스낵바에 있을 때부터 고민했지만 진범을 잡으려면 범인과 연결되는 정보가 반드시 필요하다. 인터넷을 검색할 수밖에 없다. 그리고 휴대폰을 차에 두고 온 지금, 누군가의 협조 없이는 인터넷 접속도 여의치 않았다.

다이스케는 교차로의 안내 표지판을 올려다봤다. 이대로 직진하면 가미도오리군까지 갈 수 있다고 표시되어 있었다.

---

* 현(県)에서 만들고 관리하는 도로.

히카리야마시 지리는 모르지만 가미도오리군은 몇 번 방문한 적 있다. 역 앞 풍경도, 음식점 몇 군데 위치도 안다. 현재는 이직해서 의약품 기업에서 영업 업무를 담당하지만, 결혼식에서 다이스케의 들러리까지 선 옛 부하가 사는 지역이기도 하다. 함께 여러 번 골프 치러 간 적도 있는 사이였다.

아들뻘 정도로 나이 차이가 나지는 않지만 옛 부하 중에서도 첫 번째를 다툴 정도로 아끼던 직원이었다. 3년 전에 이직할 때도 같은 회사의 상사와 부하 관계를 떠나 아낌없이 조언해 줬다.

확실히 '다이스케@taisuke0701'의 눈속임은 훌륭했다. 회사 직원 대부분이 속아 넘어갈 만하다고 생각했다. 그러나 시간을 조금만 더 주었다면 오해는 반드시 풀렸을 터다. 자화자찬이지만 인망은 있는 편이다. 사람들이 이성만 되찾으면 분명 다이스케는 인터넷에서 그런 이상한 짓을 할 사람이 아니라고 깨달을 것이다.

옛 부하에게 협조를 부탁하자.

다이스케는 목적지를 정했다.

경찰도 다이스케가 찾아갈 만한 장소를 추리겠지만 다이테이 하우스를 퇴사한 직원의 거처까지 떠올리지는 못하겠지. 그를 만나기만 하면 상황은 단번에 좋아지리라. 스낵바처럼 임시 은신처가 아니라 며칠, 몇 주, 상황이 안 좋으면 몇 달 동안 몸을 숨길 수 있는 은신처를 얻는 셈이다.

가미도오리군까지 12킬로미터. 다이스케는 모자를 다시 깊게 눌러쓰고 달리기 시작했다.

실시간 트렌드: 검색어 '스낵바/야마가타 다이스케'

12월 17일 8시 11분 지난 6시간 1,228건 트윗

• 우리 동네 스낵바에 경찰이 잔뜩 출동함. 슬쩍 엿들으니 아무래도 몬 종일 야마가타 다이스케를 숨겨 준 것 같음. 소중한 호랑이 무늬 스카잔도 훔쳐 갔다고 난리 침. 바로 근처에 살인자가 몇 시간이나 있었다고 생각하니 완전 소름 돋음. 밤새서 드래곤 헌터나 할 때가 아니었음(←야)

다카신@dropndrop123

• 이게 사실이라면 왜 신고 안 하고 숨겨 줬을까? 단골손님이었는지도 모르지만 아무리 그래도 정상인이면 살인범을 감쌌겠어? 스낵바 주인도 같이 사형시켜야 해. 경찰에 넘겼어야 세상에 훨씬 도움이 됐을 텐데 진짜 미친 거 아님?

인용: 우리 동네 스낵바에 경찰이 잔뜩 출동함. 슬쩍 엿들으니~

나카노 다이치@taichi_nakano1112

• 엇, 이게 진짜면 호랑이 무늬 스카잔을 입고 도망 다닌다는 뜻? 금방 사람들 눈에 띌 텐데? 바보 아니야?

인용: 우리 동네 스낵바에 경찰이 잔뜩 출동함. 슬쩍 엿들으니~

보스 원숭이@여당 정치에 NO를 들이대다@boss_monkey_z

• 잘은 모르지만 스낵바 주인이라고 하면 아마 할망구겠지? 야마가타 다이스케의 얼굴은 인터넷에서만 떠도니까 인터넷을 안 하는 사람은 못 알아봤을 수도 있지 않나? 그럼다면 가장 크게 잘못한 건 얼굴을 공개하지 않은 TV와 경찰이야. 됐으니까 빨리 얼굴이나 공개하라고.

인용: 우리 동네 스낵바에 경찰이 잔뜩 출동함. 슬쩍 엿들으니~

점론만 말하는 애국자@japanpride0211d

“계속 다수결 논리를 사용하면 우리 젊은 사람들에게 선거는 가치가 없어. 아무리 투표, 투표 노래를 불러도 결국 숫자 원리 때문에 노인을 이길 수 없으니까.”

그래, 바로 그거야. 정말 말도 안 돼. 이제 그만 바꿔야 해.

“그런데 말이야, 그럼 정치란 누구를 위한 것인가 생각해 보면 역시 미래에 투자하는 거잖아. 그런데도 투표자뿐 아니라 정치인들까지 죄다 노인들이야. 어떻게 해도 근시안적 정책만 나온다고. 잘못된 정책을 내놓아도 어차피 20년, 30년 뒤면 이 세상 사람이 아니니까 도망갈 곳이 있다, 이거지. 진짜 근본부터 이상해.”

맞는 말이야, 나도 그렇게 생각해. 내 생각과 똑같아.

쇼마는 동아리 부원 여섯 명과 토론을 나누며 블렌드 커피를 홀짝홀짝 마셨다.

토요일 오전 9시.

동아리 정기 회의인 모닝 섹션은 반드시 대학 근처 전망대 '다이젠 스타포트'의 가장 높은 층에 있는 라운지 공간에서 진행한다. 주제는 그때그때 다른데, 부원들이 생각하는 사회 주요 안건에 대한 끊임없는 토론이 기본 방침이다.

동아리 이름은 'PAS(파스)'.

창립자는 쇼마가 아니라 다섯 살쯤 많은 선배였다.

'Progress', 'Advance', 'Step up'의 머리글자를 따서 'PAS'라고 지었다. 그들 나름의 관점에서 사회문제에 메스를 대는 사회파 동아리이자, 때때로 행사 등도 주최하는 행사 동아리이다. 동아리 이름은 사회를 발전시킨다는 의미를 담고 있다.

현재 리더인 쇼마는 아직 3학년이지만 이미 취직이 결정됐다. 졸업한 PAS 선배의 한마디가 계기였다. 쇼마, 일본 IT 기업이 왜 세계에서 경쟁력을 잃었는지 알아?

선배는 조리 있게 이론을 설명했다.

결국 일본 기업은 연공 서열 제도를 타파하지 못한다. 이것이 IT 세계에서는 엄청난 방해물이다. 새 인터넷 서비스를 이용하는 사람은 젊은이들이고 새로운 수요를 충족시킬 참신한 아이디어를 창출할 수 있는 사람도 젊은이다. 그런데 이러한 획기적인 아이디어를 생각해내도 기획을 추진하려면 50대, 60대 상사의 승인을 받아야 한다. 당장 움직여도 모자랄 판에 서비스의 본질을 이해하지 못하는 나이 많은 상사들은 낡은 가치관으로 이리저리 트집만 잡는다. 그들은 번거로운 일, 단지 손이 많이 가는 일을 미덕으로 여기는 경향이 있다. "편리하기는 하지만 그러면서 중요한 무언가를 잃게 되잖아"라며 근거 없는 막연한 불안을 들이민다, 기획의 속도를 무의미하게 둔화시킨다. 그 결과 세계에서 밀려난다. 이 구조가 무한 반복된다. 그러므로 IT업계에서 선두를 달리고 싶으면 절대로 대기업에 취직해서는 안 된다. 작은 회사에 들어가서 큰 재량권을 얻거나 직접 창업해야 한다.

선배의 말을 들으면서도 한편으로 쇼마는 결국 아직 사회에 나가 보지 않은 일개 대학생의 견해이지 않냐며 대수롭지 않게 생각했다. 그러나 선배가 실제로 회사를 세워 식품 낭비를 줄이기 위한 기업과 소비자의 매칭을 돕는 애플리케이션을 개발하자 순식간에 생각이 바뀌었다. 대단하다, 선배는 정말로 해냈다. 애플리케이션 보급률은 아직 목표를 달성하지 못했지만 어마어마한 성장 속도에 감동받았다.

쇼마와 함께 일해 보고 싶은데, 어떻게 생각해? 우리 회사에 올래?

IT업계에 막연하게 관심이 있었다. 대기업 입사는 의미가 없다는 이론은 훌륭하게 증명됐다. 흔쾌히 승낙하며 고개를 끄덕이는 순간 쇼마의 취직 활동은 끝이 났다.

지금은 오로지 동아리 부원 증원과 토론 시간에 집중해야 한다. 쇼마는 리더를 맡은 PAS 활동에 매진했다. 2년 전에는 부원이 열두 명이었는데 선배들이 졸업하면서 여섯 명으로 줄어들었다. 다른 대학 학생에게 권해서라도 내년에는 1학년 부원을 많이 모으고 싶다.

그러기 위해서라도 세션을 거듭 열면서 동아리 분위기를 고조시켜야 했다.

다이젠 스타포트는 120미터 높이다. 놀라운 높이는 아니지만 층이 낮은 구조물이 많은 다이젠 거리를 한눈에 내려다볼 수 있었다. 정성 들여 내린 라운지 커피도 제법 맛있었다. 붐비지도 않는다. 쇼마는 이 모닝 세션 시간이 마음에 들었다. 아마 부원들도 같은 마음이리라. 그렇게 생각해서인지 동아리방보다 이곳에서 토론할 때 재미있는 아이디어가 더 많이 떠오르는 것 같았다.

한창 토론중에 휴대폰이 진동했다. 쇼마에게는 다른 사람과 함께 있을 때는 되도록 휴대폰을 보지 말자고 나름의 원칙이 있었다. 하지만 좀처럼 보지 못한 트위터 다이렉트 메시지 알림이 떠서 무심코 시선이 쏠렸다. 마침 토론도 샛길로 빠져 역 앞에 생긴 브루클린식 카페가 세련되고 좋다는 화제로 바뀌었기에 안심하고 그 자리에서 메시지를 열었다.

[사쿠라(ㄴ보)@sakuranbo0806: 지금 만날 수 있을까요? 긴히 의논할 것이 있습니다.]

그런데 '사쿠라(ㄴ보)'가 누구였지?

메시지 이력을 되짚어 보다가 금방 생각났다. 예전에 PAS에서 주최한 '인터넷 만남에 대해 생각하는 심포지엄'이라는 행사에 참가한 여학생이었다. 학부는 달랐지만 쇼마와 같은 가쿠엔 대학 재학생이었다. 분명 한 살 어린 2학년이었다.

의논할 일이라니 무엇일까?

짚이는 바가 전혀 없었다. 현재 PAS에서 이렇다 할 새 행사 계획은 없었고 그녀와 무언가 약속한 적도 없었다. 새로운 상대에게 긴급한 연락이 오면 딱 잘라 거절하기 어렵지, 라는 생각은 그저 자기 합리화 구실이었다. 쇼마는 사쿠라(ㄴ보)가 상당히 예쁘다는 사실을 또렷이 기억했다.

즉시 '지금은 다이젠 스타포트에서 동아리 모임 중이라서 10시 이후에 움직일 수 있다'고 답장을 보냈다. 그러자 곧바로 그럼 그쪽으로 가겠다는 답장이 와서 갑자기 가슴이 두근거렸다.

모닝 세션 후에는 대체로 다 함께 어디론가 놀러 가고는 하지만 의무는 아니다. 오늘은 약속이 있다고 양해를 구하고 세션이 끝나자마자 자리를 떴다.

라운지에는 전망 구역도 있었다. 음식을 주문하지 않아도 자유롭게 드나들 수 있어서 그저 바깥 풍경만 감상해도 이상해 보이지 않았다. 그래도 끝자리에서 허리를 곧게 펴고 아무것도 없는 산 쪽을 가만히 바라보는 남자는 이상해 보였다. 쇼마는 자신도 모르게 걸음을 늦추고 남자를 관찰했다.

나이는 쇼마와 비슷해 보였지만 얼굴은 지쳐 보이고 젊음이 조금도 느껴지지 않았다. 하얀 티셔츠에 검은색 재킷을 받쳐 입은 지극히 평범한 차림이었는데 재킷은 방금 옷장 구석에서 끄집어내기라도 한 듯 잔뜩 주름졌다. 게다가 취미가 무엇인지는 모르지만 옷깃에 '비취의 천둥'이라는 소년 만화 핀 배지가 달려 있었다. 핀 배지 자체만 놓고 보면 은색 원 포인트 액세서리라고 생각할 수도 있지만 만화 관련 상품이라는 사실을 알고 나면 왜인지 우스꽝스럽게 느껴진다.

'도대체 무엇을 바라보는 거지?'

쇼마는 그의 시선을 따라가 봤지만 눈길을 끌 만한 것은 아무것도 없었다. 한적한 주택가에 아무 특징 없는 야산이 이어질 뿐이었다.

섬뜩하다면 섬뜩하지만 그렇다고 무슨 나쁜 짓을 저지른 것도 아니다. 엮이지 않는 편이 좋을 것이다. 쇼마는 우선 화장실에 들러 머리 모양을 정리하고 엘리베이터 홀로 걸음을 재촉했다. 엘리베이터 버튼을 눌렀을 때 벽면에 걸린 포스터 한 장이 눈에 들어왔다.

한정 라이트 업 행사 12월 17일(土), 18일(일) 오후 6시부터

과거에 열린 행사와 같은 콘셉트로 몇 년 만에 전망대 라이트 업을 진행한다고 한다. 지금 만나러 가는 사쿠라(ㄴ보)가 무엇을 의논하려는지는 모르겠지만 분위기가 조금 더 알고 지내자는 식으로 좋게 흘러가면 함께 보자고 제안해 봐도 좋지 않을까.

은밀한 속셈을 가슴에 숨기고 있던 쇼마는 1층 홀에서 숨을 헐떡

이며 어깨를 들썩이는 사쿠라(ㄴ보)를 보고 당황했다. 세련된 체스터필드 코트에 신발은 크록스를 신고 있었다. 기억대로 예뻤지만 차라도 한잔 마시겠냐는 둥 밤이 되면 일루미네이션을 보지 않겠냐는 둥 말을 꺼낼 분위기가 아니었다. 몹시 당황스러웠다.

"'스미쇼' 씨 맞으시죠?"

스미쇼는 쇼마의 계정 이름이었다. 깜짝 놀란 와중에 고개를 끄덕였다.

"차, 가지고 왔죠?"

"……아아, 네. 가지고 왔는데."

"사람을 찾고 있는데 같이 좀 도와주세요."

"사람을 찾는다니……, 누굴 찾는데요?"

"야마가타 다이스케요."

잊지는 않았다. 하지만 이제 더는 관여할 일 없으리라 생각했던 이름이었다.

야마가타 다이스케가 여자를 두 명이나 살해해서 놀랐지만 그렇다고 쇼마가 어떻게 할 수 있는 일은 아니었다. 일부 유튜버들이 그를 찾는다는 소식은 인터넷에서 몇 번 접했지만 역시 가담할 마음이 들지 않을 정도로 탐탁지 않았다. 야마가타 다이스케는 법으로 심판해야 하며 그러기 위해서는 우선 체포되어야 한다. 그러나 그것은 경찰의 일이다. 왜 일반 시민이 움직여야 하는가.

유행을 좇으며 부화뇌동하는 부류거나 구경꾼 근성이 보통이 아닌 사람인가. 매력적으로 보이던 미인의 천박한 본성을 엿본 듯해 기분이 가라앉았는데 여자가 간절하게 부탁했다.

"살해당한 여자애가 제 친한 친구예요."

화들짝 놀라 심장이 덜컹했다.

진실을 알자 안달이 난 여자의 모습에서 친구의 억울함을 풀어주고 싶다는 또렷한 열의와 분노가 느껴졌다. 새빨갛게 부은 눈은 조금 전까지 울었던 흔적일까?

"그래도 그런 건 역시 경찰에—"

"저도 알아요. 하지만 도저히 용서할 수 없어서 조금이라도 범인을 잡는 데 힘을 보태고 싶어요. 이렇게 큰일이 났는데 어떻게 가만히 있을 수 있겠어요."

여전히 난색을 보이던 쇼마지만 결국 여자의 올곧은 눈빛에 마음이 움직였다.

"알겠어요."

차는 다이젠 스타포트 주차장에 세워 뒀다.

안전벨트를 매고 시동 버튼을 누르며 조수석에 앉은 여자에게 물었다.

"어디로 가면 돼요?"

"우선 마레도 마을 낚시용품점으로 가요. 거기에서 야마가타 다이스케의 차가 발견됐다는 것 같아요."

네비게이션에 목적지를 입력하려는데 자신이 안내할 테니 출발부터 해달라는 요청에 곧바로 차를 출발시켰다. 신호에 걸려 멈췄을 때 문득 조수석에 앉은 여자의 옆모습을 바라봤다. 역시 무척 아름다웠다. 외부 활동을 좋아할 것 같은 활달한 분위기로 건강한 활력을 온몸으로 내뿜었다. 얼굴 어느 부위를 봐도 흠잡을 데 없고 동그란 눈동자는 항상 영리하게 빛났다. 그렇게 완벽한 그녀가 초조해하고 혼란스러워하는 모습에서 절묘하게 색기가 느껴졌다.

"'서부유물먹지'가 뭔지 알아요?"

느닷없는 질문에 무슨 말을 하는지 몰랐다가 이내 떠올랐다. 사건을 일으킨 계정에 올라온 의미를 알 수 없는 문구였다.

[글자대로 쓰레기 청소 완료. 첫 번째 때도 사진을 제대로 찍어 둘걸. '서부유물먹지'로 가져갈지 말지는 아직 고민 중.]

"아니, 모르겠어요. 그게 무슨 뜻일까 인터넷에서도 치열하게 토론하는 것 같던데 아무도 답을 못 찾은 걸 보면 별 의미 없는 말 아닐까요……. 잘은 모르겠지만. 사쿠란보 씨는 짚이는 게 있어요?"

여자는 휴대폰 화면에 시선을 고정한 채 작은 소리로 대답했다.

"아뇨."

친한 친구가 살인마에게 살해당했다면 과연 기분이 어떨까?

쇼마는 여자의 심경을 헤아려 봤다. 용서할 수 없을 테고, 안타깝고 슬플 테고, 분노하리라. 헛된 일이라는 것을 알면서도 가만히 있을 수 없겠지. 범인을 직접 잡고 싶어 하는 심정도 이해할 수 있었다.

멋지게 범인을 잡을 수는 없을 것 같지만 되도록 그녀의 기분을 맞춰 줘야겠다고 생각했다.

쇼마는 여자의 옆모습을 넋을 잃고 바라보던 자신이 한심해져 신호가 바뀌자 액셀을 평소보다 더 세게 밟았다.

호리 다케히코

“남편분에게 연락은 없습니까?”

“……없습니다.”

피의자 가족이라고 해도 밤새도록 질문을 퍼부을 수는 없다. 어젯밤 늦게 후유코의 친정을 떠난 호리와 무쓰우라는 다음 날 오전 9시에 다시 방문했다.

생각나는 것이 있으면, 혹은 남편에게서 연락이 오면 언제든지 개의치 말고 연락 달라고 신신당부했다. 호리와 무쓰우라는 다이젠 경찰서 수련장에서 교대로 선잠을 자면서 후유코의 연락을 기다렸지만 소식은 오지 않았다.

왜 야마가타 다이스케를 찾지 못하는가.

수사 회의는 난리통이었다. 초동수사 때 문제가 있던 기동수사대 잘못이다. 수색 범위를 좁게 잡은 통신지령실 잘못이다. 감식 지상주의를 관철한 수사 부본부장 잘못이다. 아니, 피의자 가족에게서 야마가타 다이스케의 운동신경이 뛰어나다는 정보를 알아내지 못한 호리와 무쓰우라의 잘못이다.

경찰도 어린아이가 아니다. 서로 책임 떠넘기는 데 한 시간이나 두 시간씩 보내는 조직은 아니었지만 다들 다른 사람의 뒤치다꺼리를 하는 느낌이었다.

결국 오늘 아침, 히카리야마시 스낵바에서 신고가 들어올 때까지 경찰은 야마가타 다이스케의 동선을 따라잡지 못했다. 호리는 지령실을 긴급 배치한 점은 적절했다고 생각했다. 초동 단계에서만 역할을 하는 기동수사대가 조금 더 유연하게 대응해 주었으면 좋았겠지만 지시대로 움직인 그들 탓도 아니다. 전체적으로는 수사 부본부장에 임명된 현경 감식과장의 리더십 부족이 문제라고 생각하지만 누구의 책임인지 가려낸다고 야마가타 다이스케가 갑자기 모습을 드러내는 것은 아니다. 지금은 피의자의 신병 확보가 핵심이다.

거실 풍경은 어제와 비슷했다. 세 가족 모두 어제보다 안색이 나빴다. 가족이 살인 혐의를 받으며 도주 중이니 당연했다. 거의 잠들지 못했을 터다.

호리는 어제와 마찬가지로 테이블 위에 지도를 펼쳐 놓고 이번에는 파란 마커로 스낵바 위치를 표시했다.

"뉴스를 보셨겠지만 남편분이 마지막으로 발견된 곳이 이 스낵바입니다. 아마도 마레도 마을 낚시용품점에서 이렇게, 해안선을 따라 북상한 것으로 추정됩니다. 거듭 말씀드리지만 도망갈 때 더 북쪽으로 가거나 서쪽으로 가는 게 사람 심리입니다. 이 근처에 남편분이 찾아갈 만한 곳이 있습니까?"

어제 이렇다 할 정보를 내놓지 못해 나름대로 미안한 듯했다. 어떻게든 유용한 정보를 짜내려고 떨리는 시선으로 지도를 뚫어지게 응시했지만 결국 패배를 인정하듯 고개를 숙였다.

"……죄송합니다."

호리도 이제 슬슬 한계에 다다라 혀를 차고 싶었다.

그러고 보면 지금까지 후유코에게서 얻은 정보는 아무것도 없었다. 무엇을 물어도 몰라요, 모르겠어요, 모르겠습니다. 어젯밤 기자회견에서 야마가타 다이스케가 운동복을 입고 도주 중인 듯하다는 정보도 사실 거의 호리의 감으로 때려 맞춘 유도 신문에 가까웠다.

차 트렁크에 실려 있던 것은 어쩌면 운동복 아닐까요?

골프가 취미라면 골프웨어일 수도 있지만, 아무튼 넉넉하고 움직이기 편한 옷이 있지 않았을까 생각하는데 어떻게 생각하십니까?

빨래했을 때를 떠올려 보세요.

온갖 질문에 후유코는 끝까지 모호한 대답만 반복했고, 결국에는 '그렇게까지 말씀하시니 그런 것 같기도 하네요'라는 자신 없는 뉘앙스로 우는소리를 했다.

"운동복……이었던 것 같아요."

결과적으로 히카리야마시 스낵바의 주인과 증언이 일치했다. 야마가타 다이스케는 실제로 운동복을 입고 있었지만 상황에 따라서는 수사에 혼선을 빚는 치명적인 오보가 될 수도 있었다.

이런 여성에게 야마가타 다이스케의 운동신경이 얼마나 뛰어난지 능수능란하게 캐낼 수 있는 사람이 있다면 당장이라도 교대하고 싶었다.

왜 자신이 힐책을 받아야 하는가.

"얘, 정말 너무한 거 아니니. 적당히 좀 해."

호리의 조용한 분노를 대변하듯 후유코를 힐난한 사람은 그녀의 어머니였다.

"정말, 난 너도 못 믿겠다."

어제부터 딸을 향한 불만을 전혀 숨기려 하지 않는 어머니는 하룻밤 사이에 불만이 더욱 커졌는지 완전히 분노가 폭발하고 말았다. 어떻게 그렇게까지 남편에게 무관심할 수 있나. 설령 남편이 먼저 알려 주지 않아도 무슨 일 있었냐, 그 일은 어땠냐, 친구 관계는 어떻냐, 모조리 듣고 파악하고 관리하고 조정하는 게 아내의 역할이지 않나. 남자는 인간관계를 섬세하게 관리하지 못한다. 잊으면 안 되는 친구, 지인, 친척에게 인사하고 답례해야지, 그것도 못 챙기면서 아내라고 할 수 있냐.

후유코도 듣고만 있지 않았다. 나름대로 자신의 역할을 제대로 하고 있다. 딸에게 관심을 기울이지 않는 남편을 대신해 육아를 도맡아 아이를 키웠다. 식사, 빨래 등 집안일도 전부 했다. 자신이 하는 일에 남편이 불평한 적은 없다. 단지 남편이 간섭받기 싫어하는 듯한 부분은 굳이 건드리지 않았을 뿐이다. 자신의 생각을 분명하게 털어놓은 적도 있지만 그때는 그것이 우리 부부에게 최선이라고 판단했기 때문이다. 모든 사람이 엄마와 똑같은 가치 기준으로 살아야 한다는 아집은 버렸으면 좋겠다.

그러자 어머니가 다시 반박하고 후유코도 대들었다. 후유코의 아버지는 식탁 앞에 앉아 가열된 모녀 싸움을 말리지도 무시하지도 못하고 그저 기묘한 표정으로 지켜봤다. 드잡이라도 시작될 것 같은 분위기가 감돌자 무쓰우라가 마지못해 싸움을 말렸다.

"심정은 이해하지만 우선 진정들 하세요."

무쓰우라의 붙임성 좋은 미소 앞에서 모녀는 부끄러워졌는지 싸움을 멈췄다.

어제 일이 반복된다.

호리는 깊은 한숨을 내쉬었다.

야마가타 나쓰미

날이 밝았는데도 나쓰미의 마음에 환한 아침은 찾아오지 않았다.

숨 막히는 분위기가 깔린 식당에서 어머니, 할머니, 할아버지와 아침을 먹고 다시 방에 틀어박혀 오로지 시간이 흐르기만을 기다렸다. 방에서 나오지 말라고 한 사람은 없지만 굳이 밖으로 나가고 싶은 마음도 없었다.

어제에 이어 오늘도 거실에서 엄마와 할머니가 나누는 대화가 들려왔다. 어젯밤에는 소리를 들으려고 귀를 쫑긋 세우고 복도로 나가도 봤지만 무슨 말인지 이해할 수 없는 부분도 있어서 다시 방으로 돌아가기로 했다. 무슨 이야기를 들어도 나쓰미 자신이 할 수 있는 일은 없다.

할머니, 할아버지는 나쓰미와 엄마가 집에 오면 으레 거실 안쪽에 있는 다다미방을 전용 공간으로 내주었다. 깨끗하고 기품이 느껴지는 공간이지만 아이가 시간을 보낼 만한 것은 아무것도 없었고, 계속 갇혀 있으니 이제 어렴풋이 풍기는 다다미 냄새조차 지겨웠다.

나쓰미는 조금이라도 마음이 편안해지기를 기대하며 창문을 열었다. 코트를 입고 툇마루에 가만히 앉아 차가운 공기를 한껏 들이마셨다. 아무것도 하지 않고 맞은편 집의 외벽만 멍하니 바라보기만 했다.

10분, 20분. 몸에 한기가 스며들었지만 다다미 냄새보다는 나았다.

"아, 나쓰미."

누가 말을 걸 줄 생각지도 못해 자신도 모르게 흠칫 몸을 떨었다.

같은 반의 '에바탄'이었다.

현재 나쓰미는 사건의 중심에 선 인물이었다. 어제는 마주치는 사람마다 자신을 어떻게 대해야 할지 고민하고, 당황했다. 그야말로 교실에서 암 덩어리 취급을 받았다. 오늘은 다행히 토요일이라 학교에 가지 않아도 됐지만 만약 등교해야 했다면 몹시 괴로운 시간을 보내야 했을 터다. 그런 자신에게 왜 굳이 말을 걸었을까. 봤어도 못 본 체해 주지. 무슨 얼굴로 인사를 해야 할지 모르겠다.

나쓰미는 별수 없이 고개를 살짝 끄덕이며 인사했다. 당연히 그대로 떠날 줄 알았는데 에바탄은 나쓰미에게 다가왔다. 가볍게 인사한 뒤 나쓰미가 있는 곳까지 몰래 들어왔다.

"널 찾고 있었어."

깜짝 놀라 대답할 수 없었다. 왜 나를 찾았을까.

나쓰미는 차마 긍정적으로 생각하지 못하고 이 아이가 무슨 악감정을 쏟아내러 왔으리라고만 생각했다. 욕을 하러 왔을까, 너희 아빠 이상하다며 마음에 상처를 주는 한마디를 던지러 왔을까.

그러나 에바탄의 얼굴에 나쓰미를 비난하는 기색은 보이지 않았다. 에바탄은 나쓰미를 배려하듯 목소리를 살짝 낮추고 말했다.

"처음에는 너희 집에 갔었는데 아무도 없는 것 같아서 여기로 와 봤어. 전에 외할머니댁이 이쪽이라고 했던 것 같아서. 그런데 곰곰이 생각해 보니까 문패에 적힌 성이 '야마가타'가 아닐 테니 못 찾을지도 모르겠다 싶었거든……. 와, 그런데 타이밍 완벽했어."

"……왜 날 찾은 건데?"

"애들이 떠드는 소문, 전부 거짓말이지?"

긴장으로 딱딱하게 굳었던 얼굴이 기쁨으로 사르르 풀릴 뻔했다.

내 편이다. 그러나 따뜻한 바람을 느낀 지 불과 몇 초 만에 곧 의심이 되살아났다. 나쓰미조차 소문의 진위를 알지 못한다. 어지럽게 흔들리는 마음에 살며시 손을 내밀어 주는 한마디는 진심으로 고마웠다. 그러나 근거도 없이 순진하게 달려들어도 좋을 것 같지 않았다.

"……왜 그렇게 생각해?"

"나쓰미는 나쁜 사람이 아니니까."

에바탄은 쑥스러운 듯 쓴웃음을 짓고는 말을 이었다.

"그러니까 소문보다는 나쓰미를 믿어야 한다고 생각했어."

에바탄의 본명은 에바토 다쿠야다. 모두가 에바탄이라고 불러서 나쓰미도 속으로는 에바탄이라고 불렀지만 그 별명을 입으로 직접 부른 적은 없다. 의식하지 않고도 자연스럽게 대화를 나눌 정도로 친한 사이는 아니었지만 아무래도 이름을 불러야 할 때는 에바토라고 부르며 말을 걸었다.

반에서 중심이 되는 인물이나 리더는 절대 아니었다. 그러나 학급위원회 일 등을 솔선수범하는 책임감 강한 아이였다. 예전에 방과후 청소 당번을 세 번 연속 땡땡이친 반 친구에게 주의를 주고 학급회의를 열어 규칙을 정하자고 주장하던 모습이 인상 깊었다. 성적도 나쁘지 않았다. 담임 교사의 신뢰도 두텁고, 잘 알지는 못했지만 막연하게 성실하고 좋은 아이 같았다.

그런 에바탄이 자신을 믿어 준다.

눈에 촉촉이 고이는 눈물을 느끼며 꺼져가는 목소리로 간신히 고맙다고 말했다.

에바탄은 또다시 쑥스럽다는 듯, 그러나 사람으로서 응당한 자세라고 주장하듯 단호하게 고개를 끄덕여 보였다.

나쓰미는 에바탄이 자신을 믿고 위로해 주어서 매우 기뻤지만 왜 여기까지 찾아왔는지 이유는 짐작할 수 없었다. 위로하려고 일부러 여기까지 왔을까? 당황스러우면서도 어찌저찌 말을 골라 물으려는데 에바탄의 입에서 예상치 못한 말이 흘러나왔다.

"……범인이 누군지 내가 알지도 몰라."

"응?"

"이번 사건의 범인."

너무나도 뜻밖의 말이었다.

태연하게 거짓말을 할 아이는 아니지만 그 말을 순순히 믿으라기에는 너무 터무니없었다. 그 순간 나쓰미의 가슴에 왠지 모를 실망감이 밀려왔다. 이번 사건 때문에 진지하게 고뇌하고 괴로워하고 사라져 버리고 싶을 정도로 궁지에 몰린 자신에게 아무런 힘도 없는 어린 동급생이 자신이 범인을 알지도 모른다고 선언했다. 결코 기분이 좋지 않았다. 자신의 괴로운 감정을 놀림거리로 이용하지 않았으면 좋겠다.

자세히 물어볼 엄두도 나지 않았는데 에바탄이 먼저 범인을 알지도 모르는 이유를 설명하기 시작했다.

며칠 전 비가 내리던 날, 에바탄의 할아버지가 일과로 정원을 가꾸다가 수상한 사람을 목격했다. 만요초처럼 현에서도 비교적 큰 주택가라면 몰라도 에바탄 가족이 사는 지역은 길을 오가는 사람 대부분이 아는 사이다. 이상한 인물이 나타나면 금방 눈에 띈다.

해당 인물은 공원 구석에서 휴대폰 같은 물건을 만지고 있었다. 다만 커다란 장우산을 쓴 모습만 뒤에서 확인해서 생김새도 성별도 모른다. 정원을 다 가꾸고 한 시간 후에 장을 보러 갔다가 두 시간 후 돌아오는 길에도 수수께끼의 인물이 여전히 같은 곳에 계속 서 있었기 때문에 에바탄의 할아버지도 역시 무언가 이상하다고 느꼈다. 말을 걸어 보려고 할아버지가 다가가자 인기척을 느꼈는지 수수께끼의 인물은 몹시 당황하며 달아나 버렸다고 한다.

"아무튼 엄청 수상했던 모양이야. 그래서 어쩌면 그놈이 이번 사건의 범인이 아닐까 해서."

나쓰미의 가슴에 가벼운 긴장감이 감돌았다.

설마 하다가도 이내 그럴 리 없다며 예감을 지워 버렸다. 에바탄은 도대체 무슨 근거로 그 사람이 수상쩍다는 둥 주장할까. 조심스럽게 침을 삼키는데 에바탄이 주머니에서 작은 쪽지를 꺼냈다. 쪽지를 훑어본 나쓰미는 마침내 숨 쉬는 법도 잊었다.

"자, 우리 할아버지가 말을 걸었을 때 그 사람이 떨어뜨리고 간 메모야."

기와지붕이 세 개. 그중 '서부유물먹지'가 표식입니다.

나쓰미가 굳은 얼굴을 들자 에바탄은 정의감에 불타는 눈으로 힘차게 고개를 끄덕였다.

"나도 이 '서부유물먹지'가 무슨 뜻인지 모르겠어. 하지만 어쩌면 말이야, 이 사람의 정보를 더듬어가다 보면 우리 손으로 범인을 찾아낼 수 있을지도 몰라. 그러면 나쓰미, 너도 안심하고 지낼 수 있고 분명 모두가 행복해질 거야."

우선은 할아버지를 찾아가 목격담을 듣기로 했다. 거기서부터 시작해 하나하나 정보를 모아가면 직접 잡지는 못해도 범인의 정체에 가까이 다가갈 수 있을지 모른다. 범인의 단서를 잡으면 그대로 경찰에 넘기면 된다.

“같이 범인을 찾으러 가자.”

물론 적극적으로 나돌아다니고 싶지는 않았다. 다다미방의 공기가 더는 싫었지만 만에 하나 뒤에서 손가락질을 당하느니 안전한 집 안에 틀어박혀 있고 싶었다. 그래도 나서야만 한다고 생각한 이유는 에바탄이 덧붙인 마지막 한마디 때문이었다.

“네가 가지 않는다면 나 혼자서 조사하려고.”

엄마가 외출을 허락해 줄 리 없다. 나쓰미는 살금살금 현관까지 걸어가 신발을 집어 들고 다다미방으로 돌아와 툇마루에서 밖으로 뛰어나갔다.

실시간 트렌드: 검색어 ‘야마가타 다이스케/아이’

12월 17일 10시 04분 지난 6시간 127건 트윗

• 언론에 나온 야마가타 다이스케의 집을 봤는데 아직도 비어 있는 것 같아. 아내와 아이는 어디에 숨어 있을까. 집이 그렇게나 큰 걸 봐서는 독신은 아닌 것 같은데. 가족 전체가 범행에 가담했을 수도 있으니 범인의 가족도 철저하게 감시해야 해.

후카린@90fuka_rin

• 우리 아들이 야마가타 다이스케의 아들과 같은 고등학교에 다닙니다.

상담히 질이 나쁘고 반에서 자주 문제를 일으키는 학생입니다. 역시 그 아버지에 그 아들이구나 이해가 갔습니다. 자세한 이야기가 듣고 싶으신 분은 라이브 방송을 찾아 주세요.

사노시로 진(멘탈 디렉터)@sanoshiro_jin

• 야마가타 다이스케의 아들이 어떤 놈인지는 모르지만 이 자식은 헛소문만 퍼뜨리는 관종이니까 무조건 먹이 금지. 진짜 이런 식으로 주목받고 싶어 안달 난 놈의 심리를 이해 못 하겠다. 가족을 공격하기보다 우선 야마가타 다이스케를 확실히 붙잡아야 하는데.

인용: 야마가타 다이스케의 아들과 같은 고등학교에 다닙니다. 상담히 흉악하고 반에서 자주 문제를 일으~

전기@electrical_shock

• 야마가타 다이스케한테 초등학생 딸이 있다는 정보가 어디서 나왔는데 그 사람 나이를 생각하면 말도 안 되는 것 같아. 결국 뭘 믿어야 할지 전혀 모르겠어. 이게 다 언론에서 정보를 찔끔찔끔 내보내서 그런 거 아냐. 좀 더 확실하게 전달하라고. 제대로 하는 게 하나도 없어.

날씨텐키@qwerty_tenky_sun56

야마가타 다이스케

발걸음은 가벼웠다.

정처 없이 도망 다닐 때와는 달리 지금은 범인을 찾겠다는 확고한 목표가 있고, 옛 부하 직원의 집이라는 목적지도 있다. 편도 일차선인 현도는 다이젠시 중심가에 비하면 인적이 매우 드물었다. 길이 고르지 않은 탓에 고맙게도 길옆에 키 큰 잡초가 무성했다. 여차하면 풀숲에 몸을 숨길 수도 있을 듯했다. 이따금 사용한 지 수십 년이 지났음 직한 폐가나 다름없는 함석 오두막집이 몇 채 보였지만 공장도 창고도 가정집도 없었다. 다이스케에게는 더없이 안성맞춤인 시골길이었다.

운동복 차림이 아닌 점도 마음이 놓였다. 지금은 스낵바에서 빌린 겉옷을 입고 있다. 바지는 운동복 차림 그대로지만 상의만 바뀌어도 인상이 완전히 달라진다. 운동화도 그렇게까지 러닝에 특화된 디자인은 아니었다. 옷을 특징 삼아 자신을 찾으려는 사람들의 눈을 속일 수 있을 터다.

가미도오리역 근처는 어느 정도 붐비겠지만 그전까지는 시골길이 이어졌다.

안심도 돼서 구태여 속도를 내지는 않았다. 만약을 대비해 체력을 아껴둘 필요가 있었다. 다이스케는 달리면서 자신을 모함한 '다이스케@taisuke0701'에 대해 곰곰이 생각하기 시작했다.

수중에 인터넷을 검색할 수 있는 도구는 없었다. 사소한 기억에 의존해 정보를 하나하나 면밀하게 살폈다.

우선 그 계정은 10년 전에 개설됐다. 10년 내내 다이스케 행세를 한 경이롭기까지 한 집념과 주도면밀함은 차치하고라도 계정이 10년 전에 개설되었다는 사실을 무시해서는 안 된다.

범인이 다이스케를 모함하려고 작심한 원인은 10년 전에 있었던 무언가인 셈이다.

10년 전을 회상했지만 기억에 남을 만큼 큰 사건은 없던 해였던 것 같다. 부장직에 오르기 전이지만 이미 다이테이 하우스 다이젠 지사 소속으로 근무하던 시절이었다. 마침 공동 주택 부문에서 단독 주택 부문으로 부서 이동을 한 시기로 기억하지만 모두가 부러워할 독보적인 영전은 아니었다. 원망을 살 원인은 아니었다. 그때도 거주지는 현재 사는 만요초의 집과 같았다. 아무리 생각해도 이렇다 할 일은 떠오르지 않았다.

역시 정보를 모으기 위해서라도 서둘러 옛 부하 직원의 집에 찾아가야 한다.

토요일 오전이니 집에 있을 확률이 높았다. 다이테이 하우스는 대기업 주택 건설사라는 직업 특성상 화요일과 수요일이 휴일이었지만 옛 부하 직원이 현재 근무하는 회사는 의약품 기업이다. 분명 토요일, 일요일에 쉴 터다.

우선 10년 전 일을 물어보자.

그럴듯한 범인 후보의 이름이 곧바로 나올 것 같지는 않지만 어쩌면 다이스케가 모르는 곳에서 제멋대로 증오를 품은 인간이 떠오를지도 모른다. 지금 머릿속에 떠오르는 범인 후보는 한 명도 없지만 굳이 짐작 가는 동기를 꼽자면 질투가 가장 현실적인 듯했다.

그만저만한 성적. 도쿄 증권 거래소 1부 상장 기업에 취직. 순조로운 출세와 올라가는 연봉. 훌륭한 내 집에 따뜻한 가정.

비뚤어진 인간이 질투를 느낄 동기로 충분히 그럴 듯해 보였다. 바꿔 말하면 그 정도 추측밖에 떠오르지 않는다는 뜻이었다.

그러고 보니 10년 전에 ○○부의 ○○ 씨가 다이스케 씨가 부러워 죽겠다고 했어요.

그런 정보가 옛 부하 직원의 입에서 흘러나올지 모른다. 그러고 보니 10년 전에 그 부하 직원과 같은 부서에서 근무했다. 당시 주변 사정에도 어느 정도 밝았을 터다.

컴퓨터나 휴대폰으로 '다이스케@taisuke0701' 계정이 올린 글도 다시 세세하게 조사하고 싶었다. 게시물 내용에 범인과 관련된 정보가 숨어 있을지 모른다. 인터넷을 빌려 쓰자. 의미를 알 수 없는 '서부유물먹지'에 대해서도 뭐라도 업데이트됐을 수 있다.

같이 알아보자.

달리는 와중에 옛 부하 직원의 집에 도착하기만 하면 사태가 극적인 진전을 보이리라는 예감이 순식간에 강해졌다. 부하 직원은 다이스케의 결혼식에서 들러리를 서기도 해서 다행히 가족끼리도 알고 지내는 사이였다. 부하 직원뿐 아니라 그 아내와도 안면이 있다. 염치없지만 가능하면 목욕 신세도 지고 싶었다. 쉬지 않고 달려도 오랜 시간 얇은 옷을 입고 차디찬 겨울 하늘 아래 있으니 뼛속까지 시렸다. 실제로 발가락 감각이 점점 사라졌다. 식사도 하고 싶다.

번거롭겠지만 거절하지는 않겠지.

점점 희망이 보였다.

범인을 찾을 것이다.

페이스를 약간 올릴까 하다가 급하게 두 다리에 브레이크를 걸며 황급히 길옆 풀숲으로 뛰어들었다. 가쁜 숨을 죽이고 수풀 속으로 조심스럽게 몸을 밀어 넣었다.

앞에서 사람들이 다가왔다. 한두 명이 아니었다.

덩치 큰 남자가 셋, 넷…… 여섯 명.

지금까지 수 킬로미터를 이동했지만 이 길에서 사람을 마주친 적은 한 번도 없었다. 길이 좁다거나 아스팔트가 군데군데 갈라져 있어 걷기 힘들다는 사소한 이유 때문이 아니라 단순히 길에 들를 만한 시설이 아무것도 없는 탓이었다. 이런 곳을 굳이 걸어서 지나갈 이유가 없다. 만일 이 길을 걷는 사람이 있다면…….

다이스케는 수풀 속에서 몸서리쳤다.

<돔도키TV 출장편 야마○○ 다이스케 토벌대!>

가장 뒤에서 걷는 사람이 든 직접 만든 깃발을 본 순간 온몸의 땀구멍에서 끈적한 땀이 주르르 흐르기 시작했다. 가장 만나고 싶지 않은 무리와 마주치고 말았다.

가장 앞에서 걷는 사람이 카메라를 든 것으로 보아 무언가 촬영하고 있는 듯했다. TV라는 이름을 내세우는 것을 보면 공중파의 건전한 프로그램 아닐까. 그런데 그중 두 사람이 은색 알루미늄 배트를 쇠몽둥이 삼아 들고 있는 모습을 보자마자 그런 생각이 싹 사라져 버렸다.

어제 집 앞에서 난리를 피우던 사람들과 같은 부류다.

조금만 더 늦게 눈치챘어도 그들의 먹이가 되었으리라.

다이스케는 존재감을 최대한 지우고 천천히, 아주 천천히 수풀 깊숙이 들어갔다. 길에서 10미터 정도 떨어진 곳까지 간신히 이동해 그대로 드러누웠다. 오랜만에 맡는 흙내음 속에서 그들이 아무 일 없이 지나가기를 빌었다.

그런데 운 나쁘게도 그 무리가 향하는 곳은 다이스케가 조금 전까지 달리던 길이었다. 이대로 가면 다이스케가 누워 있는 수풀 바로 앞을 지나가게 된다. 아슬아슬한 접근은 피할 수 없다. 수풀을 조금 반으로 갈라 그들의 모습을 살짝 엿보니 싫증이 났는지, 아니면 처음부터 의욕이 없었는지 혈안이 되어 다이스케를 찾는 눈치는 아니었다. 사람을 찾는다기보다 산책 프로그램을 녹화하는 분위기다. 주변을 두리번두리번하며 눈으로 살피기는 하지만 수풀 속까지 꼼꼼하게 확인하지는 않았다.

다행이다, 이대로 그냥 지나가라.

그러나 다이스케의 바람을 비웃듯 그들은 시답지 않은 잡담을 나누기 시작했다.

"음, 그래서 동키 씨는 범인을 찾으면 어떤 식으로 잡는다고 했죠?"

"응? 극혐이니까 요렇게, 요렇게 해야지."

아마도 길을 걷는 내내 여러 번 주고받은 대화일 것이다. 패딩 재킷을 입은 동키라는 덩치 큰 젊은이가 알루미늄 배트를 온 힘을 다해 휘두르고 풀숲 한쪽 구석을 심상치 않은 힘으로 연달아 두드렸다. 그러자 다른 멤버가 와하하 웃었다.

대박, 대박. 미쳤나 봐. 포스 장난 아니다, 상남자야.

그들은 아직 30미터 넘게 떨어져 있었는데 질리지도 않고 똑같은 대화를 반복했다.

어떤 식으로 잡을 생각입니까? 말했잖아, 요렇게, 요렇게.

만일 이 상태로 저 시답지 않은 대화를 계속 듣고 있다가는 틀림없이 들킨다. 배트로 때리는 충격음이 다이스케가 누워 있는 땅까지 울렸다. 어제였다면 실제로 사람을 때리지 못하리라 생각했을 것이다. 허세뿐인 엄포라고 단언할 수 있었으리라. 그러나 노숙자 습격 사건을 알게 된 지금은 달랐다. 머릿속에서 라디오 뉴스 아나운서의 목소리가 다시 재생됐다.

—중태에 빠진 피해자는 의식불명 상태로 인근 응급의료센터에서 치료받고 있습니다.

저들이 안전하다는 확증은 어디에도 없다.

저렇게 거칠고 경박하고 바른말을 쓰지 않는 바보 같은 젊은이들의 손에 죽을 수는 없지.

다이스케는 메고 있던 숄더백 지퍼를 조심스럽게 열고서 이 상황에서 벗어나는 데 도움이 될 만한 물건을 찾았다. 가방 속에는 보이스 캐디에 지갑, 핸드타월, 그리고 문제의 편지와 모자에 붙어 있던 골프용 볼 마커(골프공 대신 표식으로 그린, 위에 올려두는 딱지처럼 생긴 금속제 도구)가 있었다.

묘안이 떠오르지 않았다. 다이스케의 시선이 반대편 인도로 향했다. 역시 아무것도 없다. 함석 오두막만 있고 그 외에는 아무것도……. 거기까지 생각했을 때 괴로운 나머지 아이디어 하나가 떠올랐다.

이 자리에 누운 자세로 금속 볼 마커를 저 함석지붕 위로 던지면 아마 상당히 큰 소리가 날 터다. 그러면 저들의 신경이 반대편 인도로 쏠리지 않을까. 소리가 난 쪽을 수색하려고 도로를 가로질러 다이스케에게서 멀어질 것이다. 그 틈을 이용해 풀숲을 빠져나와 달아나면……,

그런데 과연 생각대로 잘 흘러갈까.

작전 가능성을 가늠하는 동안에도 남자가 알루미늄 배트로 땅을 두드렸다.

빈말로도 완벽한 계획이라고 말하기 어려웠지만 이것저것 따질 시간이 없었다. 다이스케는 오른손으로 볼 마커를 움켜쥐고 어떤 각도로 던져야 함석지붕에 떨어질지 시뮬레이션했다. 다트 던지는 준비를 하듯 팔을 뻗었다가 당기면서 어느 정도 세기로 던져야 가장 좋을지 고민했다. 마치 골프 어프로치샷과 비슷한 동작이었다. 어떤 강도로 샷을 날려야 공을 그린 위에 제대로 올려놓을 수 있을까.

골프는 고독한 스포츠야, 다이스케.

다이스케에게 골프를 가르쳐 줬던 예전 상사의 말이었다. 자신의 실수를 타인이 만회해 줄 수 없다. 자신이 저지른 실수의 원인을 타인에게서 찾을 수도 없다. 공은 멈춰 있다. 홀도 움직이지 않는다. 그나마 핑곗거리가 있다면 바람이나 갤러리의 목소리, 새의 날갯짓 정도. 좋든 나쁘든 스스로의 힘만으로 공을 홀까지 이끌어야 한다. 성공도 실패도 모두 자신만의 것. 정말이지 오만하고 고독하고, 그렇기에 보람 있는 스포츠다.

상사는 이미 퇴직했지만 그가 물려 준 말은 점점 다이스케의 좌우

명이 됐다.

골프는 고독하기에 재밌다. 성공도 실패도 모두 자신만의 것. 그야말로 지금 상황을 투영했다. 다이스케는 심호흡했다. 그리고 각오를 다졌다.

멀리서 다가오는 무리를 힐끗 살폈다. 볼 마커가 날아가는 순간을 그들이 보게 되면 본전도 못 찾는다. 이쪽을 보지 않는 순간을 확인하고 몰래, 그러나 대담하게 볼 마커를 허공에 던졌다.

깨끗한 포물선을 그린 볼 마커는 바람을 조금 타고 함석지붕 위에……

떨어졌다.

다이스케의 예상보다 배는 더 큰 충격음이었다.

볼 마커를 던진 다이스케마저 놀랐는데 생각지도 못한 소리를 들은 젊은이들은 당연히 놀랄 수밖에 없었다. 저마다 소리를 지르며 서로를 쳐다보고는 곧바로 함석 오두막을 향해 달려갔다.

소리의 정체가 다이스케라고 생각해서 달려갔다기보다는 의문의 소리가 난 쪽으로 달려가는 영상이 더 재미있겠다고 판단했는지도 모른다. 그들이 우르르 달려가는 모습은 어딘가 연극 같았다.

어쨌든 젊은이 무리는 반대쪽 길로 달려갔다.

다이스케는 천천히 몸을 일으키고서 타이밍을 재다가 풀숲 속을 재빠르게 걸어갔다.

"어디냐, 어디야!"

"빨리 찾아!"

"범인 있는 거 아냐?"

계획대로 젊은이들은 요란하게 떠들어대며 맞은편 풀숲을 뒤졌다. 덩치 큰 남자는 알루미늄 배트를 성급하게 휘둘렀다.

이제 괜찮겠지.

다이스케는 젊은이들이 함석 오두막에 신경이 쏠린 것을 확인하고는 풀숲에서 인도로 재빨리 튀어 나갔다. 그대로 풀숲을 걸어갈 수 있었다면 좋았겠지만 안타깝게도 수풀이 도중에 끊겨서 더는 몸을 숨길 수 없었다. 온 힘을 다해 뛰지 않은 이유는 어제 TV 프로그램을 보면서 거동이 수상한 사람이 가장 의심받는다는 교훈을 얻었기 때문이다. 뒤돌아서서 젊은이들의 상황을 확인하고 싶은 마음을 꾹 참으며 그 자리를 벗어났다.

긴장되는 마음은 속일 수 없지만 지금 시점에서는 안전을 거의 확보했다고 판단해도 좋을 듯했다. 어느새 젊은이들에게서 완전히 등을 돌린 상태였다. 이런 곳을 지나는 사람을 이상하다고 생각할 정도로 그들은 눈치 빨라 보이지 않았고 만에 하나 자신을 발견한다고 해도 이미 옷을 갈아입었다. 세상 사람은 아직 운동복 차림 남자를 찾고 있을 터다. 괜찮다고 스스로를 타이르며 수십 걸음 걸어갔을 때 등 뒤에서 불길한 목소리가 들렸다.

"호랑이 스카잔이지?"

"그래, 맞아! 호랑이 무늬 스카잔을 입은 것 같으니 호랑이가 보이면 바로 붙잡아!"

자신도 모르게 목소리가 나올 뻔했다.

스낵바 주인 아들이 신고할 줄은 알았지만 스카잔에 손을 댄 사실이 이렇게까지 빨리 세간에 퍼질 줄 예상하지 못했다. 두 다리에 힘이 들어가지 않았다. 분명 조금 전까지만 해도 똑바로 걷고 있었는데 지금은 스폰지나 구름 위를 걷는 듯 섬뜩한 부유감에 휩싸였다.

괜찮다.

조금만, 조금만 더 걸으면 그들의 시야에서 벗어날 수 있다.

다이스케가 걷는 길은 약간 커브가 져서 조금만 더 걸어가면 완전한 사각지대로 들어갈 수 있다. 수십 미터만 더 걸으면 안전지대로 들어간다. 스스로 격려하면서 뛰고 싶은 충동을 열심히 억제했다.

괜찮다, 괜찮아.

그런데 다이스케를 비웃기라도 하듯 잔인한 목소리가 울려 퍼졌다.

"어라?"

무리 중 한 명이 목소리를 높였다.

"저기 사람이 걸어가는 것 같지 않아요?"

심장이 멎었다. 됐어, 그냥 뛰어, 달아나.

어디선가 들려오는 속삭임을 겨우겨우 무시하고 페이스를 그대로 유지하며 계속 걸었다. 뛰면 확실히 달아날 수야 있겠지만 동시에 자신이 야마가타 다이스케라는 사실을 증명하게 된다. 거동이 수상해 보이는 행위를 가장 조심해야 한다.

당당하게, 평범하게, 그저 멈추지 않고 걷는다.

"뭐가? 뭔데?"

"아니, 저쪽에 사람이 있는 것 같은데……."

"엇, 진짜잖아."

하나, 그리고 또 하나, 자신의 등에 집중되는 시선을 느꼈다.

아아, 한계다.

그냥 뛰고 싶다. 뛸까? 상대가 젊은이라도 체력은 지지 않을 자신이 있다.

거기까지 생각했을 때 비웃음 소리가 들렸다.

"아니, 바보냐."

젊은이 중 한 명이 허탈한 목소리로 말했다.

"호랑이 스카잔을 안 입고 있잖아."

아직이다, 아직 뛰면 안 된다.

다이스케는 이제 완전히 시야에서 벗어났으리라 확신하고 나서도 얼마 더 걷다가 겨우 뒤를 돌아봤다.

아무도 쫓아오지 않았다.

자신도 모르게 다리에 힘이 풀려 그 자리에 쭈그려 앉았다. 두 손으로 마른세수를 하고 온몸의 공기를 정화하듯 몇 번이나 심호흡했다.

다행이다. 잘했어.

다이스케는 자신의 판단을 칭찬했다. 스낵바를 나오기 직전까지는 유명 가수가 두고 갔다는 호랑이 무늬 스카잔을 입고 갈 생각이었다. 그런데 가게를 나서기 직전에 이렇게 눈에 띄는 옷을 입을 바에야 그대로 운동복 차림인 편이 낫지 않을까 생각이 들었다. 어떻게 해야 할까. 가게 안을 둘러보던 다이스케의 시선이 안쪽 테이블 석에 걸려 있는 짙은 남색 블루종에 멈췄다.

분실물.

계속 찾으러 오지 않는데 보관할 곳이 없어 그대로 두었기에 가보에 손을 대는 것보다 죄책감도 덜했다. 망설이지 않고 수수한 남색 블루종을 입은 뒤 호랑이 무늬 스카잔은 부엌문 바로 앞에 있던 맥주 상자 위에 올려놓았다. 숨겨 놓으려던 의도는 아니었다. 옷걸이에 다시 걸 시간이 없었을 뿐이다. 만약 그대로 호랑이 무늬 스카잔을 입었다면……. 생각만 해도 몸서리가 났지만 지금은 궁지에 몰렸어도 자신의 판단 능력은 무뎌지지 않았다는 사실이 더 기뻤다.

다이스케는 자리를 털고 일어나 다시 시골길을 달리기 시작했다.

스미요시 쇼마

"사쿠란보 씨는……."

"사쿠라라고 불러요."

"그래……, 사쿠라 씨도 '스미쇼'가 아니라 스미요시나 쇼마라고 불러요."

다이젠 스타포트에서 마레도 마을의 낚시용품점까지는 차로 20분 넘게 걸리는 거리였다. 낚시용품점으로 가는 내내 야마가타 다이스케를 쫓고 싶어 하는 '사쿠라(ㄴ보)', 아니 사쿠라의 표정에는 여유가 없었다.

어떻게든 범인에게 호되게 되갚아 주고 싶다는 마음과 복수하려면 어떻게 움직여야 최선인지 모르겠다는 혼란스러운 마음. 사쿠라의 초조함과 곤혹스러움이 운전석의 쇼마에게도 느껴졌다. 잡담을 주고받을 만한 정신이 아니리라 생각하면서도 침묵이 길어질수록 차 안 공기가 무거워져서 신경 쓰였다. 쇼마는 사쿠라의 마음을 조금이라도 달래 주고 싶었다.

"뭐 좀 물어봐도 돼요?"

"……뭔데요?"

"사쿠라 씨의 친구가 어떤 사람이었는지."

사쿠라는 눈을 가늘게 뜨고 입술을 깨물었다. 배려 없는 질문이었는지도 모른다. 쇼마가 대답하지 않아도 된다고 말할까 고민할 때 사쿠라가 천천히 입을 열었다.

"시노다는 고등학교 동창이에요……. 2학년 때 같은 반이었는데 무척 성실하고 배려심 있는 아이였어요. 동아리는 취주악부였는데 연습도 정말 열심히 했고…… 가끔 들려주는 연주도 매우 훌륭했죠. 졸업식 때는 서로 울면서 대학생이 되어서도 꼭 같이 놀자면서 헤어졌어요. 가끔 라인(LINE)으로 연락을 주고받았고 올해는 꼭 디즈니랜드라도 놀러 가자고 했는데……."

말이 끊어졌다.

묘하게 긴 침묵에 고개를 돌리자 사쿠라가 어두운 표정으로 입을 다물고 있었다. 쇼마는 괴로운 기억을 끄집어내서 미안하다고 사과했다.

"이야기해줘서 고마워요. 역시 범인을 용서할 수 없겠네."

"……네."

쇼마는 야마가타 다이스케의 얼굴을 떠올렸다. 그리고 그가 목숨을 빼앗은 한 여성이, 아니 두 여성이 분명히 살아 숨 쉬는 존재였다는 사실을 실감했다. 그들은 사람들과 인연을 맺고 추억을 쌓는 보통 사람들이었다. 쇼마의 분노가 다시 불타올랐다.

야마가타 다이스케라는 살인범을 향한 분노는 이내 사회를 좌지우지하는 기성세대 전체에게로 옮겨갔다. 이번 사건이 사회 전체의 축소판이라고까지 비난할 마음은 없다. 그래도 기성세대가 젊은이를 해친 사건이라고 충분히 해석할 만했고, 그 해석이 쇼마의 평소 생각과 결합해 분노의 불길에 기름을 부었다.

그러나 아무리 분노를 터뜨린들 수사 노하우가 없는 문외한이 쉽게 단서를 찾을 수 있을 리 없었다.

낚시용품점은 이미 정상 영업을 시작했다. 쇼마는 야마가타 다이스케의 차종을 알지 못했다. 인터넷에 검색하자, 곧바로 그의 애마가 벤츠 GLE라는 사실을 알아냈다. 쇼마의 집안은 가난하지 않지만 벤츠를 모는 사람의 기분은 몰랐다. 쇼마의 기준에서 독일 차를 타고 싶어 하는 사람은 허세만 가득한, 돈을 제대로 쓸 줄 모르는 어리석은 자였다. 분명 좋은 차일 것이다. 그러나 아우토반도 없는 일본에서 그 뛰어난 성능을 얼마나 활용할 수 있을까 생각하면 낭비라고밖에 할 수 없다. 유지비도 만만치 않다. 휘발유로 굴러가는 국산 하이브리드카를 중고차 내지는 신고차*로 구매하는 것 말고 쇼마는 생각

* 매장 전시용이나 시승용으로 신차 등록했지만 주행거리가 거의 없는 차. 중고차에 비해 신차와 거의 같은 스펙을 유지하는 차량도 많아서 인기가 많다.

할 수 없었다.

어쨌든 낚시용품점에 도착했을 때 벤츠는 이미 사라진 후였다. 아마도 경찰이 견인해 갔겠지. 당연하다면 당연한 일이다.

이렇게 되면 단서다운 단서가 아무것도 없다. 무엇보다 설령 벤츠가 있었다고 해도 버려진 차로 야마가타 다이스케의 현재 위치를 알아낼 방법은 없었다. 사쿠라의 열정에 이끌려 이곳까지 오고 말았지만 처음부터 알던 사실이다. 전문가가 아닌 일반인이 도주범을 쫓을 수는 없다. 이곳까지 왔지만 아무 정보도 얻지 못했다.

체념이 앞선 쇼마와 달리 사쿠라는 필사적이었다. 낚시용품점 주차장에 도착하자마자 사소한 흔적이라도 놓칠세라 주변을 샅샅이 뒤졌다. 주차장을 여러 번 오가고 낚시용품점 주변을 빙빙 돌고 심지어 가게 주인과 대화까지 했다.

분노와 초조 때문에 냉정한 판단력을 잃었다고 생각할 수도 있지만 한편으로는 너무나도 가슴 아픈 모습이기도 했다. 소중한 친구를 죽인 인간을 찾으려고 다른 생각은 할 겨를이 없는 것이다. 범인이 떨어뜨린 손수건을 발견한다고 해도 할 수 있는 일은 없다. 어떤 일도 할 수 없다. 애초에 현장에 있던 물건들은 경찰이 수거했을 테니 사쿠라가 하는 일은 아무 의미도 없다. 하지만 그만두자는 말을 차마 꺼낼 수 없었다.

"차라리 인터넷을 보는 게 더 효율적일지도 몰라요."

사쿠라는 정신이 번쩍 든 듯 고개를 끄덕였다. 두 사람은 차로 돌아와 각자 휴대폰으로 정보를 찾아 헤맸다. 마음만 먹으면 쉽게 속보를 찾을 수 있으리라 생각했다. 그러나 올바른 정보를 얻는 일은 생각보다 더 난항을 겪었다.

야마가타 다이스케를 본 것 같다. 그 사람이 야마가타 다이스케였을지도 모른다. 야마가타 다이스케와 동창입니다.

사건이 더욱 주목을 받으면서 정확하지 않은 정보가 넘쳐났다. 어떤 정보를 참고하고 어떤 정보를 걸러야 할지 분간하기 어려웠다. 그러나 어떻게든 씨름을 하다보니 야마가타 다이스케로 오인받은 노숙자가 습격당한 사건과 히카리야마시의 스낵바에 야마가타 다이스케가 숨어 있었다는 정보에 도달했다. 50대 남성이 마레도 마을 낚시용품점에서 히카리야마시까지 달려서 갈 수 있을지 의문은 남았지만, 트위터 인용 수와 정보를 최초 발신한 계정의 분위기로 보아 지금까지 확인한 정보 중에서 가장 신빙성이 높았다.

"이런 정보가 있는데……."

사쿠라에게 보여 주었더니 그녀도 같은 의견인 듯했다.

"……이건 진짜 같네요."

"그렇죠? 이렇게 먼 거리를 이동할 수 있는지는 좀 의문이지만……."

"아니, 이게 맞는 것 같아요. 히카리야마로 가 줄 수 있어요?"

쇼마가 차를 출발시켰다.

유력한 정보는 얻었지만 경찰보다 한발 앞서 야마가타 다이스케를 붙잡는 모습은 쉽게 상상이 가지 않았다. 경찰도 인터넷을 주시할 테고 그들은 사람을 찾아내는 데 프로다. 아마추어가 앞지를 수는 없을 듯하지만 사쿠라의 마음을 생각하면 차의 속도를 늦출 수 없었다.

사쿠라는 후회를 남기고 싶지 않은 마음일까?

쇼마의 추측일 뿐이었지만 완전히 틀린 생각은 아니라고 느꼈다. 야마가타 다이스케는 머지않아 체포되겠지만 이대로 보기 좋게 도망쳐 버릴 가능성도 있다. 만약 그렇게 됐을 때 지금 아무 행동도 하지 않고 사태를 방관하고만 있었다면 그 후회는 평생을 따라다니리라.

내가 움직였다면 어쩌면 잡을 수도 있었을 텐데.

스스로 탓하지 않으려고 수사에 협조하는 것 아닌가. 멋대로 생각해낸 망상이라는 것을 알면서도 그 논리라면 사쿠라의 행동이 이해가 갔다.

"우리가 찾기 전에 먼저 잡아 주면 좋을 텐데."

무심코 흘린 말에 사쿠라는 의아한 표정을 지었다.

"아니, 경찰 말이에요. 경찰이 야마가타 다이스케를 하루라도 빨리 잡는 게 최고라고요. 인터넷에는 사형을 내려야 한다고 과격하게 말하는 사람들도 있고, 관계도 없는 노숙자를 습격하는 사람도 있고. 상황이 좀 좋지 않게 흘러가는데 박수받을 행동은 아니잖아요. 우리가 범인을 찾아내 경찰에 정보를 제공한다면 그건 그거대로 좋겠지만 역시 가장 원만한 해결 방법은 경찰이 범인을 인도적으로 체포하는 거죠."

"……그렇, 겠네요."

순순히 긍정하지 않는 점이 신경 쓰였지만 쇼마는 시골길을 빠르게 달렸다. 평소라면 법정 속도에서 10킬로미터 정도만 넘기는 쇼마였지만 지금은 평소보다 더욱 액셀을 밟았다. 교통량이 적은 시골길이라서 속도를 조금 높여도 사고로 이어지지 않을 줄 알았는데 뜻밖에 보행자가 튀어나왔다.

신호등이 없는 횡단보도.

아무도 다니지 않으리라 생각한 쇼마와 차가 다니지 않으리라 생각한 보행자가 운 나쁘게 맞닥뜨렸다. 길을 건던 사람은 고령자용 보행 보조차를 밀던 할머니였다. 위험을 먼저 감지한 쇼마는 브레이크 페달을 살면서 가장 세게 밟았다. 어마어마한 중력 때문에 안전벨트가 몸을 꽉 죄어들었다.

위험을 재빨리 알아차려서 다행이었다.

차가 횡단보도 바로 앞에서 간신히 멈췄다. 할머니는 차가 급브레이크를 밟는 것조차 알아차리지 못하고 횡단보도를 건너고 있었다.

운전면허를 취득한 이래로 가장 아찔한 순간이었다. 쇼마는 완전히 정차하고 나서도 한동안 꼼짝도 할 수 없었다. 간신히 사쿠라를 떠올려 조수석을 향해 미안하다고 사과하다가 말문이 막혔다.

사쿠라는 무사했다.

그러나 급정거하면서 무릎에 올려둔 가방이 떨어져 속에 들어 있던 물건이 바닥에 쏟아졌다. 작은 갈색 핸드백에서 쏟아진 물건은 지갑이나 화장도구, 혹은 접이식 우산이 아니었다. 행주로 감싼 식칼 두 자루였다.

사쿠라는 할 말을 잃은 쇼마를 곁눈질하더니 떨어진 식칼을 재빨리 가방 속에 쑤셔 넣었다. 그리고 천천히 고개를 들며 쇼마를 향해 낮은 어조로 말했다.

"빨리, 출발해 주시겠어요?"

야마가타 나쓰미

외할머니댁에서 에바탄의 집까지는 빠른 걸음으로 10분 넘게 걸렸다.

학군 변두리에 산다고는 어렴풋이 알고 있었지만 구체적인 위치까지는 몰랐다. 포장이 고르지 못한 길을 여러 번 돌아 경차 한 대가 겨우 지나갈 수 있을 만한 좁은 골목으로 들어갔다. 역시 이 동네에 살았구나. 폐가처럼 보일 정도로 관리되지 않은 집을 몇 채 지나 주변 집들과 비교해 깨끗하게 관리된 아담한 집에 도착했다.

"할아버지가 집에 돌아오셨을 테니 금방 모셔올게."

원래 에바탄은 할아버지께 수상한 인물에 대해 자세히 여쭈고 나서 나쓰미의 집으로 가려고 했는데 공교롭게 할아버지가 외출 중이셔서 우선 나쓰미를 데리러 가기로 결정한 듯했다. 집에 들어가서 기다리면 좋을 테지만, 하고 에바탄이 조금은 꺼내기 어려운 듯 말을 늘어놓았다.

"실은 지금 아빠가 편찮으셔서 집 안에 가족 말고 다른 사람을 들일 수가 없어. 미안. 여기서 기다리자."

"……편찮으시다고?"

"응. 장기가 좀, 원래부터 약하셨어. 좋아지셨다 나빠지셨다 해."

에바탄은 집으로 들어가서 할아버지를 모시고 나왔다.

에바탄도 덩치가 매우 작았는데 할아버지 또한 왜소했다. 키가 160센티미터도 안 되어 보였다. 난방이 잘 되는 실내에 있었다고는 해도 조금 추워 보일 정도로 얇은 셔츠 차림이었고 갑작스러운 방문에 당황스러워하는 기색이었다. 주름진 가무잡잡한 피부에서 나이가 느껴졌지만 또렷하고 커다란 눈에서 강한 생명력이 느껴졌다. 그런 에바탄의 할아버지가 말끄러미 응시하자 나쓰미는 견딜 수 없는 긴장감에 휩싸였다.

에바탄에게 자초지종을 들은 할아버지가 며칠 전 목격한 수수께끼의 인물에 대해 이야기하기 시작했다.

목격 시점은 뒷마당에서 나무 가지치기를 하고 있을 때였다. 가랑비에도 개의치 않고 밖에서 작업하는데 맞은편 작은 공원 구석에서 커다란 우산이 흔들리는 모습이 시야에 들어왔다. 공원 벤치에 앉아 있다거나 입구 근처에 서 있다면 어색하지 않았을 터다. 그러나 수수께끼의 인물은 모습을 감추려는 듯 이상하다고 할 수밖에 없는 위치에 서 있었다.

"울타리 근처에 있었어. 눈앞에 커다란 나무도 있는데 이상한 곳에 서 있네 싶었지."

이웃 주민은 아닌 듯하다고 직감했는데 그렇다면 이런 아무것도 없는 곳에 서 있는 이유를 짐작할 수 없었다. 그러나 굳이 말을 걸어 정체를 알아낼 필요까지는 없다고 생각했다.

"울타리가 높지도 않고 그리 위험해 보이지도 않았으니까 뭐, 그냥 내버려 둘까 했다고."

"키가 작았어요?"

"그랬나……? 분위기만 봐서는 여자인 것 같기도 하고……."

이후 이야기는 조금 전 에바탄에게 들은 것과 거의 같았다. 장을 보러 가서 몇 시간 후에 돌아왔을 때도 계속 서 있기에 말을 걸어보기로 했다. 그런데 인기척을 느꼈는지 수수께끼의 인물은 쪽지를 툭 떨어뜨리고 그대로 사라져 버렸다.

"'서부유물먹지'가 뭔지 아세요?"

에바탄의 할아버지는 떨떠름한 표정으로 재빨리 고개를 저었다.

"그 사람은 어디로 갔을까……."

"그야 전망대로 갔지."

"네?"

당연하다는 듯한 대답에 에바탄과 나쓰미는 굳어 버렸다.

"스르르 도망치는가 싶더니 그대로 버스 정류장 쪽으로 달려갔어. 아, 그래서 저놈 이거 놓치겠구나 싶었는데 버스가 들어오지 뭐야? 전망대로 가는 버스였어. 그걸 타더라고."

"……전망대면 스타포트 말씀이세요?"

할아버지가 고개를 끄덕이자 에바탄은 다시 주머니에서 쪽지를 꺼내 가만히 응시했다. '서부유물먹지'라는 글자가 스타포트와 어떠한 형태로든 연결되지 않을까 궁리하는 모습이었다. 커다란 단서의 꼬리를 잡았다고 생각한 에바탄과는 달리 나쓰미는 집으로 돌아가고 싶다는 마음뿐이었다.

이제 됐어, 그만 끝내자.

몇 번이나 말하려고 했지만 정의감에 불타는 에바탄에게 찬물을 끼얹는 한마디를 차마 내뱉을 수 없었다.

스타포트로 가자.

에바탄은 예상한 대로 답하며 버스가 아닌 도보로 이동하는 방법을 선택했다. 물론 버스를 타면 더 빨리 도착하겠지만 걸어가도 30분이면 간다. 교통비가 아깝다고 생각하면 타당한 판단이었다.

출발하자마자 나쓰미는 고개를 숙이고 걸었다. 나쓰미의 외가에서 에바탄의 집으로 가는 길은 인적이 드문 편이었다. 그러나 이번에는 걸으면 걸을수록 행인이 늘어났다. 절대로 반 친구와는 마주치고 싶지 않았다. 숨을 죽이고 에바탄의 뒤에 몸을 숨기듯 걸어가 스타포트에 도착한 뒤 엘리베이터에 올라탔다. 두 사람 외에는 아무도 타지 않았다. 나쓰미의 시선이 무심결에 엘리베이터 안에 붙어 있는 라이트업 행사 공지 포스터에 멈췄다. 오늘 오후 6시부터 스타포트가 조명으로 예쁘게 물든다고 적혀 있지만 보고 싶은 마음은 전혀 들지 않았다. 평소였다면 흥미를 느꼈을 터다. 하지만 지금만큼은 마음에 여유가 없었다. 오늘 오후 6시의 자신은 어떤 상황일지조차 상상할 수 없었다.

엘리베이터에서 내리자 전망 라운지가 나왔다. 에바탄은 나쓰미를 돌아봤다.

"뉘앙스를 보면 역시 장소를 가리키는 말 같아."

그렇게 말하고는 다시 쪽지를 가리켰다.

기와지붕이 세 개. 그중 '서부유물먹지'가 표식입니다.

"우선 '서부유물먹지'가 표시된 장소가 이 스타포트 어딘가에 있거나 여기서 발견할 수 있다고 가정하고 찾아보자."

나쓰미와 에바탄은 원형 라운지를 한 바퀴 빙 돌기로 했다. 그러나 의문의 단어와 연관 있을 만한 시설, 장식물, 간판 등은 찾을 수 없었다.

그만 됐어, 고마워 에바토. 오늘은 이만 집에 가자. 범인을 잡는 것은 역시 경찰이 할 일이지 우리가 움직여서 이러쿵저러쿵할 문제가 아니야. 이렇게 행동해서 좋을 것 없어.

이렇게 말할 기회를 계속 엿보는데 에바탄이 주저 없이 전망 라운지를 두 바퀴째 돌기 시작했다.

"아는 사람이 있을지도 몰라, 잠깐 물어보자."

서부유물먹지가 뭔지 아세요? 장소를 가리키는 말 같은데 혹시 아시는 것 없으세요? 혹시 비슷한 말이라도 모르시나요?

에바탄은 카페 공간의 직원부터 시작해 경비원, 걸어가는 직원, 화장실 청소부에게까지 단어의 의미를 물었다. 그러나 안다고 대답하는 사람은 역시 한 명도 나타나지 않았다.

이제 조사를 그만두겠지.

그러나 에바탄은 직원뿐 아니라 일반 방문객에게까지 물어보기로 마음먹은 듯했다.

시작은 구석 자리에 앉아 창밖을 바라보던 남자였다.

"실례합니다."

에바탄은 정중히 인사하고서 이제는 고정이 된 질문을 막힘 없이 늘어놓았다. 나이는 대학생 정도일까. 아버지 세대, 혹은 그보다 윗세대 어른들에게 말을 거는 것보다는 쉬울지 모르지만 그래도 어딘가 신경질적인 사람 같아 보여서 나쓰미는 불안했다.

'말 걸지 말라고 갑자기 호통이라도 치면 어쩌지.'

그러나 남자는 불현듯 표정에서 긴장을 지우더니 웃는 얼굴로 에바탄의 질문에 대답해 주었다.

"……서부유물먹지?"

"네. 장소를 말하는 것 같은데, 혹시 어딘지 아세요?"

남자는 창밖으로 한 번 시선을 돌렸다가 에바탄이 내민 쪽지를 받아들고 응시했다.

"글쎄……. 굳이 끼워 맞추자면 '서부' 지역의 '유물'인 '먹지' 아닐까……. 의미는 전혀 모르겠지만."

남자는 다시 창밖으로 시선을 돌렸다.

유력한 정보는 얻지 못했다. 이렇게 되면 더 대화할 필요는 없는데 에바탄은 남자가 무엇을 바라보는지 궁금한 듯했다.

"무엇을 그렇게 열심히 보세요?"

"아아."

에바탄의 물음에 남자가 웃으며 말했다.

"실은 지금 대학에서 실험을 하고 있거든. 난 저기 보이는 가쿠엔 대학 학생이야."

남자는 유체역학을 연구한다고 했다. 남자가 바라보는 곳은 대학 캠퍼스였다. 그곳에서 곧 같은 세미나 소속의 다른 학생들이 연기를 피우기로 했는데 A라는 연기와 B라는 연기가 각각 어떻게 피어오르는지 영상으로 찍어야 한다고 했다.

"캠퍼스 안에 있으면 너무 가까워서 잘 관찰할 수 없으니까 스타포트에서 확인하기로 했어. 너희도 연기를 관찰해야 한다면 꼭 여기서 보도록 해. 거리 전체가 한눈에 보이거든. 나참 애들한테 무슨 소리를 하는지."

본래 목적과는 전혀 상관없는 정보였다. 하지만 가쿠엔 대학의 학생이라는 신분이 에바탄을 자극한 듯했다. 에바탄은 남자에게 건축가인 자신의 꿈을 이루려고 가쿠엔 대학에서 건축학을 배우고 싶다고 속마음을 이야기했다.

“진심으로 존경해요. 멋있어요. 저도 공부 열심히 해서 꼭 저 캠퍼스에서 공부할 수 있도록 노력할 거예요.”

남자는 싫은 기색 하나 없이 에바탄의 꿈을 칭찬했다. 그리고 응원의 말과 함께 그제서야 너희의 목적이 무엇이냐고, ‘서부유물먹지’가 무엇이냐고 물었다.

에바탄은 나쓰미가 신경 쓰여 조심스럽게 요즘 화제인 그 사건을 언급하며 범인을 쫓고 있다고 했다. 사건에 대해 아느냐고 묻자 남자는 부끄러운 듯 머리를 긁적였다.

“아아, 미안. 난 그런 소식에 어두워서. 이 근처에서 발생한 사건이구나.”

남자는 그렇게 말하며 재킷에 달려 있던 은색 핀 배지를 떼서 에바탄에게 내밀었다. 에바탄은 핀 배지를 건네받고 이것이 무얼까 의아하게 바라보다가 이내 목소리를 높였다.

“아, 이거 ‘비취의 천둥’에 나오는 정의 배지…….”

“너, 아는구나. 잘됐다. 그거 줄게.”

남자는 다정하게 웃으며 말했다.

“대학 선배가 캡슐 뽑기로 얻은 것 같던데 나한테 억지로 시키더라고. 오늘 재킷에 이걸 달고 있으라고. 싫어하는 만화는 아니지만 핀 배지는 필요 없거든. 네가 좋다면 선물할게. 왠지 만화 주인공과 네가 닮아 보이니까. 아, 하나 더 있으니까 네게도 줄게.”

남자는 주머니에서 똑같은 핀 배지를 하나 더 꺼내 나쓰미에게 건넸다.

나쓰미도 '비취의 천둥'이라는 만화책을 본 적 있다. 가까운 미래에 황폐해진 일본을 배경으로 하는 소년 만화인데 특히 열정 넘치는 주인공 캐릭터로 인기를 얻었다. 결정적인 장면에서 등장하는 '나는 내 신념을 밀고 나간다'는 대사에서 알 수 있듯 정의를 믿고 한결같이 자신만의 길을 나아가는 주인공의 열정적인 모습은 지금의 에바탄과 닮아 있었다. 핀 배지는 '너는 정의로운 사람이니까 무슨 일이 있어도 나는 너를 인정한다'는 의미로, 주인공이 인정한 동료에게만 나눠주는 정의의 증표라고도 할 수 있는 아이템이었다.

"나도 네게 지지 않고 훌륭한 어른이 되도록 노력할게. 어떤 일이 있어도 타협도 변명도 하지 않는 강한 사람이 되어야지. 건축가가 되겠다는 꿈, 반드시 이루어질 거야. 너처럼 강한 신념을 지닌 사람에게는 언제나 반드시 행운이 찾아오는 법이거든. 괜찮다면 정의의 증표로 그걸 받아 줘."

에바탄은 만화의 팬인 듯했다. 수줍은 미소와 함께 기뻐하며 핀 배지를 받았다. 그리고 입고 있던 코트 소매로 은색 배지를 정성스럽게 닦았다. 만족할 때까지 닦고 나서 핀 배지를 코트 가슴팍에 찔러 넣어 달았다.

"감사합니다……. 열심히 할게요."

머리 숙여 인사하는 에바탄을 따라 나쓰미도 살짝 머리를 숙였다.

에바탄은 그 남자를 떠난 뒤에도 다른 방문객에게 의문의 단어에 대한 정보를 구하러 다녔다. 기분 탓인지 그 발걸음과 말투가 아까보다 더 힘차게 느껴졌다. 정의 배지를 손에 넣어서인지도 모른다. 에바탄 나름대로 자신이 하려는 일의 정당성을 인정받은 기분이었겠지. 나는 옳다, 내가 힘내야 한다, 나는 내 신념을 밀고 나간다. 에바탄의 뒷모습이 나쓰미에게 당당하고 힘차게 말했다.

전망 라운지에 있는 모든 손님에게 물었지만 '서부유물먹지'로 이어지는 대답은 없었다. 역시 더는 도리가 없다. 그런데도 에바탄이 포기하지 않는 이유는 핀 배지의 영향이 컸을 것이다.

"……인터넷에서 정보를 찾을 수 있지 않을까?"

에바탄이 엘리베이터 홀에서 나쓰미에게 말했다.

'서부유물먹지'라는 단어와 다이젠 스타포트를 잇는 정보는 얻지 못했다. 하지만 가령 조금 전 남자가 알려 준 '서부 지역의 유물인 먹지'의 일부 글자를 요리조리 넣어 검색해 보면 새로운 정보를 얻을 수 있을지도 모른다. 그러려면 인터넷을 검색할 수 있는 환경이 필요했다.

그러나 에바탄은 와병 중인 아버지 때문에 자신의 집에서는 마음껏 컴퓨터를 쓸 수 없다고 말하며 나쓰미에게 협조를 구했다.

"나쓰미네 집에서 조사하면 안 될까?"

"아니, 지금 지내는 외할머니댁은……."

"아니, 그게 아니라……."

에바탄이 정의감으로 불타오르는 눈동자를 반짝이며 야무지게 말했다.

"진짜 너희 집 말이야."

호리 다케히코

거실에는 화약 냄새와도 닮은 위험한 분위기가 자욱했다.

비상사태라서 그런지 모두 평정을 잃고 평소에 쌓였던, 이번 사건과 다소 무관한 울분까지 토해내 버렸다. 분위기의 밀도가 옅어지고 고요한 초조만 쌓여갔다.

후유코도 어머니도 수사에 협조적인 편이었기 때문에 호리도 마음이 불편했다. 제각각 답답한 심정으로 초조함을 간신히 다스리는 사람들의 이마에 맺힌 땀이 반짝이는 가운데 무쓰우라의 침착한 목소리가 부드럽게 울렸다.

"한 가지, 여쭤봐도 될까요?"

"네."

후유코가 머뭇거리며 고개를 끄덕이자 무쓰우라가 물었다.

"다이스케 씨가 워크맨을 사용하셨나요? 물론 옛날에 판매하던 카세트식 말고 최근에 출시된 안드로이드가 탑재된 워크맨 말입니다.

화면 터치식 제품이고 이 정도 크기일 겁니다."

"……워크맨이요."

후유코가 생각에 잠겼다.

어머니는 그런 후유코를 어차피 아무것도 기억하지 못하지 않냐는 도발적인 시선으로 응시했다.

그러나 호리는 후유코가 기억해내든 못 하든 그 전에 무쓰우라가 던진 질문의 의도를 알 수 없었다. 후유코가 고민하는 사이에 무쓰우라를 복도로 불러내 나쓰미가 듣지 않는 것을 확인하고서 물었다.

"뭐야, 워크맨이라니. 그건 왜 물어?"

그러자 무쓰우라는 이미 오래전에 끝난 이야기라고 생각한 의문점을 다시 파고들었다.

"어제도 말씀드렸다시피 트위터의 '다이스케'는 계정에 게시물을 올릴 때 항상 야마가타 다이스케의 집 와이파이 공유기를 통해 업로드했습니다. 어째서 그 자리에서 바로 트위터에 올리지 않고 반드시 집으로 돌아와 올렸을까. 어제 수사 회의 때도 잠깐 말했지만 조사해 보니 트위터 게시물을 전부 스마트폰이 아니라 안드로이드가 탑재된 워크맨으로 올렸다는 사실을 알아냈습니다. 이 역시 이상하지 않습니까. 야마가타 다이스케는 스마트폰을 씁니다. 낚시용품점에 버려진 차에서 그가 사용하던 스마트폰이 발견됐습니다. 그런데 굳이 트위터를 할 때만은 SIM 카드를 끼우지 않는 워크맨을 이용했습니다. 그래서 그 자리에서 바로 글을 올릴 수 없었고, 반드시 와이파이 공유기가 있는 집에서 올려야 했던 겁니다. 그런데 그렇게 손이 많이 가는 일을—"

"저기, 무쓰우라 씨. 내가 어제도 말했잖아."

호리는 어제와 마찬가지로 최대한 날이 서지 않은 말투로 무쓰우라를 타일렀다.

"아저씨들은 원래 그런 법이라고. 예를 들어 트위터 하는 법을 배울 때 그 워크맨으로 배우는 바람에 설정도 전부 그렇게 맞춰져 있으면 휴대폰으로는 할 줄 모른다고. 트위터는 워크맨으로 하는 것이라는 인식이 박히는 거야. 젊은 애들이나 기계를 잘 다루는 무쓰우라 씨 같은 사람이 보면 이상한 짓을 한다고 생각하겠지만 그래서 그런 거라고."

무쓰우라는 일리가 있다고 생각했는지 말없이 고개를 끄덕이다가 곧바로 덧붙였다.

"그래서 일단 워크맨을 갖고 있는지 확인하고 싶었습니다. 워크맨은 번거로운 절차 없이 살 수 있어서 만에 하나 위장을 하게 된다면 안성맞춤인 물건이라고 생각해서."

"그러니까 무쓰우라 씨는 야마가타 다이스케가 워크맨을 갖고 있지 않다면 범인이 아닐 가능성이 더 커지리라 생각한 거야?"

"……네."

호리는 무쓰우라가 야마가타 다이스케가 범인이 아닐 가능성을 여전히 염두에 두고 있다는 사실에 어처구니없어서 힘이 쭉 빠졌다.

왜 이렇게 다방면으로 발목을 잡을까. 온갖 정보가 이렇게까지 야마가타 다이스케가 범인이라고 말하고 있는데 도대체 아직도 무엇이 의문이라는 말인가.

"워크맨……, 갖고 있었던 것 같아요."

두 사람이 거실로 돌아오자마자 후유코가 시선을 내리깔고 대답했다.

"한동안 못 본 것 같지만 예전에는 사용했던 것 같기도 해요."

그거 보라고 말하지는 않았지만 표정에서 드러나고 말았다. 무쓰우라는 자신의 예측이 빗나가서 실망한 듯했으나 티가 나지 않도록 둘러댔다.

호리가 다시 야마가타 다이스케가 갈 만한 장소를 찾으려는데 후유코가 말을 꺼냈다.

"솔직히 말씀드리면…… 스낵바 근처에 남편 지인이 아주 없는 건 아니에요. 몇 집 있을 거예요. 회사 관련 지인이라면 두세 집 정도 짚이는 곳이 있어요."

"정말입니까? 그러면 그곳을 하나하나—"

"하지만."

후유코가 호리의 말을 끊었다.

"남편을 숨겨 줄 집은 없을 것 같아요."

"……그렇다는 말씀은?"

"남편과는 사내 연애로 만나 결혼했습니다. 저는 다이젠 지사에서 근무한 적은 없지만 과거에 다이테이 하우스의 어느 지점에서 일한 사무원이었어요. 사내에서 남편이 어떤 모습인지 당연히 기억하죠."

후유코의 마지막 말에 무슨 이야기를 하려는지 종잡을 수 없었다. 호리가 재촉하려 하자 후유코는 주저하면서도 끝까지 잘라 말했다.

"회사 사람이 궁지에 빠진 남편을 도와줄 것 같지 않아요. 제 식구를 이렇게 말해서 마음이 편치는 않지만 조금 막무가내 같은 구석이 있는 사람이라 아군보다 적이 더 많았던 걸로 기억합니다."

야마가타 다이스케

여기다.

맨션 현관 앞에 걸린 문패를 본 다이스케는 기쁨이 차올랐다.

알루미늄 배트를 든 젊은이 무리와 근접전을 벌인 후 몇 킬로미터를 달렸다. 가미도오리에 있는 역이 가까워질수록 서서히 행인이 늘어났다. 아직 오전이라 붐비지는 않았지만 시선을 의식하지 않고 달릴 수 있던 시골길과는 사정이 달랐다.

당당하게 걸어야 할까, 사람들의 눈을 피해 은밀하게 움직여야 할까.

다이스케는 후자를 선택했다.

건물이나 전봇대 뒤에 최대한 몸을 숨겼다가 아무도 없는 것을 확인하면 재빨리 다음 구역으로 달려갔다. 옛 부하 직원의 집이 대로변이 아닌 점도 다행이었다. 되도록 인적이 드문 뒷길을 골라 돌다리도 두들겨 보고 건너듯 맨션으로 이어지는 길을 걸었다.

집 호수까지는 기억나지 않았다. 이 근처였을까 하고 4층으로 올라가 보니 목적지의 문패가 보였다.

정신이나 육체나 모두 한계에 가까워졌다.

스낵바에서 눈을 붙였지만 숙면은 아니었다. 마치코 야끼소바 말고는 아무것도 먹지 못했다. 어제와 오늘을 합쳐 거의 30킬로미터를 달렸다.

고생하셨습니다. 힘드셨죠.

그런 말을 들을 수 있겠지. 혹은 그랬으면 좋겠다고 바랐다. 그렇지 않으면 이곳까지 달려온 의미가 없었다. 환영받고 범인을 잡기 위한 역습 작전이 시작된다. 이 시나리오 외에는 생각하지 않으려 하며 초인종을 눌렀다. 그러나 아무 응답도 없자 초조해졌다.

'집에 없나? 토요일 이렇게 이른 시간부터 외출했나?'

두 번, 세 번 눌러도 응답은 없었다.

최악이다.

그 자리에 무너져 내릴 뻔한 순간 인터폰에서 지지직거리는 노이즈가 들렸다.

"시오미?"

작은 소리로 물었지만 대답은 없었다.

"다이테이 하우스의 야마가타 다이스케야. 오랜만인데다 갑작스럽게 찾아와서 미안하지만 잠깐 이야기 좀—"

"돌아가세요."

잘못 들었나? 아니면 집을 잘못 찾아왔나?

자신도 모르게 한걸음 물러나 문패를 다시 보고 옛 부하 직원 시오미의 집이 맞다는 사실을 확인했다. 밝은 목소리로 다시 한번 같은 말을 하려 했지만 지친 목소리가 다이스케를 가로막았다.

"제 사정도 좀 봐주세요……. 가족도 있어요."

의미를 파악할 수 없었다. 가족이 있는데 어떻다는 말인가.

그제야 다이스케는 누명을 썼다는 사실을 먼저 설명해야겠다는 생각이 들었다. 인터폰에 달린 카메라를 향해 몸짓과 손짓을 섞어가며 이 모든 것은 주도면밀한 누군가가 꾸민 음모라고 주장했다. 자신은 완전히 결백하며 진범을 찾으려면 너의 도움이 필요하다고.

다이스케로서는 실로 논리적으로 이해하기 쉽게 사태를 설명했다.

"……30초 안에 떠나 주세요. 안 그러면 신고하겠습니다."

눈앞이 새하얘졌다.

그렇다고 소리를 치거나 흥분해 날뛰면 점점 결백을 증명하기 어려워질 것이다. 마지막 힘을 쥐어짜서 자신이 얼마나 지쳤는지 설명했다.

몸을 씻고 싶다, 식사를 내어 달라, 잠시만 묵게 해달라.

마음속에 그렸던 모든 소망을 포기하고 일단 안으로 들여보내 달라고만 했다. 아무런 무기도 지니지 않았다고 카메라 앞에서 두 손을 들어 보이기까지 했다.

"나는 결백해. 너밖에 의지할 사람이 없어. 부탁해, 시오미."

그래도 문은 열리지 않았다.

그렇다고 이대로 돌아갈 수는 없다. 아니, 돌아갈 곳이 없다. 어떻게든 이 방문을 의미 있게 마무리하고 싶다는 마음에 다이스케는 마지노선까지 양보했다.

"알겠어……. 신고해도 상관없어. 하지만 5분만, 5분만 시간을 주지 않겠어? 신고는 5분 뒤에 해줘."

마침내 문이 열렸다.

시오미는 현관에서 3미터 정도 떨어진 집 복도 끝에 서 있었다. 상하의 모두 실내복 같은 기모 운동복 차림으로 손에는 9번 아이언을 움켜쥐고 있었다. 안에 있는 가족에게는 절대로 손대지 못하게 하겠다는 의지를 나타내는 듯했다. 전 상사를 대하는 태도로는 무례했지만 여자를 두 명이나 살해한 도주범을 상대한다고 생각하면 타당한 대응이었다. 다이스케는 울분에 찼지만 불평할 처지가 아니었다.

시오미는 9번 아이언을 잡은 오른손에 힘을 줬다.

"……용건이 뭡니까?"

"믿어 줬으면 좋겠어. 나는 모함을 당했을 뿐이고—"

"용건이 뭐냐고요."

다이스케는 그제야 떠올랐다.

어제 다이젠 지사 사람들의 반응이. 지사장도 부하들도, 그 누구도 다이스케의 결백을 상상조차 하지 않던 모습을. 그리고 트위터의 '다이스케' 계정이 얼마나 교묘하고 완벽하게 위장해 왔는지를. 머리 한

구석에 희미하게 남아 있던, 5분 동안 누명을 벗을 수 있지 않을까 하는 달콤한 생각이 규조토가 흡수해 버린 물처럼 삽시간에 흔적을 감췄다.

그렇다면 남은 5분 동안 무엇을 해야 할까.

다이스케는 말을 늘어놓았다.

"나를 모함한 진범을 잡고 싶어. 내게 원한을 품은 사람이 분명 있을 텐데 그럴 만한 사람이 도무지 떠오르지 않아. 짚이는 사람이 있다면 알려 줬으면 좋겠어. 나를 원망한 사람이 있었어?"

"……진심으로 물어보시는 거예요?"

이놈은 본인이 범인인 주제에 상황이 이렇게까지 됐는데도 진범이 따로 있다는 태도네.

그런 비아냥이 느껴졌지만 여기서 기가 죽어서는 죽도 밥도 안 된다.

"바로 떠오르는 사람이라도 좋아. 단순한 짐작이라도 좋고. 내가 미쳤다고 생각해도 상관없어. 아무튼 질문에 답해 줬으면 좋겠어."

간신히 말을 마치자 시오미가 입을 열었다.

"당장은 생각이 안 나요."

역시 그런가. 그렇겠지.

순간 시오미가 곧바로 말을 이었다.

"부장님은 원한을 사기 쉬운 사람이니까."

'무슨, 소리지? 나를 살인범이라고 믿으니 마음에도 없는 가시 돋

친 말을 내뱉는 걸까. 이럴 수가. 쓸 만한 정보를 끄집어내지도 못하다니.'

순간, 기대를 저버린 절망에 머릿속을 잠식당한 다이스케에게 경고하듯 시오미가 술술 말을 늘어놓았다.

"생각해 보면 요코가와 씨도 그렇고……."

"……요코가와? 요코가와라니, 에너지과의 요코가와?"

"지금은 에너지과입니까? 제가 있을 때는 단독주택 소속이었는데, 아무튼 그 요코가와 씨가 맞을 거예요."

요코가와는 다이스케보다 1년 늦게 입사한 직원이었다.

존경받는다고까지는 생각하지 않지만 관계가 굉장히 험악하지도 않았다. 원망할 일이 뭐가 있다는 말인가. 생각지도 못한 이름이 등장해 당황했는데 시오미는 다이스케가 요코가와에게 얼마나 눈엣가시였는지 말했다. 당시 다이스케가 요코가와의 실수를 부장에게 요란하게 보고해서 그의 평판을 지나치게 떨어뜨렸다. 그 때문에 기정사실이었던 과장직 승진이 보류되는 바람에 후배에게 출세 코스를 양보하는 모양새가 되어 버렸다. 요코가와 본인이 언젠가 술자리에서 그렇게 말했다.

다이스케는 현기증이 날 지경이었다. 어처구니없는 소리에 난처했다. 직원이 실수를 했으면 상부에 보고하는 것이 관리자의 책무다. 눈치껏 덮어주기를 바랐을까. 확실히 다른 관리직 직원에 비하면 엄격하고 융통성이 없는 사람일지도 모른다.

자신도 안다. 그러나 다이스케는 누구보다도 먼저 스스로를 엄격하게 통제하며 살아왔고 자신이 할 수 없는 일을 타인에게 요구한 적은 단 한 번도 없었다. 요코가와가 주장한 사건은 그의 실책 탓에 다이스케도 감봉을 당했다. 자신도 불이익을 당하리라는 것을 알면서도 보고한 이유는 그것이 규칙이기 때문만 아니라 이번 일을 계기 삼아 요코가와도 성장하길 바라서였다. 참을 수 없는 반박이 목구멍에서 튀어나오려는데 이번에는 시오미의 입에서 또 다른 이름이 튀어나왔다.

"아타고 씨도 그럴 거고, 쓰모리 씨도 있습니다."

아타고는 가족과 보내는 시간을 소중하게 여기는데 다이스케가 자주 골프를 권하는 바람에 가정 내 불화가 생겼다. 애초에 골프에 관심이 없고 라운드 요금도 만만치 않다. 거절하고 싶은데 가야 할 것 같은 압박감을 느껴서 난감하다고 분노하기까지 했다.

쓰모리는 다이스케보다 다섯 살 연상 선배인데 승진에서 뒤처지는 바람에 조직에서는 다이스케의 부하였다. 구체적으로 표현하지는 않았지만 자신을 쳐다보는 다이스케의 눈빛에서 어렴풋이 모멸감을 느꼈다. 그놈은 젊어서 출세했으니 으스대면서 자신을 깔본다. 언젠가 혼쭐을 내주겠다. 당시에 입버릇처럼 말했다고 한다.

"그리고 노이 씨도 있네요."

"……노이?"

노이는 '원만하고 신중하게'를 신조로 일을 진행하는 사람인데 다이스케의 막무가내식 일 처리로 안건 몇 가지가 무산됐다. 적극적으로 불만을 표출할 사람이 아니기에 대놓고 푸념하지는 않았지만 분명 다이스케에게 유감이 있을 터다.

차례로 튀어나오는 예상치 못한 이름들에 어안이 벙벙했다.

아타고는 골프가 싫으면 싫다고 말하면 그만이었을 이야기고, 쓰모리는 다이스케로서는 완전히 억울했다. 노이에 관해서는 맹세코 안건을 무산시킨 적 없다. 단지 시기를 재검토하자고 안건을 잠시 보류했을 뿐이다. 무엇을 어떻게 해명해야 좋을지 몰라 잠시 망연했다.

"또 청소 담당 여직원도 있어요."

이 플라스틱 케이스는 폐기 예정이니 전부 버려 달라고 했는데 왜 아직도 여기 있죠? 일을 제대로 하지 않으면 곤란합니다.

돈을 주고 고용한 것은 사실이지만 청소 직원은 다이테이 하우스 소속이 아니다. 그런데도 다이스케는 마치 부하를 다루는 태도로 깐깐하게 지시를 내리고 제대로 수행하지 못한다고 나무랐다. 분명 당사자들은 불쾌했을 터다.

그 대화는 기억이 났다.

아마 몇 년 전 일일 것이다. 사실 다이스케는 지난달에도 청소 직원에게 지시했다. 대량으로 폐기해야 할 골판지 상자가 나와서 처리해 달라. 그러나 지시대로 깔끔하게 처리되지 않았다. 사무실 여기저기 상자가 남아 있었다. 이렇게 몇 번이나 어설프게 일을 처리하니 언짢아졌다. 청소 담당 직원에게 직접 전달하는 데 한계가 있다고 느껴서 청소업체에 직접 개선을 요청했다.

확실히 당사자들은 불쾌했을지 몰라도 청소업체에 미비한 점을 알리는 행위는 정당한 권리다. 그 일로 원한을 사다니 가당키나 한가. 자신에게는 잘못이 없다.

그러나 시오미의 입에서 흘러나오는 에피소드가 많아서 일일이 반박할 수 없었다. 기진맥진한 데다 정신적인 충격도 적지 않아서 마음의 기둥이 버티지 못하고 서서히 흔들렸다.

"야나기도 있네요. 그 사람은 확실히 불만이 많았죠."

어떤 비품이든 회사 자산이니까 소중히 여겨라.

새 복사용지를 메모지 대신 쓰고는 태연하게 파기하던 야나기를 크게 꾸짖었다. 지적 내용은 지극히 당연했지만 다이스케의 전달 방식은 섬세한 야나기의 마음에 깊은 상처를 남겼다. 물론 복사용지 건만이 모든 일의 원인은 아니지만 이후 야나기는 마음의 병으로 휴직했다.

"전부 다 부장님 책임이라고 생각하지는 않습니다. 야나기도 나약한 구석이 있었죠. 하지만 부장님에게 원한이 있는 사람이라고 한다면 그야말로 야나기가 떠오르네요. 야나기는 자신이 병을 앓게 된 원인이 거의 부장님 때문이라고 주위에 말하고 다녔거든요."

신고 제한 시간으로 정한 5분은 시오미가 늘어놓는 이야기에 어느새 다 지나갔다. 범인을 잡겠다. 스낵바를 뛰쳐나왔을 때만 해도 용맹하기까지 했던 다짐은 영양 공급이 끊긴 한겨울 해바라기처럼 어느샌가 완전히 시들어 버렸다.

"이제 됐습니까?"

"아니…… 저기."

이미 체념했지만 의무감으로 당초 목적을 이야기했다.

인터넷을 확인할 수 있는 단말기를 빌려 줬으면 하는데. 문제가 된 트위터 계정의 게시물로 진범을—"

말을 마치기도 전에 시오미가 문 저편으로 사라졌다가 곧장 스마트폰을 들고 돌아왔다. 그리고 다이스케에게 툭 던졌다.

"SIM 카드는 안 들어 있어요. 사용하려면 와이파이와 연결해야 해요. 돌려 줄 필요 없으니까…… 빨리 나가 주세요."

SIM 카드가 없다는 말이 무슨 뜻인지 묻고 싶었지만 자세한 강의를 바랄 상황은 아니었다. 다이스케가 감사 인사를 하고 휴대폰을 챙기자 안쪽 방, 아마도 거실인 듯한 방향에서 새된 여자 목소리가 들렸다.

"주지 마, 그러면 우리도 공범 취급받잖아!"

시오미의 아내일 테지.

모르는 사이는 아니지만 시오미와 마찬가지로 다이스케를 믿지 않는 눈치였다. 여자가 소리치자마자 어린아이의 울음소리가 울려 퍼졌다. 더는 평화로운 토요일을 망치면 안 된다. 그러고 보면 시오미는 어째서인지 제법 친절하게 상대해 주는 편 아닌가 생각이 들었다.

도와줘서 고맙다고 할 정도로 예의를 갖춰 대접해 주지는 않았지만 그렇다고 불평할 처지도 아니었다. 캔 바닥에 달라붙은 드롭스 사탕을 억지로 떼어내듯 꺼져가는 목소리를 간신히 쥐어 짜냈다.

"……미안해. 경찰에는 범인이 협박하면서 휴대폰을 빼앗아 갔다고 해도 돼."

집에 들어갔을 때는 난방이 현관까지 미치지 않아 춥다고 생각했는데 막상 도망치듯 밖으로 나오니 뜻밖의 온도 차에 소름이 돋았다. 촌각을 다투는 상황, 자신이 도망 중인 몸이라는 현실을 잊고 무방비하게 현관문 앞에서 휴대폰을 확인했다. 배터리 잔량은 겨우 15퍼센트였지만 문제없이 작동했다. 그러나 검색 애플리케이션을 사용할 수 없다는 것을 알고 나서야 비로소 시오미의 말이 떠올랐다. SIM 카드의 정확한 의미는 모르지만 와이파이라는 단어는 어렴풋이 이해했다.

어디론가 가서 접속해야 했다.

맨션에 찾아왔을 때보다 조금 더 대담하게 움직여 역에서 약간 떨어진 곳에 있는 카페를 발견했다. 예전에 이 카페 체인점에서 와이파이를 사용한 적이 있다. 사용법을 알았다. 카페 안으로 들어갈 수는 없어서 사람 한 명이 겨우 지나갈 수 있을 뒤쪽 좁은 골목에 몸을 끼워 넣고 환풍기 근처에 쭈그리고 앉았다. 곰팡내 나는 온기를 등 뒤로 맞으며 휴대폰을 꺼냈다.

와이파이 접속은 간단했다.

그러나 그토록 보고 싶다고 바라 마지않던, 혹은 재차 확인하면 범인을 찾을 힌트가 고구마 줄기처럼 줄줄이 나올 줄 알았던 '다이스케@taisuke0701'와 관련된 마토메 사이트에 진범을 찾을 만한 단서는 아무것도 없었다. 정보량이 그다지 많지 않은 탓도 있었지만 실은 호텔에서 이미 자세하게 확인한 내용과 같았기 때문이었다. 다시 확인해도 새롭게 발견할 만한 내용은 아무것도 없었다.

한숨 돌릴 기력조차 없었다.

이제 가야 할 목적지도, 실행해야 할 아이디어도 없다. 무엇보다 시오미의 입에서 그토록 많은 사람의 이름이 술술 나왔다는 사실에 마음이 꺾였다.

'아니야, 시오미가 너무 극단적으로 판단하지 않았을까.'

작은 의문이 솟구치자 다이스케는 달려들 듯 다시 실시간 검색을 했다.

'야마가타 다이스케/ 아는 사람/ 좋은 사람', '야마가타 다이스케/ 아는 사람/ 결백', '야마가타 다이스케/ 존경'

어느 검색어든 몇 가지 게시물이 검색에 걸렸지만 원하던 결과는 나오지 않았다. 우연히 입력한 검색어가 포함된 게시물일 뿐, 다이스케를 아는 누군가가 옹호해 주거나 결백을 강하게 주장한 게시물은 하나도 없었다.

그렇다면……. 어떻게든 마음의 안정이 필요했다.

이번에는 반대로 '야마가타 다이스케/ 아는 사람/ 싫다'

검색 버튼을 눌렀고, 곧바로 후회했다.

이 사람 내 예전 상사였어……. 자기 자랑 엄청 하고 짜증 나고 싫은 사람이야. 무슨 일만 있으면 맨날 골프 치러 가자는 골프 덕후. 완전 극혐. 아는 사람들은 보자마자 알걸? 지나가면서 봐도, 물구나무서서 봐도 그 사람 본인 계정임.

인용: [속보] 시신 사진 올린 사람 신상 털림! 본명 야마가타 다이스케, 다이테이 하우스 근무, 다이젠시 거주

이소타케@isop_take9

아는 얼굴이다 했더니 대학 때 선배네. 고집 센 사람이다 싶었고, 막무가내에 거만하게 지시하는 사람이었어. 솔직히 정말 안 맞고 싫은 사람이었는데 설마 살인자가 될 줄이야…….

인용: [속보] 시신 사진 올린 사람 신상 털림! 본명 야마가타 다이스케, 다이테이 하우스 근무, 다이젠시 거주

스즈키 고조@kouzou_suzuki_yh

극혐. 아는 이름 같아서 생각해 보니 지금 사는 집 지을 때 담당했던 사람이네. 막무가내로 옵션을 넣어서 엄청 바가지 씌운 영업직원이야. 그때도 개짜증났는데 그냥 인간쓰레기였잖아. 빨리 체포됐으면 좋겠다. 아, 집 다시 짓고 싶어.

인용: [속보] 시신 사진 올린 사람 신상 털림! 본명 야마가타 다이스케, 다이테이 하우스 근무, 다이젠시 거주

machiko@일러스트 일 일시 휴업 중@milky_snow_way

다이스케의 지인이나 안면이 있다고 주장하는 허위 게시물도 있는 수준이 아니라 게시물 대부분이 완전히 엉터리였다. 다이스케는 남고 출신인데도 고등학교 동창이라고 주장하는 여자가 있는가 하면 아무리 생각해도 업무상 접점이 없는 사람이 거래처 직원이라고 우겼다. 다이스케에게 헌팅 당했다고 주장하는 여자도 있었다. 사건 속 인물과 접점이 있다고 우기면 그 순간은 인터넷에서 반짝 유명인이 될 수 있다. 거짓으로 허영심을 채우려는 계정이 우후죽순 등장했지만 앞에 나온 게시물 세 개는 분명히 진짜였다.

'이소타케'라는 계정의 주인은 몇 년 전에 다이테이 하우스를 떠난 이소무라 다케오일 것이다. 두 번째 스즈키 고조는 게시물 내용대로 대학 시절 트라이애슬론 동아리 후배다. Machiko라는 일러스트레이터의 집을 담당했던 일도 또렷이 기억났다.

모두에게 칭찬받고 사랑받고 존경받아 왔다고 생각할 정도로 자만하지 않는다. 그래도 적어도 미움받고 있으리라고는 전혀 상상도 못 했다. 상대도 골프를 좋아한다고 생각했다. 실제로 이소무라도 초대해 줘서 기쁘다고 말했다. 트라이애슬론은 자신과의 싸움이다. 스스로에게 무른 면이 있는 스즈키에게는 강한 말로 질타와 격려를 했다. 집을 지을 때는 언제나 고객 입장에서 생각하며 가장 적합한 재료를 제안했다. 결단코 폭리를 취하려는 마음은 없었다.

비난받을 이유가 없다.

내 잘못 아니잖아.

다들 다이스케가 살인범이라는 루머 때문에 인지 왜곡이 생겨서 생각하지도 않았던 내용을 올린 것 아닐까. 그런 자기 위로가 서서히 효과를 잃어갔다. 아무래도 나는 내가 생각하는 만큼…….

그러나 자기 성찰은 휴대폰 셔터 소리에 가로막혔다.

혼이 빠져나가는 기분이었다.

황급히 뒤돌아보니 휴대폰으로 다이스케를 찍는 젊은 남자가 있었다. 아뿔싸. 그러나 이미 늦었다. 좁은 골목에 몸을 숨겼다고 방심했다. 젊은 남자는 큰길에서 골목 안으로 팔을 뻗어 휴대폰 카메라를 들이밀었다.

다이스케가 화들짝 놀라 벌떡 일어서자 덤벼드는 줄 알았는지 사진을 찍던 남자가 요란하게 엉덩방아 찧으며 넘어졌다. 무심코 괜찮냐고 묻고 싶을 정도로 아프게 넘어졌지만 타인을 걱정할 여유 따위 없었다. 다이스케는 넘어진 남자를 지나 큰길로 달려갔다.

"여기! 여기요! 범인이다! 범인!"

남자의 고함에도 사람이 우르르 몰려들지 않은 이유는 단순히 주위에 행인이 없었기 때문이었다. 다이스케는 훨씬 무거워진 몸을 이끌고 고통스러운 두 다리를 성큼성큼 움직여 얼어붙은 바람 속을 가로질렀다.

얼마나 달렸는지도, 몇 명이나 스쳐 지나갔는지도 모른다. 발가락 감각이 거의 사라졌어도, 추위에 콧물이 줄줄 흘러도, 이미 머리가 거의 정상 작동하지 않는다는 사실도 무시한 채 그저 정신없이 달렸다.

또다시 시골길 풀숲 속에 배터리가 방전된 사람처럼 쓰러졌다. 엎드려 누워 숨밖에 쉴 수 없었다.

'자, 이제 어떻게 할까.'

자문했지만 답은 나오지 않았다.

목적지가 없다. 누명을 벗을 방법이 없다. 의지할 사람이 단 한 명도 없다.

이대로 눈을 감고 잠들어 버리고 싶은 심정이었지만 편안하게 잠들 수 있는 기온이 아니었다. 추위는 예리한 칼날처럼 다이스케의 몸을 잔인하게 베었다. 어떻게든 기운을 불어넣고 천천히 몸을 일으켜서 위화감이 느껴지는, 아니 거의 감각이 사라진 다리 상태를 확인했다. 밑창이 떨어진 운동화를 벗자마자 후회했다. 두 발 모두 물집이 터져 피가 많이 배어났다.

이제 달릴 수 없을지도 모른다.

다이스케는 코를 훌쩍일 기운도 잃고 그 자리에 웅크리고 앉았다.

앞으로 가도 뒤로 가도 그대로 머물러도 지옥이었다.

일반인에게 폭행당할지, 기력이 다해 쓰러질지, 경찰에 붙잡혀 처벌받을지. 점점 논리적인 사고를 잃어가는 와중에 추격자가 뒤따라오지 않는지 확인하려고 네발로 기어 풀숲에서 고개를 내밀었다.

아무도 따라오지 않는다.

그 사실에 이제는 기뻐해야 할지조차 알 수 없었다.

자고 싶다, 쉬고 싶다, 뭔가 먹고 싶다, 따뜻한 곳에 들어가고 싶다, 집에 가고 싶다. 하나라도 충족할 수 없을까.

다시 풀숲에 몸을 숨기려고 웅크리는데 갑자기 눈앞에 서 있는 간판이 눈에 들어왔다.

잠시 멍하니 바라보다가 그것이 자신에게 어떤 의미가 있는지 생각했다.

'시켄 LIVE 컨테이너 하우스 쇼룸 여기서 직진 5킬로미터'

다이스케는 천천히 길게 한숨을 내쉬었다.

그리고 피에 흠뻑 젖은 운동화를 신고 다시 한번 끈을 질끈 조여 맸다.

실시간 트렌드: 검색어 '야마가타 다이스케/흉악'

12월 17일 11시 20분 지난 6시간 654건 트윗

• [리트윗 요청] 방금 가미도오리에 있는 도토루* 뒷골목에서 야마가타 다이스케를 발견했습니다(첫 번째 사진). 붙잡으려고 했는데 5분쯤 몸싸움하다가 엄청난 힘에 밀려 날아가는 바람에 무릎을 다쳤습니다(두 번째 사진). 북쪽으로 도망쳤습니다. 꽤 흉악하니 인근 주민은 조심하세요.

---

* 일본의 커피 전문 체인점.

PN11HO@pn11ho

• 범인을 잡으려고 노력한 건 훌륭하지만 처음부터 사진을 찍지 말고 범인한테 달려들었다면 진작에 잡을 수 있지 않았을까?

인용: [리트윗 요청] 방금 가미도오리에 있는 도토루 뒷골목에서 야마가타 다이스케를 발견했습니다(첫 번째 사진~

네코가와폰스케@necopon_3001

• 50대 아저씨한테 나가떨어진다는 게 말이 되냐.

인용: [리트윗 요청] 방금 가미도오리에 있는 도토루 뒷골목에서 야마가타 다이스케를 발견했습니다(첫 번째 사진~

콘트라바스@it_contrabass0606

• 사진이 엄청 흔들렸지만 확실히 야마가타 다이스케 맞는 것 같아. 평범한 남색 옷인데 호랑이 스카잔을 입었다는 정보는 뭐야? 오보야? 생각 없이 그딴 헛소문을 퍼뜨리면 범인의 도주를 돕는다는 걸 모르나. 맞는 정보만 내보내라고. 지금 헛소문 퍼뜨리는 놈들은 진짜 존재 자체가 암덩어리야.

인용: [리트윗 요청] 방금 가미도오리에 있는 도토루 뒷골목에서 야마가타 다이스케를 발견했습니다(첫 번째 사진~

현미보리차@bakuga_cocoa_milo

스미요시 쇼마

“호신용이에요.”

잘라 말하니 더 이상 추궁할 방법이 없었다.

“그렇지? 그럴 줄 알았어요. 깜짝 놀랐네. 하하.”

쇼마는 억지로 호들갑스럽게 웃고 나서 차를 출발시켰지만 아까처럼 액셀을 밟지는 못했다. 사람를 칠 뻔했다는 두려움 때문에 의식적으로 안전 운전하려는 것이 아니었다. 급브레이크를 밟았을 때 사쿠라의 가방에서 튀어나온 식칼 두 자루의 잔상이 아직도 머릿속에 어른거렸다. 생각하면 할수록 위화감만 더했다.

살인범을 뒤쫓을 때 무기를 챙겨야겠다고 생각하는 마음은 이해한다. 게다가 여자가 남자를 뒤쫓는다면 어느 정도 무장은 필수라고 할 수도 있다.

그러나 아무리 생각해도 식칼은 부적절했다.

확실히 방어에는 효과적이지 않고 공격할 때만 사용할 수 있다.

또 만일 몸싸움으로 번지면 상대를 생각보다 더 다치게 할 수도 있다. 최악의 경우 사망에 이르게 할 가능성도 무시 못 한다. 보통은 호신용으로 식칼을 챙길 생각은 하지 않는다.

"속도 좀 더 낼 수 있어요?"

"아, 그렇지……. 서둘러야죠, 빨리 가야죠."

사쿠라가 재촉하자 비로소 자신의 망설임이 속도에 그대로 반영되었다는 사실을 깨달았다. 제한 속도보다 훨씬 느리게 달릴 수밖에 없었다. 간신히 사념을 털어내듯 속도를 다시 끌어올렸지만 곧바로 신호에 걸려 브레이크를 밟았다.

초조 섞인 한숨이 조수석에서 흘러나왔다.

신호등을 밉살스럽게 노려보는 사쿠라의 옆모습을 바라보며 쇼마는 그런 예감이 들었다.

사쿠라는 야마가타 다이스케를 죽일 작정 아닐까.

살해당한 친구의 한을 풀어 주려고 자신이 직접 범인을 처리하려고 마음먹었다. 그래서 이렇게 경찰보다 조금이라도 빨리 야마가타 다이스케를 잡으려는 것이다. 목적을 이루려고 식칼을 손에 들었다.

복수는 당연히 칭찬받을 행위가 아니다. 더군다나 그런 사쿠라를 야마가타 다이스케의 곁으로 데리고 가면 공범 취급을 받게 되는 것 아닐까. 하지만 사쿠라를 단념시키려고 설득을 시도하겠다는 생각은 할 필요조차 없었다. 만에 하나 그녀의 역린을 건드렸다가는 자신이 행주에 싸인 식칼의 제물이 될지도 모른다.

차 안 분위기에 점점 숨이 막혔다.

쉬지 않고 달린 차는 이윽고 목적지에 다다랐다. 상식적으로 생각하면 사쿠라가 경찰보다 먼저 야마가타 다이스케를 발견할 확률은 상당히 낮아 보였다. 복수의 칼날은 휘두를 수 없을 듯했다. 쇼마는 논리적으로 생각하면서도 사쿠라와 야마가타 다이스케가 어떻게든 조금이라도 늦게 만나게 하거나 만나지 못하게 하고 싶다는 생각에 휩싸였다. 스낵바 근처에 있는 넓은 유료 주차장에 들어가 조금이라도 시간을 벌려고 주차장을 의미 없이 세 바퀴쯤 돌았다.

스낵바 주변에는 인파라고 부를 정도는 아니지만 구경꾼 몇 명이 보였다. 나이 든 여성이 많았는데 멀리서 온 호사가가 아니라 인근 주민이나 상점가에서 일하는 점원들 같아 보였다. 사건 현장이 아니어서 출입 통제선은 없었지만 가게 입구에 '금일 휴업'이라는 종이가 붙어 있었다.

여느 때처럼 사쿠라는 탐문을 시작했다.

우선 스낵바 문을 두드렸다. 대답이 없자 이번에는 인근 점포에 들어가 야마가타 다이스케와 관련된 정보를 모았다. 정보를 얻지 못하면 옆 가게, 그 옆 가게, 또 그 옆 가게로 조금씩 범위를 넓혀갔다.

조금 전까지만 해도 친구를 생각하는 마음이 갸륵했지만 진정한 목적을 깨닫고 나자 그 집착이 무서워졌다. 어떻게든 단념시켜야 한다. 흉악한 행위는 단호히 저지해야 한다. 자신이 범죄를 거들게 되는 상황도 반드시 막아야 한다.

유력한 정보를 얻지 못한 채 두 사람은 차로 돌아왔다.

"아까처럼 또 쓸 만한 정보 좀 찾아 줄래요?"

쇼마는 모호하게 고개를 끄덕이고 휴대폰을 집어 들었다. 적극적으로 협조할 마음이 들지 않았다. 그러나 너무 티가 나면 사쿠라의 분노를 살까 봐 어쩔 수 없이 이번 사건의 주변 정보를 찾아보기로 했다. 다이젠시, 살인사건이라고만 입력해서 뉴스 사이트에 접속했다. 그러자 지금까지 그다지 공개되지 않았던 피해 여성을 다룬 뉴스 몇 건이 나왔다.

다름 아니라 사쿠라의 절친한 친구였던 아이였다.

확인해야겠다는 생각에 어떤 뉴스 기사의 헤드라인을 클릭했다. 기사를 읽으면 생전 피해 여성의 따뜻한 인간미가 느껴져 자신까지 울분에 사로잡힐까 걱정했다. 하지만 그런 어렴풋한 예감은 완전히 기우로 끝났다.

'시노다 씨는 범인과 매칭 앱으로 연락을 주고받다가 만요초 공원으로 불려 나간 것으로 보이며'라는 부분은 조금 받아들이기 어려운 문구였지만 혐오감을 불러일으킬 정도는 아니었다. 여대생이 기혼자인 50대 남성과 매칭 앱으로 만나려고 했다. 아무리 긍정적으로 해석해도 순수한 사랑은 느껴지지 않지만 안타깝게도 요즘 젊은이들은 빈곤하다. 종신 고용 제도는 거의 기능을 잃었고 새로운 시대의 근로 방식을 표방하는 비정규직 고용이 촉진되면서 젊은 세대는 보기 좋게 착취당하고 있다. 시노다는 아직 대학생이기는 했지만 적지 않은 영향을 받았을 만도 했다. 그 길은 올바른 선택은 아니지만 경제적 지원이 필요한 배경에는 스스로 통제할 수 없는 요인이 복잡하게 얽혀 있을 수도 있다.

사쿠라의 말을 빌리면 '성실하고 배려심 많은 아이'였던 시노다 미사가 부득이하게 매칭 앱으로 남자들에게 도움을 요청하고 말았을 가능성도 크다.

그러나 기사 후반부에 적힌 '고등학교 시절 육상부 동창은 시노다 씨를 이렇게 말했다'라는 문구는 아무리 봐도 사쿠라의 증언과 일치하지 않았다.

—동아리는 취주악부였는데 연습도 정말 열심히 했고.

틀림없이 그렇게 말했다.

조수석에 앉은 사쿠라를 흘긋 확인했다. 그녀는 1초도 낭비하지 않겠다는 듯 집중해 휴대폰을 만지고 있었다. 쇼마는 차갑게 식은 귓불을 의미 없이 만지작거렸다. 섬뜩할 정도로 차가웠다.

"시노다 씨는 줄곧 취주악부였어요?"

사쿠라는 성가시다는 듯 쇼마를 쓱 쳐다보고는 곧바로 휴대폰으로 시선을 돌렸다.

"……왜요?"

"아니, 좀 궁금해서."

"맞아요, 무슨 문제 있나요?"

쇼마는 손을 완전히 멈추고 사쿠라를 의심의 눈초리로 응시했다. 사쿠라는 피해자와 친구 사이가 아니다. 그리고 가방 속에는 식칼을 숨기고 있다. 한시라도 빨리 야마가타 다이스케를 찾고 싶다며 실제로 그를 쫓으려고 전력을 다한다.

이 여자는 과연 누구일까.

"이거다."

그러나 사쿠라는 쇼마의 마음을 눈치채지 못한 채 트위터에서 유력한 정보를 찾았다고 밝은 표정으로 말했다. 게시물에는 가미도오리의 카페 뒷골목에서 야마가타 다이스케가 발견됐다는 글과 함께 야마가타 다이스케로 의심되는 남자의 사진이 첨부되어 있었다. 쇼마가 보기에는 사진이 심하게 흔들린 탓에 언뜻 봐서는 판별할 수 없었다. 하지만 사쿠라는 분명히 야마가타 다이스케가 맞다고 확신했고 곧바로 차를 출발해 달라고 말했다.

흔쾌히 승낙할 엄두가 나지 않아 쇼마는 지갑을 잃어버린 척하며 시간을 벌었다.

한편 사쿠라는 해당 트윗이 삭제되기 전에 화면을 캡처해 저장했다. 그리고 재빨리 갤러리 애플리케이션을 열어 사진이 제대로 저장됐는지 확인했다. 안심한 듯 고개를 끄덕이고는 과거 스크린 캡처도 확인했다. 사진 몇 장을 휙휙 확인하는 모습을 곁눈질하던 쇼마는 눈을 의심했다.

"엇?"

무심코 목소리가 새어 나왔다.

"……무슨 일이에요?"

"아니, 그 사진…… 그 트위터 아닌가 싶어서."

"이거요?"

사쿠라가 사진을 열어 휴대폰을 살짝 기울이며 쇼마에게 물었다.

[피바다 지옥. 역시 생선 따위와는 다르다. 냄새가 너무 역하다. 밥맛 떨어져. 당분간 밥 먹기는 글렀군.]

다름 아닌 쇼마가 스물일곱 번째로 리트윗한, 모든 일의 발단이 된 트윗이었다.

"그건…… 인터넷에서 저장한 사진?"

"아뇨. 계정이 삭제되기 전에 직접 캡처한 건데, 왜요?"

"……아, 아니, 아무것도 아니에요."

쇼마는 잃어버리지도 않은 지갑을 겨우 찾은 척하며 주차요금을 내려고 차 밖으로 뛰어나갔다. 정산기 앞에 서서 동전을 세는 척하며 생각을 정리했다. 사쿠라가 보여준 **[피바다 지옥]** 캡처 사진에는 트윗 액티비티 아이콘이 있었다.

트위터에는 자신이 올린 트윗을 얼마나 많은 사람에게 도달했는지 보여 주는 기능이 있다. 몇 명이 트윗을 봤는지, 몇 명이 트윗을 보고 프로필을 클릭했는지, 몇 명이 게시물에 첨부된 링크를 클릭했는지. 몇 가지 정보가 세세하게 수치화되어 자신이 올린 트윗이 얼마나 퍼졌는지 확인할 수 있다.

그것이 바로 트윗 액티비티다.

좋아요나 리트윗 수는 다른 사람도 확인할 수 있지만 트윗 액티비티는 게시한 당사자가 아니면 확인할 수 없다. 따라서 트윗 액티비티 아이콘은 게시물을 올린 사람이 보는 화면에만 표시된다.

—계정이 삭제되기 전에 직접 캡처한 건데.

그 사진을 캡처한 사람이 사쿠라라면 한 가지 충격적인 사실을 대변한다.

'다이스케@taisuke0701'의 관리자는 사쿠라다.

즉 범인은…….

도망쳐야 할까, 사람들에게 시끄럽게 알려야 할까, 경찰에 신고해야 할까.

적당히 동전을 찾는 척하는 데도 한계가 있었다. 차를 돌아보니 사쿠라가 쇼마를 의아하게 살피고 있었다. 정산기 앞에서 시간을 쓸데없이 너무 많이 보내고 있었다. 수상쩍은 행동을 계속하면 정말로 등에 식칼이 날아올지도 모른다.

추위와 공포로 손가락이 곱아들기 시작했다.

일단 경찰에 전화해야 하나 생각해도 휴대폰을 차 문 수납 공간에 넣어 두고 내린 기억이 났다. 일단 차에 돌아가지 않고서는 어떤 행동도 할 수 없었다.

요금을 계산하고 주차장 플랩*이 내려간 것을 확인하고 도살장에 끌려가는 소처럼 운전석으로 돌아갔다.

"여기로 가요."

쇼마가 차에 타자마자 사쿠라가 휴대폰을 내밀었다. 지도 애플리케이션의 낯선 장소에 빨간색 체크가 표시되어 있었다.

시설 이름은 주식회사 시켄 LIVE 쇼룸.

"……가, 가미도오리의 도토루로 안 가도 돼요?"

"야마가타 다이스케는 아마 여기로 도망갈 거예요. 다이테이 하우스와 거래하는 회사의 쇼룸이거든요."

"……자세히도 아네요."

"좀 서둘러 주시겠어요?"

쇼마의 의견은 상관없다는 어조에 기가 눌려 사이드 브레이크를 내렸다. 밭은 숨을 내쉬며 병자 같은 속도로 비틀비틀 주차장을 빠져나왔다. 도로로 나와 사쿠라의 지시대로 운전대를 꺾었다. 거의 꿈속에서 운전하는 기분이었다. 몸과 완전히 분리된 머리로 필사적으로 정보를 정리했다.

사쿠라가 문제의 계정 '다이스케@taisuke0701'의 주인이다.

그렇다는 뜻은 사건의 진범도 그녀라는 사실이 된다. 야마가타 다

---

* 주로 일본에서 사용하는 무인주차장 방식으로, 주차 공간에 차를 세우면 바닥에 설치된 플랩이 올라와 차를 고정하고, 요금을 정산하면 플랩이 내려가 차를 빼낼 수 있다.

이스케는 무고하다. 사쿠라가 어떠한 방법으로 야마가타 다이스케인 척 두 여자를 살해하고 그에게 죄를 뒤집어씌웠다. 그리고 지금은 식칼을 들고 야마가타 다이스케를 쫓고 있다.

그 사람을 왜 쫓을까?

뒤처리, 하려는 것일까.

누명을 씌워 도주극을 벌이고 마지막에는 입막음을 위해 당사자의 목숨마저 빼앗는다. 그녀가 어떤 수단과 방법으로 범행을 저질렀는지는 모른다. 적어도 쇼마의 눈에는 '다이스케@taisuke0701'가 야마가타 다이스케 본인의 계정으로 보이기만 한다. 아직 마음속 어딘가에는 야마가타 다이스케가 범인이라는 생각도 있었다. 이 세상 어디에 이렇게 완벽하게 다른 사람인 척할 수 있는 사람이 있을까. 틀림없이 야마가타 다이스케가 범인이다.

그러나 트윗 액티비티 아이콘은 어떻게 설명할까.

쇼마가 운전하는 차는 쇼마의 생각과는 무관하게 순조롭게 목적지와 가까워졌다.

'괜찮아. 경찰이 먼저 야마가타 다이스케를 찾아낼 거야. 아무 걱정할 필요 없어.'

자신을 타일렀지만 최악의 가능성이 현실이라는 이름으로 서서히 또렷해지며 점점 머릿속을 침식했다.

경찰보다 먼저 야마가타 다이스케를 찾게 된다면. 그리고 사쿠라가 가방 속에서 꺼낸 식칼로 그를 찔러 죽이면 나는 어떻게 될까. 나도 휘말리게 될까.

만약 흉기를 피한다고 치자. 그러면 목숨은 건질 수 있을지 몰라도 완벽한 살인 방조가 된다.

운전대를 잡은 쇼마는 견딜 수 없는 상황에 어금니를 악물었다.

어쩌다가 내가 이런 꼴을 당해야 하는가.

나는 아무 잘못 없는데.

호리 다케히코

"가미도오리의 도토루에서 목격 증언이 나왔습니다. 11시경이었다고 합니다."

복도에서 수사본부의 전화를 받은 무쓰우라가 호리를 불러내 전달했다.

호리는 거실 소파로 돌아오자마자 재빨리 파란색 펜 뚜껑을 열고 카페 위치를 표시했다. 그리고 이전 실수를 감안해 현재 시각에서 역산한 이동 가능 거리보다 조금 더 넓게 원을 그렸다.

"남편분도 상당한 거리를 이동하느라 지쳤으리라 생각하지만 일부러 넓게 표시했습니다. 후유코 씨도 피곤하시겠지만 부디 힘을 보태 주세요."

후유코는 연분홍색 손수건으로 입가를 가리고 스스로를 몰아붙이듯 여러 번 고개를 끄덕였다.

수사본부도 인터넷 정보를 완전히 무시하지는 않았다. 어제 야마가타 다이스케의 신병을 확보하지 못했다는 책임을 무겁게 받아들이고 오늘 17일 이른 아침에 현경 생활안전부 사이버범죄대책과에 협조를 요청했다. 호리의 생각에는 너무 늦은 판단이었지만 어쨌든 경찰 조직도 인터넷 정보를 바라보는 시각이 바뀌었고, 그 결과 가미도오리 카페의 목격 정보가 걸려들어 무난하게 목격증언을 입수하게 됐다.

어제 도주범이 긴급 배치 범위 밖으로 도망쳤을 때는 이대로 몇 주, 몇 달, 또는 몇 년에 걸친 장기전에 돌입할 수도 있겠다는 생각이 머리를 스쳤지만 이제는 시의적절하게 행방을 따라잡는 데 성공했다. 신병을 확보하기까지 몇 걸음 남지 않았다.

후유코에게 생각할 시간을 준 호리는 무쓰우라의 손짓에 다시 복도로 나갔다.

"드디어 두 번째 피해자의 신원이 밝혀졌습니다."

두 번째 피해자.

야마가타 다이스케의 집 창고에서 발견된 여성이다.

이름은 이시카와 메구미.

현 내 대학에 다니는 학생이었지만 소지품이 전혀 없는 상태로 유기됐고 실종신고도 들어오지 않은 탓에 신원 확인이 늦어졌다. 이시카와 메구미도 첫 번째 피해자인 시노다 미사와 마찬가지로 매칭 앱을 사용했고, 다이스케라는 계정과 연락을 주고받았다는 사실이 밝혀졌다.

감식의 보고에 따르면 살해된 시기는 이달 8일 늦은 밤, 또는 9일 이른 아침으로 일주일도 더 전의 일이었다. 즉 사체가 발견된 순서는 서로 바뀌었지만 사건이 발생한 시간으로는 이시카와 메구미가 시노다 미사보다 먼저 살해됐다는 의미다.

사인은 질식. 수법은 시노다 미사 때처럼 밧줄로 뒤에서 목을 졸랐다. 다만 공원 벤치에 앉아 있다가 습격당한 시노다 미사와는 달리 이시카와 메구미는 몸을 굽히고 있다가 등 뒤에서 습격당한 것 아닌가 추측했다. 후두부에 발로 밟은 신발 자국이 남아 있었고 피해자의 볼에는 미처 지우지 못한 진흙이 미량 묻어 있었다. 땅바닥에 얼굴을 처박은 상태로 목을 졸랐으리라.

지문은 채취할 수 없었지만 흉기로 보이는 밧줄은 야마가타 다이스케의 집 창고에서 발견됐다. 피해자의 후두부에 묻은 신발 자국은 야마가타의 집 현관에 놓여 있던 야마가타 다이스케의 가죽구두와 일치했고 볼에 묻어 있던 진흙 성분은 집 정원의 것과 완전히 일치했다.

어느새 경찰 내에 범인이 누구인가로 머리를 싸매고 고민하는 사람은 거의 없었다. 새 정보가 나올 때마다 쌓여가는 것은 '역시'와 '그렇겠지'. 이제 남은 일은 피의자 신병을 확보하는 것뿐이었다. 호리는 해야 할 일이 명확해졌음을 새삼 실감하고 목뼈에서 소리가 나도록 스트레칭했다.

"참고로 시노다 미사와 이시카와 메구미도 인터넷에서 연결고리가 있던 것 같습니다."

원조 교제에 발을 담근 시점에서 건전한 삶과는 전혀 거리가 멀었고 두 여자가 한 짓은 소위 일반적인 성매매 행위보다 훨씬 악질이었다. 매칭 앱을 사용해 사회에서 어느 정도 지위가 있는 남자를 노려 유인한다. 호텔로 이동해서 실제로 일을 마친 타이밍에 상대의 개인정보를 쥐고 있다는 사실을 암시한다. 남자는 당연히 당황한다. 입단속을 하려면 이 돈으로는 부족할 것 같다고 협박한다. 그러면 여자의 요구대로 기존에 약속한 금액보다 배는 더 많은 금액을 넘기게 된다.

실제로 그러한 노하우를 구축하고 목표물이 된 남자의 개인정보를 캐는 역할은 배후에 있는 범죄집단이 하는 듯하나 현재로서는 조직의 구체적인 모습은 보이지 않았다. 또한 조직의 전모를 파헤치는 것은 호리나 무쓰우라의 일이 아니었다.

어쨌든 시노다 미사와 이시카와 메구미 두 사람은 서로 아는 사이는 아니지만 같은 수법으로 남자들의 돈을 갈취하던 조직의 일원이었다.

"그런데 이 두 사람은 아무래도 과거에 실수를 좀 저지른 것 같아요. 인터넷에 실명이 유출된 것 같습니다."

"그게 무슨 말이야?"

"아마 돈을 뜯긴 남자가 반격한 것 같습니다. 현재 야마가타 다이스케 사건과는 비교가 되지 않지만 인터넷 극히 일부에 일종의 악질

미인계라며 게시판에 얼굴 사진과 이름이 올라왔습니다. 가명으로 성매매했지만 어떤 식으로든 본명이 알려졌나 보더라고요."

이쯤 되면 범인, 야마가타 다이스케가 범행을 저지르기까지의 경위도 어렴풋이 짐작이 간다.

애초에 한 번 돈을 뜯긴 적이 있는지, 아니면 전혀 관계가 없는지는 알 수 없다. 어쨌든 야마가타 다이스케는 성매매로 돈을 챙기는 여대생들에게 살의를 느낄 만큼 분노했다. 그래서 그들을 유인하기로 결심하고 매칭 앱을 이용했다. 약속대로 나타난 여자들을 각각 밧줄로 교살한다. 그 행위는 그저 살인이지만 본인은 정의를 실현한다는 비틀린 자부심이 꿈틀거렸다.

트위터에 올린 [글자대로 쓰레기 청소 완료.]라는 문구도 나름대로 편집적 신념이 엿보인다.

현재 시점에 피해자 여성이 매칭 앱 이용자였다는 정보를 공개해야 하는지와 관련해 수사본부 내에 한바탕 의견 충돌이 일었다. 종종 사소한 정보가 사건을 바라보는 사람들의 시각을 완전히 뒤바꿔 버린다. 과거에 살해당한 피해 여성이 물장사를 했다는 정보를 발표하면서 경찰이 초동수사 실패에 대한 비난을 피하려던 일이 있었다. 피해자에 관한 부정적인 정보는 잘 다루면 도움이 되지만 속셈을 들키면 방패막이로 비칠 수 있다.

그러나 피해자가 이렇게까지 질이 나쁜 성매매를 해왔다면 정보를 발표하는 것은 타당하다고 판단할 수 있었다. 파출소 근무자의 실수를 시작으로 초동수사부터 삐걱댔지만 이제야 비로소 만회할 기회가 생겼다.

"일단 보고합니다만……."

무쓰우라가 덧붙였다.

"인터넷에 개인정보가 유출된 여대생이 한 명 더 있습니다."

"한 명 더 있다고?"

"네. 인터넷 게시판에 올라온 이름이 총 세 명이었어요. 그중 두 명이 살해됐으니 나머지 한 명도 가만히 두지 않을 것 같아서 요시다 반에서 연락을 했는데……."

"연락이 안 됐나?"

"네. 아무래도 현재 위치를 식구들도 파악 못 하는 것 같습니다. 어디 있는지는 모르겠다고 하더군요."

"……하아. 어디 싸돌아다니는 건가. 아니면 이미……."

숨졌거나.

두 사람 모두 굳이 입에 담지 않았다. 만약을 위해 세 번째 여성의 이름을 묻자 무쓰우라가 휴대폰 화면을 보여줬다.

"이거 뭐라고 읽는 거야?"

"아마 '스나쿠라 사에'라고 읽는 것 같은데 나중에 확인해 두겠습니다."

호리는 수첩을 꺼내 구석에 '스나쿠라 사에'라고 적었다.

거실로 돌아오니 후유코가 여전히 흔들리는 시선으로 지도를 살피고 있었다.

앞에 있는 소파에 털썩 앉았다가는 후유코를 괜히 위축시킨다. 호리는 조금 떨어진 곳에 서서 창밖을 바라보는 척했다. 후유코는 남편이 여대생을 두 명이나 살해한 흉악범이라는 사실을 인정했을까. 호리의 눈에는 그녀가 아직 판단을 보류하는 듯 보였다. 친구 사이라면 당당하게 그 녀석은 결백하다, 아무 짓도 하지 않았다, 그런 짓을 할 녀석이 아니다, 라고 목청 높여 두둔할 수 있어도 부부 사이라면 흔히 말투에 주저하는 빛이 엿보이고는 한다. 부부는 좋든 나쁘든 서로의 단점을 파악하고 있다. 처음에는 설마 그런 짓을 할 리 없다고 생각해도 서서히 과거 기억을 상기하며 사건과 연관성을 찾기 시작한다. 그러고 보니 옛날에 짚이는 일이……. 그러다가 결국 범행이 사실인지 결백한지 판단은 이도 저도 아닌 상태로 보류하게 된다.

후유코의 현재 모습이 바로 그러했다.

그런 그녀는 '남편분을 보호하고 싶다'는 말에 마음이 놓였을 터다. 아마 후유코는 지금도 체포에 협조하기 위해 머리를 짜내고 있겠지. 남편의 안전을 확보하려면 필요한 작업이라고 속으로 되뇌며 기억을 더듬고 있으리라.

후유코의 어머니는 어느새 후유코의 아버지가 앉아 있는 식탁으로 자리를 옮겼다. 역시 다이스케와 후유코 모두에게 불만을 터뜨리는 데 지친 모습이었고, 지금은 오로지 가정에 들이닥친 비극에 절망하는 자신을 연기하느라 바빴다.

손목시계를 확인하니 오전 11시 43분.

변화가 없는 거실 풍경에 애가 타서 복도로 나오자 무쓰우라가 휴대폰으로 음성을 확인하고 있었다.

"뭘 듣고 있어?"

"아, 아뇨…… 호리 씨는 또 어이없어하시겠지만 아무래도 신경이 쓰여서 낚시용품점에 버려진 차의 블랙박스 기록을 좀 확인하고 싶다고 요청했습니다. 그게 마침 올라와서 확인하는 중입니다."

"……영상이 아니라 음성을 확인한다고?"

"제가 궁금한 건 주행상황이 아니라 야마가타 다이스케가 차에서 어떤 말을 했는지거든요."

"……그래서 뭐라고 떠드는데?"

무쓰우라는 휴대폰을 조심스럽게 호리에게 건넸다. 귀에 갖다 대자 곧 엔진 소리가 섞인 야마가타 다이스케의 목소리가 들렸다.

—난 아니야, 내가 아니야, 내가 한 게 아니야.

"잠꼬대하는군."

신중하게 호리의 반응을 기다리던 무쓰우라는 그 한마디에 어색하게 고개를 돌렸다.

"이게 다 무슨 소리야, 내가 아니라니, 야마가타 다이스케는 범인이 아니라는 말인가"라는 극적인 변화를 기대한 듯도 하지만, 이만한 정보로 생각을 백팔십도 바꿀 정도로 단순하지 않았다. 어떤 범인이든 체포되면 곧바로 자신은 아니다, 모르는 일이다, 기억나지 않는다고 잡아뗀다. 그러고서 점점 자신의 행동이 얼마나 어리석은 짓인지 깨닫고 솔직하게 털어놓는다.

야마가타 다이스케가 아닌 다른 진범이 있을 가능성을 생각하는 무쓰우라의 태도를 꼭 부정적으로만 생각하지는 않는다. 큰 줄기를 읽는 능력이 중요하지 않은 수사2과 사람이라면 몰라도 수사1과 사람에게 시야를 넓게 보고 모든 가능성을 검토하는 성격은 매우 중요한 자질이다. 그러나 마이넘버카드로 매칭 앱을 신청했다는 이상한 점이나 워크맨으로 트위터를 사용하는 기묘한 행동, 그리고 블랙박스의 음성을 증거로 사건 전체상을 뒤집으려는 점은 지나치게 억지였다.

제삼자가 범인이라고 해도 마이넘버카드를 손에 넣으려면 야마가타 다이스케의 집 안에 침입해야 한다. 와이파이는 집 밖에서도 접속할 수 있어도 처음 접속할 때는 비밀번호가 필요하므로 이를 알아내려면 역시 집 안으로 들어가야 한다. 외부에 범인이 있을 리 없다.

'어깨에 힘 좀 빼. 이상한 소리로 날 곤란하게 하지 말고.'

그런 마음을 담아 호리가 무쓰우라의 어깨를 두드렸다.

"일단은 야마가타 다이스케를 잡을 생각만 하면 좋겠어."

무쓰우라는 떨떠름한 미소를 보이며 고개를 살짝 끄덕였다.

실시간 트렌드: 검색어 '성매매 조직원'

12월 17일 11시 44분 지난 6시간 1,366건 트윗

• 그냥 쓰레기가 쓰레기를 죽인 사건이었습니다. 그동안 감사했습니다.
인용: [니치덴신보 온라인] 다이젠시 교살 사건: 피해자는 대규모 성매매 조직원인가

마루코메악단 제3악장@DcihL5dg8twioC

• 와, 실화냐. 이거 예전에 인터넷에서 난리 났던 그거잖아. 방금까지만 해도 불쌍했는데 죽어도 싸다. 그런 짓이나 하니까 곱게 못 죽지.
인용: [니치덴신보 온라인] 다이젠시 교살 사건: 피해자는 대규모 성매매 조직원인가

라이오네스@드래곤헌터에 진심인 자@onetwothreeDONDON

• 여자는 얼굴만 좀 예뻐도 유흥업소나 성매매 업소나 원조교제로 얼마든지 돈을 뽑아낼 수 있으니까 인생 꿀 빠네. 어떻게 보면 그런 현상에 경종을 울렸다는 점에서 차라리 범인에게 고맙다. 진짜 인생 쉽게 살 생각 마라.
인용: [니치덴신보 온라인] 다이젠시 교살 사건: 피해자는 대규모 성매매 조직원인가

맛삼@MASn74

• 몸 팔아서 자업자득이라는 말 소름이다. 밤일이 얼마나 끔찍한 줄 알아? 진상 상대하는 게 얼마나 지옥인지 알아? 병 걸릴까 봐 무섭고, 피임

약 부작용 때문에 몸 상하고, 수면 시간도 랜덤이라 피부 거지되거든? 그래도 일할 수밖에 없는 사정이 있겠구나, 생각해 본 적 있어?

인용: [니치덴신보 온라인] 다이젠시 교살 사건: 피해자는 대규모 성매매 조직원인가

모모레몬(두l)@peach_lemon_ura

야마가타 다이스케

쇼룸까지 5킬로미터, 거의 달릴 수 없었다.

움직이지 않으면 몸이 얼어 버릴 듯해서 억지로 걸었다. 발걸음은 눈보라 속을 걷는 사람처럼 무거웠다. 끊임없이 이어지는 인도 옆 키 큰 수풀 속을 한 걸음 한 걸음 꾹꾹 눌러 밟듯 나아갔다. 쓸데없는 생각은 하지 않고 걸음을 멈추지 않는 것만을 목표로 앞을 향해 발을 내디뎠다.

'이제는 차라리 인도로 나가 버릴까?'

땅이 고르지 못해 걸음을 내딛기가 힘겨웠다. 유혹을 못 이길 것 같았다. 계속 교외로 이동해서 다행히 인적은 전혀 없었다. 발바닥 통증이 한계를 넘어섰다.

'다 됐어. 그만 조금이라도 편한 길을 걷게 해줘.'

그렇게 생각한 순간, 다이스케를 채찍질하듯 경찰차 한 대가 바로 옆으로 지나갔다.

심장이 터질 듯 날뛰었다.

본능적으로 풀숲에 몸을 처박고 얼굴이 진흙투성이가 되는 것도 개의치 않은 채 최대한 몸을 낮췄다.

조금 전 가미도오리에서 사진을 찍히는 바람에 발붙일 곳이 점점 좁아졌다. 다이스케는 그 자리에서 1분 정도 나동그라져 있었고 경찰차 소리가 아득히 사라질 때까지 기다렸다가 다시 천천히 앞으로 걸어갔다. 이런 추세라면 콘테이너 하우스 쇼룸에서 경찰이 매복하고 있을지도 모른다. 그런 예감이 들었지만 그렇다고 해도 달리 갈 곳이 없었다.

'괜찮아, 시켄 LIVE와의 협업은 회사 내에서도 일부밖에 몰라.'

아무 문제 없다고 타이르면서 풀숲을 헤쳐나갔다.

쇼룸 정문이 보였을 때는 감격의 눈물을 흘릴 뻔했지만 아직 마음 놓고 기뻐할 상황은 아니었다. 다이스케는 풀숲에 숨어 쇼룸 입구를 주시하면서 어떻게 부지 안으로 들어갈 수 있을지 고민했다. 쇼룸 입구는 단 하나, 거대한 정문뿐이었다. 그 길을 지나가는 방법밖에 없지만 주변이 너무 탁 트여서 염려스러웠다. 쇼룸 자체는 개업 전이라 사람이 없을 가능성이 컸지만 그 바로 앞에 자리 잡은 사무실에는 불이 켜져 있었다.

사람이 있었다.

바다를 끼고 지은 쇼룸의 나머지 세 방향은 절벽이라고 부를 만큼 거창하지는 않아도 걸어서 올라가거나 내려갈 수 없을 만큼 급경사였다. 세세하게 살피지는 않았지만 언덕 형태로 되어 있다는 구조만 파악했다. 얼마나 높았는지도 기억나지 않았다. 산사태를 막으려고 콘크리트 포장을 단단히 해 놓은 사실만 기억에 남았다.

정문으로 들어가지 않으면 이대로 풀숲을 걷다가 어딘가 경사면을 미끄러져 내려가 부지 안으로 들어가야 한다.

과연 할 수 있을까?

의심이 들었지만 현실적으로 다이스케가 선택할 수 있는 길은 하나뿐이었다. 사무실 앞을 지나가서 모습을 드러낼 수는 없었다.

그런데 풀숲을 따라 올라가 부지를 내려다 보고는 머리를 감싸 쥐었다.

약간 가파른 미끄럼틀 정도 되는 경사면일 줄 알았는데 터무니없었다. 벽이었다. 콘크리트 포장은 바닥까지 거의 수직으로 이어졌고 높이도 기억보다 훨씬 높았다.

메고 있던 숄더백을 벗고 가방 속에서 보이스 캐디를 꺼냈다. 자동으로 초점이 맞춰지는 보이스 캐디였는데 지면까지 거리가 6.5야드로 측정됐다.

약 6미터였다.

뛰어내리면 골절은 피할 수 없었다.

어제 노이를 포함한 직원들과 방문한 컨테이너 하우스는 바로 아래 있었다.

컨테이너 하우스 안에는 생활에 필요한 거의 모든 도구가 갖추어져 있다. 물과 전기도 나온다. 문이 잠겨 있으면 여차하면 유리를 깨고 들어가면 된다. 생각한 대로 직원들은 사무실에 틀어박혀서 쇼룸에 올 기미는 보이지 않았다. 식사를 할 수 있을지는 모르지만 커피는 준비되어 있을 터다. 안으로 들어갈 수만 있으면 잠깐 동안이라도 머물 수 있다. 차가운 몸을 녹이고 푹 잘 수 있는 잠자리를 얻는다.

정말 그럴까?

차단기를 내려놨을 가능성도 무시할 수 없다. 커피도 사무실에서 내온 것 아닐까.

머리 한구석에서 들려오는 반론에 귀를 막았다. 점점 사고 능력이 무뎌지고 있다. 어쨌든 지금은 지친 몸을 쉬게 할 공간이 필요했다.

다이스케는 6미터 벽을 어떻게 내려갈지 궁리하는 데 집중하기 시작했다.

뛰어내릴 수는 없다.

블록 형태로 지어진 콘크리트 벽면에는 작은 요철이 나 있었지만 손가락 끝을 단단히 걸어 버틸 수 있을 정도의 깊이는 아니었다. 상황에 적절한 밧줄도 없고 지면에는 쿠션도 매트리스도 없다. 정문으로 돌아가면 무엇보다 시켄 직원의 눈에 띄어 신고당하고 만다. 애초에 정문까지 다시 돌아갈 체력도 없었다. 그저 아래를 바라보는 것만으로도 추위에 손가락 끝이 얼어붙었다. 입김을 불어 손을 녹여 봤지만 이제는 숨을 내쉬는 일조차 고역이었다. 총 이동 거리는 마라톤 거리와 비교해도 뒤지지 않는 약 35킬로미터에 달했다. 이제 다이스케를 움직이게 하는 힘은 증오에 먹힌 범인을 향한 분노도, 인터넷에서 유언비어를 퍼뜨리는 어리석은 네티즌들에 대한 반발심도 아니었다. 먼 미래가 아니라 당장 10분 후를 살기 위한 선택이었다.

마침내 피로에 찌든 다이스케가 쥐어 짜낸 방법은 입고 있는 옷을 밧줄 대신 사용하는 작전이었다.

현재 상의는 스낵바에서 빌린 분실물 블루종 재킷, 차 트렁크에서 갈아입은 자신의 스윙톱 재킷 가장 안쪽에는 내복으로 신축성 좋은 발열내의를 입고 있다. 하의는 기모 운동복과 그 아래 타이츠 같은 발열내의. 양말과 속옷을 제외하면 옷은 모두 다섯 벌이다. 이 옷을 전부 이으면 어떨까.

한 벌에 1미터라고 가정하면 단순 계산으로 5미터는 된다. 나무 밑동에 묶으면 밧줄 대신 사용할 수 있고 자신의 키를 감안하면 아마 땅에 착지할 수 있으리라.

한동안 고심했으나 이보다 더한 묘안은 떠오르지 않았다.

우선 숄더백을 던졌다.

예상보다 긴 체공시간 후에 지면에 부딪치며 떨어졌다. 동시에 보이스 캐디가 깨지는 둔탁한 소리가 들렸다. 6미터 높이에서 떨어지면 어느 정도 충격을 받는지 안이하게 생각했음을 절감하면서도 짐을 던진 이상 되돌릴 수 없었다. 블루종 재킷을 벗자 차가운 바람에 뼈가 시렸지만 헛되이 시간을 보낼 여유는 없었다.

마음의 준비를 하고 스윙톱 재킷을, 내의를, 기모 운동 바지를, 타이츠를 벗고 옷 끝끼리 단단히 묶어 연결했다. 이제 몸을 보호하는 것은 속옷과 양말, 그리고 너덜너덜해진 운동화뿐. 상당히 우스꽝스러운 모습이지만 현재 다이스케에게는 사소한 일이었다. 거의 벌거벗은 지금, 칼바람이 그대로 다이스케의 생명을 갉아먹었다. 순식간에 온몸이 떨리기 시작했고 기분 탓인지 1초 지날 때마다 심장 박동이 점점 약해졌다.

블루종 끝을 벽과 가장 가까운 나무 밑동에 묶는데 생각보다 길이를 더 소비했다. 나무를 한 바퀴 빙 두르는 데만 블루종을 전부 사용한 결과 남겨진 옷의 길이는 약 4미터, 마지막 1미터 남짓 되는 높이는 뛰어내려야 했다. 블루종, 기모 운동 바지, 스웡톱, 타이츠, 내의 순으로 묶고 끝을 한 번 힘껏 잡아당겨 봤다. 스웡톱과 타이츠가 스르르 풀리는 바람에 황급히 다시 묶었다. 얼마나 단단히 묶였을지 불안했지만 이제 와서 멈출 수는 없다.

옷을 묶은 임시 밧줄을 벽 아래로 늘어뜨렸다. 역시 지면까지는 2미터 정도 부족했다. 가장 끝에 달린 내의가 미덥지 못하게 벽면에서 대롱대롱 흔들렸다. 다이스케는 운동 바지를 두 손으로 꽉 쥐고 천천히 체중을 실으며 블루종이 빠지지 않으리라는 확신이 들자 두 다리를 벽면에 천천히 걸쳤다.

섬유가 팽팽하게 당겨지는 소리가 울렸지만 어떤 옷이 비명을 지르는지는 알 수 없었다.

한 발짝, 한 발짝 얕은 요철에 발끝을 걸고 천천히 조심스럽게 벽면을 훑듯이 내려갔다. 다이스케를 조롱하듯 강풍이 불었다. 피부가 추위에 굳고 또다시 옷 중 하나가 비명을 질렀다.

이제 옷에서 손을 놔도 괜찮지 않을까? 이제는 됐겠지?

조급한 마음이 재촉했지만 아래를 내려다보니 지면까지 아직 5미터는 족히 남았다. 아직이야, 조금만, 조금만 더. 건조한 손등이 갈라졌다. 피가 떨어졌다. 개의치 않고 기모 바지를 잡고 있던 두 손을 미끄러뜨려 스윙톱에 도달했다.

조금씩 조금씩.

스윙톱에서 타이츠로, 그리고 타이츠에서 내의로. 그런데 매듭이 약해졌다. 마지막 남은 한 벌이었던 내의는 손을 대자마자 스르르 풀려 나풀나풀 땅 위로 빨려갔다.

돌아갈까, 뛰어내릴까.

섬유가 찢어지는 소리가 다시 울리자 싫어도 결심할 수밖에 없었다.

뛰어내려야 한다.

발밑에 남은 높이가 대략 2, 3미터. 일반 건물의 2층 베란다에 매달려 있는 상황이나 마찬가지였다.

자, 어느 타이밍에 뛰어내릴까.

3초를 셀까?

고민하는 사이에 갑자기 몸이 허공으로 내던져졌다.

타이츠가 끊어졌다.

세상이 멈춘 듯, 한순간 정적으로 뒤덮였다. 붕 뜨더니 모든 것이 일시에 멈췄다.

이대로 떨어지면 죽는다.

찰나에 판단한 다이스케는 어떻게든 몸을 뒤집어 낙법 자세를 취했다. 땅에 부딪힌다고 생각해 몸을 긴장시키던 지점에서 조금 더 떨어졌고 마침내 지면에 내동댕이쳐졌다. 트럭에 치여 나가떨어진 충격 같았다. 온몸에 충격을 받았고 뒤늦게 서서히 통증이 밀려왔다. 비명을 지를 수 없어 어금니를 악물고 소리를 죽였다.

잠시 그 자리에서 고통에 몸부림치다가 천천히 일어났다. 온몸이 아팠지만 낙하의 충격 때문인지 어제부터 이어온 격한 달리기 때문인지 분간이 되지 않았다. 어쨌든 몸을 일으켜 세웠다. 일으킬 수 있었다. 작은 승리에 전혀 기쁘지 않다면 거짓이겠지만 순수하게 좋아할 만큼 기쁜 상황은 아니었다. 땅에 떨어진 숄더백과 내의를 주워 컨테이너 하우스로 향했다.

'유리를 깨자. 살짝 깨면 소리도 사무실까지는 울리지 않겠지.'

각오를 해서 그런지 혹시 몰라 잡아 본 손잡이가 스르르 돌아간 순간에는 감격스러웠다. 태어나서 처음으로 신께 감사하며 실내로 들어갔다.

천국이 따로 없었다.

수도꼭지를 틀면 물이 나온다. 조금 더 기다리니 온수가 나왔다. 난방도 켜졌다. 망설이지 않고 온도를 올렸다. 냉장고도 있다. 손님을 대접하기 위한 도구이리라. 안에는 종이팩 주스가 가득 들어 있었다. 간이 주방에는 인스턴트 커피에 전기 주전자까지 딸려 있었다. 음식은 없었지만 바라던 모든 것이 이곳에 있었다. 어제 발소리 문제를 들먹였던 자신이 바보처럼 느껴질 정도로 컨테이너 하우스는 훌륭한 공간이었다.

다이스케는 레이스 커튼 사이로 밖을 살펴 사무실 사람이 눈치채지 못한 것을 확인했다. 그 후 샤워기를 틀어 온몸에 묻은 진흙과 피를 닦았다. 뜨거운 물로 언 몸을 녹이고 오랜만에 화장실에서 볼일도 해결했다. 갈아입을 옷은 없지만 실내에 온기가 돌자 힘들지 않았다. 따뜻한 커피를 내리고 밖에서는 보이지 않는 사각지대인 부엌 바닥에 앉았다. 침실에 있던 이불에 몸을 묻은 채 커피를 홀짝일 때 비로소 다이스케는 자신이 모든 것을 빼앗긴, 발가벗겨진 영혼이 되었음을 실감했다.

이유 없이 죄를 뒤집어쓴 일에 대한 분노는 당연히 가슴에 사무쳤다. 그러나 이곳에 이르기까지의 과정에서 다이스케는 생각지도 못하게 어떠한 필연성을 찾았다.

소동이 시작되고 가장 먼저 빼앗긴 것은 무엇이었을까.

돌이켜보면 일이었다.

다음으로 빼앗긴 것은?

집이다.

그다음은 차, 식사, 수면, 그리고 마침내 옷까지 빼앗겼다. 오랜 세월에 걸쳐 손에 넣은 것이 마치 시간을 되돌리듯 하나씩 손아귀에서 사라졌다. 그러면 지금 다이스케의 손에 남은 것은 무엇일까. 다이스케가 쌓아 온 것의 정체는, 타인이 아무리 잔혹하게 공격해도 결코 빼앗기지 않을 존재는 무엇이었을까.

인망인가, 믿음인가, 육체인가.

—부장님은 원한을 사기 쉬운 사람이니까.

지금까지 도대체 얼마나 두꺼운 갑옷으로 보호받고 있었는지 생각하기 시작하자 자신은 머지않아 이렇게 될 운명이었는지도 모른다는 생각이 들었다.

사실 범인은 없는 것 아닐까.

이 모든 일은 매우 큰 존재가 계획한 장대한 경고이자 시련이자 징벌 아닐까. 심신이 극한까지 내몰려 지친 다이스케의 사고는 깊은 수렁에 빠져 헤어 나오지 못했다.

"이제 협조 못 해!"

순간 밖에서 울리는 목소리에 화들짝 놀랐지만 몸을 떨 기력도 없었다.

젊은 남자의 목소리였다.

처음에는 시켄의 직원이 다투는 줄 알았는데 아무래도 아닌 듯했다. 들키지 않도록 몸을 낮추고 조심스럽게 창밖을 살피니 사복을 입은 남자가 보였다. 직원은 아니었다. 20대 초반, 혹은 10대로도 보이는 청년이었다. 남자와 대화를 나누는 상대방의 모습은 보이지 않았다.

"사쿠라 씨는 야마가타 다이스케를 죽일 작정이지?"

충격적인 한마디였지만 왜인지 하염없이 남의 일 같았다.

"그러니까 가방에 식칼 같은 걸 숨기고 다니지."

남자와 대화를 나누는 사쿠라는 식칼을 소지한 듯했다.

당황할 만했지만 피폐해질 대로 피폐해진 다이스케는 강한 체념에 사로잡혀 있었다. 이제 도망치지 못한다. 그래, 애초에 내 인생은 처음부터 이렇게 끝날 운명이었는지도 모른다. 오히려 자신이 여대생 두 명을 실제로 죽인 듯한 기분마저 들었다.

죄 많은 인생을 살아온 인간은 이렇게 인생의 막을 내리는 모양이다.

노이에게도, 야나기에게도, 아타고에게도, 스즈키, 이소무라, 요코가와, 청소 담당 직원, 그리고 시오미에게도, 정식으로 사과해야 했다.

이마를 땅바닥에 대고 용서를 빌고 참회했어야 했다.

"누구세요, 당장 나가세요."

귀에 익은 목소리가 멀리서 들려오더니 컨테이너 하우스 밖에서 말다툼이 시작됐다. 청년이 그 자리에서 사과했으나 사쿠라라고 불린 사람이 이내 무언가 호소했다. 그러나 여자 같은 목소리는 너무 작아서 잘 들리지 않았다. 사쿠라의 말을 다 들은 시켄의 아오에는 딱 잘라 말했다.

"이런 곳에 야마가타 다이스케가 있을 리 없잖습니까. 제대로 문단속한다고요. 안에는 아무도 못 들어갑니다. 나가요. 아니면 경찰을 부르겠습니다."

한참을 옥신각신한 끝에 두 사람의 발소리가 점점 멀어졌다. 아오에가 청년과 식칼을 소지했다는 여자를 쫓아낸 것이다. 그러나 고마운 마음도 잠시, 아오에가 거짓말을 한 이유가 궁금했다.

—제대로 문단속한다고요.

어째서 당당하게 그런 거짓말을…….

거기까지 생각했을 때 입구 손잡이가 돌아가는 소리가 났다.

눈을 감고 숨을 멈췄다.

아오에는 거침없이 조명을 켠 뒤 컨테이너 하우스 특유의 커다란 발소리를 울리며 부엌으로 다가왔다. 그리고 이불을 뒤집어쓴 다이스케의 앞에 멈춰 섰다.

이제 끝장이다.

다이스케가 주저주저 고개를 들자 아오에는 평소와 같은 무기질 같은 눈빛으로 다이스케를 차갑게 내려보고 있었다.

"야마가타 부장님. 정말로 있었네요."

멋대로 들어와 죄송합니다. 컨테이너 하우스를 써서 죄송합니다. 샤워기도 쓰고 말았습니다.

당장이라도 할 말이 줄을 이었고 어떤 말부터 해야 할지 고민이었다. 다이스케는 결국 쉰 목소리로 가장 먼저 말해야 한다고 생각한 한마디를 꺼냈다.

"……실례했습니다. 하지만 나는 범인이 아닙니다."

아오에는 표정 하나 바꾸지 않고 시원하게 대답했다.

"알아요."

그 순간 다이스케는 모든 것을 깨달았다.

자신을 모함한 범인은 아오에였다.

어떠한 권모술수를 썼는지 모르지만 전부 아오에 손안에 있던 것이다. 다이스케를 이 컨테이너 하우스로 유인한 것일지도 모른다. 동기는 충분하다. 어제까지만 해도 자신의 의견이 정당하다고 우길 수 있었던 다이스케도 지금은 시켄 측에 불합리하기 짝이 없는 요구로만 보였다.

직장 내 괴롭힘, 갑질, 하청 업체 괴롭히기.

생각에 따라서는 그렇게 받아들여도 어쩔 수 없지 않을까. 다이스케가 사건의 전모를 하나하나 해석하고 있는데 아오에가 컨테이너 하우스 밖으로 나가 문을 잠갔다.

덫에 걸린 사냥감을 놓치지 않으려는 행동이겠지.

이성적으로 생각하면 집 안쪽에서 얼마든지 문을 열 수 있다는 것을 알 텐데 지금의 다이스케에게는 여유가 없었다.

앞으로 무슨 일을 당할까. 이 쇼룸 안에서 집과 함께 불에 타죽게 될까, 어두운 실내에서 죽을 때까지 폭행당할까, 아니면 경찰에 끌고 갈까. 이제는 어떤 가혹한 처벌도 감수할 수밖에 없다고 각오하는데 입구 문을 열쇠로 여는 소리가 들렸다.

어떤 고문 도구를 손에 들고 있을까.

그런데 아오에는 쟁반에 차린 음식을 다이스케 앞에 내려놓았다. 주스에 나폴리탄 파스타에 간이 샐러드와 단 빵 두 개.

'이런, 독살인가.'

파스타에서 피어오르는 부드러운 케첩 냄새가 액체밖에 들어 있지 않은 다이스케의 위장을 강렬하게 자극했다. 먹고 싶다. 보고만 있어도 군침이 돈다.

그러나 이것이야말로 아오에가 노리는 바다. 음식을 허겁지겁 입에 넣는 순간 독이 순식간에 효과를 발휘해 죽음으로 인도할 것이다. 이 세상 어딘가에는 그런 고문도 있을 것 같았다.

자, 먹어, 어서 먹으라고.

더러운 말로 모욕을 당하리라는 예감으로 머릿속이 꽉 찬 와중에 아오에가 천천히 마룻바닥에 앉더니 조심스럽게 두 손을 내밀었다.

"어서 드세요. 가미도오리에서 목격됐다는 소식을 들었을 때 어쩌면 여기로 올지 모르겠다 싶어서 이 집만 문을 안 잠가 뒀어요. 대단하시네요, 옷을 묶어서 밧줄 삼아 저기를 내려오다니. 매달려 있는 옷을 보고 놀랐습니다."

함정이 아닌가?

믿을 수 없는 마음으로 아오에의 말을 듣던 다이스케는 심판을 내리기 직전의 염라대왕에게 묻는 심정으로 물었다.

"내가 결백하다는 걸 믿어 주는 겁니까?"

"그건, 뭐, 그렇죠."

아오에가 주머니에서 휴대폰을 꺼냈다. 날렵한 손놀림으로 화면을 연신 터치하더니 화면을 다이스케에게 보여줬다. '다이스케@taisuke0701'의 게시물을 정리한 사이트였다. 아오에는 다이스케와 같이 화면을 들여다보면서 게시물 내용을 소리 내어 읽었다.

"'밤맛 떨어져. 당분간 밥 먹기는 글렀군.', '밥맛'의 맞춤법이 틀렸죠. '비누로 손을 씻었는데 냄새가 전혀 아직도 나.', 긍정문인데 부정의 의미와 결합하는 표현인 '전혀'를 썼어요. '글자대로 쓰레기 청소 완료.', 올바른 표현은 '글자대로'가 아니라 '글자 그대로'죠."

화면에서 고개를 든 아오에는 당연하다는 표정으로 말했다.

"이렇게 맞춤법도 틀리고 표현도 이상한 글을 다이테이 하우스의 야마가타 부장님은 절대로 용납하지 않으니까요."

다이스케는 웃으려고 했지만 눈에서 눈물만 한 방울 흘러내렸다.

스미요시 쇼마

목적지였던 시켄 LIVE 쇼룸에 도착하자마자 사쿠라가 조수석에서 튀어 나갔다. 직원에게 들킬까 봐 걱정도 안 되는지 당당하게 사무실 앞을 가로질러 쇼룸 구역에 발을 들여놓았다. 그리고 식칼이 든 가방을 들고 총 다섯 채나 되는 쇼룸을 앞에서부터 차례로 샅샅이 뒤지기 시작했다.

안돼. 역시 그만두는 것이 맞다.

사쿠라가 세 번째 건물의 문 앞에 섰을 때야 비로소 목소리가 나왔다.

"이제 협조 못 해!"

쇼마가 소리치자 곧바로 뒤에서 시켄 직원이 나타났다. 역시 부지 내로 들어올 때 들킨 듯했다. 사쿠라는 쇼룸 한 채를 가리키며 도주범이 숨어 있을지 모르니 내부를 확인하게 해달라고 했다. 하지만 정체 모를 불법 침입자의 말에 귀를 기울일 리 없었다.

쫓겨난 두 사람은 도로에 세워둔 차 옆으로 되돌아왔다.

야마가타 다이스케를 죽일 작정이냐고 기세 좋게 물은 이상 더는 이곳에 도착하기 전으로 돌아갈 수는 없다. 사쿠라는 지금 식칼을 가방에 넣어 뒀지만 그 칼끝은 언제든 쇼마의 목을 겨눌 수 있다. 좁은 차 안에 단둘이 있는 상황만은 반드시 피해야 한다는 생각에 화장실에 다녀오겠다는 거짓말로 둘러대며 자리를 피했다.

사무실 근처까지 와서 뒤돌아 사쿠라가 따라오지 않는지 확인했다. 이대로 사무실에 있는 직원에게 SOS 요청을 해야 하나 고민했다.

아마도 저 여자가 범인 같아요. 경찰을 불러 주세요.

그러나 그 말을 증명할 방법은 현재로서는 사쿠라가 저장해 둔 캡처 사진 정도뿐이었다. 만일 증거 불충분으로 풀려난다면 이번에야말로 자신의 목숨이 위험하다.

쇼마는 사무실에 들어가지 않고 건물 뒤쪽으로 돌아갔다. 주위를 둘러본 후 휴대폰으로 사쿠라가 범인임을 입증한 정보를 찾기로 했다.

살해당한 시노다 미사의 정보를 다시 읽어보니 역시 사쿠라와 친구가 아닌 듯했다. 시노다 미사는 고등학교 시절 육상부였고 히로시마에서 살다가 대학에 입학하면서 이사왔다. 사쿠라의 출신지는 모르지만 만약 히로시마에서 살던 시절 동창이라면 조금쯤은 고향과 관련한 화제가 나왔을 법도 했다. 사쿠라는 틀림없이 거짓말을 하고 있다. 또 다른 피해자인 이시카와 메구미라는 여자도 마찬가지로 매칭 앱으로 성매매를 했다는 사실이 밝혀졌다. 두 사람 모두 인터넷에 개인정보가 유출됐다. 그 순간 같은 처지인 나머지 한 여성, 스나쿠라 사에라는 존재가 떠올랐다. 스나쿠라 사에라고 읽는다고 하지만 '스나'를 '사'로 바꿔 읽으면 '사쿠라'.

성매매 조직은 범죄집단으로 남자를 협박해서 성매매 전에 약속한 돈보다 더 많은 돈을 가로채는 노하우를 제공하는 대신 수수료를 챙긴다. 범죄집단은 먹잇감으로 삼을 만한 남자의 정보를 관리하고 말단 여자들에게 지시를 내리는 구조였다. 쇼마는 뉴스 사이트에 정리된 정보들로 가설을 세웠다.

예컨대 범죄집단이 개인정보가 유출되는 실수를 한 세 여자를 응징하려고 했다고 하자. 지하조직 같은 표현을 빌리자면 '처리'하기로 했다. 그러나 조직으로 나서서 움직일 수는 없었다. 적어도 조직이 저지른 살인이라는 점을 들킬 수 없었다. 그래서 성매매 대상을 찾을 때 활용한 고소득자 남자 리스트 중에서 누명을 씌울 남자를 고르기로 한다. 거기에 어떤 조건이 작용했는지는 몰라도 어떠한 사정으로 남자 한 명이 선택됐다. 그 사람이 바로 야마가타 다이스케. 조직은 그에게 모든 죄를 뒤집어씌우고 야마가타 다이스케까지 처리해 버리기로 한다. 하수인으로 선택한 사람은 실수를 저지른 여자 중 한 명인 사쿠라, 스나쿠라 사에.

급조한 것치고는 그럴듯한 가설이었다. 사쿠라가 범인이라는 확신이 점점 굳건해졌다. 그런데 이 가설을 어떻게 증명해야 할까. 쇼마는 휴대폰을 두 손에 움켜쥐고 필사적으로 머리를 굴렸지만 결국 경찰에 신고해야겠다는 결론으로 돌아왔다. 신고만 하면 증거는 얼마든지 따라올 것이다. 110을 눌렀다. 통화버튼을 누르고 귀에 대려는 순간, 손에서 휴대폰이 스르르 빠져나갔다.

"화장실 다녀온다고 하지 않았어요?"

휴대폰이 사쿠라의 손안으로 빨려 들어갔다. 사쿠라는 침착하게 통화 종료 버튼을 누른 뒤 쇼마를 의심스럽게 노려봤다.

"……네가, 했지?"

"뭘 말이에요?"

"……이번 사건, 네 짓이잖아."

물론 무서웠다.

그러나 얼굴을 마주 보고 말할 수 있었던 이유는 사쿠라가 지금은 식칼이 든 가방을 들고 있지 않았기 때문이었다.

"……네가 친한 친구라고 했던 시노다 미사는 육상부 출신이었어. 취주악부가 아니라. 그리고 네가 보여 준 '다이스케' 계정을 캡처한 사진에 트윗 액티비티 아이콘이 있었고. 네가 그 계정의 관리자라는 확실한 증거지. 네 본명은 스나쿠라 사에…… 맞지?"

무술은 못 했지만 그래도 연약해 보이는 여자에게 완력으로 뒤지지 않을 것이다. 여차하면 깔아 눕히면 된다. 사쿠라의 입에서 긍정하는 말이 튀어나올 기미가 보이면 그대로 시켄의 직원에게 도움을 요청해 신고하고 경찰에 넘기면 된다.

사건은 끝난다. 나는 감사만 받고 공범으로 의심받지 않는다.

사쿠라는 어떻게 대응해야 할지 생각하는 듯 잠시 땅바닥을 응시했다. 시선을 빠르게 좌우로 움직이더니 결국 시간이 아깝다고 생각했는지 크게 한숨을 내쉬었다.

"당신 말대로 내가 피해자의 친한 친구라는 말은 거짓이에요. 미안해요. 그리고 그 계정을 10년 전에 만든 사람은 나예요. 그것도 인정해요."

"그렇다면 역시—"

"해킹당했어요."

"……해킹을 당했다고?"

"네, 어느 날 갑자기 범인이 계정을 해킹했어요. 그래서 캡처 사진에 트윗 액티비티 아이콘이 있는 거예요. 일단 그 계정을 만든 사람은 나니까. 하지만 맹세코 문제의 게시물들을 올린 사람은 내가 아니에요. 당연한 말이지만 내가 범인도 아니고요."

뭐야, 그랬구나, 의심해서 미안해요.

그런 대답이 줄줄 나올 만한 납득이 가는 설명은 아니었다. SNS 계정을 제삼자에게 해킹당하는 일은 드물지 않다. 쇼마의 지인도 피해를 입은 적 있다. 그러나 10년 전에 만든 계정을 해킹당하고 의문의 골프 계정으로 둔갑한 것을 방관하다가 해킹범이 살인사건을 업로드하기에 이르렀다는 주장은 너무 이상했다.

"사쿠라 씨는 본인 계정을 해킹당해서 범인을 쫓기로 결심한 거예요?"

"……그렇다고 생각해도 돼요."

"……식칼을 들고?"

"그러니까 호신용이라고 했잖아요."

해킹범이 왜 당신 계정을 노렸을까.

계정을 해킹당한 사람은 야마가타 다이스케인가, 아니면 야마가타 다이스케인 척하는 누군가인가.

애당초 10년 전에 만든 계정을 해킹당하고 범죄에 이용당한다고 해서 식칼을 들고나와 범인을 쫓을 필요가 있을까. 당장은 모두 정리할 수 없을 정도로 많은 의문이 쏟아졌다. 이렇게 되면 이끌어 낼 수 있는 결론은 하나, 사쿠라 혹은 스나쿠라 사에가 이 사건의 범인이라는 사실이다. 정곡을 찔려 당황한 탓에 어떤 핑계로 곤경을 벗어날지 막막해진 것이다.

신고를 해야겠다고 결심을 굳혔을 때 사쿠라가 단호히 말했다.

"야마가타 다이스케는 무고해요."

쇼마는 이 상황이 점점 귀찮아졌다. 사쿠라가 사건의 배후인지 아닌지는 알 수 없어도 어떤 형태로든 사건과 관계가 있다는 것은 사실이었다. 더 이상 함께 움직여 봤자 이득이 없다. 사쿠라는 쇼마의 동아리에서 주최한 행사의 참가자였을 뿐, 생판 남이라고 해도 좋을 사람이었다. 처음부터 협조할 필요도 없었다. 사쿠라의 정체는 아마 스나쿠라 사에이리라. 그렇다면 곤란한 상황에 처하든 성매매로 돈을 벌려고 한 자신의 책임 아닌가. 이 여자는 성매매를 해놓고 '인터넷 만남에 대해 생각하는 심포지엄'에 참가해 피해자의 얼굴을 했다는 말인가. 정말 수치도 모르는 인간이다.

이제 됐다, 끝내자.

더는 사쿠라의 말에 귀 기울이지 않을 것이다. 여기에 두고 가자. 누가 범인이든 이제 아무래도 상관없다. 이대로 혼자 차를 타고 집으로 돌아가자.

"이대로 가 버리면……."

쇼마와 달리 사쿠라는 지금까지보다 한층 더 초조한 기색을 감추지 못했다. 기온이 낮기까지 해서 입술이 가늘게 떨렸다. 눈이 붉어지고 호흡이 밭아졌다.

"야마가타 다이스케가 범인으로 사건은 끝나요."

쇼마는 전혀 개의치 않았다.

"그 사람이 결백을 증명한다고 해도 다음으로 의심받는 사람은 계정을 관리하던 나라고요."

경찰이 그렇게 단편적으로 판단할 리 없다. 도대체 무슨 생각을 하는 거야.

심각한 망상병 환자와 떠드는 기분이 들어 슬슬 염증을 느꼈다. 역시 이곳을 떠나야겠다. 미안하지만 더는 너와 어울리기 싫다. 나는 돌아가겠다. 너는 이상하다. 이해가 가지 않는다. 아무리 생각해도 설명이 두서없다.

너무 위험한 데다가 솔직히 함께 움직일 의리도 없다.

"애초에 나는 상관없는 사람이에요."

사쿠라를 버려두고 등을 돌렸다.

관계를 끊는다는 의미를 담아 굳이 힘차게 첫발을 내딛었다.

"어딘가에 교활한 범인이 있어요."

사쿠라가 울먹이며 말을 이었다.

"나와 야마가타 다이스케를 모함하려는 위험한 살인범이 있다고요."

아랑곳하지 않고 세 걸음 더 걸었을 때 목소리가 변했다.

"내가 왜 '스미쇼' 씨에게 협조를 부탁한 줄 알아요?"

자신도 모르게 걸음을 멈췄다. 뒤돌아보니 사쿠라의 두 눈에서 눈물이 줄줄 흐르고 있었다.

"같은 대학이라서 우연히 말을 걸기 쉬웠기 때문이 아니에요. 마침 차를 갖고 있어서도 아니고요. 예전에 심포지엄에서 신세를 졌을 때 의지할 만한 사람이라고 생각해서도 아니었어요."

사쿠라는 코를 훌쩍이며 낮게 떨리는 목소리를 쥐어짜냈다.

"당신이 이 사건의, 모든 악의 근원일 테니까."

야마가타 나쓰미

스타포트에서 아무도 없는 집으로.

집 문을 열고 정원으로 발을 들여놓았을 때 나쓰미는 열쇠가 없다는 사실을 깨달았다. 외할머니댁 다다미방에 두고 왔다. 어쩔 수 없이 비상용 열쇠를 사용하기로 했다.

나쓰미는 현관 옆에 놓인 화분을 살짝 치우더니 안쪽에 숨겨 둔 오르골 같은 작은 상자를 꺼냈다.

"……어라? 집 열쇠를 그런 곳에 숨겨 놔?"

"……응."

나쓰미가 머뭇머뭇 고개를 끄덕이며 말을 이었다.

"비밀이야."

"허술한 거 아냐?"

"응……. 하지만 지금까지 도둑맞은 적 없고, 상자에 비밀번호도 제대로 달려 있거든."

나쓰미는 상자에 달린 다이얼식 열쇠를 열었다. 비밀번호는 '0701', 아빠 생신이야. 중얼거리자마자 무심코 튀어나온 아빠라는 단어에 마음이 술렁거렸다.

실내로 들어서는 순간 인테리어를 본 에바탄의 눈이 반짝였다.

굉장하다, 엄청 넓어, 크다, 멋있어.

"같은 학군이라도 역시 만요초 쪽은 대단하다. 나쓰미는 이런 집에서 사는구나."

칭찬에 기분이 나쁘지는 않았지만 나쓰미도 웃는 얼굴로 자랑할 만한 정신은 아니었다. 집 안내가 목적이 아니었기에 곧바로 컴퓨터 앞에 앉았다. 인터넷 검색을 할 수 있게 되면 곧바로 자리를 양보하려고 했는데 비밀번호를 입력하려다가 뜻밖의 벽에 가로막혔다. 자신이 원인이라고는 해도 나쓰미가 알지 못한 곳에 처벌의 흔적이 남아 있자 가슴이 더욱 답답해졌다.

"안 돼……, 비밀번호 바뀌었어."

"……왜?"

"내가 인터넷을 못 하게 하려……고."

원래 이 컴퓨터는 아버지가 집에서 일할 때 사용하려고 설치했다. 아버지는 인터넷은 그다지 사용하지 않았지만 회사 프로그램을 사용하는 데는 어느 정도 능숙했다. 자주는 아니어도 컴퓨터를 구입한 뒤 한동안은 나름대로 자주 이 컴퓨터로 간단한 서류 작성 등을 했다. 그런데 차츰 시간이 지나면서 거실에서 일하면 효율이 떨어졌는지, 아니면 다른 이유가 있는지 회사에서 지급한 노트북을 서재에서 사용하게 됐다.

그래서 정식으로 나쓰미의 컴퓨터가 된 것은 아니었다. 그래도 방치된 이 컴퓨터를 가장 많이 활용한 사람은 나쓰미로 사실상 관리자가 되었다고 생각했다. 그런 컴퓨터의 비밀번호가 바뀌었다. 얼굴을 보고 혼날 때도 괴로웠는데 이것은 종류가 다른 괴로움이었다.

"부모님이 인터넷 하지 말라 셔?"

"……아니, 그러신 건 아니지만 비밀번호가 바뀐 건 그런 뜻 같아. 컴퓨터를 오랜만에 켜서 비밀번호가 바뀐지도 몰랐어."

"그랬……구나."

아마 아무것도 이해 가지 않을 텐데도 에바탄은 이해했다는 척 고개를 끄덕여 줬다.

에바탄에게는 그 이야기의 진실을 처음부터 끝까지 제대로 말해 버리자.

그 이야기는 나쓰미의 치부였다. 나서서 누군가에게 들려주고 싶은 일이 아니었다. 그래도 신기하게도 에바탄에게라면 말해도 되지 않을까 생각이 들었다. 에바탄이 여기서 들은 이야기를 학교에 퍼뜨리는 모습은 상상이 가지 않았다. 이 아이라면 자신에게 생각지도 못한 조언을 해줄지도 모른다.

"내가 인터넷에서 모르는 남자와 만나기로 약속한 건 알지?"

나쓰미는 조심스럽게 말을 고르면서 자신이 겪은 일을 말하기 시작했다.

이 컴퓨터를 자유롭게 사용할 수 있게 되면서 어떤 인터넷 게시판에 드나들게 됐다. 자신과 전혀 다른 생활권에서 살아가는 사람과의 교류는 그 자체만으로 즐거웠다. 학교에서 있었던 일이나 친구 이야기, 실없는 이야기를 게시판에 올리면서 어떤 남자와 가까워졌다.

이번에 만나자.

거기에 연애 같은 설렘은 없었다.

극단적으로 말하면 상대의 외모조차 거의 관심 없었다. 모니터 너머로만 대화했지만 교류하는 동안 마음이 잘 맞는다고 느꼈다. 평범한 수수께끼 놀이를 하고 서로 퀴즈를 내면서 즐거운 대화를 이어갔다. 분명 즐거운 시간이었다.

나도 만나고 싶어요.

어머니가 부엌에서 요리를 하고 있는 동안 거실에서 나쓰미는 대답했다.

학교 수업 시간에 인터넷에서 낯선 사람과 만나면 위험하다는 가르침은 지겨울 정도로 들었다. 세상에는 무서운 일도 일어나는구나. 조심해야겠다며 수업을 들었을 때는 나쓰미도 똑똑히 이해했다. 그러나 정작 당사자가 되니 학교에서 배운 것은 전혀 쓸모가 없었다. 상대의 언행은 실로 부드러워서 악의 따위는 추호도 느끼지 못했다. 이 사람은 괜찮다는 생각보다 아마도 나는 괜찮을 것이다, 그런 생각이었다.

약속 당일, 그러나 남자는 약속 장소에 나타나지 않았다.

그 사람은 여자 초등학생 여러 명을 성폭행한 사실이 드러나 경찰에 쫓기는 신세가 되었다.

"경찰이 집에 와서 사정을 설명했고, 그래서 아빠가 화가 나서."

"……혼났구나?"

나쓰미의 눈에 눈물이 글썽거렸다. 눈물을 감추듯 검지로 눈물방울을 닦아내고 꺼져가는 목소리로 말했다.

"엄청."

차라리 '엄청'이라는 단어 속에 숨겨진 세부 내용까지 말해 버릴까. 어떤 일이 있었고, 어떤 태도로 어떤 식으로 아버지에게 혼났는지. 그러나 결국은 입을 다물기로 했다. 지금 여기서 아버지의 흉을 보아봤자 좋을 것이 없었다.

에바탄은 나쓰미를 위로하듯 고개를 끄덕이더니 본론이 생각난 듯 인터넷을 볼 수 있는 다른 단말기는 없는지 물었다.

나쓰미는 망설이다가 조용히 일어나 거실에 설치된 사이드보드로 향했다. 이 기기도 엄밀히 말하면 아버지 물건이었지만 사이드보드에는 인터넷에 접속할 수 있는 안드로이드 탑재 워크맨이 있었다. 음악을 좋아하는 아버지는 수천 곡을 저장해서 들고 다닐 수 있다는 광고문구에 끌려 구입했지만 이번에도 사용법을 익히지 못하고 바로 포기했다. 이것도 지금은 나쓰미의 물건이 되다시피 해서 간단한 검색을 할 때는 휴대폰 대신 활용했다.

워크맨을 줘야지.

그렇게 생각했는데 정작 워크맨을 찾을 수 없었다. 부모님은 사용하지 않기 때문에 자신 말고는 건드릴 사람이 없었는데 어디로 사라졌을까. 짚이는 곳을 몇 군데 찾아봤지만 그림자도 보이지 않았다.

"왜 그래?"

"……워크맨으로 인터넷에 접속할 수 있는데 못 찾겠어."

"……역시 도둑이 든 거 아니야?"

"그건 아니야. 훔치려면 분명 더 비싼 걸 훔쳐 갔겠지."

그러나 결국 워크맨은 찾을 수 없었다.

어디에 두었을까. 신경 쓰였지만 잃어버렸다고 해서 호되게 야단맞을 만한 물건도 아니었다. 어차피 집 어딘가에 있겠지 하는 마음에 워크맨 찾기를 그만뒀다.

그런데 컴퓨터와 워크맨이 없다면 인터넷을 볼 수 없다. 이제 포기하지 않을까 생각하는데 에바탄이 거실에 놓여 있는 휴대용 게임기를 손가락으로 가리켰다.

"이거 와이파이 연결하면 인터넷 할 수 있어."

나쓰미는 게임을 할 때 인터넷에 접속한 적이 없었다. 시작할 때마다 인터넷에 접속하겠냐는 메시지가 떴지만 부모님도 설정하는 방법을 몰랐다. 게임할 때도 문제가 없었기 때문에 계속 무시했다.

전화기 선반 위에 놓인 공유기 옆에는 접속할 때 필요한 비밀번호가 적혀 있었다. 에바탄이 능숙하게 비밀번호를 입력해 온라인 상태로 만든 뒤 곧바로 '서부유물먹지'에 대한 정보를 찾기 시작했다.

에바탄의 표정은 진지 그 자체였다. 나쓰미가 소파에 앉으라고 했지만 건성으로 대답하며 카펫 위에 앉았다. 나쓰미는 그런 에바탄을 잠시 바라보다가 점점 마음이 불편해져 음료수를 내온다는 핑계로 부엌으로 도망쳤다.

나쓰미가 내민 사과주스를 알아차리지 못한 채 15분이 지나서야 화면에서 고개를 든 에바탄은 우울한 표정으로 말했다.

"미안, 역시…… 잘 모르겠어."

놀랍지 않았다. 오히려 그럴만하다는 생각밖에 들지 않았다.

조사해서 나올 만한 것도 아니고 스타포트에 있던 남자가 억지로 꺼내놓은 해석도 끼워 맞추기나 마찬가지였다. 그래도 처음부터 기대하지 않았다는 말을 꺼내기 미안해 약간 아쉬운 목소리로 "그렇구나"라고만 대답했다.

"'서부유물먹지' 말고도 이번 사건에 대해 여러 의견이 적혀 있는 페이지도 봤는데 별로 도움은 안 됐어. 사실 다들 똑같은 소리만 하더라고."

"……똑같은 소리?"

"응."

에바탄이 단호하게 고개를 끄덕인 뒤 미간에 깊은 주름을 잡아 더욱 험악한 표정을 지었다.

"물론 진정한 의미에서 완전히 같은 의견만 올라온 건 아니야. 하지만 자세히 관찰해보니 여러 가지 의견을 말하는 것 같아도 결국 같은 소리를 하는 거였어. 정말 최악이야. 절대로 이런 어른이 되면 안 돼."

진의는 모르겠지만 에바탄의 말에는 형언할 수 없는 힘이 있었다.

"아무튼 '서부유물먹지'가 뭔지 알아낼 정보는 못 찾았어. ……미안해. 범인을 찾을 수 있다며 이리저리 끌고 다닌 주제에 이런 식으로 되어서. 참 한심하다, 그치?"

이제는 더 조사할 수 없다. 천성이 올곧은 데다 핀 배지를 받고 나서는 더욱 의욕 넘치게 조사하던 참이었는데 이제야 마침내 역부족이라는 사실을 인정한 듯했다. 에바탄은 힘이 되지 못해 미안하다는 듯 고개를 숙였지만 나쓰미는 전혀 유감스럽지 않았다. 드디어 포기해 줬다는 안도감만 가슴을 가득 채웠다.

그럼 오늘은 이것으로 해산, 월요일에 보자. 그렇게 말하고 헤어져도 되지만 한편으로는 이렇게까지 노력해 준 에바탄에게 사실을 말해 줘야 한다는 생각이 들기 시작했다. 그것이 최소한의 감사이자 성의였다. 크게 심호흡하고 입을 한 번 벌린 후에야 겨우 결심하고 거실에 깔린 침묵을 깼다.

"미안 에바토…… 실은, 나 알아."

에바탄이 느릿하게 고개를 들었다.

"뭘?"

나쓰미는 대략 네 박자 뜸을 들인 뒤 말했다.

"기와지붕의 '서부유물먹지'가 어디인지."

호리 다케히코

"시켄…… 어디일 텐데."

후유코가 검지로 지도 위를 여기저기 짚으며 배회하다가 불쑥 중얼거렸다.

"남편분과 관련 있는 곳입니까?"

호리가 후유코의 얼굴을 들여다보자 그녀는 테이블 위에 올려놓은 휴대폰에 손을 뻗었다.

확실한 정보가 아니어도 상관없으니 떠오르는 것은 주저 말고 전부 말해 달라.

그 말을 들은 후유코의 입이 약간 풀어졌다. 남편이 의지할지 어떨지는 모르지만 가미도오리의 카페 주변에는 여기와 여기 지인이 살아요. 즉시 수사관을 보냈더니 아니나 다를까 그중 한 집에 야마가타 다이스케가 찾아왔었다는 정보를 입수했다. 과거 결혼식 들러리를 섰던 관계라는 사실을 고려하면 점검했어야 하는 인물이지만 애석하게도 다이테이 하우스를 3년 전에 퇴직한 신분이어서 경찰도 정보를 파악하지 못했다.

협박해서 SIM 카드가 없는 휴대폰을 빼앗아 갔지만 그 이상은 아무 짓도 하지 않았어요. 본인은 결백을 주장하더라고요. 일부 힘을 보탠 셈이지만 협박받아 어쩔 수 없었어요. 설마 도주를 도운 죄를 짓게 될까요? 우리는 아무 잘못 없지요?

그들의 행동이 도주 방조에 해당하는지는 논란의 여지가 있고, 엄밀하게는 시오미의 집을 방문한 후에 사진을 찍혔기 때문에 시간 순서상 그리 유용한 정보라고 하기 어려웠다. 그러나 이 정보로 행방을 쫓을 수 있게 되었다.

후유코 씨, 남편분이 시오미 씨 댁에 방문했습니다. 귀중한 정보 감사합니다. 이대로 가면 반드시 남편분을 보호할 수 있습니다.

용기를 북돋우듯 덧붙이자 후유코는 자신의 정당성을 인정받았다고 느꼈는지 안색이 조금 밝아졌다.

이윽고 휴대폰으로 원하는 정보를 찾는 눈치던 후유코는 역시라는 표정으로 고개를 끄덕였다.

"여기, 남편이 요즘 담당하는 컨테이너형 별장을 만드는 회사예요."

"어디죠? 다시 한번 알려 주세요."

"여기요, 주식회사 시켄. 남편이 예전에 우리 가족에게 이런 집에 관심 있냐며 팸플릿을 보여 준 적 있거든요. 팸플릿은 우리 집에 있을 거예요."

호리가 눈짓했을 때 무쓰우라는 이미 수사본부에 연락하려고 일어선 상태였다.

후유코가 정보를 원활하게 제공하면서 거실에 낮게 깔린 묵직한 분위기가 점점 정화됐다. 저마다 맡은 역할을 해내고 있다는 자부심이 이 자리에 있는 모두의 마음을 가볍게 했다. 아직 야마가타 다이스케의 신병을 확보하지는 못했지만 현재 후유코에게 끌어내야 할 정보는 대부분 끌어내고 있었다. 당분간은 현장에서 들어오는 속보만 기다리면 된다.

복도로 나가 보고를 마친 무쓰우라는 거실로 돌아와 호리 옆에 걸터앉았다. 그리고 후유코에게 천천히 입을 열었다.

"집 열쇠에 대해 여쭙고 싶은데요."

"……열쇠요?"

"네."

무쓰우라는 외부인이 집에 몰래 들어갈 방법이 없느냐고 물었다. 예를 들면 보안이 허술한 회사에서 스페어키를 만든 적은 없는지, 문패 뒤에 스페어키를 숨겨 놓지는 않았는지. 후유코는 잠시 고민하는 눈빛이었지만 경찰에게라면 말해도 되겠다고 판단했는지 조심스럽게 예비 열쇠가 있다고 털어놓았다.

"실은 현관 옆 화분에 상자가 있는데 거기에 예비 열쇠를 넣어뒀어요."

"언제쯤부터 그러셨습니까?"

"집을 지었을 때부터 쭉이요. 옛날에는 딸아이가 열쇠를 자주 잃어버려서……. 하지만 비밀번호가 달린 상자에 넣어 보관해서 그렇게까지 허술한 건 아니에요. 가족이 아닌 사람에게 번호를 알려 준 적은 한 번도 없고 그래서 도난 피해를 걱정한 적도 전혀 없습니다."

"가족 외에는 아무도 번호를 모릅니까?"

후유코가 고개를 끄덕이자 무쓰우라가 수첩에 재빨리 메모를 남기고 볼펜 끝을 닫았다. 그러고는 음미하듯 메모를 훑어보더니 조용히 수첩을 닫고 후유코의 눈을 똑바로 바라봤다.

"하나 더 여쭤도 괜찮겠습니까?"

"네."

"후유코 씨는 남편분, 다이스케 씨를 어떻게 생각하십니까?"

호리는 점점 무쓰우라의 의도를 알 수 없는 질문에 진저리가 났지만 두 사람의 호흡이 맞지 않는 모습은 보이고 싶지 않았다. 호리는 의아한 표정이 얼굴에 드러나지 않도록 애써 미간을 찌푸렸다.

"……음, 그건, 그러니까. 뭐라고 대답해야 좋을까요."

후유코도 예상치 못한 질문에 난감한 듯 고개를 갸웃하더니 답을 찾으려는 듯 입가를 손수건으로 가리고 고민하기 시작했다.

사랑합니다. 존경합니다. 훌륭한 남편입니다. 과연 어떤 대답을 들어야 무쓰우라가 만족할까.

매칭 앱을 하지 않는 사람이었습니다, 성매매 행위에 너그러운 사람이었습니다, 사람은 절대 죽이지 못하는 착한 사람입니다. 그런 말이 나온다면 봐요, 역시 야마가타 다이스케는 범인이 아니에요, 라고 귀신의 목이라도 딴 사람처럼 호들갑을 떨까?

호리는 생각에 잠긴 후유코에게 목례하고 무쓰우라를 다시 복도로 데리고 나갔다.

"이번에는 또 뭘 알고 싶어졌는데?"

"죄송합니다. 역시 모든 가능성을 검토해야 한다고 생각해서요……."

"야마가타 다이스케 말고 다른 범인이 있을 가능성을 아직도 포기 못 했다고?"

"……일단 그렇습니다. 네."

더 이상 이런 의미 없는 문답은 하기 싫다. 호리는 한숨을 푹 쉰 뒤 이제 말하기도 입 아프다고 생각했다. 야마가타 다이스케 말고는 범인이 될 수 없는 이유를 간곡히 설명했다. 무쓰우라가 지금까지 부자연스럽다고 느낀 부분들은 특별히 이상한 점이 아니다. 마이넘버카드도 워크맨도 자택 공유기도 블랙박스도 모두 그럴 수 있다고 정리할 수 있는 문제다. 지문은 나오지 않았지만 흉기는 모두 야마가타 다이스케의 집 창고에서 발견됐으며 최초 발견된 시노다 미사의 사망 추정 시간에 야마가타 다이스케가 사건 현장인 만요초 제2공원 근처에서 목격됐다.

"야마가타 다이스케가 범인이야. 땅땅땅, 확정이라고."

"……그런데 말입니다."

"무쓰우라 씨의 마음을 모르는 건 아니야. 그런데 만약 누가 야마가타 다이스케를 모함하려고 했다고 치자고. 워크맨으로 야마가타 다이스케네 와이파이에 접속하려면, 야마가타 다이스케의 가죽구두로 피해자를 밟으려면, 마이넘버카드를 손에 넣으려면 무조건 야마가타 다이스케의 집에 들어가야만 해. 도대체 어떻게 침입했다는 말이야? 불가능한 일이라는 걸 다른 사람도 아닌 그 집 안주인이 아까 증명했어. 과거에 빈집털이 피해를 당했다는 정보는 우리 데이터베이스에도 없다고."

"그래서입니다."

무쓰우라는 목소리를 낮췄지만 예상과 달리 힘 있는 어조로 말했다.

"후유코 씨 정도밖에 후보가 없지 않나 해서요."

과연 허를 찔렸다. 순간, 그럴 이유가 있냐며 논리건 나발이건 개의치 않고 대답할 뻔했지만 호리도 프로였다. 감정론을 내세울 수는 없다. 후유코가 진범일 가능성을 새하얀 도화지 위에 올려놓고 공정한 머리로 고려했다.

"후유코 씨라면 10년이라는 매우 긴 세월 트위터로 야마가타 다이스케인 척 가장할 수 있습니다. 사실은 면허증을 쓰고 싶었는데 본인이 가지고 다니는 바람에 마이넘버카드로 매칭 앱을 신청할 수밖에 없었다. 이렇게 생각해도 말이 됩니다."

무쓰우라의 말을 차분히 잠시 씹고 뜯고 맛본 호리는 무쓰우라와 정반대 결론을 냈다.

"아니야. 그건 아니야."

무쓰우라는 눈꺼풀을 꿈틀대며 불만을 표출했지만 호리의 생각은 변하지 않았다.

"남편에게 원한이 있다면 남편을 죽이면 될 일이잖아. 굳이 이렇게 손이 많이 가는 일을 꾸며서 상관도 없는 여대생을 두 명이나 죽일 필요는 없어. 안 그래?"

"확실히 손이 너무 많이 가는 일이기는 합니다. 하지만 만에 하나—"

"그쯤 해둬, 무쓰우라 씨."

호리는 더 이상 무쓰우라와 마주하기를 포기하고 등을 돌렸다. 거실로 돌아와 조금 전까지 앉아 있던 소파에 몸을 묻고 완전히 식은 홍차를 홀짝였다.

"아까 하신 질문 말인데요."

후유코가 말하는 질문이 무엇을 의미하는지 금방 이해하지 못한 호리는 무심코 되물었다.

"남편을 어떻게 생각하냐는 질문 말이에요."

호리와 무쓰우라가 복도에서 대화를 나누는 동안 계속 답을 찾았던 것일까. 무엇보다 호리는 거의 흥미가 없는 질문이었다. 어떻게 대답한들 뭐라고 판단할 수도 없었다. 무쓰우라의 추측이 완전히 빗나갔다고 잘라낼 생각은 없지만 이 질문에 관해서는 전혀 평가할 수 없었다.

남편은 최고라거나 최악이라거나 어떤 대답이든 내키는 대로 대답하라는 심정으로 기다렸다.

"정말 어렵네요."

후유코가 그렇게 말하는 순간 복도에서 돌아온 무쓰우라가 서둘러 소파에 앉았다.

"그렇다는 말씀은 무슨 뜻일까요?"

"정말로 어려워요."

후유코는 입가를 가리고 있던 손수건을 정성스럽게 펼쳐 테이블 위에 살며시 올려놓았다. 손수건 한쪽 구석에는 작은 꽃 자수가 장식되어 있었다. 후유코가 자아내는 분위기와 잘 어울리는 고급 손수건으로, 언뜻 보기에도 싸구려 손수건이 아님을 호리도 알 수 있었다.

후유코는 말없이 손수건을 말끄러미 바라보더니 무슨 의식이 끝났는지 다시 손수건을 접어 두 손으로 움켜쥐었다.

"당연하지만 예전에는 진심으로 사랑했습니다."

거실에 있는 후유코의 부모까지도 후유코의 이야기에 귀를 기울였다.

"좋냐 싫냐로 따지면 분명히 좋아합니다. 존경도 하고요. 하지만 글쎄요……. 최근 10년 정도는 저 스스로도 잘 모르겠다 싶은 순간이 종종 찾아왔어요. 어제 엄마가 이런 사건이 벌어졌는데도 전화 한 통도 하지 않는다고 푸념하셨는데 어느 정도 동의해요. 정말 막무가내인 구석이 있는 데다 무심하고 공감 능력이 떨어져서 주변 사람들의 마음을 하나도 이해하지 못하는 사람이거든요. 제가 힘들어

하는 걸 전혀 알아주지 않았어요. 나만, 왜 나만 이 집에서 이렇게 부담을 짊어지고 살까. 그 일로 여러 번 부딪쳤지만 그런 충돌조차 서서히 의미를 찾을 수 없었죠."

딱 잘라 말하지 못하는 어투가 호리의 마음에 미세한 진동을 일으켰다.

세간에는 주로 묻지 마 살인이나 강간 치사 사건 등 무차별적이고 흉악하며 자극적인 사건이 주로 거론되지만 실제로는 통계상 절반이 넘는 살인사건이 가족 간에 발생한다. 남편이 아내를 살해하는 사건은 남편 단독범행인 경우가 많지만 반대 경우, 즉 아내가 남편을 죽이고자 계획한 사건은 조력자를 만드는 경우가 많다. 이유는 단순히 남편의 완력에 대적할 수 있는 아내가 적기 때문이다. 조금 더 덧붙이면 사람을 죽이는 행위에 남자보다 더 큰 심리적 압박을 받기 때문이다.

만약 조력자가 있다면 어떨까?

호리는 처음으로 무쓰우라의 가설에 설득당할 것 같다고 느꼈다.

후유코의 입에서 무심코 흘러나온 10년 전이라는 말도 기이한 존재감을 풍겼다. 문제의 트위터가 개설된 시점은 10년 전. 아니, 그럴리가 없다. 진범이 그렇게까지 알기 쉬운 메시지를 방치할 리 없다. 농담하지 말라며 코웃음 치기도 했지만, 글쎄. 후유코의 눈동자 속에 혼탁한 감정이 미약하게 느껴지는 것 또한 사실이었다.

"그러니까 형사님. 질문에 대한 대답은요……."

후유코는 무쓰우라를 쳐다보고, 호리를 쳐다보고, 마지막에는 움켜쥔 손수건을 바라보며 말했다.

"저도 잘 모르겠어요."

실시간 트렌드: 검색어 '도주범/가족'

12월 17일 13시 13분 지난 6시간 6,668건 트윗

• 도주범의 아내는 지금 어떤 기분일까? 남편이 바람피우고, 매칭 앱으로 어린 여자를 사고, 사람을 죽이고, 도망 다니기까지. 게다가 남편의 신상까지 털려서 인터넷에 공개됐잖아. 제정신이라면 온 가족 동반 자살각 아님? 어떻게 살겠어.

업업@up_down_up

• 도주범 가족은 좀 불쌍하지만 사람을 죽이고 도망 다니는 놈이 정상인이겠냐 싶고, 그런 남자가 선택한 아내도 정상인일 리 없지. 만약 아이가 있다면 그런 부모 밑에서 제대로 컸겠어? 그렇게 생각하니 갑자기 마음에 편해졌어. 그런 남자를 고른 본인 잘못이지. 자업자득.

자소미치@chason_7k7

• 결국 옛말 틀린 거 하나 없어. 세상은 똥은 똥끼리 모이는 신기한 시스템으로 굴러간다고. 세계 7대 불가사의 중 하나야.

인용: 도주범 가족은 좀 불쌍하지만 사람을 죽이고 도망 다니는 놈이 점~

도플러-상식전문가@Doppler_0079

• 돈 잘 벌고 잘생긴 우량주와 결혼해서 순풍에 돛 단 인생을 살던 가족이 하룻밤 사이에 풍비박산 나 빈털터리로 길바닥에 나앉게 된 모습은 상상만 해도 카타르시스가 느껴진다. 이상 박봉에 못생긴 개잡주와 결혼한 현장에서 알려드렸습니다.

하나마루 소키소바@멘탈 너덜너덜@sokisoba_tabetai11

야마가타 다이스케

생각해 보면 어제부터 면 음식만 먹었다. 그러나 당연히 불만 따위 없다.

다이스케는 세 입 먹을 때마다 아오에에게 감사의 말을 하고 다섯 입 먹을 때마다 반평생을 돌아보며 참회의 눈물을 흘렸다. 나는 얼마나 제멋대로에 이기적이고 어리석은 인간이었는가. 쫓겨 마땅한 죄 많은 인간이다. 이런 식사를 대접받을 만한 훌륭한 존재가 아니었다.

"돌이켜보면 아오에 씨에게도 터무니없는 요구를 한 것 같아요. 아오에 씨 나름대로 노력했을 텐데, 이렇게 하라 저렇게 하라, 시켄 쪽 사정은 생각하지 않고 무리한 요구를 늘어놓았습니다."

"아뇨, 뭐, 일이니까요. 이래저래 어쩔 수 없죠."

아오에는 평소처럼 억양이 느껴지지 않는 단조로운 어조로 말했지만 지금의 다이스케에게는 거룩한 울림처럼 들렸다. 아무리 감사

해도 부족했다. 이렇게 속이 깊은 사람인 줄 모르고 어째서 흉을 봤을까. 한순간이지만 아오에를 범인이라고 의심까지 하고 말았다. 입 밖으로 내지는 않았지만 결례를 사과하는 대신 굵은 눈물 줄기만 뺨을 타고 흘러내렸다.

"이런 상황에서 문의할 일은 아닌 것 같지만 전에 저희 회사의 로고가 들어간 팸플릿, 다이테이 하우스에 도착했죠? 혹시 처분하셨을까요?"

무슨 말을 하는가 생각하던 다이스케는 컨테이너 하우스의 판촉용 팸플릿 이야기라는 것을 알아차렸다. 머리로 기억을 더듬어서 배송받았지만 이미 처분했음을 기억해냈다.

"……그거라면 걱정 말아요. 잘못 인쇄된 물건이니 하나도 남김없이 상자째 처분해 달라고 청소 담당 직원에게……."

거기까지 말했을 때 다시 마음이 몹시 무거워졌다.

처분해 달라던 자신의 어조는 과연 어땠을까. 명령조는 아니었을까. 돈을 주었으니 제대로 일하라는 교만함이 배어 있지는 않았을까. 이제는 꿈같은 이야기처럼 느껴지기까지 하지만 만약 다이테이 하우스의 직원으로 다시 복귀하는 날이 온다면 제대로 사과하자.

"……처분해 달라고 부탁했습니다."

"그렇군요. 그렇다면 다행입니다. 또 불완전한 수정본이 도착하겠지만 그것도 처분 부탁드립니다. 어제 지적하신 표현 실수 부분을 아직 수정하지 못해서요."

"……죄송합니다."

"아뇨, 아까도 말했지만 업무잖아요. 어쩔 수 없죠. 덕분에 부장님의 결백도 눈치챘고요. 여러모로 잘된 일이죠."

아오에의 위로가 새 상처를 부드럽게 감싸는 붕대처럼 다이스케의 마음을 어루만졌다.

식사를 마치고 입가에 묻은 케첩을 거칠게 닦은 뒤 그 자리에서 깊게 고개를 숙였다. 자연히 무릎을 꿇고 고개를 숙인 모습이 됐다. 아오에는 이러지 말라며 여전히 억양 없는 어조로 말했다.

"부장님, 앞으로 어떻게 하실 생각이세요?"

"……앞으로."

"일단 가족들께 연락하고 싶으시겠죠. 뭐, 현재 위치가 알려질 위험은 크겠지만."

가족.

아오에의 말에 다이스케는 꽤 오랜만에 가족을 생각했다. 물론 그 존재를 완전히 잊지는 않았고 도망치면서도 당연히 머리 한구석에는 분명히 가족의 모습이 있었다. 반드시 사지 멀쩡하게 돌아가야 한다. 왜? 왜냐하면 사랑하는 가족을 위해서. 그러나 다이스케 안에서 가족이라는 개념은 자신에게 맞춤형으로 기호화된 픽토그램*에 불과했다는 사실을 인정할 수밖에 없었다. 아내와 딸이 나를 믿고

* 시설, 사물, 개념 등을 누구나 쉽게 알아볼 수 있게 단순화하여 나타낸 그림.

있다. 진심으로 결백하다고 믿는다. 그것은 해가 동쪽에서 뜬다는 것과 같은, 다이스케 안에서 흔들리지 않는 불변의 사실이었다.

그러나 과연 정말로 그럴까?

야마가타 다이스케라는 존재 자체가 회의적인 지금, 모든 것이 의문이었다.

다이스케는 막연하게 아내가 행복하리라는 확신이 있었다. 돈이나 결혼이 인생의 전부는 아니라고 고고한 주장을 하는 사람도 많지만 돈이나 결혼에 어느 정도 이상의 가치가 있다는 사실은 누가 봐도 분명했다. 아내 후유코는 다이테이 하우스 직원이었지만 주로 업무 보조를 하는 사무원이었다. 기업의 종합적인 업무를 담당하는 관리직 남성 직원과는 임금이 하늘과 땅 차이였다. 삼고三高*라는 단어가 세상을 떠들썩하게 하던 시절에 자신은 대체로 그 세 가지에 해당한다는 자부심이 있었다. 그런 다이스케는 남편감으로 누구나 탐내는 존재고, 그런 자신과 맺어졌으니 아내는 적잖이 행복할 것이다.

한 번도 말한 적 없고, 다이스케 본인도 그런 생각을 품고 있다는 자각조차 거의 없었다. 그래도 냉정하게 자신을 파고드니 근저에 그런 건방진 생각이 깔려 있었다는 사실을 마주했다.

나쓰미가 태어난 지 몇 년 지났을 무렵부터 후유코는 종종 눈물을

---

* 과거 일본에서 유행한 이상적인 남편의 세 가지 조건을 뜻하는 신조어. '고수입', '고학력', '큰 키'를 뜻한다.

흘렀다. 다이스케가 퇴근하고 집에 오면 후유코는 쏟아지는 스포트라이트를 받는 사람처럼 불이 켜진 거실에서 홀로 조용히 울고 있었다. 나쓰미는 그런 어머니를 걱정할 때도 있고, 눈치채지 못하고 혼자 열중해서 놀 때도 있었다. 이럴 때는 대개 저녁 식사가 차려져 있지 않았다. 승진을 거듭하면서 다이스케가 양어깨에 짊어진 책임도 빠르게 무거워졌다. 집에 돌아와 새 문제를 마주하기도 귀찮아서 그런 날은 어김없이 외식을 제안했다. 낮 동안 아내에게 무슨 일이 있었는지는 모르지만 불만이나 고민은 대체로 맛있는 음식을 먹고 원하는 물건을 손에 넣으면 흐지부지 사라지는 법이다.

패밀리 레스토랑에 가면 짠돌이 같다. 호텔이나 백화점에 입점한 나름대로 비싼 레스토랑만 찾아가서 좋아하는 음식을 고르게 하고 아직 영업시간이라면 매장에 들어가 좋아하는 물건을 사보라고 재촉했다. 아내에게만 선물한 것도 아니다. 나쓰미에게도 적당히 과자나 장난감을 선물했다. 후유코는 아무래도 직물을 좋아하는 듯했다. 언제나 옷도 모자도 아닌 천 한 장으로 만들어진 제품을 원했다. 스카프, 숄, 겨울에는 머플러, 그리고 손수건. 사주면 아이처럼 순수하게 기뻐하는 둥 알기 쉬운 반응을 보이지는 않았지만 다음 날이 되면 아무 일도 없던 사람처럼 멀쩡해졌다. 다이스케에게는 특별한 이벤트가 아니라 몇 달에 한 번꼴로 돌아오는 정기적인 유지 관리 같은 느낌이었다.

그런데 과연 그럴까. 자신은 한 번이라도 아내가 왜 우는지 생각해 본 적 있을까. 한 번이라도 자신과 결혼해 행복한지 진지하게 고민해 본 적 있을까.

생각해 보면 아내가 몇 번인가 자신의 마음을 토로한 적이 있다. 왜 그렇게 괴로운지. 그러나 한심하게도 다이스케는 아내가 말한 '괴로운 마음'의 내용을 지금 전혀 기억하지 못한다. 과연 아내는 지금, 내가 결백하다고 믿어 줄까? 나를 걱정하고, 나를 정말로 필요로 해 줄까?

다이스케는 확신이 서지 않았다.

"……가족에게는, 연락할 수 없습니다."

아오에는 다이스케의 말을 미묘하게 다른 의미로 해석한 듯했다.

"괴롭겠지만 지금은 그게 현명한 판단일지도 모르겠네요."

다이스케는 자신이 한동안 모든 언론을 접하지 못했다고 말하고, 자신이 범인이라는 소문이 얼마나 나돌고 있는지 물었다.

아오에는 인터넷의 모든 의견을 파악할 수는 없지만 자신이 보기에는 거의 모든 사람이 다이스케를 범인이라고 확신한다고 말했다. 극소수만이 다이스케를 범인 취급하기에 너무 성급하다고 주장하지만 그들은 사형 비판론자거나 무죄 추정 원칙을 존중하자는 사람이거나 단지 소수임을 기뻐하는 청개구리 같은 선동가일 뿐, 다이스케의 결백을 이성적으로 믿는 사람은 거의 없는 듯하다고 했다. 근무 중이어서 TV나 라디오를 확인할 수 없지만 제대로 된 보도 매체에서 운영하는 인터넷 뉴스 등에서는 어느 곳도 다이스케가 범인이라는 단정적인 어조는 내놓지 않는다. 그러나 사건을 자세히 아는 것으로 추정되는 집주인을 수색 중, 당일 공원 근처에서 목격된 남성을 수색 중이라는 문구를 거리낌 없이 사용하는 것으로 보아 다이스케가 범인이라고 거의 확신하는 듯하다고 했다. 어떻게 보면 거의 백 퍼센트 범인이라고 인식하지만 만약을 위한 보험으로 실명은 공개하지 않는, 교묘하게 선을 넘지 않는 보도가 이어지고 있다.

"경찰에 도움을 요청할 생각은 없습니까?"

아오에가 창밖에 아무도 없는 것을 확인하고 말했다.

"아마 수는 그리 많지 않겠지만 일부에서는 자기가 직접 부장님을 찾아내 잡겠다고 생각하는 과격한 어중이떠중이들이 있는 것 같아요. 아까 어떤 남자와 여자가 이 컨테이너 하우스 앞에 서 있었는데 눈치채셨습니까?"

"……저기, 식칼을 가지고 있다던?"

"식칼을 들고 있었어요?"

"그렇게 말하더군요."

아오에는 당황했는지 눈이 조금 동그래졌다.

"그 아이들도 아마 그런 부류일 거예요. 어떻게 여기 쇼룸까지 올 생각을 했는지는 모르지만……. 아무튼 부장님이 잠시 여기 있겠다고 하시면 숨겨 드릴 수는 있습니다. 하지만 그런 일반인들이 있다고 생각하면 여기도 곧 안전하지 않을 수 있어요. 그렇다면 뭐, '출두'라는 표현은 적절하지 않지만 스스로 경찰에 찾아가는 것도 방법 아니겠습니까."

"……경찰이 내 결백을 믿어 줄 것 같아요?"

다이스케는 순수한 마음으로 의견을 물었을 뿐이지만 아오에는 진지하게 도민하는 듯 잠시 침묵했다. 그리고 한참을 망설인 끝에 대답했다.

"솔직히 모르겠습니다. 의심스럽다는 이유만으로 경찰이 부장님을 살인범으로 간주하지 않겠지 믿고 싶은 마음도 있고, 누명 사건의 다큐멘터리 같은 걸 떠올리면 자백을 강요당할 가능성도 있지 않을까 생각도 들어요. 자세히는 모르지만 언론 보도도 경찰이 정보를 적잖이 관리하는 것 같고요. 보도를 어디까지 허용하고 어디부터 허용하지 않을지. 그렇게 생각하면 간접적이라고는 해도 부장님이 범인이라고 시사하는 보도를 허용하는 것으로 보아, 역시……."

"……나는 경찰이 보기에도 가장 의심스러운 용의자……."

"저도 여차하면 부장님을 도울 수는 있습니다. 하지만 제가 할 수 있는 증언은 '야마가타 다이스케 씨는 일본어 사용에 엄격한 사람이다' 정도라서 이게 과연 도움이 될지……."

그때부터 아오에의 이야기는 무거워졌고 명확한 대답을 내놓기 전에 기세가 수그러들었다.

"하지만 경찰로부터, 공격적인 어중이떠중이들로부터, 혹은 전 국민의 눈으로부터 도망친다는 건 절대로 안 되는 건 아니지만 그렇다고 권장할 만한 행동도 아니에요."

아오에는 다시 전원이 들어온 듯 말을 늘어놓았다. 평생 남의 눈을 피해 숨어 살 것인가, 누군가의 도움으로 해외로 도피할 것인가, 진범이 붙잡혀 안전이 확보되기만을 움막에서 기다릴 것인가. 어느 선택지도 가혹하다는 말로 간단히 정리할 만큼 쉬운 선택은 아니었다. 그렇다면 경찰에 신변을 맡기는 것도 반드시 어리석은 선택은 아니겠지.

아오에의 말도 일리가 있었다. 그러나 당사자로서 거의 잊고 있었지만 다이스케가 경찰에 자진 출두하지 못하는 또 하나 큰 요인이 있었다. 집 앞 구경꾼들을 쫓아낸 경찰관의 거만한 대응도 마음에 걸렸고, 경찰에서 직접 휴대폰으로 전화를 걸어온 점도 신경 쓰였다. 그러나 마지막으로 다이스케의 투항을 저지하는 것은 다름 아닌 이것이었다.

"……편지를 받았어요."

"편지요?"

다이스케는 메고 온 숄더백을 열었다. 부서지고 망가진 보이스 캐디를 꺼낸 뒤 가방 속에 간직해 둔 편지를 꺼냈다. 식기를 담은 쟁반을 옆으로 치우고 땀 때문에 구겨진 부분을 바닥 위에 공들여 폈다.

"이게 뭐예요?"

"회사로 이런 게 왔더군요."

아오에는 몸을 앞으로 숙여 내용을 훑었다.

야마가타 다이스케 님

사태는 당신이 상상하는 것보다 훨씬 더 심각합니다.

누구도 믿어서는 안 됩니다. 아무도 당신 편이 아닙니다.

당신을 구할 유일한 방법, 선택해야 할 길은 하나뿐.

도망치고, 또 도망치는 것. 그뿐입니다.

나는 당신이 끝까지 도망치기를 바랍니다.

도저히 견딜 수 없는 때가 오면 '36.361947, 140.465187'

세자키 하루야

"이 세자키라는 사람이 누구인지 솔직히 짐작이 가지 않습니다. 그런데 내가 이렇게 될 걸 알고 있었다는 듯한 투고, 느낌이 이상해서 계속 지니고 다녔어요. 누구도 믿지 말라는 말은 그러니까 경찰도 믿을 수 없다는 말인가, 그런 생각이 머릿속을 스치기도 했고. 이 숫자도 무슨 의미인지 전혀 모르겠습니다……."

"좌표 아닙니까?"

"좌표?"

"위도 경도 같은데요. 물론 이 숫자만 봤을 때는 어디를 가리키는지는 모르겠지만. 구글에 치면 나오지 않던가요?"

그렇게 말하고는 자신의 휴대폰을 꺼내 종이와 휴대폰을 번갈아 보며 숫자를 하나하나 입력했다. 마지막 숫자까지 입력하니 아오에가 예상한 대로 화면에 지도가 표시됐다.

표시 지점이 에펠탑이나 사하라 사막 한가운데였다면 의미 없는 정보로 치부할 수 있었겠지만 다이젠 시내의 어느 한 지점에 빨간 표시가 뜨니 무시할 수 없었다. 지도를 확대했더니 빨간 표시는 아무것도 없는 듯 보이는 언덕의 한 지점을 가리켰다. 다이스케의 집에서도 그리 멀지 않은 곳이었다.

도저히 견딜 수 없으면 이곳으로 가란 말인가? 그런데 여기에 뭐가 있다는 말이지?

"여기로 가실 건가요?"

"아니, 아직 아무것도 못 정해서……."

이 편지를 보낸 사람이 아군이라고 생각한다면 뒤도 돌아보지 않고 달려가겠지만 그렇게 믿어도 좋을지 모르겠다.

아오에가 이마에 맺힌 땀을 닦았다. 이불만 뒤집어쓰고 있는 다이스케의 몸이 얼지 않도록 난방을 풀가동한 탓이다.

"아참, 저희 작업복을 빌려드리겠습니다."

너무나 극진한 대접에 몸 둘 바를 모르겠다. 거절할까도 생각했지만 옷이 없으면 제대로 움직일 수 없다는 것은 슬픈 사실이었다. 컨테이너 하우스에서 나간 아오에에게 다시 한번 머리 숙여 인사하고 혼자 남은 실내에서 다시 편지로 시선을 옮겼다.

지금이 견딜 수 없이 괴로운 상황이냐고 물으면 망설이지 않고 대답하겠다. 지금이야말로 인생에서 가장 가혹한 시기이고 몸과 마음 모두 한계를 맞았다. 도와준다면 그야말로 지푸라기라도 잡고 싶은 심정으로 달려들고 싶었다. 그러나 이제 와서 이 쪽지 한 장에 그렇게까지 전폭적인 신뢰를 보내도 되는지 의심스러워졌다. 이 편지를 보낸 세자키 하루야는 과연 누구일까.

생각에 잠겼는데 아오에가 비닐에 싸인 작업복과 안전화를 들고 나타났다. 다시 감사 인사를 말하려는데 아오에의 표정에 여유가 사라져 있었다.

"경찰이, 사무실에 찾아왔습니다."

당황한 마음이 내장이 짓눌린 듯한 구토감으로 바뀌었다.

아오에는 재빠르게 비닐을 벗겨 작업복을 건넸다. 그리고 황급히 바지부터 입는 다이스케에게 토요타 로고가 새겨진 열쇠를 보여 줬다.

"회사 차를 한 대 빌려드리겠습니다. 혹시 몰라 여쭈는데 경찰에 갈 생각은 역시 없으시죠?"

"……네."

"그럼 받으세요. 은색 프로박스입니다. 기름은 충분할 텐데, 사무실 바로 앞에 세워져 있으니까 당당하게, 근무 중인 직원처럼 타세요. 만약 경찰이 부장님을 눈치챈다면 '숨어 있는 줄 몰랐다. 소중한 회사 차를 도둑 맞았다'고 변명할 생각이니 그 점은 양해 부탁드립니다."

아무 문제 없는 조건이었다.

다이스케에게는 처음부터 불평할 자격이 없었다. 이렇게 죄 많은 자신에게 지나친 친절 아닐까? 가만히 생각해 보니 섬뜩해져서 무심코 아오에에게 친절을 베푸는 진의를 묻고 말았다.

"뭐, 글쎄요……. 뭐라고 할까요, 솔직히 말하면……."

아오에가 눈을 가늘게 뜨고 말을 이었다.

"아무 잘못도 없는 사람이 불합리한 일을 당하는 모습을 보면 기분이 나빠거든요. '정의감'이라는 게 제 안에도 있다는 뜻이겠죠. 진실을 모르는 주제에 멋대로 떠드는 놈들이 마음에 들지 않기도 하고요."

다이스케는 안전화를 신고 나서 아오에와 함께 컨테이너 하우스를 나섰다. 한 걸음 내디딜 때마다 악 소리가 날 정도로 발바닥이 아팠지만 표정을 일그러뜨릴 수도, 발을 보호하듯 걸을 수도 없었다. 누가 봐도 시켄의 직원이 일상 업무를 처리하는 듯한 태도로 주차장에 세워진 차를 향해 걸었다.

"맨 앞에 있는 차예요."

고개를 살짝 끄덕이고 사무실 쪽으로 사라져가는 아오에와 헤어졌다. 누적된 피로가 다이스케를 침착해 보이게 한 측면도 있었지만 그야말로 겨우 목숨을 부지하고 아수라장을 빠져나온 다이스케는 그저 당당히 걷는 것만 해도 어제보다 훨씬 발전한 모습이었다. 사무실은 어떤 상황일까. 경찰은 몇 명이나 왔을까. 애초에 아오에 외 직원은 다이스케의 존재를 알고 있을까. 궁금한 점이 무수히 많았지만 차에 시선을 고정한 채 주머니 속에 있는 차키 버튼을 눌렀다. 비상등과 함께 문이 열린 차에 올라타 망설이지 않고 시동을 걸었다.

목적지는 아직 정하지 않았다.

이대로 멈추지 말고 계속 북쪽으로 올라가거나 남쪽으로 내려갈까. 고민했으나 정처 없는 도피 앞에 밝은 미래는 없다는 생각이 들었다.

쪽지에 적힌 좌표를 찾아갈까.

당연히 함정일지도 모른다는 일말의 불안감은 있다. 그러나 세상 끝까지 영원히 도망칠 수 없고 만에 하나라도 사태를 극적으로 뒤집을 계기가 있다면 선택지는 이것뿐이지 않을까. 실낱같은 희망을 건다기보다 반쯤 자포자기하는 심정으로 사이드 브레이크를 내렸다.

다이스케는 왼쪽 깜빡이를 켜며 어제 지나온 길을 다시 달리기 시작했다.

스미요시 쇼마

당신이 이 사건의, 모든 악의 근원이다.

쇼마는 사쿠라의 태도가 갑자기 바뀌어서 놀랐을지언정 그녀의 말 자체에는 별다른 감응이 없었다. 조금이라도 짐작 가는 바가 있으면 몰라도 이번 사건과 자신은 아무런 관련이 없었다. 자신의 관심을 끌려고 또다시 망언을 내뱉고 있었다.

어이없다는 감정이 연민으로 바뀌고 마침내 상대할 가치가 눈곱만큼도 없다는 생각이 들었다. 포기하고 차로 돌아가려는데 쇼마의 눈앞으로 차 한 대가 달려갔다. 시켄의 로고가 달린 회사용 차였다. 아까 직원과 문제가 생긴 지 얼마 지나지 않은 시점이라서 무심코 엉거주춤 뒷걸음질 쳤는데 운전석에 타고 있던 남자의 얼굴이 낯이 익었다.

저 사람은…….

"……역시 여기 있었구나."

등 뒤에서 사쿠라의 목소리가 울려 퍼졌다.

차를 운전하는 사람은 다름 아닌…….

야마가타 다이스케였다.

정말로 여기 있었구나. 놀라움과 동시에 사쿠라가 근거를 가지고 이 쇼룸에 찾아왔다는 사실에 또 다른 공포가 밀려왔다. 그녀의 배후에는 정말로 정확한 정보를 가지고 있는 조직이 있다.

무작정 뛰어가 야마가타 다이스케를 뒤쫓으려던 사쿠라였지만 달리는 차를 따라잡을 수는 없었다. 사쿠라는 차가 사라진 방향을 손가락으로 가리키며 당장 따라가자고 매달렸지만 쇼마의 마음은 이미 단단한 돌덩이가 됐다. 이제 사건에 관여하지 않겠다. 사쿠라는 여기에 두고 간다. 모든 일은 자업자득이다. 무시하고 걸어가려 하자 사쿠라가 씩씩거리며 쇼마를 향해 다가왔다.

여자를 상대로 거친 행동을 하고 싶지 않지만 상대가 먼저 그럴 작정이라면 대응해야 마땅하다. 다치지 않으려면 힘 조절이 필요하다고 생각하는 사이에 콘크리트에 등을 부딪친 사람은 쇼마였다. 경악과 수치심으로 순식간에 붉어진 쇼마의 얼굴에 사쿠라의 눈물이 몇 방울 떨어졌다.

"당신이, 당신만 그런 짓을 하지 않았다면."

땅에 깔아 눕힌 자세라서 강한 반론도 내뱉지 못했다.

그래도 헛소리 그만하고 이만 놔 달라, 나는 아무 잘못 없다, 이상한 망상으로 사태를 더 이상 복잡하게 만드는 것은 현명한 판단이 아니다. 물리적인 열세를 어떻게든 논리와 이성으로 되돌리고자 필요 이상으로 천천히 말을 걸었지만 사쿠라는 전혀 귀담아듣지 않았다.

"이게 뭔지 알아요?"

사쿠라는 휴대폰을 꺼내더니 쇼마의 눈앞에 들이밀었다. 똑바로 볼 생각은 없었지만 눈앞에 들이미는 탓에 외면할 수 없었다. 선이 꺾인 그래프가 보였다. 이게 무엇일까. 도무지 의미를 모르겠다고 말하려다가 가능성 하나가 떠올랐다.

설마 하고 사념을 떨쳐 버리려고 해도 정신을 차리고 보니 숨이 멎었다.

"이건 트위터에서 '피바다 지옥' 키워드를 트윗한 추이를 기록한 그래프예요. 문제의 계정이 처음 트윗을 올린 시점이 15일 오후 10시 8분. 그 시점의 트윗 수는 이거예요, 이거."

사쿠라가 보여 준 위치에서 그래프는 여전히 그래프라고 부를 수 없는, 그야말로 X축 바닥에 붙어 있는 그림일 뿐이었다.

"미동도 하지 않던 그래프가 여기서 순식간에 폭발적으로 급상승하죠. 여기. 똑바로 보세요, 바로 여기!"

사쿠라가 지적한 대로 그래프는 어느 한 점에서 탑이 바로 우뚝 선 것처럼 급상승했다. 처음 게시물을 올리고서 11시간이 지난 16일 오전 9시. 그때 무슨 일이 있었을까. 어째서 이렇게 됐을까. 짐짓 시치미를 떼기도 전에 그보다 먼저 변명이 튀어나왔다.

"아니, 그건 우연히, 그 시간에—"

"'스미쇼'가, 당신이, 그 트윗을 인용 리트윗한 시간이에요."

쇼마는 화면에 대고 거세게 고개를 저었다.

"아니야."

자신도 모르게 말을 내뱉고서 황급히 논리를 구축했다. 쇼마의 팔로워 수는 천 명 정도였다. 일반인으로서는 분명 많은 편이었지만 결코 인플루언서를 자칭할 만한 수는 아니었다. 다만 팔로잉 계정 중에 자신이 기획한 행사에 부른 저명인사가 많았고, 팔로워 중에는 유명인이 몇 명 있었다. 평소에는 쇼마 본인도 그 사실을 자못 자랑스러워했지만 지금만큼은 간담이 서늘했다. 생각해 보면 어제 아침 자신의 트윗을 리트윗한 인물 중에 그런 저명인사의 이름이 있던 것도 같다. 아니, 분명 기분 탓이겠지. 쇼마는 황급히 퇴로 하나를 찾았다.

"그건 내가 뭐라고 말한 게 아니라 애당초 그 시점에 이미 내 친구가 리트윗을 했고……."

"알아요. 나도 흐름을 보고 있었으니까. 하지만 당신이 봤다는 친구의 인용 리트윗은 사실 당신이 리트윗하기 4시간 전에나 이루어졌어요. 당신 때문에 일이 커지기 전까지 그 트윗은 4시간, 4시간 동안이나 계속 26리트윗 상태였다고요. 그대로 내버려 뒀으면 그 게시물이 퍼지지 않고 그대로 묻혔을 텐데, 그런데 당신이, 다름 아닌 당신이 아무 생각 없이 헛소문을 퍼뜨리는 바람에……."

"아니, 무슨 소리를……, 나는 단지 나쁜 짓을 용서할 수 없다는 생각으로—"

"동기가 어떻든 당신이 무고한 야마가타 다이스케를 마녀사냥 할 불씨를 던진 거라고요."

"아니, 애초에 야마가타 다이스케가 결백하다고 할 수도 없잖—"

"결백하다고요! 아까부터 계속 말했잖아요. 당신 때문에 무고한 사람이 밤새도록 도망 다니는 처지가 됐어. 인생이 엉망진창이 되어 간다고."

"그게 무슨……, 그건, 그러니까 그렇게 교묘한 정보라면 누구든 속을 거라고. 나는—"

"나는, 뭐요? 뭔데요. 말해 봐요."

"나, 나는 잘못 없어."

사쿠라는 휴대폰을 끈 뒤 두 손으로 움켜쥐고는 살며시 쇼마의 가슴 위에 놓았다. 꾹 누르지도, 힘껏 내던진 것도 아닌 그저 슬며시 가슴 위에 두 손을 얹었을 뿐이었다. 그러나 사쿠라의 주먹이 얼마나 세게 꽉 쥐어져 있는지 쇼마는 분명히 알았다.

"전부잖아요. 전부."

"……전부?"

"스미요시 쇼마 씨의 동아리가 연 '인터넷 만남에 대해 생각하는 심포지엄'. 나는 거기 참가했다가 경악했어요. 처음에는 인터넷에서의 만남에 대해 피해자의 관점에서 말해 줬으면 좋겠다는 요청을 받고서 이야기해 볼까 싶었어요. 그런데 막상 참가해 보니 내 의견 따위 딱히 귀담아듣는 기색도 없고, 그저 오로지, 끝없이 피해자들끼리만 서로를 위로하는 지옥 같은 상황이었죠. 당신들은 인터넷 만남에 대해 고찰하려던 거 아닌가요? 당신들은 세상을 어떤 방향으로 움직여야 밝은 미래로 이끌지 논의하려던 거였잖아요. 그런데 오로지 시간만 잔뜩 들여가며 자신들은 한 점 잘못 없다는 논리만 우겨댔어요. 어쩌다 이번에만 우연히 토론이 그런 식으로 흘러간 걸까, 애써 마음을 달래면서 유튜브에 올라와 있는 다른 토론을 봤어요. 진심으로 소름이 돋더라고요. 모든 주제의 전제가 '왜 자신들은 잘못이 없는가'였거든요."

사쿠라는 단단한 주먹을 높이 치켜들었다가 내리치려는 순간에 속도를 줄이고 쇼마의 가슴을 툭툭 때렸다.

"분명 기성세대가 남긴 부정적인 영향도 있겠죠. 자기 힘으로는 어찌할 수 없는 불합리에 시달리는 순간도 많고요. 낡은 가치관 때문에 젊은 가능성이 꺾이는 현장도 세상에는 많아요. 하지만 불평해도 되는 사람은 최선을 다해서 힘껏, 있는 힘을 모두 쥐어 짜내서 한계까지 노력한 사람들뿐이에요. 당신은 무얼 했는데요? 당신은 무얼 끝까지 해냈죠? 행사를 열어 그 자리에 없는 사람의 험담만 늘어놓고는 박수 치고 행사 종료. 그게 다 였어요. 당신이 늘어놓는 말은 전진도 후퇴도 아닌 정체에 대한 변명이에요. 이번에도 그럴 거예요? 이번 사건, 실제로 가장 나쁜 사람은 어떻게 봐도 범인이죠. 그리고 두 번째로 잘못한 사람은…… 부끄럽지만, 억울하지만, 인정하고 싶지 않지만 분명 나예요. 하지만 세 번째나 네 번째, 다섯 번째는 틀림없이 당신이에요, 스미요시 쇼마 씨."

사쿠라는 쇼마가 다음 말을 꺼내놓기 전에 놓아주었다.

역시 목소리가 컸다. 시켄 직원이 무슨 일인지 상황을 확인하러 나와 있었다. 사쿠라는 직원이 조금 전 자신들에게 말을 걸어온 남자 직원이라는 사실을 알아보고는 눈물을 훔치고 달려갔다. 그리고 작은 목소리로 무언가 필사적으로 설명하기 시작했다. 두 사람이 그대로 사무실 쪽으로 사라져 버리자 쇼마는 아무도 없는 사무실 뒤에 홀로 남겨졌다.

천천히 몸을 일으키고, 흐트러진 옷을 정리하고, 몸에 묻은 흙먼지를 손으로 털었다. 이어서 곧바로 머리를 정돈하려는 자신을 발견했을 때, 형언할 수 없는 수치심에 사로잡혔다. 코를 훌쩍인 것은 한기가 몸에 스며든 탓이라고 변명하고는 고개를 숙인 채 그 자리에서 움직일 수 없었다.

몇 분 후 돌아온 사쿠라는 쇼마가 아직도 그 자리에 있다는 사실에 조금 안도한 표정으로 입을 열었다.

"……범인을 알아냈어요. 그리고 겨우 생각났어요. '서부유물먹지'가 무슨 뜻인지."

사쿠라는 종이 한 장을 손에 쥐고 있었다.

"아까는 심한 말 해서 미안해요. 하지만 정정할 마음은 없어요."

쇼마가 다시 시선을 내리깔자 사쿠라가 깔끔하게 머리를 숙였다.

"도와주세요."

초겨울의 찬바람이 불었다.

"이대로 가다가는 아주 작은 아이의 손에 야마가타 다이스케가 죽고 말 거예요."

야마가타 나쓰미

집을 나와 10분 남짓.

에바탄이 묻고 싶어 하는 기색이 느껴졌지만 나쓰미는 무시하고 오로지 목적지만을 향해 걸었다. 만요초의 동쪽으로 빠져나온 두 사람은 이윽고 조금 높은 언덕의 기슭에 도착했다.

정식 명칭은 준요녹지.

인근 주민들은 그저 '언덕'이라고만 부르는 평범한 야산이었다.

기슭에서 좁은 길을 10분 정도 더 올라갔다. 겨울철이어서 초목이 우거진 곳은 비교적 덜했지만 사람의 손이 타지 않은 산길은 빈말로라도 걷기 좋다고 할 수 없었다.

이 길이 맞나?

불안할 때마다 발밑을 살피면서 희미하게 잡초가 밟힌 곳을 찾아가며 언덕을 올라갔다.

이윽고 잔뜩 녹이 슨 진입금지 울타리를 익숙한 걸음으로 넘자 키 큰 나무로 뒤덮인 집 세 채가 모습을 드러냈다. 한눈에 봐도 수년간 방치된 버려진 옛 일본식 가옥으로 세 채 모두 고풍스러운 기와지붕이었다.

"……여기는?"

에바탄이 조심스럽게 묻자 나쓰미가 대답했다.

"기와지붕 세 개가 나란히 있고 이 중 한 집이 '서부유물먹지'야."

"……뭐야 그게?"

"아까 들어올 때 있던 간판 제대로 안 봤어?"

에바탄이 고개를 끄덕이자 돌아가서 설명할까도 생각했지만 다시 가서 보여 줄 정도로 대단한 것은 아니라고 생각해 그대로 현관 쪽으로 걸어갔다. 그리고 이 집에 얽힌 에피소드를, 나쓰미가 아는 모든 것을 말했다.

원래는 개인이 경영하는 목장 같은 곳이었다고 한다. 나쓰미도 나쓰미의 부모님도 잘 몰랐지만 2년 전에 전학 간 친구의 할머니가 사정을 잘 알았다. 이곳에는 다소 괴짜인 가족이 살았는데 자급자족 생활을 목표로 동물 몇 마리를 방목하고 살면서 소규모 목장, 혹은 동물원이라고 자칭했다. 동물과 접촉하고 싶으면 몇백 엔 지불하는 시스템이었던 것 같은데 위치도 나쁜 데다 괴짜 가족이 살가운 성격도 아닌 탓에 장사가 잘되지 않아 머지않아 경영 파탄에 이르렀다. 나쓰미는 '도망'이라는 단어의 뉘앙스를 분명하게 이해하지 못하지만 어쨌든 괴짜 가족은 어느 날 밤에 '도망'갔다고 한다.

그리고 그대로 방치된 건물이 이 세 채.

잠깐 갔다 와 보자.

친구가 부추겨서 처음 발을 들여놓은 시점이 작년이었다. 일단 키가 낮은 울타리가 둘러쳐져 있지만 마음만 먹으면 초등학생도 쉽게 넘어갈 수 있었던 데다 문도 잠겨 있지 않았다. 처음에는 담력 테스트 비슷한 느낌으로 몇 번인가 안에 들어갔다. 친구와 과자를 먹거나 비밀 이야기를 나누는 등 실로 어린아이답게 사용했는데 놓고 간 짐이 다음에 왔을 때도 그대로 있자 드디어 아지트가 생겼다는 생각이 싹텄다. 친구가 전학 간 뒤로는 발걸음하는 빈도가 부쩍 줄었는데 어쨌든 이곳이 '서부유물먹지'라고 불리는 장소인 건 분명했다.

에바탄은 여전히 아무것도 이해하지 못한 모습이었지만 나쓰미는 개의치 않고 목제 미닫이문을 열었다. 오늘도 실내는 나쓰미가 마지막으로 방문했을 때 그대로 보존되어 있었다.

원래라면 신발을 벗어야겠지만 모든 공간이 흙먼지로 얼룩져 있어서 신발을 신은 채 낡은 다다미 위로 올라갔다. 에바탄도 신발을 벗지 않고 나쓰미의 뒤를 따라갔다. 거실에는 2인용 소파가 마주본 형태로 두 개 놓여 있었다. 모두 더러워지기는 했지만 비교적 새 가구여서 앉기에 꺼려지지 않았다. 나쓰미는 먼지를 털고 소파에 걸터앉았다. 에바탄은 머뭇머뭇 맞은편 소파에 앉았다.

어디서부터 설명해야 할까.

고민하는 순간 앉아 있던 소파에 다소 위화감을 느꼈다. 뭐지 싶어서 이물감이 느껴지는 곳으로 손을 뻗으니 무언가가 끼어 있었다.

"……아, 여기 있었구나."

왜 그러냐고 묻자 나쓰미가 틈새에서 꺼낸 물건을 보여 줬다.

"아빠 워크맨."

나쓰미는 다시 소파에 앉아 워크맨을 조작하며 안도의 한숨을 내쉬었다.

"찾아서 다행이야……. 내가 여기서 잃어버렸던 거였어."

"……굳이 여기서 음악을 들었다고?"

"아, 아니야."

나쓰미는 힘없이 웃었다.

"아빠인 척 트위터를 했어."

에바탄은 나쓰미의 말을 금방 이해하지 못했는지 잠시 침묵했다. 한동안 답을 찾듯 흔들리는 시선으로 실내를 이리저리 쳐다보다가 마침내 어색함에 못 이긴 듯 물었다.

"네가…… 너희 아버지인 척 트위터를 했다는 말이야?"

"그래. 하지만 여기서는 인터넷을 못 쓰니까 여기서 트윗 내용을 쓴 다음 집에 돌아가서 올리려고 했지."

"……왜 그런 일을 한 거야?"

나쓰미는 질문에는 대답하지 않은 채 크게 한숨을 내쉬었다. 그리고 고개를 숙이고 사과했다.

"미안, 에바토. 계속 말하지 않은 게 있어."

망설임을 집어삼키듯 침묵이 내려앉았다.

그러고는 옆에 있는 찬장 선반에 예전에 가져다 놓은 과자가 있을 테니 먹어도 된다고 관계없는 말로 침묵을 메웠다. 그러나 결국 에바탄의 시선이 비밀을 들추는 기분이 들어 진실을 고백했다.

"그 쪽지 쓴 사람, 나야."

벙찐 에바탄이 주머니에서 조용히 쪽지를 꺼내더니 떨리는 눈동자로 나쓰미를 바라봤다.

"에바토네 할아버지가 목격하신 사람도 바로 나야. 그 공원 근처에서 만나기로 했거든. 하지만 난 스마트폰이 없어서 워크맨으로 연락을 주고받는 바람에 인터넷을 연결해야 했어……. 그래서 비밀번호 없이도 접속할 수 있는 와이파이를 찾아서 조금 이상한 곳에 서 있었던 거야. 에바토네 할아버지가 나타나는 바람에 깜짝 놀라서 탈 필요도 없는 버스에 허겁지겁 올라탔지만……. 실은 약속 장소에 나온 사람에게 '서부유물먹지'라고 적은 쪽지를 주고 간단한 장소 맞추기 퀴즈를 낸 다음에 여기서 이야기를 나눌 예정이었어. 기와지붕 세 개 중에 '서부유물먹지' 표식이 있는 집은 어디일까요, 라고. 미안해. 그러니까 더 수사해도 범인을 찾을 수는 없어."

에바탄은 간신히 나쓰미의 말을 씹어 삼키듯 딱딱하게 고개를 끄덕였다. 이내 부엌 쪽에 방치된 커다란 프로판가스통으로 시선을 돌렸다. 한 통은 옆으로 넘어져 망가졌지만 다른 한 통은 얼룩만 졌을 뿐 흠집은 없었다. 그리고 가스통 꼭지 부분에는 고무호스가 연결되어 있었는데 호스 끝은 진흙으로 더러워진 싱크대 위에 방치되어 있었다. 싱크대 옆에는 점화용 라이터가 놓여 있었다.

"……저거 위험한 거 아니야?"

에바탄이 가스통을 가리키자 나쓰미는 씁쓸한 표정을 짓고서 고개를 숙였다.

"위험한 거 나도 알아. 하지만 그 정도로 몰려 있었거든, 나도. '불을 붙이면 다 날려 버려 주지 않을까' 하는 생각에 정말로 붙을 붙이기 직전까지 갔어. 결국 그만뒀지만."

"……몰려 있었다고?"

"아까 집에 갔을 때 내가 인터넷에서 낯선 사람과 만나려고 했던 일로 아빠한테 혼났다고 말했지?"

"……응."

"엄청 혼났다고도 말했지?"

에비탄이 고개를 끄덕이자 나쓰미는 당시 상황을 자세히 말하기로 결심했다.

그때 아버지는 나쓰미가 지금까지 살면서 본 모습 중 가장 무서웠다. 호통은 치지 않았다. 하물며 매 맞지도 않았다. 경찰에게 자초지종을 들은 아버지는 완전히 무표정한 얼굴로 생각지도 못한 일이다, 믿을 수 없다는 두 마디만 중얼거렸다. 차라리 큰 소리로 꾸짖는 편이 이해하기 쉬었다. 적어도 앞으로 어떻게 행동할지 방침을 알려주기를 바랐다.

아버지는 창백한 얼굴로 천천히 고개를 가로젓더니 이윽고 의자에서 벌떡 일어났다. 그리고 나쓰미의 죄의 무게를 입이 아닌 벌의 크기로 가르치기로 결정한 듯했다. 말없이 나쓰미를 정원으로 데리고 나와 창고 안으로 밀어 넣었다. 어머니는 말렸지만 결국 아버지를 저지하지 못했다. 문이 닫히자 조명 없는 창고 안은 새까만 어둠으로 가득했다. 무거운 문은 굳이 잠그지 않아도 나쓰미 혼자서는 열 수 없었다. 그러나 아버지는 나쓰미를 엄하게 벌하려고 문에 자물쇠까지 채웠다.

결국 문은 하루가 지나고 다음 날이 될 때까지 열리지 않았다.

처음에는 나쓰미도 딱딱한 콘크리트 바닥에 무릎을 끌어안고 앉아 자신이 얼마나 큰 잘못을 저질렀는지 반성했다. 그러나 한 시간이 지나고부터는 반성하는 마음은 사그라지고 오로지 가혹한 벌을 강요하는 아버지에 대한 불신만 커졌다.

그럼 내가 어떻게 해야 했는데? 내가 무슨 잘못을 했다고 그래? 왜 이런 일까지 당해야 하지? 내가 그렇게 큰 잘못을 한 걸까? 조금은 잘못했을지도 몰라. 하지만 역시…….

"그건…… 심하네."

에바탄이 놀란 듯 눈을 동그랗게 뜨자 나쓰미는 부드러운 담요에 감싸 안긴 사람처럼 조용히 구원받은 기분이었다.

역시 그렇지. 너무 지독한 일이지.

누구와도 상담하지 못하고 줄곧 혼자 끙끙 앓던 문제를 비로소 제삼자에게 정당한 평가를 받은 기분이 들었다. 동시에 자신이 하려던 일, 해버린 일에 대한 정당성마저 손에 넣은 기분에 눈시울이 뜨거워졌다.

"그래서 아빠한테 보여 주려고 했어. 나는 잘못하지 않았다고. 잘못한 사람은 내가 아니라고. '나는 내 신념을 밀고 나간다'고."

"……비취의 천둥."

"그래, 맞아."

에바탄의 말에 대답한 나쓰미가 주머니에 넣어 뒀던 핀 배지를 꺼냈다. 스타포트에서 의문의 남자에게 받은 핀 배지는 나쓰미의 정당성을 지지하듯 조심스럽게, 하지만 강렬하게 반짝였다. 생각해 보면 실로 좋은 것을 얻었다. 나는 이 배지를 받기에 어울리는 사람이었다. 그러다 나쓰미는 정작 중요한 주인공의 이름을 잊어버렸다는 사실을 깨달았다.

"그런데 '비취의 천둥'의 주인공 이름이 뭐지?"

"세자키 하루야."

호리 다케히코

“반대로 제가 질문을 좀 해도 될까요?”

무엇을 물어도 모른다고만 대답하던 후유코의 격식을 차린 물음에 호리는 자세를 바르게 고쳐 앉았다. 하시라고 대답했지만 당장은 말을 고르지 못하는지 한동안 허공을 바라보던 후유코는 이윽고 손에 쥔 손수건을 살며시 테이블에 올려놓았다.

“경찰 여러분은 분명 남편이 범인이라고 생각하시죠?”

그렇다는 대답은 입에 담을 수 없었다.

어떻게 표현해야 할까. 어떤 표현을 선택해야 분위기가 나빠지지 않을까. 호리는 짧은 시간 동안 순식간에 말을 엮어보려 했는데 후유코는 침묵을 긍정의 표시로 받아들인 모양이었다. 고개를 살짝 끄덕이는 후유코를 보고 둘러대는 것이 상책은 아니라고 판단한 듯 무쓰우라가 요점만 간추려 상황을 설명했다.

피해자와 다이스케가 매칭 앱으로 연락을 주고받았다. 다이스케가 애플리케이션을 사용할 때 신분증명서로 마이넘버카드를 사용했다. 피해 여성 두 명은 모두 남성에게 약속된 돈보다 더 많이 뜯어내는 수법을 사용했으며 성매매 조직 중에서도 유독 악질인 집단에 소속되어 있었다. 그런 두 여성의 불법 행위에 분노한 사람의 범행으로 추정된다.

무쓰우라가 언론에 발표된 내용 외의 정보를 말하지 않을까 경계했지만 허용 범위를 넘지 않는 설명이었다. 이제는 후유코도 믿을 만한 정보제공자라고 단정할 수 없었다.

후유코는 무쓰우라의 설명을 다 듣고 나서 나무토막을 하나둘 천천히 불안하게 쌓아가듯 조용한 거실에 말을 던져 놓기 시작했다.

"나도 조금씩 이성이 돌아오기 시작했어요."

오른손을 손수건 위에 얹었다.

"아까도 말씀드렸다시피 가끔 힘들어질 때가 있었어요. 왜 나만 이렇게 괴로운 일을 당할까. 왜 나만 이렇게 힘들까. 왜 그 일에 대해서 내 주변 사람들은 이해를 못 할까, 하고요. 이런 감정은 어쩌면 여러분 같이 사회생활을 하는 남자분들은 잘 이해 못 할지도 모릅니다. 계속 집안일만 하다보면 말이에요. 서서히 내가 어디 서 있는지 모르게 되더라고요. 승진도, 일에 대한 피드백도 없이 그저 오로지 집이라는 우리 안에서 매일 비슷한 일만 반복하죠. '밥이 맛있다', '늘 고맙다'. 그런 말 한마디라도 들으면 마음은 조금 위로받을 텐데 우리 집에서는 그런 말을 거의 들을 수 없었으니까 점점……

글쎄요. 내가 이 세상과 격리되어 거대한 따돌림을 받는 사람이 된 기분이 들었어요. 남편은 해가 지날수록 인간관계가 넓어지고, 수입이 늘고, 사회적 지위가 순식간에 올라갔죠. 하지만 저는 제가 다른 가정의 주부보다 얼마나 잘하고 있는지, 뒤처지지는 않는지 그것조차 모르고 살았습니다. 물론 결혼해서 남편이 있는 친구가 몇 명 있지만 그 친구들이 어떻게 일하는지는 세세히 알 수 없었죠. 저는 줄곧 여기서, 같은 존재로 덩그러니 남겨졌어요. 당연한 말이지만 외로웠어요. 낮에는 남편을 회사에, 딸을 학교에 보내고 아무도 없는 집에 홀로 남겨지면 눈물이 뚝뚝 흘러내렸던 적도 있었습니다."

후유코는 깊은 호흡으로 마음을 가라앉혔다.

"그러면 어떻게 할까. 이 외로움을 어떻게 달랠까. 어떤 사람은 누군가에게 푸념하겠고, 가정주부의 일이 얼마나 어려운지 이해시키려고 열심히 활동하겠죠. 저는 견딜 수 없을 지경에 이르러서, 남편의 외벌이로도 생활은 충분했지만 사회와의 연결고리를 놓지 않으려고 굳이 파트타임 근무를 하러 나갔습니다.

사람들이 나를 필요로 한다. 내 자리가 이 사회 어딘가에 분명하게 준비되어 있다. 그렇게 실감할 때면 괴로운 마음이 다소 풀어졌지만 그래도 역시 틈만 나면 눈물이 쏟아지던 시기가 있었어요. 남편은 그런 저를 보면 귀찮다는 듯 외식을 권했죠. 그리고 내 의사도 취향도 묻지 않고 그저 비싼 레스토랑에 데려갔습니다. 좋아하는 음식을 먹으라면서. 이 사람은 왜 이렇게 멍청할까. 어째서 내 마음을 조금도 헤아리지 못하는 걸까. 그런 마음으로 먹은 음식이 맛있을 리 없죠. 식사를 마치면 정해진 코스처럼 쇼핑을 가서 좋아하는 것을 사라고 했어요. 내가 여기서 꺅꺅거리며 10대 소녀처럼 좋아할 거라고, 진심으로 그렇게 생각하나. 그런 생각이 들자 우둔한 남편에게 이루 말할 수 없는 불쾌감만 더욱 심해졌습니다.

물론 돈을 벌어오는 사람은 남편이지만 가계를 관리하는 사람은 접니다. 여기서 10만 엔짜리 물건을 사고 싶다고 조르면 사줄 수야 있겠지만 그만큼 가계에 부담이 된다는 걸 알았죠. 남편의 제안을 거절하려고 했지만 그건 그거고, 역시 억울하더군요. 그러니까 못난 이야기라서 부끄럽지만 언제나 5천 엔 정도는 남편의 돈을 쓰게 하자는 잔꾀가 생겼어요. 그 돈이면 코트는 살 수 없죠. 블라우스도, 구두도, 5천 엔으로는 어림도 없어요. 그렇게 되면 살 수 있는 건 이런 것뿐이죠."

후유코가 손수건을 집어 들었다.

"이런 물건이 하나둘 늘어나면서 저는 그게 마치 남편의 우둔함과 몰이해를, 동시에 저의 외로움과 정당성을 상징하는 물건 같아 왠지 기뻤습니다.

남편이 집에서 허둥대는 모습을 보는 게 좋았어요. 이건 어디 있지, 저건 어디 있지, 하면서. 그게 어디 있는 줄도 몰라? 그런 장면과 직면할 때마다 아아 역시 이 사람은 글러먹은 인간이다. 내가 없으면 일상생활조차 제대로 못 한다. 그래서 그 사람이 회사에서 얻는 명성과 수입의 40퍼센트, 아니 60퍼센트 정도는 사실 그를 지탱하고 있는 내 몫이다. 그런 식으로 생각하며 스스로를 위로했습니다. 글러먹은 남편이 스스로 그 사실을 깨닫지 못하도록 모든 고통을 떠맡고 있는 불쌍한 아내.

나는 아무 잘못 없어. 내가 슬픈 건 모두 멍청한 남편 탓이야.

그러니까 솔직히 이번 사건도 충격 받고 절망하고 마음이 몹시 뒤숭숭했지만 마음속 일부분, 머릿속 한 조각의 각설탕 크기만큼 조금은 기뻤던 것도 같습니다. 사건의 내용을 음미하기 전부터 '봐, 또 내가 불쌍한 일을 당하고 있잖아. 남편 때문에 끔찍한 일을 당하고 있어. 나는 잘못한 게 없는데 나만 맨날 지독한 시련을 당한다고. 불쌍하다, 참 불쌍해……'라면서.

그러니까 어서 알아달라고, 누군가 알아줬으면 좋겠다고 생각한 것 또한 사실입니다. 왜냐하면 그 사람이 제 마음을 섬세하게 살피고 제 모든 희망대로 해 준다면 저는 변명 하나 하지 않아도 되니까요.

죄송합니다, 제 이야기를 주저리주저리 늘어놓았네요. 이상하죠? 정말. 하지만 마침내 냉정해졌습니다. 겨우 여러 가지 사실을 알게 됐어요. 첫째, 아무것도 못 본 사람은 나였는데 이제야 깨달았어요. 그 사람은 눈치가 없고 공감능력이 떨어지는 사람이지만 분명 우는 저를 위로해 주려고 했습니다. 그런데 방법을 몰라서 맛있는 음식을 먹이고 선물을 사주겠다고밖에 못한 겁니다. 남편은 단 한 번도 가정주부는 편하다고, 다 내가 돈을 벌어오는 덕분이라고 말하지 않았습니다. 실은 나를 존중했죠. 왜 우울한지, 왜 우는지 제대로 말하려고 하지 않은 제 잘못이었어요. 저는 과거에 '부딪친 적 있다'고 표현했지만 정확한 표현은 아니었습니다. 저 역시 가장 중요한 부분은 얼버무리고 그저 히스테릭하게 소리만 질렀어요. 사실을 전하지 않았죠. 전하지 않으면 날 이해할 수 없겠지. 그러면 나는 언제나 불쌍한 나로 존재할 수 있다."

후유코는 촉촉해진 눈을 손수건으로 닦고 폐에 고여 있던 공기를 전부 토해내듯 깊은 한숨을 내뱉었다.

"예전에 그런 레스토랑에서 식사할 때 너무 괴로워서 주문을 받으러 온 점원에게 대답하지 못한 적이 있어요. 좋지 않은 행동인 줄 알면서도 주문하시겠냐고 묻는 점원을 무시해 버리고 말았어요. 그때였어요. 남편이 제게 분명하게 화내더군요. '아무리 기분이 안 좋아도 모든 사람을 존중하라. 아직 무엇을 주문할지 정하지 못했다면 정하지 못했다고 제대로 대답하라. 어떤 사람이든 무시해도 되는 법은 없다'고요. 그 당시에는 울컥 화가 났지만 지금 생각해 보면 남편의 말이 전부 옳았죠. 남편은 막무가내 같은 면이 있지만 누구든 제대로 존중할 줄 아는 사람입니다. 스스로에게 엄격하기 때문에 다른 사람에게도 엄격할 뿐이죠. 이제야 그 기억이 떠올랐어요."

후유코는 호리의 눈을 보고 다음으로 무쓰우라의 눈을 보고 다시 호리의 눈을 똑바로 바라봤다.

"남편은 범인이 아닙니다. 어떤 이유든 얼마나 무도한 짓을 한 사람이든 죽여야겠다고 생각하는 사람이 절대로 아닙니다."

후유코의 표정은 귀신에 홀렸다가 정신 차린 사람처럼 맑았다.

호리는 가해자 가족이 그 사람은 그럴 사람이 아니라고 호소하는 소리를 들은 적이 여러 번 있다. 그러나 그 말을 들을 때마다 당신들은 살인을 저지르는 인간을 실제로 본 적 있냐고 되묻고 싶었다. 사람들은 살인자라고 하면 하나같이 콧바람을 거칠게 내뿜고 눈에 핏발이 서고 입만 열면 늘 종잡을 수 없는 소리만 지껄이는 이상한 사람을 상상한다. 그러나 실제로 사람을 죽이는 인간은 겉보기에 멀쩡한, 정말로 평범한 사람이다. 후유코의 증언이 아무리 마음 깊은 곳에서 우러나온 속마음이라고 해도 어차피 개인이 그린 이미지 그 이상도 이하도 아니다.

"누가 남편을 모함했다는 생각밖에 안 들어요. 딸도 남편과 사이가 서먹해진 지 오래지만 그래도 마음은 저와 같을 거예요."

가족을 믿는 후유코의 마음은 아름다웠지만 옹호파가 한 명에서 두 명으로 늘어난다고 해도 사태는 아무것도 변하지 않는다. 아내 다음에 딸이 나와서 아버지는 잘못 없다고 말해 봤자 호리의 판단이 바뀌지는 않으리라. 그러나 호리는 방금 후유코의 발언이 마음에 걸렸다.

"따님과 남편분의 사이가 서먹하다고요?"

"네에…… 뭐, 그렇게 됐네요."

후유코는 말하지 말았어야 했다고 후회하는 듯 얼굴을 살짝 찌푸렸지만 결국은 숨김없이 털어놨다. 나쓰미가 예전에 인터넷 게시판에서 알게 된 성인 남자와 만나기로 약속한 일. 상대가 소아성애 범죄자였다는 사실. 사태를 알게 된 다이스케가 몹시 화가 난 나머지 나쓰미를 정원 창고에 밤새 가둬 둔 일. 그리고 초등학교에까지 항의하러 갔던 일. 그날 이후 나쓰미는 아버지를 어떻게 대해야 좋을지 모르게 됐고, 두 사람 사이에 골이 생겼다는 이야기까지.

완전히 새로운 정보였다.

무쓰우라의 펜이 수첩 위를 빠르게 날아다녔다.

"잠깐 따님에게 이야기를 물어도 되겠습니까?"

어머니가 자리에서 일어나려는 후유코를 말리더니 식당에서 일어나 복도로 나갔다.

나쓰미를 부르러 갔겠지.

조용히 기다리다가 생각보다 오래 걸린다 싶었는데 홀로 돌아온 어머니가 어리둥절한 얼굴로 고개를 갸웃했다.

"나쓰미가 나간다고 말한 적 있니?"

"응? 안쪽 방에서 자는 거 아니었어?"

"나쓰미. 지금 집에 없어."

호리와 무쓰우라는 곧바로 일어나 가족들에게 양해를 구한 뒤 집 안을 뒤지기 시작했다. 그러나 어머니의 말대로 나쓰미는 어디에도 없었다. 밖으로 이어지는 창문이 열려 있었다. 아무에게도 말하지 않고 어느 틈에 집을 나간 것이다.

그런데 어디로 갔을까. 어제는 집에 있었을 터다. 아침에도 있었다. 가족들이 당황해 허둥대는 사이에 호리와 무쓰우라의 가슴이 불길하게 술렁거리며 가능성 하나를 연결짓기 시작했다.

범인은 야마가타 다이스케일 수밖에 없다.

왜냐하면 모든 위장은 집 안에 침입하지 않고서는 꾸며낼 수 없기 때문이다. 그런데 빈집털이 피해를 당한 적은 없다. 만약 야마가타 다이스케 외에 범인이 달리 있다면 집을 자유롭게 드나들 수 있는 가족뿐이다.

가족.

호리는 무쓰우라에게 즉시 야마가타 나쓰미의 행방 추적을 요청하라고 말했다.

야마가타 다이스케

지금까지 제 발로 주파해온 길을 없던 일로 되돌리듯 차가 내달렸다.

건물다운 건물이라고는 거의 없는 동쪽에서 점차 교통량이 많은 다이젠시 중심부로 이동했다. 길에서 경찰차 한 대와 스쳐 지나갔지만 운전자가 다이스케이리라고는 상상도 못 했는지 차 안을 흘긋 들여다보지도 않았다. 가장 신경이 곤두섰을 때는 다이젠역 근처 교차로에 정차한 순간이었다. 토요일을 보내는 사람들이 바로 눈앞에서 오른쪽에서 왼쪽으로 길을 건넜다. 그러나 역시 회사 차에 작업복 차림 때문인지 다이스케는 누구의 눈에도 띄지 않고 초록불과 함께 차의 물결 속으로 녹아들었다.

마침내 목적지에 도착했다.

예의 편지를 챙겨 왔다고 생각했는데 아무래도 시켄의 쇼룸에 두고 온 듯했다. 주머니를 몇 군데 뒤졌지만 어디서도 나오지 않았다. 하지만 좌표는 머릿속에 저장되어 있다.

아무 문제없다.

목적지 주차장에 차를 세웠다. 스무 대 넘게 세울 수 있는 규모가 큰 주차장이었지만 포장도 정비도 되어 있지 않아서 그저 공터 같은 모양새였다.

다이스케가 세운 시켄의 회사 차 말고 자동차는 한 대도 없었다.

준요녹지.

주차장에 세워진 간판을 다시 바라봤다. 자신이 사는 지역이지만 찾아올 생각은 해 본 적 없는 약간 높은 언덕이었다. 과연 이런 곳에 관리자가 있을까. 우거진 녹음은 정성껏 키웠다기보다 방치되어 제멋대로 자랐다고 해도 좋았다.

거대한 덩어리 같은 나무숲에 과연 입구가 있을까 하고 한동안 걷다 보니 수풀이 조금 갈라져 있는 길 같아 보이는 곳에 다다랐다. 여기로 올라가면 될까. 좌표가 가리키던 곳은 준요녹지 변두리가 아니라 정상 부근으로 보이는 중심부였다. 다이스케는 발바닥에 잡힌 물집을 짓밟으며 안전화를 신은 발로 한 걸음 한 걸음 올라갔다.

수풀을 계속 헤치고 나간 지 대략 10분.

거의 있으나 마나 한 출입금지 울타리가 보이는 순간 걸음을 멈췄다.

울타리 너머에는 가옥 세 채가 세워져 있었다. 전부 기와지붕이었는데 그 중 한 집 앞에 낡은 간판이 걸려 있었다. 글자는 군데군데 지워져서 희미하게 남아 있는 글자를 머릿속으로 보완하지 않으면 내용을 이해할 수 없었다.

여기서부터 사유지이므로 출입금지

※ 동물에게 먹이를 주지 마시오.

처음에는 그런 메시지가 적혀 있던 것 같았다. 지금은 분명히 알아볼 수 있는 글자는 단 일곱 글자뿐이었다.

서부 유

※ 물 먹 지

한때는 사람이 살면서 동물이라도 길렀던 곳일까.

다이스케는 조심스럽게 가옥으로 다가갔다. 편지를 보낸 사람이 가리키는 곳이 여기가 틀림없을까? 의문은 들지만 확인할 방법은 없었다. 문설주와 맞음새가 나쁜 탓인지, 나무가 부식된 탓인지 잘 안 열리던 문이 힘을 주자 쉽게 열렸다. 누군가가 뒤따라와 침입할 경우에 대비해 나무 조각을 문턱에 끼워 열쇠를 대신했다.

실내는 진흙투성이였다.

조심조심 안으로 들어가서 너덜너덜해진 다다미 위로 올라섰다. 거실에는 심하게 바랜 소파와 책상이 두 개씩. 피난처나 은신처를 알려준 것일까? 도저히 견딜 수 없으면 이곳으로 오라는 말은 이곳은 안전하다는 메시지였을까? 막연한 안도감이 싹트자 척추를 지탱하던 긴장이 축 풀렸다. 동시에 참아왔던 피로가 뼛속까지 스며들었다.

여기서 잠시 쉬자.

찬장 선반 위에는 과자까지 마련되어 있었다. 단 음식은 별로 좋아하지 않지만 먹을 수 있을 때 비축해 두자는 마음이었다. 쿠키 봉지를 뜯어 입에 넣는 순간 강렬한 신맛이 올라와 뱉었다. 썩었다. 그 자리에 몇 번이나 침을 뱉고 고개를 들다가 선반에 놓여 있는 전자기기를 발견했다. 이게 무엇일까 싶어 손에 들고 살피니 다이스케가 과거에 사용하던 것과 같은 워크맨이라는 사실을 깨달았다.

손에 익기 전에 버려둬서 감회가 새롭지는 않았지만 움켜쥐었을 때의 느낌은 왜인지 모르게 추억을 불러일으켰다. 어떻게 이런 물건이 여기 있을까 문득 궁금해졌다. 워크맨을 언제 어떻게 처분했을까 갑자기 신경 쓰였다. 버린 기억도, 누군가에게 준 기억도 없다. 기억이 나지 않았다. 그대로 무심코 워크맨의 전원을 켰더니 놀랍게도 화면에 불이 켜졌다.

충전이 되어 있었다.

이상하다는 생각은 들었지만 전원이 들어오니 자연히 손가락이 움직였다. 잠겨 있지는 않았다. 화면을 밀자 갑자기 사진 한 장이 떴다. 갤러리 애플리케이션이 실행된 상태였다. 시야에 날아든 사진은 충격적이었지만 작은 한숨밖에 흘리지 못한 이유는 속절없이 지친 까닭이었다.

차라리 웃음이 날 것 같은 기분으로 화면을 밀며 사진을 봤다. 나타나는 사진마다 보면 볼수록 정신을 놓을 것 같았다. 처음에 뜬 사진은 다이스케의 골프백. 이어서 뜬 사진은 다이스케의 드라이버. 그다음은 다이스케의 집 정원. 그다음은……. 바로 이 단말기가 범인이 트위터 업로드용으로 사용한 워크맨이었다.

그렇다는 말은 역시 이것은 함정이었다.

소파까지 자리를 옮길 기력도 없어서 그 자리에 무너져 내렸는데 이상한 썩은 내가 코를 찔렀다. 냄새의 근원지는 눈앞의 찬장이었다. 힘이 들어가지 않는 왼손으로 문을 살짝 열자 먼저 보인 것은 창백한 발끝, 이어서 허벅지. 문이 끝까지 열리기 전에 냄새를 참을 수 없어 다시 닫아 버렸다. 썩은 내에 떠밀리듯 몸을 질질 이끌고 가 바닥에 엉덩이를 붙이고 소파에 등을 기댔다.

이제 나는 세 여자를 죽인 흉악범인가.

너무나 잔인하고 악독한 누명이었지만 이제는 분노도 느껴지지 않았다. 몹시 피곤하기도 했지만, 그 이상으로 부당한 죄가 밀어닥치는 상황에 어떠한 정당성마저 느끼기 시작했다. 분명 사람을 세 명이나 죽일 만한 극악인은 아니었을지 몰라도 무언가 단죄할 필요가 있었던 것이다. 아니면 전부 필연이었을지도 모른다.

내일은커녕 당장 10분 후 벌어질 미래조차 보이지 않는 다이스케의 시야에 부엌에 방치된 커다란 가스통이 뛰어들었다. 가스통에 가느다란 고무호스가 달려 있었고 그 호스 끝에는…….

다이스케가 일어나 부엌으로 향했다.

호스 끝에는 점화용 라이터가 놓여 있었다. 그리고 그 옆에 의문의 핀 배지와 자필 메모가 있었다.

견딜 수 없을 때 언제든 사용하세요. 이번에는 당신이 어둠에 갇힐 차례.

다이스케는 핀 배지를 손가락 끝으로 집어 들고 싸구려 티가 나는 반짝이는 짙은 회색에 잠시 눈을 가늘게 좁혔다. 그리고 점화용 라이터를 손에 들더니 가스통 쪽으로 시선을 돌렸다.

가스통 꼭지 부분에 손으로 돌릴 수 있는 밸브가 있었다. 돌리면 과연 가스가 새어 나올까? 그리고 가스가 가득한 실내에서 점화용 라이터에 불을 붙이면 큰 폭발이라고 일어날까?

다이스케는 점화용을 라이터가 조금 축축하다는 사실을 눈치챘다. 그 순간 건물에 들어올 때부터 의미한 등유 냄새가 난다는 사실도 이제야 깨달았다. 메모 옆에는 축축한 수건이 놓여 있었다.

마음만 먹으면 이 집은 쉽게 불태울 수 있다는 범인의 메시지일까.

다이스케는 다시 한번 메모지에 시선을 떨어뜨렸다.

견딜 수 없을 때 언제든 사용하세요. 이번에는 당신이 어둠에 갇힐 차례.

그런데 이 메모에서 말하는 '이번'은 도대체 언제를 가리키는 말일까? 다이스케는 돌아가지 않는 머리로 고민했지만 대답을 찾지 못했다. 점화용 라이터를 쥔 채 그 자리에 주저앉아서 삭아서 구멍 난 천장을 올려다봤다.

자, 현실적으로 생각해 보자. 나는 이제 어떤 길을 선택할까.

아무리 생각해도 밝은 미래는 전혀 보이지 않았다.

다시 이 악물고 일어선다고 해서 과연 언제까지 도망칠 수 있을까. 경찰에 붙잡히면 두 여자를 죽인, 아니 세 여자를 죽인 살인범으로 아마 극형을 받으리라. 아오에의 말로는 언론은 하나같이 다이스케가 범인이라는 논조였고, 오해가 풀릴 가능성은 한없이 낮아 보였다. 완전한 사면초가다. 그렇다면 차라리 스스로 모든 것을 끝내는 방법도 있었다. 오히려 자해의 의미로서 죄를 갚는다는, 신이 주신 마지막 배려 아닐까.

다이스케는 그대로 잠에 빠지듯 조용히 눈을 감았다.

그때, 입구 미닫이문에서 소리가 났다. 기분 탓인 줄 알았는데 다시 한번 미닫이문이 덜컹거리는 소리가 또렷하게 들렸다. 누군가 문을 열려고 하다가 조금 전 다이스케가 열쇠 대신 끼워둔 나뭇조각 때문에 열지 못했다.

드디어 진범 등장인가.

그런 예감이 들면서도 이제 누가 범인인지는 그다지 중요한 문제가 아닌 것 같았다. 누구라도 좋다. 이제 어떻게 되든 상관없다. 어딘가 TV 너머 세계의 문제로 정신을 돌리듯 미닫이문이 있는 쪽을 바라봤다.

"아빠."

귀에 익은 소리가 들렸다.

"아빠."

나쓰미의 목소리다.

빈말로도 딸바보라고는 할 수 없는 다이스케지만 친딸의 목소리를 못 알아들을 리 없었다. 그 목소리를 들은 순간 이 사건의 실체를, 머릿속에 흩어져 있던 모든 퍼즐 조각이 맞춰졌다.

순식간에 메모에 적힌 암호의 진상을 깨달았다.

견딜 수 없을 때 언제든 사용하세요. 이번에는 당신이 어둠에 갇힐 차례.

지금 상황은 그야말로 완벽하다 싶을 정도로 그날과 대조를 이루고 있지 않은가. 인터넷에서 모르는 남자와 만나기로 약속한 나쓰미를 다이스케는 밤새도록 캄캄한 창고에 가뒀다. 왜 그런 짓을 했냐고 누군가 묻는다면 당연히 훈육이었다고 그날의 다이스케는 대답했으리라. 그러나 지금의 다이스케는 그것이 완전한 기만임을 깨달았다.

다이스케는 그저 한없이 무서웠을 뿐이다.

자신의 딸이 무시무시한 일을 당했을지도 모르는 벼랑 끝에 서 있었다는 사실을 알았을 때 다이스케는 끝없는 무력감 속으로 떠밀려 추락했다. 내가 어떻게 해야 했을까. 생각하고 또 생각해도 알 수 없었다. 인터넷을 할 때 어떻게 행동해야 하는지 가르칠 만한 지식은 없다. 완력이나 체력으로 해결할 수 있는 문제도 아니다. 답 없는 공포는 요령 좋게 정답만을 골라내며 살아온 다이스케를 결정적으로 당황하게 했다.

무엇이 잘못이었을까, 무엇을 하면 안 됐을까. 누구의 잘못일까. 냉정하게 문제의 본질을 판별하기 몹시 어렵다는 사실을 깨달은 다이스케는 생각하기를 포기했다. 그리고 결국 문자 그대로 모든 것을 가둬 버리기로 결정했다.

네 잘못이야. 반성해.

좁고 어두운 창고에 딸을 가두고 어떻게 반성해야 하는지는 한마디도 하지 않은 채 알기 쉬운 벌만 줬다. 왜 그런 짓을 했는지, 지금의 다이스케라면 안다.

자신이 변변치 못한 인간이었기 때문이다. 문제의 본질을 누군가의 탓이라고 치부하면 더는 생각할 필요가 없기에 마음이 편해진다.

다이스케는 문밖에 있는 나쓰미에게 마음속으로 사과했다. 정말 미안했다. 잘못한 사람은 바로 이 아빠다. 정말로 반성해야 했던 사람은, 어떻게 해야 너를 지킬 수 있었는지 대처 방법을 잘 모른다는 문제에 겁을 먹고 생각하기를 포기한 죄 많은 이 아빠다.

"아빠."

다이스케가 조용히 가스통 밸브를 돌렸다. 세상에 소음이 낀 듯 쉬이이 하는 공기 빠지는 소리가 들리기 시작했다.

스미요시 쇼마

쇼마는 주차장에 세워둔 차 옆에 서서 하늘을 향해 일직선으로 뻗어나가는 검은 연기를 올려다봤다.

산불이다.

발화 지점과는 거리가 있어서 쇼마가 있는 곳까지 열이 닿지는 않았다. 그러나 뱀이 똬리를 틀 듯 뭉게뭉게 피어오르는 굵은 검은 연기에는 세상의 파멸을 알리는 듯한 무시무시한 기운이 서려 있었다. 쇼마는 산불과 야마가타 다이스케 사건과의 인과관계는 모르지만 전혀 무관하다고 생각할 정도로 속편한 사람도 아니었다. 무심코 침을 삼켰다.

내가 돌아올 때까지 거기서 기다려요.

사쿠라의 말에 따라 정해진 장소에서 차가운 손가락을 비볐다.

잘도 넘어갔다는 소리를 들어도 할 말이 없었다. 결국 쇼마는 이렇게 사쿠라를 돕게 됐다. 시켄의 쇼룸에서 그녀를 태우고 지시하는 대로 준요녹지로 향했다. 그런 소리를 듣고도 뒤로 뺀다면 남자도 아니라는 케케묵은 시절에나 했을 법한 말은 쓰기 싫지만 사쿠라가 한 말이 실제로 쇼마도 어렴풋이 깨닫고 있던 급소를 잔인할 정도로 정확하게 찔렀다.

말투, 몸짓, 외모, 그리고 SNS.

꾸미면 꾸밀수록 왜인지 자신을 놓치는 기분에 빠졌다. 쇼마의 겉모습만 앞으로 나아가고 진정한 자신은 계속 한자리에 머물렀다. 아니, 그렇지 않아. 스스로 옹호해 보려고도 했지만 결국 마지막에 꼭 붙고 마는 생각은 나는 잘못이 없다.

마침내 자신의 어리석음을 알아차렸다는 듯 흔쾌히 한순간에 사람이 변하지는 않았다. 쇼마가 더 이상 스미요시 쇼마를 망가뜨리지 않으려면 지금 사쿠라를 도울 수밖에 없었다.

차에서 사쿠라에게 범인의 대략적인 특징을 들었다. 나이, 성별, 예상할 수 있는 체격. 나도 최대한 빨리 돌아올 수 있도록 최선을 다할게요. 하지만 내가 돌아오기 전에 범인이 나타나면 부디 혼자서 잡아 주세요.

사쿠라가 말한 인물이 나타난다면 붙잡는 일은 어렵지 않을 듯했다. 그러나 아까 사쿠라에게 쉽게 제압당했던 일을 생각하면 한심해서 스스로를 과신할 수 없었다. 어려서부터 운동을 싫어했다. 공을 던지거나 차면 반드시 어디선가 비웃음이 들려왔다. 창피하고 부끄러워서 견딜 수 없었지만 그렇다고 운동 실력을 늘리려고 하지는 않았다. 체육 수업이 없어져서 다행이다. 이제는 아무도 자신을 비웃지 못한다. 현재 자신이 50미터를 몇 초만에 달릴 수 있는지, 덤벨을 몇 킬로그램 들 수 있는지 모르는 쇼마는 자신의 몸을 정말로 신뢰할 수 없었다. 이 몸은, 스미요시 쇼마의 본질은, 그저 빛 좋은 개살구다. 나약한 마음이 고개를 쳐들려고 하자 머리를 흔들며 스스로 독려했다.

이윽고 한 사람이 출구에 나타났다.

호리호리하고 왜소한 실루엣에 희미하게 안도의 한숨이 새어나왔다. 쇼마보다 머리 하나는 작았다. 아무리 봐도 흉악 사건의 범인 같지 않은 인물이었지만 사쿠라가 말했던 특징에 들어맞는 인물이었다.

"……시, 실례합니다."

긴장 때문에 목소리가 높아져 버려 부끄러운 쇼마는 최대한 적의가 없는 척 말을 걸었다. 지지는 않으리라 믿고 싶지만 몸싸움은 붙지 않기를 바랐다. 핑계를 대며 함께 실없는 이야기라도 나누면 된다. 언젠가는 사쿠라가 올 것이다. 수적으로 유리한 상황을 만들면 역습당할 가능성에 겁먹을 필요도 없었다.

"잠깐 말씀 좀 여쭙—"

겠습니다. 말을 끝맺기 전에 범인이 쇼마에게 다가왔다.

최악이다.

성큼성큼 빠르게 다가오더니 점점 전력으로 뛰어왔다. 괜찮아, 이 정도 체격 차이면 튕겨 나가지는 않을 거야. 스스로에게 용기를 주입하며 자세를 잡았지만 어깨를 부딪친 것만으로도 보기 좋게 넘어가고 말았다. 그 작은 체구 어디에서 그런 힘이 나오는지. 어떻게든 저항하는 동안 범인이 체격과 어울리지 않는 두꺼운 가슴판과 굵은 팔을 자랑한다는 사실을 눈치채고는 약한 마음이 걷잡을 수 없이 폭발했다. 어느새 범인이 쇼마의 위에 올라탔고 곧이어 턱에 묵직한 충격이 가해졌다. 뇌가 흔들리고 주먹에 얻어맞았다는 사실을 인지하기까지 시간이 조금 걸렸다.

아아, 틀렸다.

이대로 곤죽이 되도록 얻어맞을지도 모른다. 아무리 저항해도 자세를 뒤집을 기미는 보이지 않았다. 반격의 실마리조차 보이지 않았다.

그러나 다시 일격을 맞기 전에 목소리가 울려 퍼졌다.

"그만둬!"

사쿠라다.

사쿠라는 어깨를 들썩이며 범인에게 칼을 겨눴다.

칼끝이 가늘게 떨리는 이유는 지쳐서가 아니라 당황하고 무서워서라는 사실을 쇼마도 알았다. 살았다는 생각도 잠시, 범인은 쇼마의 몸에서 일어나 잽싸게 사쿠라와 거리를 좁혀 그녀가 겨누고 있던 식칼을 오른발로 차올렸다. 포물선을 그린 식칼이 덤불 속으로 사라지고 무기를 잃은 사쿠라는 뒷걸음질 쳤다.

"당신이 나한테 무슨 말을 듣고 싶어 하는지 알아."

떨고 있지만 범인의 눈을 바라보는 눈빛에는 분명한 힘이 있었다. 입술을 한번 감쳐물고 나서 또박또박 말을 내뱉었다.

"하지만 난 말 안 할 거야. 당신은 용서받을 수 없는 짓을 저질렀어. 그걸 가질 자격은 나도 당신도 없어."

사쿠라와 범인이 아는 사이인가?

쇼마는 상황을 파악하지 못했지만 어쨌든 사쿠라의 말에 범인은 잔뜩 화가 났다. 씩씩거리며 금방이라도 달려들 기세로 간격을 좁혔다.

그런 범인의 오른 다리를 무작정 잡고 늘어진 이유는 쇼마 나름의 고집 때문이었다. 균형을 잃은 범인은 온 힘을 다해 쇼마를 뿌리치려고 했다. 그러나 쇼마도 놓지 않았다. 지금이 기회라고 판단한 사쿠라는 범인을 제압하려고 했지만 힘이 센 탓에 붙잡을 수 없었다. 쇼마의 팔에서도 서서히 힘이 빠졌다.

안 될 것 같다.

결국 손을 놓으려던 그때 멀리서 달려오는 사람이 보였다.

이런 위기 상황에서 연예인을 본 듯 놀란 감정을 느꼈다. 역시 지쳤는지 달리는 모습이 어딘가 이상했지만 그 모습에는 형언할 수 없는 박력이 있었다. 아마도 지금 이 나라에서 가장 유명한 일반인.

야마가타 다이스케다.

사쿠라가 저 사람을 구했을까.

다이스케가 가세하자 불리하다고 판단했는지 범인은 눈에 띄게 동요했다. 쇼마는 다시금 마지막으로 힘을 짜내 범인의 오른 다리를 잡고 늘어지고 사쿠라도 같은 기세로 두 팔을 제압하듯 껴안았다. 범인은 몸부림치듯 날뛰었지만 사쿠라가 놓치는 순간 다이스케가 몸을 부딪쳐 범인을 그대로 깔아뭉갰다. 머리를 땅바닥에 짓누르고 움직이지 못하도록 두 팔을 단단히 구속했다. 살았다는 안도에 마음을 놓을 뻔했지만 가까이서 보는 다이스케의 얼굴은 흙빛이었고 눈에 띄게 쇠약해져 있었다. 쇼마는 혹여라도 다시 반격당하지 않도록 엎어진 범인의 두 다리 위에 주저앉았다.

"나쓰미……."

다이스케가 꺼져가는 목소리로 불렀다.

쇼마는 경찰을 부르는 일이 자신의 역할이라고 판단해 휴대폰을 꺼냈다. 경찰이 쇼마 일행이 있는 다이젠 스타포트 주차장에 나타난 것은 신고 후 약 5분이 지난 뒤였다.

출동한 경찰은 사태를 파악하기 어려운 듯했다. 도망 다니던 야마가타 다이스케가 수수께끼의 인물을 제압하고 있다. 게다가 옆에는 사건과 어떤 관계가 있는지 모르는 젊은 남녀. 이 자리에 있는 모두가 격한 숨을 몰아쉬고 있었다.

"범인은 야마가타 다이스케가 아니라 이 사람이에요."

그러나 경찰은 순순히 범인을 체포하지 않고 우선 다이스케를 잡았다. 이어서 다이스케가 깔아뭉갰던 인물을 여대생 살인사건의 용의자가 아니라 싸움을 일으킨 현행범으로 체포했다.

"정말 죄송합니다. 제 탓이에요."

이 순간을 놓치면 사과할 기회는 없을지도 모른다.

그렇게 생각한 쇼마는 경찰차로 빨려 들어가는 다이스케를 향해 말했다. 그러나 도대체 무슨 말을 하는지 이해하지 못한 그는 지친 눈으로 흘긋 한 번 쳐다볼 뿐이었다. 사쿠라도 다이스케에게 말을 걸었다. 그 말에 다이스케가 대답하려고 했지만 말을 꺼내기도 전에 문이 닫혀 버렸고, 경찰차가 출발했다.

이어서 범인도 경찰차 안으로 끌려갔다. 덩치가 작은 범인의 얼굴을 이제야 본다는 사실을 깨달은 쇼마는 이 사람을 도대체 어디서 봤을까 생각하다가 마침내 떠올렸다.

맞다.

저 남자는 오늘 아침 세션이 끝날 무렵 전망대에서 봤던 비취의 천둥 핀 배지를 달고 있던 사람이었다.

실시간 트렌드: 검색어 '자초지종을 아는 것으로 추정되는 20대 남성'

12월 17일 15시 21분 지난 6시간 3,718건 트윗

• 상황이 너무 급전개라 뭐가 뭔지 모르겠어. 갑자기 튀어나온 이 남자는 누군지 설명해 줄 사람?

∨신고받고 출동한 경찰은 어제부터 행방을 쫓던 시신 발견 현장의 집주인을 다이젠 스타포트 주차장에서 체포, 자초지종을 아는 것으로 추정되

는 20대 남성도 다이젠 경찰서로 임의동행했다고 발표했다.
인용: [신호신문웹]다이젠시 교살 사건: 사체 발견 현장의 집주인과 20대 남성 신병 확보

노타리 안@nottari_an

• 기레기들아, 사람들이 이해하기 쉽게 보도하라고. 경찰도 처음부터 제대로 된 정보를 공개하고. 시민들만 혼란스러우니까 제대로 일해. 누가 범인인지 확실히 표기하라고. 자초지종을 아는 것으로 추정되는 20대 남성이 무슨 자초지종을 안다는 건지 써라.
인용: [신호신문웹]다이젠시 교살 사건: 사체 발견 현장의 집주인과 20대 남성 신병 확보

키위@니가타 침구사@kiwi_shinkyu111

• 엥? 미쳤다ㄷㄷㄷ 설마 그 난리를 쳤는데 다이테이 하우스 직원이 범인이 아닐 수도 있다는 말이야? 자초지종을 아는 것으로 추정되는 20대 남성이 범인이라면 루머 퍼뜨린 사람들 죄다 체포될 사건인데 괜찮음?
인용: [신호신문웹]다이젠시 교살 사건: 사체 발견 현장의 집주인과 20대 남성 신병 확보

간파리@campari1999

• 아, 다 모르겠고, 이 '자초지종을 아는 것으로 추정되는 20대 남성'이

라고 쓴 것부터가 이미 사태를 정확하게 파악한 사람이 아무도 없다는 말 같은데.

인용: [신호신문웹]다이젠시 교살 사건: 사체 발견 현장의 집주인과 20대 남성 신병 확보

다카하시@장사의 달인@takahashi_sedorick5

호리 다케히코

호리도 무쓰우라도 그저 어안이 벙벙했다.

스미요시 쇼마라는 청년의 신고를 받은 경찰이 급히 현장으로 출동해서 야마가타 다이스케와, 그와 난투극을 벌이던 남자 한 명을 체포했다. 체포영장을 받지는 않았다. 어디까지나 임의동행이었는데 남자는 별다른 저항은 하지 않았다.

범인은 야마가타 다이스케가 틀림없다.

이 남자가 누구인지는 모르지만 간단한 조사 후 곧 풀려나리라. 그런 수많은 견해를 뒤집듯 순식간에 몇 가지 정보가 밝혀졌다.

야마가타 다이스케의 집 창고에서 발견된 이시카와 메구미의 시신이 담겨 있던 비닐봉지에서 야마가타 다이스케의 지문과 일치하지 않은 지문이 하나 발견됐는데, 해당 지문이 이 남자의 새끼손가락 지문과 일치했다. 게다가 감식은 이제 와서 여성의 교살체에 난 밧줄 자국의 각도로 역산하면 범인의 키가 150센티미터에서 160센티미터 사이로 추정된다고 주장하기 시작했다. 이번에 야마가타 다이스케와 임의동행한 남자의 키가 158센티미터였다.

지금까지 밝혀진 정보로도 이미 이 남자는 무시할 수 없는 존재가 되었다. 이 남자가 '피바다 지옥' 트윗을 스물다섯 번째로 리트윗한 잡학 계정의 주인이라는 사실이 밝혀지면서 결국 바로 풀려날 수 없었다. 수사본부의 판단으로 다이젠 경찰서에서 취조 능력이 가장 뛰어나다고 알려진 기자와가 야마가타 다이스케 담당에서 이 남자의 담당으로 변경됐다.

다이젠 경찰서 3층 1번 취조실에서 야마가타 다이스케의, 3번 취조실에서 남자의 취조가 시작됐다.

처음에는 진술조서에 작성해야 하는 필수 내용 때문에 당사자를 질리게 할 정도의 질문이 끝없이 이어졌다. 출신지, 본적지, 현주소, 본명, 생년월일, 학력, 직업. 전부 듣기까지 한 시간이 걸렸다. 그리고 그사이에 야마가타 다이스케가 직장에서 우편물로 받았다는 편지 내용이 그 남자의 휴대폰 메모 애플리케이션에서 발견되자 가장 유력한 용의자가 야마가타 다이스케에서 그로 슬쩍 바뀌었다.

호리와 무쓰우라가 3번 취조실을 지켜볼 수 있는 매직미러 앞에 도착했을 때는 아직 남자가 자백하지 않은 시점이었다.

기자와는 '네가 한 짓이잖아, 솔직히 실토해' 같은 거친 말은 사용하지 않고 마치 피의자의 마음을 이해한다는 듯한 태도로 사건의 진상을 캐내는 데 매우 능숙했다.

힘들지, 괴로웠지, 그것 참 큰일이군.

그러면 피의자가 점차 유대감을 느껴 얼마 후 친구에게 털어놓는 기분으로 사실을 고백하고 말았다.

남자는 끈질겼다.

처음에는 경찰이 자신에게 크게 관심을 보이지 않으리라 만만하게 여겼는지 나름대로 질문과 답을 주고받았다. 시치미를 떼는 대답에 뻔한 일을 새삼 떠올리는 듯한 몸짓, 그런 것은 전혀 몰랐다는 듯 놀란 표정. 그러나 준요녹지 근처의 밭에 설치된 CCTV에 모습이 여러 번 찍힌 사실이 드러나면서 콧김을 거칠게 내뿜고 눈이 새빨갛게 충혈되기 시작했다.

곧 끝이겠구나.

호리가 직감하자마자 남자가 눈물을 흘렸다.

기자와는 긴 잡담 끝에 마침내 본론으로 파고들었다. 먼저 살해한 세 여성과 안면이 있는지 물었다. 남자는 시선을 책상에 떨어뜨린 채 대답했다.

"없었어……."

"그러면 왜 일부러 접근해서 위해를 가하려고 했지?"

"……용서할 수 없었어."

"왜 용서할 수 없었는데?"

기자와가 묻자 남자는 떨리는 입술로 대답했다. 당사자는 영혼을 토해내는 것이나 다름없는 각오로 내뱉었는지 몰라도 듣는 사람은 맥이 빠질 정도로 시시한 이유였다.

"인생 편하게 사는 인간들을 용서할 수 없었어. 그렇게 사는 인간들이 존재한다는 걸 용서할 수 없었다고. 인터넷에서 그 여자들의 정보를 발견했을 때 절대 놓치면 안 되는 거대한 악이라고 생각했어."

"직접 피해를 당한 건 아니구나?"

"그런 건 아니야……. 하지만 제재가 필요했지."

호리는 한숨을 쉬었다.

종종 동기가 실로 하찮은 사건이 있다. 치정 때문에, 사소한 트집이 커지는 바람에, 자신도 모르게 벌컥 화가 나서……. 그러나 사태를 이렇게까지 휘저어 놓은 당사자의 입에서 그런 말이 튀어나오면 당연히 화가 난다.

그러나 기자와는 이런 부류에게도 결코 설교 같은 말을 늘어놓지 않았다. 그랬군, 하고 깊이 이해한 척하며 남자의 진술을 더욱 이끌어냈다.

"세상은 너무 불공평해. 용서할 수 없어. 인생 꿀 빨면서 날로 먹는 인간들은 벌을 받아 마땅하다고 생각했어."

기자와는 이해했다는 듯 고개를 끄덕이고서 진술조서로 시선을 떨어뜨렸다.

"그런데 아까 들은 이야기로는 자네도 제대로 된 직장에서 월급 꼬박꼬박 받으며 일한다 했잖아. 스즈시타 공무소면 지역 사람 모두가 신뢰하는 훌륭한 회사인데. 그래도 불공평하다고 생각했나?"

"사실 지금 일 같은 건 할 생각이 없었어. 하지만 어쩔 수 없었다고. 다른 꿈이 있었는데 어렸을 때 아버지가 돌아가시는 바람에 대학을 못 가서 고졸로 일할 수밖에 없는 상황에 내몰렸어. 나처럼 불행한 인간도 있는데 실실거리면서 편하게 큰돈을 버는 쓰레기들을 용서할 수 없었어."

"그래, 그랬군."

기자와는 이해했다는 듯 상냥한 표정을 지었지만 눈은 웃지 않았다. 피의자의 입이 가벼워졌다고 확신하자 단숨에 필요한 정보를 수집했다.

"그럼 처음부터 세 사람을 죽이고 싶었던 거고, 야마가타 다이스케 씨에게 죄를 뒤집어씌우려고 생각한 건 어디까지나 부차적인 문제였군, 그렇지?"

남자는 잠시 망설이다가 고개를 살짝 끄덕였다.

"하지만 죄를 뒤집어씌우는 데 거부감은 없었어. 처음에 이 아이디어를 생각해냈을 때 놈이라면 죄를 덮어씌워도 문제가 없다고 판단했지. 그놈은⋯⋯ 생각해 보면 그놈이야말로 내 앞에 처음으로 나타난 용서할 수 없는 거대 악이었어. 뒤에서는 무도한 짓을 저지르는 주제에 대기업에 다니면서 높은 연봉을 받고 단물만 빨아먹잖아⋯⋯. 아무튼 그 인간은 최악이야."

"야마가타 씨가 그런 사람인 줄은 어떻게 알았지? 공무소와 주택건설사로서 업무상 만난 적이 있었나?"

"아니."

기자와가 추가 질문을 두세 번 했지만 남자는 야마가타 다이스케와의 관계에 대해서는 입을 다물었다. 어쩔 수 없이 화제를 돌렸다.

"준요녹지의 화재는 역시 네가 연관됐지?"

남자는 더듬더듬 말하기 시작했다.

처음에는 프로판가스를 이용해 폭발을 일으킬 수 없을까 생각했다. 다만 프로판가스로만은 미심쩍어서 가옥 일부에 등유를 듬뿍 뿌려두기로 했다. 어디서든 점화용 라이터로 불을 붙이면 가옥 전체가 잘 탈 수 있도록 조치했다. 궁지에 몰릴 대로 몰린 야마가타 다이스케가 이대로 자살해 주기를 바랐고 그렇게만 해준다면 피의자 사망으로 사건이 종결되리라 믿었다.

기자와는 그렇구나, 하고 대답하며 작게 메모를 남겼다.

"그런데 실제로 야마가타 다이스케 씨의 범행으로 위장하려면 여러 가지 장치가 필요했던 것 같은데, 우선 야마가타 씨의 마이넘버카드를 얻으려면, 와이파이를 이용하려면, 워크맨을 손에 넣으려면 야마가타 씨의 집에 들어가야 했지. 그건 어떻게 했을까?"

"……현관 옆 화분 뒤에 열쇠가 숨겨져 있어서 쉬웠지."

"그렇다고 하더군. 하지만 비밀번호를 모르면 열쇠를 못 꺼내는 구조던데. 비밀번호는 언제 어디서 어떻게 알았지?"

"그건……."

이쯤에서 남자의 입이 갑자기 무거워졌다.

"……대답하기 싫어."

"세자키 하루야라는 이름을 붙인 이유는 뭐지?"

"……대답하기 싫어."

"그 준요녹지에 그런 시설이 있다는 건 언제 알았지?"

"……대답하기 싫어."

"야마가타 씨는 어떻게 알게 됐는지 알려 줄 수 없을까?"

"……대답하기 싫어."

알리고 싶지 않은 사정이 있는지, 혹은 말을 너무 많이 해 버려서 문득 후회되는지, 남자는 갑자기 입을 다물었다. 상황이 이렇게 됐으니 전부 이야기하면 좋을 텐데.

호리는 머리를 긁적이며 일단 형사부실로 돌아가기로 했다. 정보를 정리해서 상부에 보고해야 했고, 또 야마가타 다이스케의 가족도 돌봐야 했다. 어쨌든 사건은 해결을 향해 가고 있었다. 가슴을 쓸어내리고 형언할 수 없는 충족감 속에서 매직미러를 뒤로하려던 순간 무심코 걸음을 멈추고 말았다. 얼굴에 꽂히는 비난의 시선이 느껴졌기 때문이다.

무쓰우라였다.

할 말이 있겠지. 표정을 꾹꾹 눌러 감추려고 애써 관리하고 있지만 자기주장을 외치는 눈동자에는 호리를 향한 숨김 없는 항의가 배어 나왔다.

"……왜 그래?"

재촉하듯 말을 걸었지만 무쓰우라는 "아뇨"라고 작게 대답하며 미간을 찌푸렸다.

무쓰우라가 무슨 말을 하고 싶어 하는지 호리도 모르는 바는 아니었다. 무쓰우라는 수사가 시작되고부터 일관되게 야마가타 다이스케가 아닌 진범이 있을 가능성을 언급했다. 그 의견을 일축한 호리, 그리고 수사본부에 앙금이 있겠지.

거봐요, 내가 말했잖아요.

그런 한마디가 목구멍까지 나왔지만 감히 입에 담지 못하는 갈등이 엿보였다.

"어쩔 수, 없었잖아?"

최대한 양보하는 셈으로 한 말이었지만 무쓰우라는 납득하지 못하는 모습이었다. 고개를 갸웃거리며 그래도 어떻게든 말을 삼키려고 고개를 살짝 끄덕였다. 한 번 더 밀어붙일 필요가 있다고 판단했다.

"무쓰우라 씨도 사건을 모두 꿰뚫어 본 건 아니잖아. 나도 나대로 주어진 정보 중 가장 타당한 걸 선택했을 뿐이야. 어쩔 수 없었다고."

어제부터 몇 번이나 그래왔듯 호리는 또 무쓰우라의 어깨를 주무르듯 붙잡고 속삭이듯 말했다.

우리는 최선을 다했어. 사건은 해결됐으니 그걸로 됐잖아. 둘이서 온 힘을 다해 노력했어. 그 이상 어떻게 더 열심히 해? 다시 생각해 봐.

우리 두 사람은 처음부터 끝까지, 정말로, 잘못한 거 없어.

무쓰우라는 마침내 스스로를 납득시키려는 듯 콧김을 거세게 내

뿜더니 천천히 고개를 끄덕여 보였다. 그러고는 자신의 불쾌한 태도를 사과하고서 호리의 말에 동조하듯 말했다.

"확실히…… 그게 우리가 할 수 있는 최선이었죠. 우리는 실수하지 않았습니다."

호리와 무쓰우라 두 사람이 떠나고 나서도 기자와와 남자의 싸움은 계속되었다. 자신이 범인이라는 사실을 인정하면서도 이야기를 어느 깊이까지 파고들면 곧바로 우물거리며 입을 다물었다. 도대체 무엇을 숨기려는지, 무엇을 들키고 싶지 않은지, 기자와를 비롯한 수사관들은 전혀 짐작도 가지 않았다.

기자와는 끈질기게 범인과의 대화를 이어갔다.

"조금만 더 이런저런 이야기를 들려주면 좋을 텐데."

기자와는 남자의 눈을 바라보며 부드럽게 웃었다.

"에바토 다쿠야 씨."

스미요시 쇼마

“아까는 잘난 척 떠들어대서 미안했어요. 도와줘서 정말로 고마워요.”

사쿠라가 따뜻한 캔커피를 내밀었다. 커피를 받아든 쇼마는 고개를 숙이고 나야말로 고마웠다며 인사했다. 두 사람은 다이젠 스타포트 1층 로비에 마련된 벤치에 나란히 앉아 조용히 음료를 마셨다.

쇼마와 사쿠라는 경찰서로 연행됐지만 두 시간 정도 조사를 받은 뒤 일단 풀려났다. 경찰도 지금은 야마가타 다이스케와 에바토 다쿠야의 조사만으로도 정신없는 듯했다. 내일 다시 다이젠 경찰서를 방문하기로 했다. 그 길로 집으로 데려다줄 수도 있었는데 애석하게도 쇼마의 혼다 피트 하이브리드는 스타포트 주차장에 주차되어 있었다. 그래서 스타포트로 이동해 지금에 이른 것이다.

쇼마는 캔커피의 온기를 두 손으로 확인하며 물었다.

“이게 도대체 무슨 일인지 모르겠지만 이것저것 물어도 돼요?”

"네."

쇼마는 떠오르는 의문을 하나씩 물었다. 사쿠라는 쇼마의 질문에 천천히 설명해나갔다.

확실히 식칼은 갖고 있었지만 딱히 누구를 죽이려던 생각은 아니었다. 단지 집을 서둘러 뛰쳐나오는 바람에 무기가 될 만한 것으로 식칼밖에 찾지 못했다. 크록스를 신고 있던 이유는 툇마루에서 밖으로 나갔기 때문이었다. 그다지 좋은 장비가 아니라고는 생각했지만 아무튼 시간이 없었기 때문에 현관문으로 나갈 수 없는 사정이 있었다. 처음부터 내 목적은 야마가타 다이스케를 누구보다 먼저 찾고 안전한 장소로 대피시키는 것이었다. 이대로라면 그의 안전을 장담할 수 없었기 때문이다. 다만 야마가타 다이스케는 결백하다고 소리높여 주장해도 믿어 주지 않으리라 예상했기에 순간 피해자의 친구라고 거짓말하고 말았다.

준요녹지의 폐가에서 무사히 야마가타 다이스케를 발견했다. 폭발하지는 않았지만 등유를 먹은 바닥은 작은 불씨에도 불타기 시작했다. 이후 야마가타 다이스케와 함께 준요녹지를 빠져나와 내려와서 범인과 몸싸움하던 쇼마에게로 달려왔다.

"사쿠라 씨의 본명은 스나쿠라 사에 아니에요?"

"그거, 당신이 처음 물었을 때도 궁금했는데 그 사람이 도대체 누구예요?"

쇼마는 자신의 착각이 부끄러워 말문을 돌렸다.

"미안해요. 나는 사쿠라 씨가 '인터넷 만남에 대해 생각하는 심포지엄'에서 어떤 피해 경험담을 말할 예정이었는지 제대로 파악하지 못해서 오해가 좀 있었나 봐요. 그러니까, 사쿠라 씨가 우도 씨의 소개로 와서 나에게까지 정보가 들어오지 않았거든요……. 당일에도 제대로 이야기를 듣지 못했으니, 어떤 일을 당했었죠?"

사쿠라는 한숨을 길게 쉬고는 조금 먼 곳으로 시선을 돌리며 말했다.

"초등학생 때 롤리타 콤플렉스인 남자와 만날 뻔했어요. 약속 장소까지 나갔는데 그 사람은 나타나지 않았죠. 결과적으로는 직접 피해를 당하기 전에 아슬아슬하게 피해 갔어요. 하지만 그게 경찰을 통해 가족들에게 알려졌고, 아빠한테는 특히 심하게 혼났어요. 집 창고에 밤새 갇혀 반성하라고 벌을 받았죠……. 게다가 그 며칠 후에, 말이에요. 아빠가 학교에 쳐들어갔어요. 그러고는 딸이 하마터면 성폭행당할 뻔했다, 이 일을 어쩔 거냐, 도대체 학교가 하는 일이 뭐냐며 교무실을 뒤집어놨어요. 아빠가 화내시는 모습이 좀 심상치 않았던 것 같은데…… 스스로에게도 타인에게도 엄격한 분이시거든요. 결론은 헛소문이었지만, 우리 아빠가 응접실에서 교감 선생님을 때려눕혔다는 소문이 나돌았고……. 공교롭게도 마침 그때 교감 선생님이 병가로 학교에 안 나오시던 시기였어요. 게다가 그렇게까지 분기탱천한다는 건 사실 딸이 성폭행당했다는 거 아닌가, 성폭행은 아니어도 그와 비슷한 피해를 당한 것 아닐까, 그런 소문까지 돌았어요. 사실은 아무 일도 없었는데. 만나지도 못했는걸요. 그래도 충격적인 일을 당했으니 학교를 며칠 쉬고서 오랜만에 등교했는데 굉장히 비참한 기분이 들어서 서둘러 조퇴했어요. 당시 아버지는 출장을 가셔서 엄마랑 나랑 둘이 외가에서 지내던 걸 아직도 기억해요. 생각해 보니 그러네요. 그게 이 사건의 발단이었어요."

"……사건의 발단?"

"전부 내 탓이에요."

사쿠라는 눈물을 훔치더니 이내 고개를 저었다.

"아닌가. 정확히는 내 잘못이지만 '나는 잘못하지 않았다'고 우긴 탓에 생긴 사건이거든요."

쇼마는 의미를 알 수 없는 말이었지만 진의를 묻기에는 너무나 피곤했다. 억지로 이해한 듯 몸짓하고 캔커피를 입에 댔다.

"시켄의 쇼룸에 떨어진 편지를 보고 범인이 그 사람이라는 걸 알았어요. 그리고 그 사람이 '서부유물먹지'에서 무슨 짓을 하려는지도 대략 눈치챘죠. 그래서 쇼마 씨에게 한시라도 빨리 스타포트로 가야 한다고 말한 거예요. 아까도 말했지만 두 번째로 잘못한 사람은 나고, 가장 나쁜 사람은 아무리 생각해도 범인인 그 사람이죠. 하지만 말이에요, 그 사람도 그 사람대로, 옛날에는 그 사람이야말로, 그 사람이 나보다 훨씬, 그 사람이……."

사쿠라는 말하기를 포기하고 잠시 몸을 들썩이며 울었다.

쇼마가 커피를 다 마신 지 20분쯤 지나고 나서야 사쿠라가 고개를 들었다. 이제는 물어도 되겠지. 쇼마는 가장 궁금했던 질문을 했다.

"그런데 사쿠라 씨의 본명은 뭐예요?"

"네?"

사쿠라가 놀란 반응을 보이더니 웃었다.

"쇼마 씨에게 말을 건 이유는 세 가지였어요. 그중 두 가지는 쇼룸에서 말했고, 사실 마지막 한 가지는 내 본명을 모를 것 같은 사람이라서였어요. 하지만 아무리 그래도 감이 너무 없는 거 아네요?"

"……그게 무슨 말이에요?"

"사쿠란보는 야마가타현의 특산물인 여름 과일*이에요. 그래서 그게 옛날부터 내 별명이었어요."

사쿠라는 벤치에서 일어나 게시판에 붙어 있는 포스터를 잠시 바라봤다. 그리고 감회가 깊은 듯 눈을 가늘게 뜨고 미소 지었다.

"나는 이거 보고 돌아갈 거예요."

"이거요?"

"10년 전에 못 본 라이트업 행사예요. 그리고 이걸 보니……."

사쿠라는 눈을 한 번 천천히 감고 나서 쇼마를 똑바로 바라봤다.

"아빠에게 다시 한번 해야 할 말이 있어요."

---

* 나쓰미(夏実)에는 여름 과일이라는 뜻도 있다.

야마가타 나쓰미

준요녹지의 폐허를 나와 에바탄과 함께 언덕을 내려갔다.

에바탄은 폐허로 올라갈 때보다 기분이 가라앉아 보였다. 여아 연쇄 폭행범을 찾으려고 세웠던 온갖 가설이 무너져 내려서 충격을 받았을까?

에바탄의 심경을 혼자서 지레짐작하는데 아무래도 불똥이 엉뚱한 곳으로 튄 듯했다.

에바탄의 분노는 이미 범인에서 나쓰미의 아버지에게로 향한 모양이었다.

아무런 사정도 모른 채 피해를 당한 나쓰미를 창고에 가두다니, 역시 제정신이 아니야. 너무 지독한 벌이야. 에바탄이 반쯤 혼잣말로, 반쯤 나쓰미에게 동의를 구하듯 중얼거리자 나쓰미는 단순하게도 자신을 옹호하는 에바탄의 태도에 기쁨을 감추지 못했다.

나는 잘못하지 않았어. 그래, 맞아.

에바탄은 나쓰미의 아버지에 대한 의문과 분노를 한바탕 표출하고는 깊은 한숨을 내쉬었다.

"하나 물어봐도 돼?"

"뭔데?"

"너는 왜 아빠인 척 트위터를 시작한 거야? 아까는 내 잘못이 아니라는 걸 증명하려고 그랬다고 했는데 그게 무슨 뜻이야?"

나쓰미는 그날 처음으로 미소 지었다. 그리고 자신이 계획한 특별 서프라이즈에 대해 에바탄에게 말하기로 했다.

"아빠를 기쁘게 해드리려고."

"……기쁘게 한다고?"

"응."

나쓰미는 고개를 끄덕이고서 살포시 웃었다.

"이번에 인터넷에서 알게 된 사람과 만나려다가 큰일을 당할 뻔했잖아. 하지만 그렇다고 인터넷이 무조건 나쁘지만은 않다고 생각하거든. 그러니까 아빠한테도 알려드리려고. 제대로 활용하면 인터넷에서 사람을 만나는 일도 멋진 경험이 될 거라고. 그걸 알면 아마 아빠도 내게 사과하시겠지. 미안해, 내가 잘못 알았다고."

"그런데 그게 아빠인 척 트위터 하는 것과 무슨 상관이야?"

"골프 친구를 많이 만들어 드리려고."

아버지는 집에서 과묵한 편이다.

그래서 아버지가 무슨 생각을 하고, 무엇을 원하고, 무엇을 싫어

하며 살아가는지 나쓰미는 아직도 잘 몰랐다. 하지만 그런 아버지가 날마다 분명하게 원하는 것이 있었다.

골프 친구.

라운드 나가기 전날에 사람이 빠지게 되면 허둥지둥 여기저기 전화하는 모습을 여러 번 봤다. 가끔 수업 참관 등 행사 때 학교에 오시면 나쓰미 반 친구의 아버지에게 다음에 같이 골프 치러 가자고 웃으며 말씀하셨다. 아버지는 틀림없이 함께 골프를 치러 나갈 친구가 필요했다.

만난 적도, 본 적도 없는 사람과 취미를 통해 교류할 수 있는 도구. 바로 SNS, 그리고 인터넷이었다.

"그러니까 아빠인 척하고 아빠 골프 친구들을 많이 사귈 거야. 그리고 언젠가 아빠가 골프를 치러 가고 싶다고 중얼거리면 내가 친구 소개해 준다고 해야지. 그럼 아빠도 좋아하실 거야. 그리고 깨닫지 않으실까? 아아, 인터넷에서 사람을 만난다는 건 사실 매우 멋지고 즐거운 일이구나, 하고. 그러면 아빠는 본인이 틀렸다고 깨달으실 거야. 아, 나쓰미가 잘못한 게 아니었구나, 하고."

나쓰미는 밝은 미래만 상상했다. 분명 자신의 작전은 성공하리라. 모두가 행복하고 모두가 자신의 정당성을 알아주는 날이 오리라. 그러니 앞으로 그 계정에 매일같이 게시물을 올리자.

만요초 근처에 다다랐을 때 이번에는 나쓰미가 에바탄에게 물었다.

"나도 하나 물어도 돼?"

에바탄이 고개를 끄덕이자 나쓰미는 은근히 신경 쓰이던 점을 물었다.

"아까 우리 집에서 인터넷을 볼 때, '다들 똑같은 소리만 한다'고 한 거, 그게 무슨 말이야? 다들 그렇게 똑같은 의견만 적었어?"

"아아, 그건 말이야……."

에바탄은 나쓰미의 집에서 '서부유물먹지'의 정보를 찾으려고 인터넷을 검색했다.

'서부유물먹지'뿐 아니라 '서부 지역의 유물인 먹지' 같은 검색어도 입력하면, 아니면 다이젠 스타포트와의 연관성을 조사하면 쓸 만한 정보가 나오지 않을까. 결국 이렇다 할 정보는 못 찾았지만 동시에 에바탄은 나쓰미가 연루될 뻔한 여아 연쇄 폭행 사건의 기사와 그와 관련된 글을 읽었다. 부모는 뭐 하고 있었느냐. 아이들이 인터넷을 할 때는 당연히 조심해야 하는데. 우리 집은 규칙을 분명하게 정해 놓는다. 범인은 용서 못 한다. 하루빨리 잡아서 당장이라도 거세해야 한다. 아니, 소아 성애자는 모조리 예비 범죄자이니 묻지도 다지지도 말고 체포해야 한다. 애초에 인터넷을 모두 실명제로 돌리고 익명 게시물은 모두 배제해야 한다.

극단적인 의견에서 일반적인 의견까지, 에바탄은 실제로 확인한 다양한 정보를 나열했다. 그러나 자세히 보면 별 의미 없는 의견들이었다. 어떤 의견이든 실로 단순한 생각에서 파생됐을 뿐이라는 사실을 에바탄은 간파했다.

"다들 '자기는 잘못은 없다'는 말만 하더라고."

에바탄의 말은 나쓰미의 머릿속 한구석에 작은 유리구슬이 굴러가는 듯한 이물감을 남겼다.

"'나는 잘못 없어. 내 가치관만 옳아. 그렇지?' 라고 떠드는 사람들밖에 없더라고. 그래서 그런 사람이 되면 안 되겠구나, 다짐했어. 다들 무지 추하더라고. 나는 그런 사람이 되지 않도록 꼭 조심해야지."

에바탄이 보는 풍경은 어쩌면 자신이 보는 풍경보다 훨씬 더 고상하고 어른스러울지도 모른다. 그의 말이 막연하게 멋지다고 느낀 나쓰미는 순수한 마음으로 응원했다. 어려운 것은 모르지만 분명 에바토라면, 아니 에바탄이라면 잘 해낼 거야. 그렇게 말하자 에바탄은 뜻밖이라는 표정으로 미소 지었다.

"에바탄이라고 불러 주는 거야? 그럼 나도 널 사쿠란보라고 불러도 돼?"

"당연하지."

나쓰미가 웃자 에바탄은 역시 쑥스러워서 안 되겠다며 웃었다.

"고마워."

나쓰미는 오늘 하루를 되돌아보고 다시 감사 인사를 했다.

"만약 에바토가 곤란한 일이 있으면 다음 번에는 내가 응원할 차례네. 이……."

나쓰미는 핀 배지를 꺼내려고 했지만 '서부유물먹지'에 두고 온 사실이 떠올랐다. 타이밍이 맞지 않아 당황하며 서둘러 사정을 설명하고서 다시 말했다.

"그 정의 배지처럼 말이야."

무슨 일이 있어도 나는 너를 인정한다. 소리 내어 말하지 않아도 만화 속 대사는 에바탄의 마음속에 닿으리라 믿은 나쓰미는 미소만 남겼다.

에바탄에게 메시지가 제대로 닿았는지 쑥스럽게 웃고는 만요초의 집들을 바라보며 나도 언젠가는 저런 훌륭한 집을 많이 지을 것이라고, 다시 한번 건축가가 되는 꿈을 말했다. 언젠가는 나쓰미의 집도 지어줄게. 많이 공부하고, 열심히 노력해서 반드시 누구에게도 지지 않는 건축가가 될 거야.

과연 월요일에는 학교에 갈 수 있을까, 아직도 기분 나쁜 소문이 떠돌고 있지는 않을까. 눈앞의 문제에 가슴 아파하던 나쓰미에게 먼 미래의 꿈을 밝게 말하는 에바탄의 존재는 실로 믿음직스러웠다.

우리 아빠, 주택 건설사에서 일하시니까 언젠가는 에바탄과 같이 집을 만들면 좋겠다. 목구멍까지 나왔지만 끝내 말하지 않았다. 마침 눈앞에 나쓰미의 아버지가 서 있었기 때문이다.

출장 갔다가 돌아오셨다.

예상은 했지만 다이스케는 화가 나 있었다.

그 사건 때문에 아직도 감정이 남은 것이 아니라 말도 없이 외할머니댁을 뛰쳐나왔기 때문이었다. 걱정했잖아, 도대체 무슨 생각을 하는 거야. 말투는 엄했지만 옆에 에바탄이 있어서 화를 참는지 타이르는 듯한 꾸지람이었다. 다이스케에게 불만이 있는 나쓰미였지만 이 자리에서 대들 수는 없었다. 일단 고개를 숙이고 얌전히 뉘우치는 모습을 보이자 에바탄이 조용히 어깨를 씩씩거리는 것을 눈치챘다.

"저, 저기……."

처음에는 에바탄이 왜 떠는지 몰랐다.

하지만 곧 그가 다이스케에게 분노의 감정을 품고 있다는 사실을 깨달았다. 나쓰미를 창고에 하룻밤이나 가둬두다니 말도 안 돼요. 최악이에요. 절대로 해서는 안 될 일이라고 생각해요. 그런 모범생 같은 말을 늘어놓으며 나쓰미를 도우려고 한다는 것은 알았다. 그러나 초등학교 5학년에게 다른 친구의 아버지는 너무나 무서운 존재였다.

다이스케는 나쓰미의 옆에 있는 에바탄이 무슨 말을 하려고 하자 쳐다봤다. 그러나 그저 바라보기만 해도 남자 어른이 뿜어내는 위압감에는 무게감이 있었다. 키 차이도 있어서 위에서 내려다보는 듯한, 혹은 노려보는 듯한 모습으로 느껴졌다.

정의를 위해 나서야 한다고 스스로를 일으켜 세우려는 노력이 나쓰미에게도 생생하게 전해졌다. 그러나 에바탄은 결국 다이스케의 눈빛에 마음이 짓눌리자 "저기"를 두어 번 더 늘어놓더니 조용히 울기 시작했다. 그런 자신이 비참해서 견딜 수 없는지 가슴에 차고 있던 비취의 천둥 핀 배지를 오른손에 움켜쥐었다.

다이스케도 다이스케대로 에바탄에게 어떤 말을 해야 할지 난감한 눈치였다. 딸을 데리고 나가다니 무슨 생각이냐며 설교해야 한다는 마음과 사정도 모르고 다른 집 아이를 혼내기 꺼려진다는 망설임이 교차했다. 결국 다이스케가 고른 말은 무뚝뚝한 한마디였다.

"무슨 할 말 있니?"

에바탄은 눈물을 닦고 떨리는 목소리로 대답했다.

"너……너무한 것 같아요."

흐느껴 울며 간신히 내뱉은 말의 의미를 아버지가 정확히 헤아릴 리 없었다. 아버지는 일단 에바탄에게 이름이 무엇이냐고 물었다. 그 물음에 어떤 갈등을 했는지 나쓰미는 완전히 알 수 없었다. 여자 앞에서 눈물을 흘리는 부끄러움, 나쁜 짓을 한 사람이 눈앞에 있는데도 바로잡지 못하는 분함, 본명을 그대로 말하는 것에서 오는 당혹스러움과 두려움. 온갖 감정이 뒤섞인 에바탄은 악을 단죄하고 자신의 신념을 굽히지 않고 오로지 앞으로 향하는 소년 만화 주인공의 이름을 댔다.

"……세자키 하루야."

다이스케는 정체 모를 소년 세자키 하루야에게 집에 빨리 돌아가라고만 말하고 나쓰미를 집으로 데리고 들어갔다. 얼마 지나지 않아 나쓰미는 여아 연쇄 폭행범의 정체가 밝혀져 경찰에 체포됐다는 사실을 아버지에게 들었으나, 분한 듯 다이스케의 뒷모습을 지켜보던 에바탄의 모습이 머릿속에 박혀 떠나지 않았다.

실시간 트렌드: 검색어 '억울'

12월 17일 19시 52분 지난 6시간 31,566건 트윗

• 실명에 얼굴까지 털렸는데 억울한 사람이었어. 헛소문 퍼뜨린 인간들은 제대로 책임져야 해. 계정 지우고 튄 놈들 많은데 도망친다고 끝이 아니니까 각오해라. 이럴 때 난리 법석 떠드는 쓰레기들은 모두 처벌해도 문제없음.
인용: [신호신문웹] 다이젠시 여대생 연쇄 교살 사건, 범인 체포 '용서할 수 없었다'

오반도@기획 메인@obando_bandou5y

• 이번 사건으로 헛소문 퍼뜨리는 사람들을 비난하는 사람도 있지만 그 헛소문이 교묘한 걸 어쩌라고. 헛소문을 발견한 사람도 피해자니까 역시 잘못은 그 사람은 억울하다, 결백하다고 설명하지 않은 언론과 경찰 책임이야.
인용: [니치덴신보 온라인] 다이젠시 살인사건, 체포된 범인은 20대 남성 공무소 직원

마사히토@masahito3040

• 음? 처음부터 신상 털린 아저씨는 결백하다고 확신했는데 나처럼 생

각한 사람 없음?

인용: [신호신문웹] 다이젠시 여대생 연쇄 교살 사건, 범인 체포 '용서할 수 없었다'

파차늄@pachyanium2001

• 억울한 죄를 뒤집어쓰고 험한 일을 당한 야마가타 씨가 정말 불쌍합니다. 인터넷 헛소문에 휩쓸려 고통받는 사람이 너무 많아요. 나도 옛날에 비슷한 일을 겪었는데 정말 힘들었습니다. 헛소문을 퍼뜨린 사람은 죽을 만큼 반성하세요.

인용: [신호신문웹] 다이젠시 여대생 연쇄 교살 사건, 범인 체포 '용서할 수 없었다'

시나몬@cnmn_monmonVV

자신을 취조하는 열기가 눈에 띄게 식어 간다고 느꼈다.

역시 나쓰미의 말대로 함께 연행된 그 젊은이가 진범일까?

지금 시점에서는 진상 같은 것은 아무것도 보이지 않았지만 비로소 자신이 구원받는 미래를 상상할 수 있었다.

안도감에 긴장이 풀리자 무엇보다 오른 발목 통증을 참을 수 없었다. 처음에는 미약하게 불편한 느낌이 들어서 곧 나아지리라 생각했지만 통증은 점점 심해졌다. 아무래도 이상해서 진료받고 싶다고 말하자 순순히 의사를 불러줬다. 골절일지도 모른다. 의사의 진단에 그대로 시내 종합병원으로 이송됐다.

"골절입니다."

발목과 척골에 금이 갔다. 척골은 장거리를 달리면서 생긴 피로골절이고, 발목은 강한 충격으로 부러졌을 가능성이 크다. 짚이는 원인이 있지만 더 이상 설명을 집중해서 들을 체력은 남아 있지 않았다.

깁스만 하면 집에 갈 수 있다는 말을 듣고 무조건 빨리 잠들고 싶은 생각뿐이었다.

우선 가족에게 연락하자.

그 생각이 당연히 머리를 스쳤지만 일단 지친 몸부터 쉬어야 했다. 병실을 예약해 하루 입원하기로 했다. 가족과 당장 마주하기 쑥스럽다는 마음도 있었다.

다음 날 아침, 다이스케는 맥이 빠질 정도로 완전히 자유로워졌다.

오늘은 조사받지 않아도 된다. 치료도 없다. 병실 TV를 켜니 용의자 에바토 다쿠야가 체포됐다는 뉴스가 흘러나왔다. 이제 자신의 정보는 전혀 흘러나오지 않았다. 떳떳한 자유의 몸. 추후에 경찰 조사를 받아야 하지만 당분간은 일상생활을 해도 괜찮습니다. 그것은 출근해야 한다는 말이기도 했다.

아내와의 재회는 뜨거운 포옹과 눈물 속에서 이루어지리라 확신했지만 막상 얼굴을 마주하니 뭐라고 말할 수 없는 쑥스러운 감정이 가슴을 채웠다. 미안하다, 고맙다, 고생했다. 어떤 말을 해도 정답이라고는 생각했지만 어떤 말을 해도 연기처럼 느껴져서 입을 뗄 수 없었다. 후유코도 비슷해 보였다. 단 하루 만에 뒤바뀐 일상의 온도차에 몸이 적응하지 못했다. 갈아입을 옷을 병실에 두자마자 치료비를 정산한다며 돌아서 나가는 아내의 뒷모습이 마치 다이스케에게서 도망치는 것 같기도 했다.

정장으로 갈아입고 후유코의 푸조에 올라탄 시각은 오전 11시.

"일 끝나면 연락해. 오늘은 파트타임 안 나가니 데리러 갈게. 나쓰미도 오전에는 자격시험 대비 학원에 가고, 끝나면 다이젠 경찰서에 가야 해서 지금은 같이 못 왔지만 집에 돌아가면 할 말이 있다고 하니 되도록 일찍 퇴근했으면 좋겠어. 나도 할 말 있고."

아내의 말에 알았다고 대답한 뒤 목발을 짚고 사옥 앞에 섰다.

입구 앞에 몰려든 취재진을 돌려보내고 2층 사무실로 올라갔다. 다이스케를 기다리던 것은 지사 직원들의 사과였다.

그저께와는 달리 다이스케가 사무실에 들어선 순간 모든 직원이 깊이 고개를 숙였다. 그리고 지금까지 들은 인사 중 가장 큰 "수고하셨습니다, 어서오세요". 그와 동시에 박수가 파도처럼 터져 나왔다. 자존심 강한 지사장은 단 한 번도 사과하지 않았지만 말없이 몇 번이나 고개를 끄덕이며 다이스케의 어깨를 두드렸다. 이어서 과장 이하 직원들이 다이스케의 결백을 믿지 않은 결례를 사과했다.

그만들 해요. 나는 죄 많은 사람이었습니다. 그런 일을 당해도 싼 어리석은 사람이었습니다.

네댓 명의 말을 공손히 받아넘기던 다이스케도 20대 젊은 직원들이 말을 걸자 마음에 변화가 찾아왔다.

"힘이 되어 드리지 못해 정말 죄송했습니다. 저였다면 아마 무명의 유튜버에게 곤죽이 됐을 거예요. 부장님의 포기하지 않는 자세에 탄복했습니다."

"부장님이 이동하신 거리를 오늘 아침 뉴스에서 봤습니다. 깜짝 놀랐어요. 기합이나 근성이라는 말을 우습게 여기던 제가 부끄럽네요. 정말 대단하신 분이구나 새삼 실감했습니다. 앞으로도 지도 잘 부탁드립니다."

의심해서 죄송합니다.

역경에도 꺾이지 않는 마음, 정말 대단합니다.

역시 대단하세요, 훌륭합니다, 멋진 분이세요.

젊은 직원들의 말에 금이 갔던 다이스케의 마음이 치유 받았다. 다이스케는 생각했다. 자신은 다이테이 하우스 다이젠 지사의 영업 부장이고 지금은 정장을 입고 이렇게나 많은 사람을 부하로 둔 분명한 엘리트라고. 좋은 교육을 받고, 좋은 회사의 좋은 직책을 맡고 좋은 월급을 받는, 사회에서 꼭 필요한 좋은 사람이라고. 시들었던 다이스케의 마음의 줄기가 양분을 듬뿍 빨아 마시며 다시 아름답게 자라났다.

그래, 이거지.

다이스케는 몇 시간 전까지의 자신이 우스워 견딜 수 없었다.

나는 왜 그렇게 비굴했을까. 생각해 보면 그렇다. 그런 궁지에 몰리고도 멋지게 도망칠 수 있는 사람이 과연 얼마나 될까. 자신이었다면 무명 유튜버에게 곤죽이 됐을 거라던 직원의 말이 맞다. 몸을 제대로 쓰지 못하는 요즘 젊은이들은 다이스케가 한 일을 흉내도 못 낼 것이다. 가난해지면 판단력이 흐려진다는 격언과 같다. 궁지에 몰린 사람은 이상한 생각에 사로잡히게 된다. 피해자일뿐인 내가 어째서 타인에게 사과해야 하나.

"역시 부장님입니다. 어떻게 도망 다니셨는지 알려 주시겠어요?"

노이의 질문에 마침내 참을 수 없었다.

자, 뭐부터 이야기할까.

다이스케는 도망극을 돌이켜봤다. 하이라이트는 어느 부분일까. 차를 버리고 먼 거리를 달려 스낵바까지 가는 길일까. 아니면 호랑이 무늬 스카잔이 아닌 남색 블루종을 선택한 판단 능력일까. 아니면 골프 볼 마커를 던져 소리로 유튜버를 유인해 마의 손에서 벗어난 두뇌전? 아니면 6미터 벽을 멋지게 내려간 시켄에서의 액션 장면?

자, 어느 무용담부터 말할까.

웃는 얼굴로 생각하던 다이스케의 옆에 한 직원이 나타났다. 단독주택 부문의 젊은 남자 직원이었다. 그는 다이스케가 아니라 노이를 향해 고개를 숙이며 작은 소리로 말했다.

"죄송합니다. 점심시간 직후에 필요하다고 말씀하신 자료, 찾을 수가 없어서……."

순간 다이스케는 이틀 전 일을 떠올렸다. 이 젊은이는 그날도 중요한 자료를 잃어버렸다. 지금부터 기분 좋게 무용담을 이야기할 수 있으리라 생각하던 다이스케는 기분이 약간 언짢아졌고, 핀잔하고 싶어졌다.

도대체 관리를 어떻게 하는 것인가. 물건을 그렇게 자주 잃어버리면서 신뢰받을 생각 마라.

그런데 다이스케보다 먼저 화를 낸 사람은 노이였다.

"도대체 무슨 정신머리야……. 어디다 넣어 뒀어?"

"저기, 제대로 골판지 상자에 넣어서 보관했는데요."

"골판지 상자?"

"네. 뒤쪽 창고에 시켄에서 보낸 골판지 상자가 잔뜩 남아 있어서 거기에 보관했습니다. 처음에는 서류 관리용 상자를 사달라고 요청할까 싶었는데 예전에 부장님께서 비품을 아껴 쓰라고 하셔서 생각을 고쳤죠. 그 상자에 넣어 보관하자고요. 그래서 골판지 상자를 책상 위에 제대로 올려두고 지역별로 잘 분류도 해 뒀는데……."

상자째로 없어졌습니다.

사정을 전부 들은 다이스케는 무심코 마음이 불편해져서 왼쪽 다리에 실었던 체중을 오른쪽 다리로 옮겼다. 그 순간 전기가 통하듯 통증이 몰려와 황급히 다시 왼쪽 다리에 체중을 실었다.

여기서 이 직원을 나무라면 어떻게 될까?

아무 문제 없으리라. 아무도 모른다. 다이스케가 회사 내에 있는 시켄의 골판지 상자는 전부 처분하라고 청소 담당 지원에게 엄하게 지시한 사실을 여기 있는 누구도 모른다.

그렇다면 어떻게 할 것인가. 자신이 할 수 있는 일은 무엇일까.

오른쪽 다리에 또 통증이 덮쳤을 때 다이스케는 노이의 어깨를 두드렸다.

"미안해, 노이. 아마 나 때문일 거야."

말하는 순간 사무실 전체가 멈춘 듯 완벽한 정적이 찾아왔다. 그리고 하나같이 다이스케를 놀라움과 의문의 시선으로 바라봤다. 사람이 바뀌었다고 생각할까? 다이스케는 그래도 히죽 웃으며 모든 것을 농담으로 바꾸는 행동은 적절하지 않다고 판단했다.

"모두에게 해야 할 말이 있습니다. 잠시 시간 괜찮습니까?"

다이스케의 마음은 10년 전, 자택 정원 창고까지 기억을 거슬러 올라갔다.

잘못했어요, 용서해 주세요. 흐느껴 우는 딸을 가두고 자물쇠를 채웠다. 그것이 훈육이라고 믿었지만 실은 미지의 사태에 당황하고 혼란스러웠다. 누가 잘못했지?

딸이 잘못했다. 딸을 관리하지 못한 아내도 잘못이다. 심지어 인터넷을 사용할 때 주의해야 할 점을 가르치지 않은 학교도 잘못이다.

항의하러 가자.

다이스케는 천천히 눈을 감고 통증을 잊지 않으려고 오른쪽 다리에 체중을 실었다.

지사장과 부하들과 대화하면서 앞으로 해야 할 일을 생각했다. 후유코의 말대로 오늘은 되도록 일찍 집에 돌아가자. 그리고 해야 할 말을 하자. 후유코에게, 그리고 나쓰미에게. 실로 10년, 아니 후유코에게는 20년 넘게 하지 못한 말이 있다.

다이스케는 희미하게 미소 지으며 다시 사무실을 둘러봤다.

"끝으로."

마무리하는 말을 꺼냈다.

"인터넷 잘하는 사람…… 특히 젊은 친구가 나에게 꼭 좀……."

다이스케는 진지하게, 겸손한 모습으로, 진심이 담긴 부탁을 전했다.

"인터넷 사용법 좀 가르쳐 줘요."

※ ※ ※

순식간에 대폭발이 일어날 가능성도 예상했다. 하지만 트리거를 당기는 순간 켜진 것은 점화용 라이터 끝에서 흔들리는 작은 불꽃뿐이었다. 생을 끝내고 싶다는 욕구가 강하지는 않았지만 모든 것이 억지로 막을 내렸으면 좋겠다는 자포자기 심정은 있었다. 이제 다 끝나 버려도 상관없다. 김이 샌 다이스케는 트리거를 다시 한번 당겼다. 그러나 세 번 시도해도 가스 폭발은 일어나지 않았다.

이것을 사용해야 하나.

다이스케는 메모지 옆에 놓인 젖은 수건을 집어 들고 습기의 정체를 확인하려고 코에 가져다 댔다. 등유다. 정체를 파악하고 점화용 라이터 끝에 수건을 가까이 댄 후 트리거를 살짝 당겨 봤다.

"아빠!"

쿵 하는 커다란 소리는 오두막이 폭발하는 소리가 아니었다.

밖에서 나쓰미가 몸을 부딪쳐 미닫이문을 부순 것이다. 문이 요란하게 쓰러지고 불어온 바깥 공기가 바닥의 먼지를 일으켰다. 다이스케는 깜짝 놀라는 동시에 왼손에 심상치 않은 열기를 느꼈다. 수건이 불타고 있었다. 본능적으로 수건을 놓자 떨어진 지점에 불이 붙기 시작했다.

다이스케는 극도의 피로와 혼란 속에서 자신을 에워싸며 타오르는 불길을 남의 일처럼 바라봤다. 이대로 여기서 목숨을 끊을 수 있을까. 그런대로 나쁘지 않은 기분이었다. 아니, 처음부터 인생이 이렇게 끝날 운명이었던 것은 아닐까. 그러나 느슨한 체념 속에서 열심히 불을 끄는 나쓰미를 보고 비로소 정신을 차렸다. 그리고 딸이 범인일 가능성을 아주 잠시라도 떠올린 자신이 우스웠고 강렬한 수치심을 느꼈다.

나쓰미는 한동안 실내에 있던 헝겊과 자신이 입고 있던 옷으로 불길을 막으려고 격투를 벌이다가 이윽고 그 기세를 막을 수 없다는 사실을 깨닫고는 다이스케의 손을 잡았다. 범인이 남긴 물건이 불타면 곤란하다고 생각했는지 메모와 핀 배지도 움켜쥐었다. 그밖에 또 챙겨야 할 물건이 있는지 주위를 둘러보는 사이에 벌써 검은 연기가 가득 찼다.

나쓰미에게 끌려가듯 바깥으로 나갔을 때 다이스케는 찬장 속에 갇혀 있던 세 번째 시신이 떠올랐지만 되돌릴 수 없는 상황이었다. 검은 연기는 이미 하늘로 이어지는 굵은 기둥처럼 변했다. 타오르는 강렬한 불꽃이 잠시 겨울의 추위를 잊게 했다.

"역시 전부……."

나쓰미는 입을 가리며 중얼거리더니 잠시 핀 배지와 메모를 바라봤다. 그리고 갑자기 무언가 눈치챘는지 휴대폰을 꺼내 어딘가에 전화를 걸었다. 통화 상대가 누구인지 모르지만 나쓰미는 지금 당장 스타포트로 가달라고, 그곳에 범인이 있을 것이라고 강한 어조로 말했다. 범인은 분명 나쓰미와 동갑인 남자일 텐데 얼굴을 본 지 너무 오래돼서 외모는 확신할 수 없다. 다만 덩치가 작은 것 같다. 발견하면 되도록 범인의 발을 묶어 달라고 했다. 자신도 곧 가겠다고 덧붙이면서 통화를 마친 다음 다이스케에게 초조하게 말했다.

"아빠, 지금 바로 차 운전 좀 해줘요."

시켄의 회사용 차 안에서 나쓰미가 이 사건은 모두 자신의 책임이라고 설명했다. 그렇지 않다, 아빠도 큰 책임이 있다는 말을 머릿속에 그렸지만 자존심과 겸연쩍은 마음 때문에 말을 꺼내기 직전에 멈췄다. 나쓰미의 재촉에 법정 속도를 훌쩍 넘는 속도로 달렸다. 심신 모두 한계까지 소모되는 가운데 사고만은 내지 않도록 주의를 기울이는 것이 최선이었다. 적절한 말을 고를 수가 없었다.

"범인은 나만 알 수 있도록 일부러 메시지 몇 개를 남겼어요. 내가 알아차리기를 바라서."

자세한 내용을 물을 기력이 없었다.

흘끗 살핀 조수석의 나쓰미가 오두막에서 주워온 핀 배지를 바라봤다. 감회가 깊은 듯, 그러나 원망스러운 듯 눈을 가늘게 좁혔다. 이

내 긴 한숨을 쉰 나쓰미가 곧 스타포트에 도착할 즈음에야 한마디 꺼냈다.

"이건 아빠가 갖고 있어요."

조수석을 확인할 수는 없지만 나쓰미가 핀 배지를 내밀었다는 것을 알았다.

"왜?"

작은 소리로 물었다.

"이걸 갖고 있으면 나쁜 사람이 아니라는 걸 증명할 수 있으니까. 어린애 속임수지만."

일단 왼손을 내밀어 받았다.

스타포트 주차장을 가리키는 표지판이 보이자 깜박이도 켜지 않고 좌회전했다. 스타포트는 관광지였지만 사람이 붐비는 풍경은 거의 본 적 없다. 텅 빈 주차장에 차를 세우고 재빨리 시동을 껐다. 나쓰미에게 빨리 스타포트 입구로 가라고 말하려는데 나쓰미는 이미 문을 열고 차에서 내린 뒤였다.

"아빠."

나쓰미가 정색하고 허리를 곧게 편 채 사과의 정석처럼 깊이 고개를 숙였다.

"정말 죄송해요. 전부 제가 책임질게요. 아빠는 여기서 기다려요."

나쓰미의 뒷모습을 다이스케는 운전대를 잡은 채 잠시 멍하니 바라봤다. 딸의 말을 핑계로 차에서 쉬려던 마음은 없었다. 다만 뇌가 예상치 못한 전개를 따라잡지 못했다. 고작 몇 초, 그러나 다이스케 안에서 몇 년의 시간이 순식간에 지나갔다.

놀랍게도 가장 먼저 떠오른 기억은 후유코와의 만남이었다. 다이테이 하우스 마치다시점의 사무원이었던 피부가 흰 여성에게 끌렸고, 식사에 초대했다. 3년 2개월 교제 끝에 청혼했고 결혼했다. 그리고 곧 나쓰미가 태어났다. 첫 울음소리가 들린 바로 그 순간 그 자리에 있지는 않았지만 그래도 아이를 얻자마자 성취감, 혹은 보람이라고 할 만한 감정이 샘솟았다. '가족이 완성됐다'는 감정.

왜 이런 기억이 떠오를까, 머리를 싸매고 고민할 필요는 없었다.

다이스케는 답을 이미 충분히 안다. 모든 길은 오늘로 이어지는 장대한 여정이었다. 책임을 지겠다며 달려간 나쓰미의 뒷모습을 바라보며 다이스케는 어금니를 악물었다.

바보 취급은 곤란하다.

다이스케는 운전석을 뛰쳐나와 곧장 나쓰미의 뒤를 따랐다.

나쓰미의 말대로 만약 이 사건이 정말로 모두 나쓰미의 책임이라고 하자. 다이스케는 잘못 하나 하지 않았는데 완전히 마른하늘에 날벼락처럼 사고를 당했다고 가정하자. 그렇다고 해도 별의별 선택이 다이스케를 오늘까지 이끌어 왔다. 오늘이라는 사건은 과연 언제부터 시작됐을까.

어제인가, 10년 전인가, 혹은 더 아득한 옛날인가.

변명은 슬플 정도로 편리했다. 내가 아니다. 스스로 납득하기만 하면 책임 전가는 쉽다. 그래도 이 정도 책임도 혼자 지지 못하면서 아버지라고 할 수 있을까. 딸의 뒤치다꺼리도 못 하면서 앞으로 어찌 가슴 펴고 살 수 있겠는가.

다이스케는 달리기 시작하고 나서야 자신의 몸이 이미 한계를 넘었음을 깨달았다. 보도블록의 작은 단차도 제대로 넘지 못했다. 악 소리가 나올 정도로 발목을 삐끗해 땅바닥에 세게 나동그라졌다. 보도블록을 이따위로 까는 멍청이가 있다니. 비상 상황에도 그런 생각이 머릿속에 아른거리자 자신도 모르게 웃음이 터졌다.

다이스케는 벌떡 일어나 부러진 다리로 달리기 시작했다.

그리고 왼손에 쥐고 있던 핀 배지를 내던졌다.

주차장 옆 덤불 속, 누구의 손도 닿지 않는 곳을 향해 힘껏, 세게.

사회 문제와 본격 미스터리의 완벽한 만남

여러분은 어떤 작가를 좋아하시나요?

많은 작품을 꾸준히 발표하며 왕성하게 활동하는 작가, 다양한 장르에 도전하며 팔색조 매력을 뽐내는 작가, 진한 여운으로 심금을 울리는 작가, 현상을 예리하게 분석하고 신랄하게 비판하는 작가. 저마다 좋아하는 작가, 믿고 보는 작가가 있을 테지요. 저는 차기작이 기대되는 작가를 가장 좋아합니다. 한 작품을 다 읽고서 책장을 덮을 때 '이 작가의 다음 작품은 언제 나올까? 빨리 읽고 싶다'는 기대감으로 가슴이 두근두근 뛰게 하는 작가를 가장 좋아합니다. 그런 저의 좋아하는 작가 목록 상단을 차지한 작가가 있습니다.

아사쿠라 아키나리는 최근 몇 년 사이에 주목을 한 몸에 받으며 활발하게 활동하는 젊은 미스터리 작가입니다. 2019년에 출간한 청춘 본격 미스터리 소설인『교실이, 혼자가 될 때까지』로 제20회 본격 미스터리대상과 제73회 일본추리작가협회상 후보에 올랐고, 2021

년에 출간한 『여섯 명의 거짓말쟁이 대학생』으로 제12회 야마다 후타로상, 2022년 서점대상, 제43회 요시카와 에이지 문학신인상 후보에 올랐습니다. '복선의 마술사'라는 별명으로도 불리는 작가는 작품에 이곳저곳에 심어 놓은 복선을 기막히게 회수하기로 유명합니다. '이런 부분까지 복선이었다니!' 하며 독자들이 기분 좋은 헛웃음을 짓게 하죠. 우리 마술사님이 이번에는 『내 것이 아닌 잘못』이라는 마술을 들고 찾아왔습니다.

다이젠시 만요초에 사는 야마가타 다이스케는 남부러울 것 없는 중년 남성입니다. 대기업 다이테이 하우스 다이젠 지사의 영업부장으로 높은 수입에 잘생긴 외모, 여우 같은 마누라와 토끼 같은 딸자식까지. 그야말로 쭉 뻗은 아스팔트 도로같이 탄탄한 인생입니다. 그런 그가 어느 날 갑자기 '다이스케@taisuke0701'라는 계정에 살해된 여성의 시신사진이 올라오면서 하루아침에 여대생 연쇄살인마라는 누명을 쓰고 도망치는 신세가 됩니다.

자신이 저지른 적 없는 죄로 순식간에 온 국민에게 쫓기는 신세가 된 다이스케. 도대체 누가, 무엇 때문에 자신 행세를 하며 살인을 저질렀을까. 영문도 모른 채 쫓기는 다이스케는 결백을 증명하려고 필사적으로 도망칩니다.

현대 사회를 무대로 평범한 주인공이 마녀사냥을 당하며 극한의 상황까지 몰리는 과정을 생생하게 그려내는 『내 것이 아닌 잘못』은

'인터넷 마녀사냥', '무책임한 허위 정보 유포' 등을 날카롭게 지적하며 현실감 있게 그려낸 작품입니다. 호기심, 공명심, 일그러진 정의감에서 비롯된 무책임한 게시물과 부화뇌동하는 대중. 인터넷을 둘러싸고 비일비재하기 일어나는 이 다양한 문제를, 도망치는 주인공, 그를 뒤쫓는 경찰, 마녀사냥의 방아쇠를 당긴 청년, 다이스케의 딸의 시점을 오가며 다각도로 조명합니다. 그렇게 탄생한 악의 없는 가해자들이 무책임하게 휘두르는 선부른 판단은 망나니의 살벌한 칼춤이 되어 누군가를 노리게 됩니다.

이처럼 사회 문제를 꼬집는 사회파 미스터리인 듯 스릴 있게 진행되던 이야기는 후반부에 이르러 전혀 다른 풍경을 보여 줍니다. '그 이름'이 등장하는 순간 분명 독자 대부분이 눈을 의심했을 겁니다. 그때까지 읽어온 이야기가 순식간에 무너져 내리고 여기저기 흩뿌려놓은 무수한 복선을 하나하나 회수하며 무서운 기세로 다시 이야기를 쌓아갑니다. 그 충격과 흥분과 짜릿함은 미스터리를 사랑하는 독자라면 참을 수 없는 본격 미스터리 그 자체입니다.

작가는 평소 인터넷이든 현실 세계든 어떠한 문제가 발생했을 때 원인은 자신에게서 찾지 않고 '내 잘못이 아니다', '나는 잘못한 것 없다'고 생각하거나 말하는 사람이 많은 점에 특히 주목했다고 합니다. 평소 느껴온 '미안합니다, 내 책임입니다'라고 잘 인정하지 않는 분위기가 인터넷에서도 빠르게 심해진다고 느껴 제법 오래전부터 이 소재로 작품을 쓰고 싶었다고 합니다. 그래서 등장인물들의 자아 성찰이 작품 종반에 용서와 화해로 이어질 때는 성장물 같다고 느껴지기도 합니다. 『내 것이 아닌 잘못』은 물론 아사쿠라 아키나리의 또 다른 대표작 『교실이, 혼자가 될 때까지』와 『여섯 명의 거짓말쟁이 대학생』에서도 등장인물들이 가시밭길을 지나 결국 한층 성장하던 모습을 떠올리면 작가가 다양한 인간 군상의 성장을 통해 희망 섞인 메시지를 전달하고 싶어 한다는 생각이 듭니다. 아사쿠라 아키나리의 작품을 읽고 나면 흐뭇한 마음이 드는 것도 아마 그 때문이겠지요.

우리가 살아가는 사회는 날이 갈수록 복잡해지고, 그만큼 발생하는 문제도 점점 난해하고 뒤숭숭해집니다. 따라서 뛰어난 현대 미스터리는 본격 미스터리와 한층 더 유기적이고 가까워진다고 생각합니다. 『내 것이 아닌 잘못』은 이를 대변하듯 보여주는 훌륭한 작품입니다. 작가의 차기작이 기대될 수밖에 없는 또 다른 이유입니다.

매 작품마다 젊은 감각으로 독자를 설레게 하는 작가가 다음에는 어떤 치밀한 구성과 인상적인 복선으로 긴장의 끈을 놓지 못하게 할지 자못 기대됩니다.

2023 겨울

문지원

내 것이 아닌 **잘못**

1판 1쇄 인쇄 2023년 1월 20일 | **1판 1쇄 발행** 2023년 1월 31일

지은이 아사쿠라 아키나리 | **옮긴이** 문지원
책임편집 민현주 | **디자인** 박진범 | **제작** 송승욱 | **발행인** 송호준

발행처 블루홀식스 | **출판등록** 2016년 4월 5일 제2016-000100호
주소 경기도 파주시 회동길 483-1 | **전화** (031)955-9777 | **팩스** (031)955-9779
이메일 blueholesix@naver.com

ISBN 979-11-89571-87-0 (03830) | **정가** 16,000원

인스타그램 @blueholesix | **유튜브** blueholesix

네이버스토어
PC http://smartstore.naver.com/blueholesix
MOBILE m.smartstore.naver.com/blueholesix